THERESA HOWES
Marguerites Geheimnis

AF142156

 aufbau taschenbuch

THERESA HOWES wuchs in Shropshire auf und studierte Anglistik und Schauspiel. Sie arbeitete am Theater und trat in einigen Filmen auf, ehe sie sich vollständig dem Schreiben widmete. Gemeinsam mit ihrem Mann und ihrer Katze lebt sie heute in London. »Marguerites Geheimnis« ist ihr erster Roman im Aufbau Taschenbuch.

GABRIELE WEBER-JARIĆ lebt als Autorin und Übersetzerin in Berlin. Sie übertrug u. a. Mary Morris, Mary Basson, Kristin Hannah, Imogen Kealey und Allison Pataki ins Deutsche.

Südfrankreich, 1944: Gemeinsam mit einer Freundin lebt die Künstlerin Marguerite Segal in einem abgelegenen Landhaus an der malerischen Côte d'Azur. Doch als die deutschen Truppen die französische Riviera besetzen, heuert der britische Geheimdienst Marguerite an, um Beweise für die Kriegsverbrechen der Wehrmacht zusammenzutragen. Sie willigt ein. Beschaffen soll sie die Informationen von Étienne Valade, einem örtlichen Priester, in dessen Kirche hochrangige deutsche Offiziere ein und aus gehen. Es gelingt Marguerite, Étiennes Vertrauen zu gewinnen. Doch was als ausgeklügelter Plan beginnt, entwickelt sich bald zu einer riskanten Liebe. Denn plötzlich steht Étienne selbst unter Verdacht, mit den Nazis unter einer Decke zu stecken. Und auch Marguerite hütet ein Geheimnis. Eines, das so schwer wiegt, dass es alle in den Tod reißen wird, die davon erfahren.

THERESA HOWES

Marguerites Geheimnis

Kann sie in einer Zeit voller
Gefahren dem Mann
vertrauen, den sie liebt?

ROMAN

Aus dem Englischen
von Gabriele Weber-Jarić

atb aufbau taschenbuch

Die Originalausgabe unter dem Titel
The Secrets We Keep
erschien 2022 bei HQ, einem Imprint von
HarperCollinsPublishers Ltd., London.

MIX
Papier | Fördert
gute Waldnutzung
FSC® C083411

ISBN 978-3-7466-4093-8

Aufbau Taschenbuch ist eine Marke der
Aufbau Verlage GmbH & Co. KG

1. Auflage 2024
© Aufbau Verlage GmbH & Co. KG, Berlin 2024
www.aufbau-verlage.de
10969 Berlin, Prinzenstraße 85
Copyright © Theresa Howes 2022
Der Verlag behält sich das Text- und Data-Mining
nach § 44b UrhG vor, was hiermit Dritten ohne
Zustimmung des Verlages untersagt ist.
Umschlaggestaltung www.buerosued.de, München
nach einem Design von HQ
unter Verwendung eines Motivs
von © Ildiko Neer / Trevillion Images
Satz LVD GmbH, Berlin
Druck und Binden CPI books GmbH, Leck, Germany
Printed in Germany

Für Mum und Dad,
weil ihr immer für mich da wart.

Kapitel 1

Juni 1944

Lautlos huschte Marguerite durch den Park. Bereits das Knacken eines Zweigs oder das Knistern trockenen Laubs unter ihren Schuhen hätte sie verraten können. Vorsichtig setzte sie einen Fuß vor den anderen, wagte sich tiefer in die Dunkelheit hinein.

Bis in die ersten Stunden des Tags hatten die Luftangriffe gedauert. Noch immer tränkte der Geruch nach Kordit und Rauch die Luft. Unablässig hatten die Flieger der Royal Air Force Bomben abgeworfen. Strände waren aufgerissen und Häuser zerstört worden, als wäre das Leid unter der deutschen Besatzung noch nicht groß genug.

Marguerite hatte bis zur Entwarnung gewartet. Dann war sie aus dem Haus geschlüpft und auf ihr Fahrrad gestiegen. In der Stadt fuhr sie durch Nebenstraßen, hielt immer wieder den Atem an, als könnte man sie bereits hören, wenn sie Luft holte. Ihr Vorhaben war riskant. Die Ausgangssperre galt noch die ganze Nacht.

Am Park angekommen, schloss Marguerite ihr Fahrrad an einen Laternenmast an, zwängte sich durch eine Lücke des Zauns und steuerte die abgeschiedene Ecke an, an der sie mit ihrem Kontakt verabredet war. Früher hatten sich dort Liebende getroffen, nun lag dieser Fleck verlassen da. Auch die größte Leidenschaft war es nicht wert, nach der Sperrstunde von einer deutschen Patrouille erwischt zu werden.

Marguerite erreichte den Treffpunkt. Ihr Kontakt war noch nicht da. Sie wartete. Die Tannenzapfen auf dem Boden gaben unter ihren Schuhen nach, fühlten sich an wie tote Mäuse. Sie lauschte in die Stille, spürte, wie die Angst in ihr aufstieg. Für einen frühen Junimorgen war es frisch. Marguerite trat von einem Bein aufs andere, blickte sich um.

Sie trug einen schwarzen Trenchcoat und hatte ein dunkelgraues Kopftuch umgebunden, war nicht mehr als ein Schatten unter Schatten. Um ihr helles Gesicht zu verbergen, senkte sie den Kopf. Im Krieg war sie abgemagert, aus der Distanz hätte sie ein junges Mädchen sein können oder eine alte Frau.

Der Kontakt, mit dem sie sich treffen sollte, würde nicht versuchen, ihr ins Gesicht zu blicken, und sie nicht in seines, so lautete die Regel. Anonymität war lebensnotwendig und Blicketauschen gefährlich. Ein brauner Umschlag würde von einer behandschuhten Hand in eine andere wandern, mehr war nicht erforderlich. Nur dazu würde man zusammenkommen, Verwechslungen waren ausgeschlossen. Niemand außer ihnen wäre so mutig, sich während der Ausgangssperre hierherzubegeben. Wozu auch?

Bei Fliegeralarm fielen die Treffen aus und wurden automatisch auf eine Stunde nach der Entwarnung verlegt. Marguerite war sicher gewesen, so bald nach einem Luftangriff würde es im Park keine deutschen Patrouillen geben. Zwar traten die Deutschen stets knallhart und übermächtig auf, doch in den Nächten, in denen Bomben fielen, zogen auch sie die Köpfe ein und blieben in ihren Unterkünften. An diese Hoffnung klammerte sich Marguerite, während sie auf die Schritte ihres Kontakts horchte, die die Stille so leise durchbrechen würden, dass sie nur von denen wahrgenommen wurden, die darauf achteten.

Doch was die Patrouillen anging, hatte Marguerite sich geirrt. Durch die Bäume tauchte der Schein einer Taschenlampe auf. Der Lichtkegel näherte sich, streifte über den Pfad, über den sie gekommen war, verfehlte nur knapp die Ecke, in der sie sich verbarg. Dann war Hundegebell zu hören, heisere Laute, als zerrten die Tiere an ihren Leinen und die Halsbänder drückten auf ihre Kehlen.

Marguerite wurde panisch. Zu ihrer Rechten tauchte ein großer Schatten auf, ein Schuh rutschte auf etwas aus. Gleichzeitig fragte vor ihr eine raue Stimme in unbeholfenem Französisch, wer da sei. Die Hunde hatten Marguerites Angst gewittert und die Männer, die sie führten, auf sie aufmerksam gemacht.

Sie presste sich gegen einen Baum, entzog sich dem Schein der Taschenlampe, der über Sträucher und Blumenbeete strich. Sie betete, dass die Deutschen Uniformen und Stiefel sauber halten wollten, sich weder durch Gestrüpp kämpfen noch durch vermoderndes Laub waten wollten. Die Hunde bellten noch aufgeregter. Nun konnte Marguerite sie erkennen. Es waren Schäferhunde, sie standen auf den Hinterläufen und rissen an ihren Leinen.

Auch der Schatten kam näher. Marguerite erkannte eine hochgewachsene Gestalt und einen schwarzen Mantel. Demnach handelte es sich nicht um ihren Kontakt, dessen Umrisse bisher immer weiblich gewesen waren.

Von der anderen Seite kam das Licht der Taschenlampe noch dichter heran. Marguerite schluckte ihre Angst hinunter, spürte den Umschlag, der in ihrem Rockbund steckte. Falls derjenige mit der Taschenlampe noch einen Schritt auf sie zu machte, wäre sie nicht mehr im Dunkeln, könnte nicht mehr tun, als wäre sie Teil eines Baums.

Nun konnte sie bereits die Haarcreme der Männer riechen, hörte Hundekrallen Halt suchend auf der Erde scharren. Gleich würde eines der Tiere sie entdecken.

Nun wurde etwas auf Deutsch gesagt.

Der Mann im schwarzen Mantel trat vor, verstellte der Patrouille den Blick auf Marguerite, als ob er sie beschützen wollte. Dann wandte er sich langsam zu ihr um. Er war nicht ihr Kontakt, hätte sie angreifen können, doch das tat er nicht. Ihr blieb keine Wahl, als ihm spontan zu vertrauen.

»Küssen Sie mich«, flüsterte Marguerite.

Er zögerte einen Moment, doch dann spürte sie seine Lippen und seine Arme, die sie umschlangen.

Die Hunde verstummten, die Stiefelschritte verharrten. Marguerite hörte das laute, schnelle Schlagen ihres Herzens, spürte die Wärme des Fremden, der sie umfangen hielt, und überließ sich seinen Küssen.

Erst als er sich von ihr löste, nahm sie die Deutschen wahr – drei Wehrmachtssoldaten –, die ihnen breit grinsend gegenüberstanden. Der Fremde trat zurück, wandte sich zu den Zuschauern um. Einer der Soldaten leuchtete mit der Taschenlampe in Marguerites Gesicht.

Marguerite war noch etwas atemlos, doch der Mann, der

sie geküsst hatte, zog mit ruhiger Hand ein Taschentuch hervor, wischte sich Marguerites Lippenstift vom Mund und steckte das Taschentuch wieder ein.

»Was tun Sie hier während der Ausgangssperre?«

Es war der kleinste der drei Soldaten, der die Frage auf Französisch blaffte. Vielleicht wollte er die fehlenden Zentimeter wettmachen. Marguerite fand es verwunderlich, dass die Wehrmacht jemanden mit seiner Statur in ihre Reihen aufgenommen hatte. Ihre Not musste mittlerweile groß sein.

Der Fremde zog Marguerite an sich. »Ist das nicht offensichtlich?«

Der kleine Soldat lachte hämisch. »Ich könnte Sie festnehmen.«

»Aus welchem Grund? Weil ich eine schöne Frau geküsst habe? Seit wann ist das verboten?«

Der Soldat musterte Marguerite von Kopf bis Fuß. Ihr stellten sich die Haare auf, doch es hätte schlimmer kommen können. Er hätte sie durchsuchen können.

»Können wir Ihnen behilflich sein?«, fragte der Fremde.

Er sollte es nicht auf die Spitze treiben, dachte Marguerite, doch da er sie gerettet hatte, verzieh sie ihm.

Noch immer taxierte der Soldat Marguerite, als wäre sie ein Stück Fleisch im Schaufenster einer Metzgerei. »Also gut, diesmal drücke ich ein Auge zu«, sagte er. »Geht nach Hause und ins Bett. Ihr macht uns sonst neidisch.«

Bevor Marguerite gehorsam nicken konnte, waren die Soldaten verschwunden. Der Mann im schwarzen Mantel, an den sie als ihren Retter dachte, trat zurück.

»Alles in Ordnung?«, fragte er.

Nun, in der ersten Morgendämmerung stellte sie fest, dass er blaue Augen und dichtes, dunkles Haar hatte.

»Danke, dass Sie mich gerettet haben.«

»Wahrscheinlich haben wir einander gerettet.«

Seit sie seinen Körper nicht mehr spürte, schien es kälter geworden zu sein. Auf einmal war er kein leidenschaftlicher Liebhaber mehr, sondern zu einem höflichen Fremden geworden.

»Angesichts der Umstände, die uns hierhergeführt haben, machen wir uns besser nicht miteinander bekannt.«

Marguerite schluckte ihre Enttäuschung hinunter. Warum wollte er nichts über sie erfahren? Wie konnte er sie in einem Moment hingebungsvoll küssen und im nächsten tun, als wäre nichts gewesen?

»Sie gehen besser nicht allein nach Hause«, sagte er. »Darf ich Sie begleiten?«

Sie verließen den Park und überquerten die Straße.

An ihrem Fahrrad angekommen, sagte Marguerite: »Ab hier komme ich allein zurecht.«

Er hatte ihr nicht erklärt, was er zu so später Stunde im Park verloren hatte, und sie wollte ihn nicht danach fragen. Er war irgendjemand von irgendwoher, mehr musste sie nicht wissen. Sie hatten einander geholfen, weiter nichts.

Er blickte sich um, schien auf Schritte zu horchen, doch da war niemand. »Sind Sie sicher?«

Marguerite nickte, gab sich entschlossener, als sie war.

Bevor er sich verabschiedete, ruhte sein Blick noch ein paar Sekunden auf ihr. Sie stieg auf ihr Fahrrad und fuhr davon.

Einen Moment lang war sie frustriert, dass die Übergabe des Umschlags nicht stattgefunden hatte, doch dann kehrten ihre Gedanken zu dem Fremden zurück. Sie wollte sich nicht nach ihm umdrehen, ihm nicht zeigen, wie sehr sie wünschte, er würde noch dastehen und ihr nachschauen.

Kapitel 2

Marguerite lehnte ihr Rad an die Steinmauer des alten Bauernhauses. Simone erschien in der Eingangstür. Sogar im blassen Licht der Morgendämmerung erkannte Marguerite die Sorge in den Augen ihrer Freundin.

»Ist alles gut gelaufen? Du warst so lange fort.«

»Die Übergabe war nicht möglich, der Kontakt war nicht da. Und beinahe hätte mich eine deutsche Patrouille geschnappt.«

»Ist dir jemand gefolgt?«

Um Simone zu bedeuten, dass sie still sein solle, legte Marguerite einen Zeigefinger auf ihre Lippen und schob ihre Freundin ins Haus. Zwar lebte der nächste Nachbar rund fünfhundert Meter entfernt, doch es bestand immer die Möglichkeit, dass es jemanden gab, der frühmorgens umherstreifte und etwas mitbekam. Selbst hier im einst lebenslustigen Süden Frankreichs hatte der Krieg dazu geführt, dass die Menschen anders geworden waren und einander wegen kleinster Kleinigkeiten denunzierten – weil jemand mehr Hühner besaß, als erlaubt war, oder nach der Apfelernte zu viele Äpfel für sich behalten hatte, statt sie an der Sammelstelle abzugeben.

Als Marguerite den Flur betrat, atmete sie auf, streifte ihre Schuhe ab und spürte die angenehm kühlen Steinfliesen unter ihren bloßen Füßen. Zweihundert Jahre alt war das Bauernhaus. Es verlieh ihm etwas Solides und Unerschütterliches, das Marguerite als tröstlich empfand. Vor zehn Jahren hatte sie hier Zuflucht gefunden, in einem Haus und einer Umgebung, die ihre Malerei inspirierten. Inzwischen war ihr, als wäre ihre Seele mit dem Haus ebenso verwachsen wie die Weinranken, die an den Außenmauern emporkletterten.

Leise schloss Marguerite die Eingangstür, umarmte Simone und versicherte ihr, dass ihr niemand gefolgt war. »Du siehst müde aus«, sagte sie.

»Ich habe auf dich gewartet«, entgegnete Simone. »Ich wollte mich vergewissern, dass dir nichts zugestoßen ist.«

Das Leid, das der Krieg mit sich brachte, hatte Simones schönes Gesicht gezeichnet. Auch ihr Haar war nun eher grau als schwarz, die Augen eingesunken, die Wangenknochen sprangen scharf hervor, und nicht einmal der mediterrane Sommer hatte ihre Blässe aufheben können. Dafür hatten Mangelernährung und Kummer gesorgt.

Als sie einander kennenlernten, waren sie achtzehn Jahre alt gewesen. Marguerite hatte an der Londoner Slade School of Fine Art studiert, Simone war in der Familie einer ihrer Professoren die französische Nanny gewesen. In dieser Familie waren sie einander begegnet und schon bald unzertrennlich gewesen. Gemeinsam zogen sie durch das London der zwanziger Jahre. Simone war eine dunkeläugige Schönheit, Marguerite ein heller Typ und einen guten Kopf größer als ihre Freundin. Äußerlich unterschieden sie sich wie Tag und Nacht, doch ansonsten waren sie ein Herz und eine Seele. Sie dachten gleich, lachten über dasselbe, vertrauten einander.

Marguerite berichtete Simone von der Patrouille im Park und dem schwarz gekleideten Unbekannten, der sie gerettet hatte. Auch von den wundervollen Küssen erzählte sie ihr. Mit großen Augen hörte Simone ihr zu. Doch dann legte sie den Finger an den Mund.

»Wir müssen leise sein.« Simone öffnete die Tür zum Wohnzimmer und deutete auf die Frau, die auf dem Sofa schlief.

»Jeanne ist gekommen«, flüsterte sie. »Sie ist erschöpft, ich habe es nicht übers Herz gebracht, sie zu wecken und nach Hause zu schicken. Es ist nur so schrecklich, dass wir nicht genug zu essen haben. Sie und ihr Ungeborenes müssen doch vernünftig ernährt werden.«

Jeanne war die Tochter von Simones Freundin Nicole. Ihr Mann war in Deutschland in einem Zwangsarbeiterlager, so dass sich nun Nicole, Simone und Marguerite um die Schwangere kümmerten.

Simone raffte die heruntergefallene Wolldecke auf und breitete sie wieder über Jeanne. Dann schloss sie lautlos die Tür.

Die beiden Frauen betraten die Küche. Simone holte den Rest der täglichen Brotration aus der Speisekammer und reichte ihn Marguerite.

»Ich habe an der Tür deines Ateliers ein neues Vorhängeschloss angebracht«, sagte sie. »Es ist nur vorübergehend. Der Schüssel liegt im Geheimfach der Anrichte. Denk dran, dass du das Fach mit dem Stiel eines Kaffeelöffels öffnen musst.«

Marguerite brach das Stück Brot in zwei Teile und reichte die Hälfte Simone. Sie konnte nicht essen, wenn sie wusste, dass ihre Freundin Hunger hatte. »Und warum? Im Atelier gibt es doch nichts zu stehlen.«

Marguerites Atelier befand sich in der alten Holzscheune an der Seite des Bauernhauses. Es war der einzige Ort, an dem der Krieg nicht an sie heranreichen konnte. Die Außenwelt versank, sobald sie die Tür hinter sich schloss.

An Simones Blick erkannte Marguerite, dass es ein Problem gab. Und dass es mit ihrem Atelier zusammenhing, für das man plötzlich ein Vorhängeschloss brauchte. Sie nahm einen Kaffeelöffel von der Abtropffläche des Spülbeckens, öffnete das Geheimfach der Anrichte und holte den Schlüssel heraus. Dann steckte sie sich das letzte Stück Brot in den Mund und lief auf bloßen Füßen zum Atelier.

Simone folgte ihr. »Du musst dir keine Sorgen machen. Es ist wirklich nur für kurze Zeit. Und niemand wird die Sachen finden.«

Es war ein so altes und rostiges Vorhängeschloss, dass es einen Moment dauerte, bis Marguerite den Schlüssel gedreht hatte.

»Mach die Tür nicht so weit auf«, sagte Simone.

Marguerite schluckte den Bissen Brot hinunter und trat ein. Sie zog die Jalousien an den Fenstern hoch. Ein Streifen Mondlicht fiel in den Raum.

Simone ließ die Jalousien wieder herunter. Doch Marguerite hatte die grobe Wolldecke in der Ecke registriert, die irgendetwas verbarg. Fluchend hob sie die Decke hoch und sah, was darunterlag.

»Das haben wir Armand zu verdanken, oder?«

»Es tut mir leid«, sagte Simone. »Er hat es ohne meine Erlaubnis getan. Morgen wird alles verschwunden sein, das hat er mir versprochen. Aber er brauchte rasch ein Versteck. Jemand hat ihm gesagt, dass die Garage, in der er alles verborgen hatte, durchsucht würde.«

Marguerite betrachtete die Waffen und die Munition.

»Woher hat er die Sachen?«

»Von italienischen Soldaten. Auf dem Rückzug haben einige ihre Waffen fallen lassen. Andere haben ihre Waffen zum Verkauf angeboten.«

»Und sie wussten, dass sie in Armand einen Abnehmer finden?«

Simone und Armand waren seit Jahren ein Liebespaar, doch Marguerite verstand nicht, warum Simone ihm gestattete, zu tun und zu lassen, was er wollte.

Armand war der Besitzer einer beliebten Bar in der Stadt, doch das war nicht alles. Über seine weiteren Aktivitäten wurde jedoch nur gemunkelt. Es waren gefährliche Zeiten, in denen viele lieber absichtlich wegschauten. Und nur die wenigsten wagten, etwas zu tun, wofür ihnen vielleicht nach dem Krieg ein Denkmal errichtet werden würde.

»Es tut mir leid«, sagte Simone zum zweiten Mal. »Ich weiß, dass du keinen Ärger riskieren darfst, doch den Grund kennt Armand ja nicht. Er leidet unter den Besatzern und hofft, dass die Alliierten uns bald befreien. Und nun möchte er diese Waffen verbergen, bis die Résistance sie braucht, um die Alliierten auf ihrem Vormarsch zu unterstützen.«

Aufgrund seiner schwachen Brust, die er einer Tuberkulose in Kindertagen verdankte, war Armand bei Kriegsbeginn nicht eingezogen worden. Auch die Deutschen hatten ihn wegen seines schlechten Gesundheitszustands nicht als Zwangsarbeiter rekrutiert. Und so führte Armand nun auf seine Weise Krieg.

Als ihre Augen sich an das Dämmerlicht gewöhnt hatten, erkannte Marguerite noch mehr Wolldecken, unter denen sich Waffen und Munition verbargen. Es machte ihr nicht nur Angst, sondern ihr war auch, als wäre ihr Zufluchtsort entweiht worden. Sie wandte sich Simone zu. »Sag Armand, dass er das Zeug so bald wie möglich wegschaffen muss. Ich möchte malen, möchte mein Atelier wiederhaben. Bei geschlossenen Jalousien kann ich nicht malen.«

»Was ist denn los?«, ertönte eine Stimme in ihrem Rücken. »Ihr redet so laut, dass ihr noch die ganze Gegend aufweckt.«

Es war Jeanne, die mit müdem Blick am Türpfosten lehnte und ihren runden Bauch hielt.

»Ach nichts«, entgegnete Marguerite. »Entschuldige, dass wir dich geweckt haben. Leg dich oben in mein Bett und schlaf weiter. Ich nehme das Sofa.«

Jeanne gähnte. Dann fiel ihr Blick auf die Wolldecken. »War Armand wieder hier?«

Simone zuckte die Achseln. »Steh da nicht in der frischen Nachtluft. Nimm lieber Marguerites Angebot an, bevor sie es sich anders überlegt.«

Als Jeanne verschwunden war, sagte Simone: »Morgen ist alles fort. Spätestens übermorgen. Versprochen.«

Kapitel 3

Als Marguerite am nächsten Morgen ihr Atelier aufschloss, kam ein Junge namens Biquet angelaufen und überbrachte ihr ein Schreiben des Bürgermeisters. Sie solle sich bei ihm melden, hieß es darin.

Biquet schob die Hände in die Taschen seiner zerlumpten Hose und ließ die wenigen Münzen darin klimpern.

Marguerite faltete den Brief zusammen und steckte ihn ein. Mit wehem Herz betrachtete sie das blasse Gesicht des Jungen. »Hast du schon gefrühstückt? Wir haben Bohneneintopf. Möchtest du etwas?«

Biquet schüttelte den Kopf. »Maman hat gesagt, ich soll anderen Leuten nichts wegessen.«

Marguerite zerzauste ihm das Haar und drückte ihm ein paar Centimes in die Hand. »Ab mit dir, sonst kommst du zu spät zur Schule.«

Biquet war zwölf Jahre alt, die Schule spielte in seinem Leben bereits seit einer Weile keine Rolle mehr. Sein Vater war gleich am Anfang des Kriegs gegen die Deutschen gefallen, seitdem kümmerte sich Biquet um seine Mutter. Er war ein aufgeweckter, liebenswerter Junge und stets zur Stelle, wenn man ihn brauchte.

»Kommst du später zum Malunterricht?«

Biquet warf sich in die Brust und strahlte. »Natürlich, Madame.«

Seit zwei Jahren half Biquet Marguerite im Atelier und erhielt dafür Malunterricht. Zwar brauchte sie keinen Helfer, denn es gab kaum etwas zu tun, doch Biquet war der vielversprechendste ihrer Schüler; dass er sie nicht bezahlen konnte, interessierte Marguerite nicht.

Marguerite ging zu Simone und erzählte ihr, dass der Bürgermeister sie zu sich bestellt habe. Simone runzelte die Stirn. »Was will er von dir?«

»Das erzähle ich dir, wenn ich bei ihm war und er es mir gesagt hat.«

Marguerite verließ das Haus und holte ihr Fahrrad.

»Pass auf dich auf«, rief Simone ihr nach. »Geh keine Risiken ein.«

»Natürlich passe ich auf mich auf«, antwortete Marguerite. »Du aber bitte auch. Und sieh zu, dass Jeanne etwas isst. Ich habe ihr ein Stück Brot auf den Nachttisch gelegt. Sag ihr, das soll sie knabbern, bevor sie aufsteht.«

Jeanne litt noch immer an morgendlicher Übelkeit, obwohl diese Phase ihrer Schwangerschaft längst vorbei sein müsste. Marguerite glaubte, dass auch das die Schuld des Kriegs und der Besatzung war. Bis zur Befreiung mussten sie deshalb so gut wie möglich füreinander da sein. Zu überleben hieß den Feind besiegen.

*

Es war Vormittag, als Marguerite den Stadtrand von Nizza erreichte. Die Straßen lagen verlassen da. Vor dem Krieg wären um diese Uhrzeit Leute unterwegs gewesen, wären einkaufen oder spazieren gegangen, hätten Hunde ausgeführt, zusammengestanden und geplaudert. Doch nun gab es nicht mehr viel, das man hätte kaufen können, und das Geld war so knapp, dass sich kaum jemand leisten konnte, ein Haustier zu halten. Abgesehen davon dürfte den meisten nicht nach Spaziergängen und Plaudereien zumute sein. Zu viele Menschen waren scheu oder abweisend geworden, nickten ihren Bekannten nur noch zu. Worüber hätten sie denn reden sollen, wieder über den Krieg, die Deutschen und den Hunger?

Auch auf der großen Promenade des Anglais hatte früher ein lebhaftes Treiben geherrscht, in den stets ausgebuchten Hotels hatten ausländische Gäste logiert. Wohlhabende Amerikaner und Aristokraten aller Länder waren einst wegen der Sonne, des Weins und der Kochkünste der Franzosen an die Côte d'Azur gekommen. Künstler hatten sich aufgrund des einzigartigen Lichts angesiedelt, hatten das freizügige Leben kennen- und liebengelernt. Damals begegnete man auf der Promenade Filmstars, bewunderte die Frauen, mit denen sie sich umgaben.

Marguerite dachte an den letzten Sommer vor dem Krieg. Abends hatte es in den Luxushotels Bälle gegeben, Feuerwerke über der Stadt oder am Strand, Konzerte im Freien, Partys, und bei Einbruch der Dunkelheit hatten an der Promenade Lichterketten gefunkelt; die Frauen trugen Kleider berühmter französischer Couturiers. Man hatte das Leben genossen, als gäbe es kein Morgen. Kaum jemand sah den Krieg kommen – nicht hier, im paradiesischen Nizza. Und sollten die Deutschen doch angreifen, hatten sie sich auf die Maginot-Linie verlassen, die Frankreich schützen würde. Wer hätte ahnen können, dass die Deutschen sie einfach umgehen würden?

Nun waren an den meisten Geschäften die Rollläden heruntergelassen, in den Eingängen der Hotels türmten sich Sandsäcke auf. Das Flair der Grandhotels war mit den einmarschierenden Besatzern verschwunden, ebenso die Leichtigkeit des Lebens.

Die Ankunft der Besatzer – zuerst die Italiener, dann die Deutschen – hatte den Bewohnern der Stadt gezeigt, wie schnell sich das Leben im Krieg zum Schlechten wenden konnte.

Im vergangenen September hatten Marguerite und Simone auf dem Burgberg von Nizza gestanden, umgeben vom Duft der Pinien und Eukalyptusbäume, und zugesehen, wie die italienischen Truppen die Stadt fluchtartig verließen. Fast ein Jahr lang hatten sie den Südosten Frankreichs besetzt, bis Mussolini gestürzt worden war, und das Königreich Italien mit den Westalliierten ein Waffenstillstandsabkommen geschlossen hatte. Viele der italienischen Soldaten stammten aus ländlichen Gebieten, vielleicht hatten sie ihre Gewehre gern wieder gegen Hacke und Spaten getauscht. Einige dieser Gewehre befanden sich nun in Marguerites Atelier.

Einen Tag nach dem Abzug der italienischen Truppen war die Wehrmacht einmarschiert, das Donnern ihrer Stiefel hatte von den Mauern der Häuser widergehallt. Marguerite hatte die kalten Blicke der Soldaten gesehen, die über das eroberte Nizza glitten, und sie hatte sich geschüttelt.

Die neuen Besatzer führten ein härteres Regiment als die

aufschneiderischen Italiener, bei denen man mitunter den Eindruck gehabt hatte, dass sie ihre Stationierung an der Côte d'Azur als Urlaub betrachteten. Die Deutschen waren steif, unbarmherzig, und die Fahnen mit dem schwarzen Hakenkreuz, die nun an jedem öffentlichen Gebäude wehten, hatten etwas Beängstigendes.

Marguerite bog auf die Place Masséna. An der Fontaine du Soleil, dem großartigen Springbrunnen in der Mitte des Platzes, standen Wehrmachtssoldaten. Marguerite schnupperte dem Rauch ihrer Zigaretten nach. Sie enthielten echten Tabak, wohingegen die Franzosen sich mit getrockneten Wein- und Eukalyptusblättern begnügen mussten. Auch die makellosen feldgrauen Uniformen unterschieden sich von der einheimischen Kleidung, die während des Kriegs fadenscheinig und den meisten zu weit geworden war. Marguerite musste die Hose, die ihr einmal gepasst hatte, mit einem alten Ledergürtel binden, damit sie nicht herunterrutschte.

Die Soldaten nickten ihr zu. Marguerite erwiderte den Gruß hastig, wagte kaum, die Männer anzusehen. Sie kettete ihr Fahrrad an und ließ ihren Blick über die imposante Fassade des Rathauses wandern.

Früher hatte es kaum einen Grund gegeben, sich vor einem Besuch im Rathaus zu fürchten. Die Vorschriften, die erlassen wurden, lösten höchstens kleine Irritationen aus. Mal wurde festgelegt, in welchen Farben die Fensterläden der Häuser gestrichen werden durften, mal ging es um die erlaubte Menge Selbstgebrannten, weiter war es nichts. Nun jedoch war der Bürgermeister angehalten, die strengen Anordnungen der Deutschen umzusetzen.

Marguerite betrat das Rathaus und schlug den Weg zum Büro des Bürgermeisters ein. Sie lächelte dem betagten Amtsdiener im Vorzimmer zu. Bereits bei ihrem ersten Besuch im Rathaus vor vielen Jahren hatte Émile dort gesessen, und er plante offenbar nicht, in Rente zu gehen. Die Einheimischen waren ein zähes Volk, rau wie die Berge des Esterel und kraftvoll wie das Mittelmeer an stürmischen Tagen. In den Ruhestand begab man sich, wenn man gebrechlich geworden war.

Émile erwiderte ihr Lächeln. »Gehen Sie durch, Madame, der Bürgermeister erwartet Sie.«

Marguerite galt als ledige Frau, doch »Mademoiselle« schien Émile als Anrede für eine Vierzigjährige nicht mehr angemessen.

Marguerite betrat das Büro. Sie hatte damit gerechnet, Pierre Jupin am Schreibtisch zu sehen, einen Mann mit weichen, liebenswürdigen Gesichtszügen. Zu ihrem Erstaunen saß dort Yves Musel, der sie, obwohl sie einander kannten, weder begrüßte noch anlächelte.

Er warf einen Blick auf seine Armbanduhr und winkte sie zu dem Besucherstuhl vor seinem Schreibtisch.

»Danke, dass Sie so prompt erschienen sind.« Musel schlug den Aktenordner auf dem Schreibtisch auf. Er tat es mit einer so großartigen Geste, als stünde in dem Ordner der Name eines Preisträgers und als wolle er die Spannung erhöhen.

»Wo ist Monsieur Jupin?«, fragte Marguerite. »Macht er ein paar Tage Urlaub?«

Musel schüttelte den Kopf. »Jupin hat sich nicht mehr imstande gefühlt, das Amt auszufüllen. Unsere neuen Besatzer verlangen ein hohes Maß an bürokratischer Sorgfalt. Das ist ihm zu viel geworden.«

»Ach«, sagte Marguerite. »Das tut mir leid.«

Musel wirkte pikiert. »Ich habe mich für das Amt zur Verfügung gestellt, und niemand hatte etwas dagegen.«

Marguerite fragte sich, was die Bewohner von Nizza tatsächlich von seiner Nachfolge hielten. Für gewöhnlich hatte jeder von ihnen eine Meinung zu dem, was in der Stadt geschah.

»Aber werden Sie der Bank nicht fehlen?«, fragte sie.

Musel zuckte mit den Schultern. »Jeder Idiot kann Geld zählen. Hier bin ich mit meinen Fähigkeiten besser aufgehoben.«

Marguerite wunderte sich über seine unfreundliche Art. Sie hatte ihn und seine Frau für gute Bekannte gehalten. Den beiden Töchtern gab sie seit drei Jahren samstagnachmittags im Haus der Musels Malunterricht. Zählte das nicht mehr?

Aber vielleicht hatte sein Benehmen mit seiner neuen Position zu tun. Womöglich verhielt er sich so, wenn er im Amt war, und wurde, wenn er das Rathaus verließ, wieder zu dem Mann, den Marguerite kannte. Immerhin hatte er es tagsüber nicht nur mit Franzosen, sondern auch mit der Besatzungsmacht zu tun. Dennoch war sie verunsichert.

Musel konzentrierte sich auf den Aktenordner. »Zurzeit gehe ich die Akten durch, um festzustellen, ob sie ordnungsgemäß geführt wurden.«

Marguerite spürte, wie ihre Hände feucht wurden. »Ich bin sicher, dass Monsieur Jupin keine Unregelmäßigkeiten geduldet hat.«

Musel sah auf. Zwischen seinen Brauen hatte sich eine senkrechte Falte gebildet. »Seit wann leben Sie in Nizza?«

Marguerite blickte ihn konsterniert an. Nach jedem Malunterricht hatte sie mit Musel und seiner Frau ein Glas Wein getrunken. Musel war ein charmanter Gastgeber gewesen, gut aufgelegt, unterhaltsam. Sie kannte das fröhliche Funkeln seiner Augen und konnte nicht fassen, dass dieselben Augen nun hart wie Steine wirkten.

Sie musste sich zwingen, Musels Blick standzuhalten. »Seit Sommer 1934.«

»Darf ich Ihre Kennkarte sehen?«

Marguerite holte den Ausweis aus ihrer Handtasche und reichte ihn Musel. »Wie Sie feststellen werden, ist alles in Ordnung.«

Musel verglich die Angaben auf der Kennkarte mit denen in seiner Akte. Dann schob er Marguerite den Ausweis wieder zu. »Und zuvor haben Sie in Paris gelebt?«

»Aber das wissen Sie doch, darüber haben wir oft gesprochen. Simone hat das Haus ihrer Großmutter geerbt. Sie wusste, dass Paris für mich zu teuer war und schlug mir vor, hierherzuziehen und bei ihr zu wohnen.«

Musel verzog das Gesicht. Der Gedanke, dass zwei Frauen zusammenlebten, schien ihm plötzlich unangenehm zu sein, obwohl davon bisher nie etwas zu erkennen gewesen war. Zudem war allgemein bekannt, dass Simone mit Armand liiert war.

Musel lehnte sich zurück und betrachtete Marguerite, als wäre sie eine Fremde. Die Samstagnachmittage in seinem Haus spielten offenbar keine Rolle mehr.

Musel runzelte die Stirn. »Wem verkaufen Sie eigentlich Ihre Bilder, seitdem wir keine Touristen mehr haben?«

»Monsieur Boucher stellt einige in seiner Galerie aus, auch wenn es seit Kriegsbeginn kaum noch Käufer gibt. Ich lebe hauptsächlich vom Malunterricht und von Privataufträgen. Natürlich sind auch Privataufträge selten und Malutensilien knapp geworden.«

»Ihren Bildern fehlt es an Originalität«, sagte Musel und lächelte abfällig. »Vielleicht ist das das Problem. Sie sollten einen eigenen Stil entwickeln.

Bisher hatte er Marguerite stets erklärt, wie gut ihm ihre Gemälde gefielen.

»Das letzte Ihrer Bilder, das ich gesehen habe, erinnerte mich stark an diese englische Malerin namens ...« Er kam nicht auf den Namen und schnippte ungeduldig mit den Fingern. »Ich meine die mit dem berühmten Bruder.«

Er meinte Gwen John, die Schwester von Augustus John, die jedoch Waliserin war, aber Marguerite schien es klüger, Musel nicht zu korrigieren. »Die meisten Menschen wollen in ihren Räumen Bilder, auf denen ruhige Landschaften oder Stillleben zu sehen sind. Selbst wenn sie von einer unbekannten Künstlerin gemalt wurden.«

Musel schüttelte den Kopf. »Niemand in Frankreich möchte an etwas Englisches erinnert werden. Die Engländer hätten die Invasion der Deutschen verhindern können. Sie haben sich zurückgehalten, obwohl wir ihre Hilfe dringend nötig hatten. Der Rückzug aus Dünkirchen war eine Schande. Ihnen haben wir unser Leid zu verdanken.«

So einfach war es nicht, hätte Marguerite sagen können.

Und dass im Krieg nie etwas einfach war. Doch sie zog es vor, zu schweigen.

Musels Blick wurde bohrend. »Ihr Leben dürfte ziemlich bescheiden sein.«

Seit Kriegsbeginn war das Leben für die meisten Franzosen bescheiden.

»Simone hat ihr Gehalt als Lehrerin«, entgegnete Marguerite. »Und wir haben Gemüse im Garten angebaut. Wir schlagen uns durch. Wie alle anderen auch.«

Musel blätterte in dem Ordner, der, wie Marguerite erschrocken feststellte, speziell für sie angelegt worden war.

»Die Angaben auf Ihrer Kennkarte sind mit denen, die wir haben, identisch.«

»Dann ist ja alles gut.«

»Waren das auch die Angaben, mit denen Sie sich damals bei uns angemeldet haben?«

»Ja natürlich.«

Musel verschränkte die Arme vor der Brust. »Aufgrund der neuen Vorschriften bin ich angehalten, unsere Akten genau zu überprüfen. Ich habe Ihre Angaben nach Paris durchgegeben und erfahren, dass Marguerite Segal, wie Sie sich nennen, 1932 bei einem Brand in ihrem Haus ums Leben gekommen ist.«

Marguerite befahl sich, ruhig zu bleiben. »Es wird eine andere Marguerite Segal gewesen sein.«

»Sie hatte aber dasselbe Geburtsdatum.«

»Das muss Zufall sein«, erwiderte Marguerite. »Oder jemand hat sich vertan.«

»Möglich«, sagte Musel. »Aber wie soll ich diesen Zufall unseren Besatzern erklären?«

Musels Ton war sachlich, doch er beobachtete Marguerite genau. Es kostete sie Kraft, eine gelassene Miene beizubehalten. »Als Fehler eines Pariser Verwaltungsbeamten, für den weder Sie noch ich etwas können. Vielleicht sollten wir Monsieur Jupin um Rat bitten, er ist –«

»Monsieur Jupin ist vor drei Tagen gestorben.«

Marguerite blickte Musel bestürzt an.

Seit die Deutschen die Lokalzeitung Nizzas verboten hatten, verbreiteten sich Nachrichten von Mund zu Mund. Warum hatte sie davon nichts gehört?

»Ich wusste nicht, dass er krank war.«

»Er war nicht krank«, entgegnete Musel. »Er hat sich im Garten hinter seinem Haus an einem Baum erhängt. Seine Frau hat ihn gefunden.«

Musel erzählte es, als spräche er über einen Fremden und nicht über den früheren Bürgermeister, mit dem er überdies befreundet gewesen war.

»Verstehe«, sagte Marguerite, obwohl sie rein gar nichts verstand.

»Jupin hatte Sorge, in den Akten könnten Unregelmäßigkeiten zum Vorschein kommen. Nur so lässt sich sein Selbstmord erklären.«

»Der Druck, unter dem er gestanden hat, muss enorm gewesen sein. Sonst hätte er sich niemals zu einem solchen Schritt entschieden.«

Musel blickte in die Akte. »Ich habe nach einer zweiten Marguerite Segal gesucht, aber nur die Frau gefunden, die bei dem Brand umgekommen ist. Was auch bedeutet, dass es Sie offiziell nicht gibt. Wo also sind die Nachweise Ihrer Existenz? Sie werden sich ja nicht in Luft aufgelöst haben.«

Können Sie mir sagen, wo Ihre Mutter Ihre Geburt gemeldet hat?«

Marguerite schüttelte den Kopf. »Ich selbst weiß es nicht, und meine Mutter kann ich nicht mehr fragen. Sie ist gestorben, als ich fünfzehn war. Vielleicht hat sie damals einen Fehler gemacht.«

Marguerite versuchte, ihre Furcht zu verbergen, doch am liebsten wäre sie davongerannt.

Musel musterte Marguerite schweigend. Schließlich sagte er: »Die Ermittlungen werden fortgesetzt, etwas anderes bleibt mir nicht übrig. Bei einer Kontrolle werde ich erklären, dass die Untersuchung noch nicht abgeschlossen ist. Dann kann mir niemand vorwerfen, ich hätte Sie gedeckt.«

Er war eindeutig nicht mehr der joviale Familienvater, der mit Marguerite gescherzt und Wein getrunken hatte. Der gewollt hatte, dass seine Töchter von ihr lernten. Stattdessen war er eine Amtsperson, die ihr misstraute.

Marguerite lächelte höflich, sie wusste, wie man sich verstellte. »Und was bedeutet das für mich?«

Er wies zur Tür, ihr Gespräch war offenbar beendet. »Das können nur Sie beantworten, Marguerite – falls Sie Marguerite heißen.«

Kapitel 4

Marguerite verließ das Rathaus, stieg wieder auf ihr Rad und machte sich auf den Rückweg.

Es dauerte nicht lange, bis sie feststellte, dass ihr jemand folgte. Es war eine Frau, ebenfalls auf einem Fahrrad – einem unauffälligen grauen, das jedoch noch erstaunlich neu aussah.

Im ersten Moment dachte Marguerite, sie bilde sich die Verfolgung nur ein, weil das Gespräch mit Musel ihr Angst gemacht hatte. Hinzu kam ihre Sorge, auch andere könnten sich über ihre Herkunft Gedanken machen, obwohl das kaum möglich war. Sie war stets umsichtig gewesen, hatte ein ruhiges Leben geführt, sich keine Feinde gemacht.

Sie glaubte nicht, dass Musel feindliche Absichten hatte. Sicher versuchte er lediglich, sich selbst und seine Familie zu schützen. Aber würde er sie ausliefern, sollten die Deutschen ihm jemals Fragen über sie stellen? Für sie einstehen würde er jedenfalls nicht, das war Marguerite seit dem Besuch im Rathaus klar.

Um ihre Verfolgerin abzuschütteln, nahm Marguerite auch dieses Mal wieder Nebenstraßen. Zudem fuhr sie schnell, bog mal in diese, mal in jene Gasse. Als sie sich kurz umblickte, war die Frau nicht mehr hinter ihr.

Wehrmachtssoldaten waren nicht zu sehen. Sie patrouillierten die großen Straßen oder saßen in Cafés. Armands

Bar war bei ihnen ebenso beliebt, wie sie es bei den italienischen Besatzern gewesen war. Armand befand sich zwar im geheimen Widerstand gegen die Deutschen, doch auf das Geschäft mit ihnen wollte er offenbar nicht verzichten.

Nun lag die Stadt hinter Marguerite. Noch einmal blickte sie sich um. Die Straße war frei, die Frau auf dem Fahrrad musste die Verfolgung aufgegeben haben.

Marguerite fuhr nun über eine Landstraße, die von Pinien gesäumt wurde. Sie roch den Thymian, der links und rechts der Straße wucherte. Dann tauchte der Weg vor ihr auf, der durch die Felder zu ihrem Bauernhaus führte. Noch einmal wandte sie sich um. Ihre Verfolgerin war wieder da.

Marguerite fuhr langsam, um die Frau zu zwingen, an ihr vorbeizufahren. Doch den Gefallen tat sie ihr nicht. Also fuhr Marguerite wieder schneller. Die Frau tat es ihr nach.

Marguerite bog in den Feldweg zu ihrem Haus. Ihr Schatten folgte ihr. Marguerite drehte sich zu ihr um, ihre Blicke begegneten sich.

»Halten Sie an«, rief die Frau auf Englisch.

Marguerite beschleunigte ihr Tempo. Die Frau holte zu ihr auf und rammte ihr Hinterrad. Marguerite schrie auf und stürzte.

Einen Moment lag sie benommen auf der Erde, dann raffte sie sich fluchend auf.

Die Frau war von ihrem Rad gestiegen. »Warum haben Sie nicht angehalten?«, fragte sie vorwurfsvoll.

Schon anhand der wenigen Worte konnte Marguerite erkennen, dass sie aus einer der Grafschaften rund um London kam. Eine waschechte Engländerin also, auch wenn ihr grauer Rock, die weiße Bluse mit den Biesen und der zu einem Nackenknoten gesteckte Zopf ihr einen französischen Anstrich verliehen. Sie war noch jung, höchstens zwanzig.

Marguerite deutete auf ihr verbogenes Hinterrad. »Ist Ihnen eigentlich bewusst, dass es in Frankreich keine Fahrradersatzteile mehr zu kaufen gibt?«

»Das tut mir sehr leid, aber ich muss mit Ihnen reden.«

»Ich rede nicht mit Fremden«, erwiderte Marguerite zornig.

»Darf ich mich vorstellen? Mein Name ist Violet. Tja, und schon bin ich keine Fremde mehr.« Die Frau streckte die Hand aus, die Marguerite ignorierte.

»Für die Deutschen sind Sie eine Feindin«, sagte Marguerite. »Wenn man Sie erwischt, sind Sie dran.«

»Ich bitte Sie nur um zwei Minuten Ihrer Zeit«, entgegnete Violet und blickte nervös zurück zur Straße.

Marguerite führte ihr lädiertes Rad in den Schatten einer Pinie und lehnte es gegen eine alte, bröckelnde Steinmauer. Sie wischte sich Dreck von ihren aufgeschürften Händen. »Was wollen Sie?«

»Ich bin jedenfalls nicht gekommen, um eine Radtour zu machen, so malerisch die Landschaft auch ist.«

Seit dem Einmarsch der Deutschen hatte Marguerite sich vor einem Moment wie diesem gefürchtet. Sie ließ ihren Blick umherwandern, um sicherzugehen, dass niemand sie beobachtete.

»Schade, dann versäumen Sie etwas.« Marguerite griff nach ihrem Fahrrad, bewegte es vor und zurück, um festzustellen, ob es noch funktionstüchtig war.

Violet hielt ihren Arm fest. Trotz des warmen Tags war

ihre Hand kalt. Nur auf ihrer Oberlippe hatten sich Schweißperlen gebildet. Es war schwer zu sagen, wer von ihnen beiden nervöser war.

»Wie haben Sie mich gefunden?«, fragte Marguerite.

»Das darf ich Ihnen nicht verraten.«

»Was dürfen Sie mir denn verraten? Irgendetwas müssen Sie mir sagen, sonst kann ich Ihnen wohl kaum vertrauen.«

Violet runzelte die Stirn. »Also gut. Sie haben England vor zehn Jahren verlassen, und seitdem hat man Sie dort nicht mehr gesehen. Nun sind Sie hier – dünner als früher und mit kürzerem Haar – leben unter falschem Namen. Sie sind die Frau, die ich kontaktieren soll.«

»Wer hat Sie geschickt?«

»Auch das darf ich nicht verraten.« Violet machte eine Pause, als wolle sie die nächsten Worte mit Bedacht wählen. »Also gut, es war jemand aus Churchills Nachrichtendienst, der Special Operations Executive – kurz SOE genannt.«

Marguerite hatte von dieser englischen Spezialeinsatztruppe gehört, die unter anderem französische Widerstandskämpfer mit Waffen belieferte. Sie hatte nur nie damit gerechnet, jemals einem ihrer Mitglieder gegenüberzustehen. War Violet eine Agentin der SOE? Wollte diese Frau sie, Marguerite, womöglich um Mitarbeit bitten?

»Dann weiß man dort über mich Bescheid?«

Violet nickte. »Auch Monsieur Jupin wusste es. Er hat Sie nur nie auf Ihren falschen Namen angesprochen. Sie dachten wahrscheinlich, er hätte die Fälschung nicht herausgefunden. Wie auch immer, in erster Linie wollte Jupin, dass die Deutschen aus Frankreich vertrieben werden.«

»Und warum hat er sich das Leben genommen?«

Violet sah Marguerite bekümmert an. »Er wird die Hoffnung aufgegeben haben.«

»Und was ist mit seinem Nachfolger – mit Yves Musel?«

»Über den weiß ich nichts.« Violet zuckte mit den Schultern. »Gehen Sie in die Kirche?«

Marguerite schüttelte den Kopf.

»Vielleicht sollten Sie das ab sofort tun. Wir möchten, dass Sie Pater Étienne kennenlernen. Étienne Valade. Er verkehrt mit einer Reihe deutscher Offiziere, insbesondere mit einem namens Otto Schmidt. Finden Sie heraus, auf wessen Seite der Pater steht und ob man ihm trauen kann.«

»Wozu, die Landung der Alliierten steht doch kurz bevor.«

»Wir brauchen bestimmte Unterlagen der Deutschen, um ihnen ihre Kriegsverbrechen nachzuweisen. Unter anderem wollen wir an die Listen mit den Namen der Menschen kommen, die sie hier zusammengetrieben und deportiert haben.«

»Verstehe«, sagte Marguerite. »Diese Unterlagen werden die Deutschen vermutlich vernichten wollen, sollten sie zum Rückzug gezwungen werden.« Sie dachte an die Zeit unter italienischer Besatzung, als so viele Menschen im Südosten Frankreichs Zuflucht gesucht und gefunden hatten. Diese Zuflucht hatte es seit der Ankunft der Deutschen nicht mehr gegeben. »Und warum ist der Pater in diesem Zusammenhang interessant?«

»Wir glauben, dass er mit Schmidt befreundet ist. Bringen Sie ihn dazu, Ihnen Zugang zu den Unterlagen zu verschaffen. Und dann versuchen Sie, die Listen zu fotografieren. Nicht nur, um die Verantwortlichen vor ein Kriegsgericht zu bringen, sondern auch, um die Spuren derer zu verfolgen, die die Deutschen in ihre Konzentrationslager geschickt haben.«

»Ich bin keine Katholikin. Warum sollte dieser Pater mit mir reden, geschweige denn, mich zu diesem Schmidt führen wollen?«

»Vor dem Krieg hatte sein Bruder in Paris eine Galerie für moderne Kunst. Es war ein Familienunternehmen, an dem auch Pater Étienne beteiligt war. Nehmen Sie die Kunst zum Anlass, sich mit ihm anzufreunden. Gewinnen Sie sein Vertrauen, finden Sie heraus, auf welcher Seite er steht. Ziehen Sie ihn auf unsere Seite, falls er mit den Deutschen sympathisiert. Wir können nur über ihn an die Listen gelangen, eine andere Möglichkeit haben wir nicht.«

»Und was ist, wenn er mit den Deutschen kollaboriert und mich denunziert?«

Violet lächelte. »Dann werden Sie hoffentlich dafür sorgen, dass man Ihre Spur nicht zu uns zurückverfolgen kann.«

Das war alles zu plötzlich gekommen, war zu viel auf einmal. Dennoch fragte Marguerite: »Und wem gebe ich Bescheid, sollte ich tatsächlich an diese Unterlagen geraten?«

»Wir werden Sie beobachten und kontaktieren.«

Violet griff in ihre Umhängetasche und zog einen Lederbeutel heraus, den sie Marguerite überreichte.

Marguerite schaute in den Beutel und entdeckte eine Kette mit einem filigranen, silbernen Medaillon, nicht größer als ihr Daumen.

»Diese Kette tragen Sie ab sofort rund um die Uhr«, befahl Violet. »Das Medaillon ist eine Kamera. Mit ihr können Sie die Listen ablichten.«

In dem Beutel befanden sich außerdem eine Pistole und Patronen. Marguerite starrte darauf.

»Die Waffe benutzen Sie nach Ihrem Ermessen«, erklärte Violet. »Und nur im Notfall.«

Der Anblick der Pistole schien beide Frauen gleichermaßen zu beunruhigen. Ein Beweis dafür, wie gefährlich dieser Auftrag war.

»Warum ich?«, fragte Marguerite. »Ich bin Malerin und keine Spionin. Woher soll ich wissen, wie man in so einem Fall vorgeht? Spione werden ausgebildet, diese Ausbildung habe ich nicht.«

»Die brauchen Sie auch nicht. Seit zehn Jahren leben Sie in Frankreich unter falschem Namen. Sind nie aufgeflogen. Sie dürften also durchaus in der Lage sein, andere zu täuschen. Nutzen Sie diese Fähigkeit in unserem Sinn.«

Bevor Marguerite etwas erwidern konnte, verabschiedete Violet sich und griff nach ihrem Rad.

Marguerite sah der Engländerin nach, während diese ihr Rad über den Feldweg schob und in die Luft schnupperte, die nach Pinien, Kräutern und Meer roch. Mit einem Mal war sie nur noch eine junge Frau, die den schönen Sommertag genoss und keine Sorge der Welt hatte.

An der Landstraße wandte Violet sich noch einmal um und formte *Viel Glück* mit den Lippen. Dann stieg sie auf ihr Rad und fuhr davon, wurde kleiner und kleiner, bis ihre Gestalt im weichen Licht des Tages zerfloss.

Hätte Marguerite nicht den Beutel mit der Kette und der

Pistole in den Händen gehalten, hätte sie glauben können, sie hätte die Begegnung mit einer Frau, die sich Violet nannte, geträumt.

Sie hätte wissen müssen, dass ihre wahre Identität sie eines Tages einholen und die Gefahr, der sie entronnen war, sich in anderer Form zeigen würde.

Marguerite tröstete sich mit dem Gedanken, dass sie nun vielleicht etwas zur Bestrafung von Kriegsverbrechern beitragen und sich für diejenigen einsetzen konnte, die unter der Herrschaft der Nationalsozialisten großes Leid erfahren hatten. Dann würde ihr Leben endlich wieder einen Sinn haben, und sie wäre nicht nur eine Frau auf der Flucht. Sie würde aus einer Schattenwelt hinaus- und in eine andere eintreten, würde für etwas kämpfen. Violet hatte recht gehabt, sie brauchte keine Ausbildung. Sie hatte gelernt, mit der Lüge zu leben. Darauf konnte sie zurückgreifen.

Kapitel 5

Aufgrund des verbogenen Hinterrads war Marguerite gezwungen, ihr Fahrrad auf dem restlichen Weg zu schieben. Währenddessen ließ sie die Begegnung mit Violet noch einmal Revue passieren.

Falls sie dem Wunsch der SOE folgte, wäre das größte Problem vermutlich, an diesen Pater heranzukommen. Sie wusste weder etwas über ihn noch über die katholische Kirche, und für sie als Frau dürfte er sich als Priester kaum interessieren. Bliebe nur ihr gemeinsames Interesse an der Malerei. Vielleicht würde sie einen Weg finden, ihm ihre Bilder zu zeigen. Aber würden sie ihn interessieren? Würde er in der Lage sein, die Gefühle zu erkennen, die sich sogar in den einfachsten Stillleben und den kommerziellen Motiven verbargen? Beinahe jedes ihrer Gemälde war eine melancholische Studie der Einsamkeit. Würde das vielleicht einen Mann ansprechen, der im Zölibat lebte, der sich für die Einsamkeit entschieden hatte?

Aber wer hatte diese Nachrichtenorganisation Churchills auf sie aufmerksam gemacht? Nur Simone kann Marguerites richtigen Namen und die Gründe für ihre Flucht aus England. Doch Simone hätte sie niemals verraten, ihr würde Marguerite ihr Leben anvertrauen. Nein, irgendein anderer musste hinter die Wahrheit gekommen sein und sie aufgespürt haben. Oder derjenige hatte von jeher Bescheid gewusst und sie nie aus den Augen gelassen.

Als Marguerite das Bauernhaus erreichte, stand Simone oben am offenen Fenster und rief: »Was ist mit dem Fahrrad passiert?«

Marguerite hielt eine aufgeschürfte Hand hoch. »Eine Kollision. Bin gestürzt. Ist Jeanne noch da?«

»Ist vor Kurzem gegangen und hat sich für das Brot bedankt.«

»Komm in die Küche«, rief Marguerite. »Ich muss dir etwas erzählen.«

Simone musste erfahren, in welche Gefahr Marguerite sie bringen würde, sollte sie dem Wunsch der SOE nachgeben. Auch dass Musel an ihrer Identität zweifelte, sollte sie wissen. Falls ihr eigenes Leben bedroht war, wäre Simone ebenso gefährdet.

Als sie ihrer Freundin alles erzählt hatte, wirkte Simone nachdenklich. Dann sagte sie: »Eigentlich hätten wir damit rechnen müssen, dass es irgendwann so kommt. Mich wundert höchstens, dass es so lange gedauert hat.«

»Wer immer dahintersteckt, hat sich Zeit gelassen. Er hat auf den Moment gewartet, an dem er sich sein Wissen zunutze machen konnte.«

Bereits seit Monaten war zu erkennen, dass der Krieg schlecht für die Deutschen lief. Sie kämpften an zu vielen Fronten, waren aus Nordafrika gedrängt worden, und an ihrer Ostfront befanden sie sich auf dem Rückzug. Im vergangenen September waren die Westalliierten in Italien gelandet und bewegten sich von dort aus in Richtung Norden. Auch die Franzosen rechneten jeden Tag mit ihrer Invasion.

Simone trommelte mit den Fingern auf den alten Holztisch und seufzte. »Ich verstehe es trotzdem nicht. Seit vier Jahren sitzen die Deutschen in Frankreich fest im Sattel. Und nie ist jemand auf dich zugekommen.«

»Sie sitzen nicht mehr lange im Sattel«, sagte Marguerite. »Bald werden wir frei sein. Es ist nur noch eine Frage der Zeit.«

»Und dann wird man dir danken, weil du dich für etwas eingesetzt hast, das wichtig war.«

»Als ich damals einen sicheren Hafen gesucht habe, hat Frankreich ihn mir geboten«, sagte Marguerite. »Nun kann ich mich revanchieren.«

Simone runzelte die Stirn. »Aber werden die Engländer deinen wahren Namen geheim halten? Das Letzte, was du brauchst, ist, dass man ihn nach dem Krieg in englischen Zeitungen liest. Lance wird nicht ewig im Gefängnis bleiben, und wenn er freikommt, wird er nach dir suchen, schließlich ist er noch immer dein Mann. Und wenn er dich findet, wird er Erklärungen verlangen.«

»Darum kann ich mich im Moment nicht kümmern«, entgegnete Marguerite. »Nicht angesichts der Gefahren, die viel unmittelbarer sind.«

Simone drückte ihre Hand. »Ganz gleich, was geschieht, ich bin für dich da.«

Die Zusicherung tat Marguerite gut. Die Frage war nur, ob Simones Beistand genügen würde. »Was ich dir erzählt habe, muss unter uns bleiben. Auch Armand darf davon nichts erfahren.«

Simone lachte. »Natürlich nicht. Armand würde ich es nur erzählen, wenn ich wollte, dass es die ganze Stadt erfährt.«

Kapitel 6

Die Angst, die tagsüber die Atmosphäre auflud, wuchs, wenn es dunkel wurde, und stahl sich knisternd in die Herzen derer, die nicht schlafen konnten.

Marguerite rollte sich in ihrem Bett zusammen und lauschte den Stimmen der Nacht: dem knarrenden Gebälk, das klang, als trete einer mit morschen Knochen von einem Bein aufs andere, dem Flattern der Fledermäuse draußen, dem fernen Heulen eines Wolfs, das der Wind zu ihr trug.

Doch in dieser Nacht kamen andere Geräusche hinzu. Im ersten Moment dachte Marguerite, sie habe sie sich nur eingebildet, sei in Gedanken wieder in ihrem Atelier in Bloomsbury gewesen und habe das Rattern und Rumpeln des Londoner Verkehrs gehört – einen Betrunkenen, der über etwas stolperte und fluchte, eine zugeworfene Tür, als habe sich ein enttäuschter Liebhaber auf Nimmerwiedersehen verabschiedet. Sie starrte in die Dunkelheit und strengte ihr Gehör an. Dann begriff sie, dass die Geräusche von unten kamen, wo jemand laut an die Eingangstür klopfte.

Marguerite setzte sich auf. Vielleicht hatte Musel jemanden geschickt, um sie abzuholen und abermals zu vernehmen. Und dann wünschte sie einen verrückten Moment lang, es sei der Fremde im schwarzen Mantel, der wie durch ein Wunder erschienen sei, um sie noch einmal zu küssen.

Im Nebenzimmer stand Simone auf, ihre Tür öffnete und schloss sich. Sie tappte die Treppe hinunter. Dann quietschte unten die alte Holztür in den Angeln.

Marguerite hielt den Atem an. Jemand sprach in scharfem Flüsterton. Simone antwortete lauter und klang gereizt. Eine Männerstimme murmelte etwas. Armand. Es hörte sich an, als hätte er eine Bitte. Simone und er gingen in die Küche.

Marguerite stand auf und streifte ihren Morgenmantel über. Falls Armand gekommen war, um die Gewehre und die Munition abzuholen, wollte sie ihm sagen, dass sie künftig gefragt werden wolle, bevor er in ihrem Atelier Kampfmittel verbarg und sie mit seinem Leichtsinn und seiner Rücksichtslosigkeit alle in Gefahr brachte.

Sie nahm die Treppe nach unten und betrat die Küche. Dort saßen im flackernden Kerzenlicht nicht zwei, sondern drei Personen am Tisch.

Armand drehte sich halb zu Marguerite um. »Entschuldige, dass wir dich geweckt haben. Es handelt sich um einen Notfall.«

Für Armand wurde alles Mögliche zum Notfall, von schlechtem Wetter angefangen bis zu den sauren Weinen der letzten Saison. Marguerite verstand nicht, wie Simone diesen Mann ertrug. Aber vielleicht blieb sie aus Gewohnheit bei ihm. Seit Jahren kam er, um mit Simone zu schlafen, und soweit Marguerite wusste, hatte ihre Freundin ihn nie abgewiesen. Am schlimmsten waren Marguerite die Zeiten, in denen Armand sich für einige Tage bei ihnen einquartierte, das ganze Haus nach seinem Schweiß und seinem Alkoholatem roch, und Simone ihn bekochte, seine Wäsche wusch und flickte.

»Und welcher Notfall konnte nicht bis morgen warten?«, fragte Marguerite bissig.

Armand gab ihr keine Antwort.

Simone hatte bereits Ersatzkaffee gekocht und stellte je einen gefüllten Becher vor Armand und die dritte Person. »Das ist Dorothy Nicholls«, sagte sie an Marguerite gewandt. »Eine namhafte englische Autorin.« Sie deutete auf Marguerite. »Und das ist Marguerite Segal. Sie ist Malerin.«

Marguerite kannte ihre Besucherin dem Namen nach. Dorothy Nicholls gehörte zu einer Gruppe moderner Autoren und Autorinnen, die in den vergangenen zwanzig Jahren Furore gemacht hatte, Nicholls nicht zuletzt aufgrund ihres eigenwilligen Stils und ihrer Entscheidung, stets Frauengestalten in den Mittelpunkt ihrer Romane zu rücken. Nicholls polarisierte, was sowohl an der explizit beschriebenen Sexualität ihrer Protagonistinnen als auch der unkonventionellen Lebensart der Autorin lag. Und warum saß diese berühmt-berüchtigte Frau nun mitten in der Nacht an ihrem Küchentisch?

»Warum sind Sie noch in Frankreich?«, fragte Marguerite. »Wissen Sie nicht, wie gefährlich es hier für Engländerinnen ist?«

Die meisten Engländer, die sich vor dem Krieg in Frankreich aufgehalten hatten, waren 1940 in ihr Heimatland zurückgekehrt. Das war kurz vor dem Waffenstillstandsabkommen zwischen Frankreich und Deutschland gewesen. Einige wenige waren in der Provence geblieben, im sogenannten freien Frankreich der Vichy-Regierung, das mittlerweile ebenfalls von den Deutschen besetzt war. Hier sah man sie seit einem knappen Jahr nicht mehr in der Öffentlichkeit, und der Himmel mochte wissen, ob und wie sie überlebt hatten.

Nicholls fuhr sich mit den Fingern durch ihre wilde graue Lockenmähne. »Warum soll ich in England in einer feuchten Wohnung leben, wenn ich mir für das gleiche Geld ein Haus in der Provence leisten kann, umgeben von süß duftenden Lavendelfeldern?«

Marguerite schätzte Nicholls auf etwa sechzig Jahre, jedoch ging von ihr die Vitalität einer sehr viel jüngeren Frau aus. Fast haftete ihr etwas Französisches an, vielleicht lag es an den üppigen Kurven, den dunklen Augen und den rot geschminkten Lippen.

»Dorothy lebt seit Langem hier«, sagte Armand. »Die Italiener haben sich nicht für sie interessiert. Bei den Deutschen sieht das leider anders aus.«

Richtig, dachte Marguerite, nun konnte Dorothy Nicholls interniert werden, und jeder, der ihr half oder sie womöglich gar verbarg, machte sich strafbar. Die englischen Kirchen, die es in Frankreich gegeben hatte, waren geschlossen, englische Literatur war aus den Bibliotheken verbannt worden, und in den Buchhandlungen wurde sie nur unter der Hand verkauft.

Marguerite dachte zurück an ihr Gespräch mit Violet. Seit Beginn der deutschen Besatzung hatten es all diejenigen, die sich zuvor nach Frankreich geflüchtet hatten, schwer. Juden, Künstler, freie Geister jeder Art waren von der Gestapo zusammengetrieben, interniert oder mit unbekanntem Ziel deportiert worden. Für viele von ihnen war die Hoffnung, dass sie überlebten, gering.

Nicholls schüttelte die Bisamjacke ab, die sie sich über die Schultern gehängt hatte, und ließ sie achtlos zu Boden fallen. »Ich weiß durchaus, dass es für mich hier gefährlich ist. In Deutschland sind meine Romane verbrannt worden, was ich allerdings als Kompliment betrachte.«

Armand trank schlürfend einen Schluck Kaffee. Dann stierte er missmutig auf seinen Becher. Niemandem schmeckte dieser Ersatzkaffee, aber es gab keinen anderen.

»Die Deutschen mögen keine Frauengestalten, die ihre Sexualität ausleben«, fuhr Nicholls fort. »Sie betrachten das als dekadent. Und natürlich tolerieren sie keine Romane, in denen die Satzzeichen fehlen.«

Nicholls hob die Bisamjacke auf und zog einen Brief aus der Tasche. Als sie ihn entfaltete, zitterten ihre Hände.

»Ich dachte, ich wäre unter Freunden gewesen, aber das war wohl ein Irrtum. Jetzt droht mir ein Drecksack, mich bei den Deutschen zu denunzieren. Es sei denn, ich zahle ihm zehntausend Francs. Das scheint der gängige Preis für ein Menschenleben zu sein.«

Armand griff nach dem Brief und überflog ihn. »Ein hundsgemeiner Erpresser.« Er schüttelte den Kopf. »Sicher, wir mögen die Engländer nicht, aber wie tief muss man sinken, wenn man sie an die Deutschen verrät?«

Der Seitenhieb auf die Engländer schien Nicholls zu irritieren, doch dann konzentrierte sie sich wieder auf das Wesentliche. »Was glaubt diese miese Ratte, wie viel eine Schriftstellerin einnimmt? Seit Kriegsbeginn komme ich kaum noch über die Runden.« Sie entzog Armand den

Brief. »Ich wünschte, meine Freundin hätte mich nicht verlassen. Sie wüsste, was zu tun wäre.«

Simone warf Marguerite einen vorsichtigen Blick zu. Dann drehte sie sich zu Armand um. »Was genau willst du von uns?«

Armand zuckte die Achseln. »Madame Nicholls muss es zurück nach England schaffen. Über Spanien und Portugal.«

»Und was ist mit ihrem Erpresser?«

Armand machte eine wegwerfende Handbewegung. »Was soll er denn tun, wenn er nicht weiß, wo Madame Nicholls ist? Sie den Deutschen melden und erklären, leider sei sie unauffindbar? Dafür gibt es keine Belohnung. Wahrscheinlich wird er aufgeben und sich ein anderes Opfer suchen.«

Nicholls zerknüllte den Brief. »Ich möchte niemandem zur Last fallen. Sobald es geht, verlasse ich Frankreich und kehre in meine Londoner Wohnung zurück. Falls die deutschen Dreckschweine sie nicht zerbombt haben.«

Aus ihrem Haus in der Provence musste sie hastig aufgebrochen sein, dachte Marguerite mitfühlend, sie hatte nur eine Reisetasche und eine Reiseschreibmaschine dabei. Marguerite kannte die Panik einer überstürzten Flucht aus eigener Erfahrung, wusste, wie es war, wenn man von Angst getrieben davonrannte, ohne sich noch einmal umzudrehen.

»Wir werden alles tun, um Ihnen zu helfen.« Simone stand auf. »Am besten bleiben Sie zunächst einmal hier im Keller. Allerdings gibt es dort kein Tageslicht, und nachts ist es kalt. Ich hoffe, das ist für Sie annehmbar.«

Nicholls erhob sich ebenfalls. Sie streifte ihre Jacke über und zog sie eng um sich, als wäre sie der einzige Schutz, der ihr geblieben war.

»Das ist perfekt, dann kann mich nichts ablenken«, sagte sie. »Ich werde die Zeit nutzen, um über meinen nächsten Roman nachzudenken.«

Simone winkte Nicholls zu sich, um ihr den Keller zu zeigen.

»Das war jetzt schon das zweite Mal innerhalb weniger Tage, dass du uns Ärger ins Haus gebracht hast«, sagte Marguerite zu Armand. »Allmählich reicht es mir.«

Armand zuckte mit den Schultern. Seine Miene war angespannt, das Gesicht gealtert, seit er sich dem Widerstand angeschlossen hatte, der schwere Körper gekrümmt.

Auf Marguerites Vorwurf ging er nicht ein. »Simone hat mir erzählt, dass man dich im Park beinahe geschnappt hätte. Künftig wird Jeanne den Kurierdienst übernehmen. Für dich ist mir das zu riskant. Du bist unsere Fälscherin, für die wir so rasch keinen Ersatz finden werden.«

»Ach, und für Jeanne ist das nicht riskant? Obwohl sie schwanger ist? Was für ein Unsinn.«

Armands Kinnlade versteifte sich. »Es ist bereits entschieden.«

Er zog seine Brieftasche heraus, entnahm ihr mehrere Kennkarten. »Bei denen muss wieder das J entfernt werden, und die Namen müssen französischer klingen. Jeanne holt die retuschierten Ausweise morgen Nachmittag ab. Gib ihr dann auch die Kennkarten, die du im Park nicht losgeworden bist. Sie reicht sie weiter.«

Marguerite steckte die Kennkarten in die Tasche ihres

Morgenmantels. Sie würde mit Armand nicht länger über Jeanne diskutieren, sondern Jeanne den Kurierdienst selbst ausreden. »Da Dorothy Nicholls nun bei uns ist, müssen wir noch vorsichtiger sein.«

»Sie ist zu mir gekommen und hat mich um Hilfe gebeten«, erwiderte Armand verdrießlich. »Was hätte ich denn tun sollen?«

Marguerite gab ihm keine Antwort. Ein Streit würde nichts mehr bringen. »Wenn ich die Kennkarten bearbeiten soll, brauche ich mein Atelier. Was bedeutet, dass die Gewehre und die Munition verschwinden müssen. Heute noch.«

Armand hob die Hände und ließ sie wieder sinken. »Ja, schon gut. Ich kümmere mich darum.« Er bedachte Marguerite mit dem Lächeln, das er für verführerisch hielt. »Was ich tue, tue ich für Frankreich. Und somit für uns alle.«

*

Als Armand sich verabschiedet hatte, streifte Marguerite einen alten Mantel über, holte den Schlüssel zum Atelier aus der Anrichte und verließ das Haus. Sie wusste, dass sie nicht mehr schlafen konnte, die Begegnung mit Violet ließ sie einfach nicht los. Und nun kam Dorothy Nicholls hinzu, die sie vor den Deutschen verbergen mussten.

Tief am Himmel stand ein blasser Mond, und die Luft war noch nachtfeucht und frisch. Fröstelnd schloss Marguerite die Tür der alten Scheune auf. Das Atelier war der einzige Ort, an dem sie in Ruhe nachdenken konnte.

Sie zog eine Jalousie hoch und sah aus dem Fenster. Ihr

Blick fiel auf ein Fahrrad, das auf der anderen Seite des Hofs an der Mauer lehnte und im Mondlicht schimmerte. Es gehörte weder ihr noch Simone, ihre Räder standen in dem Schuppen unten im Garten.

Marguerite schaute genauer hin. Es schien sich um ein noch recht neues Rad zu handeln, das Profil der Reifen war kaum abgenutzt. Sie erkannte die graue Farbe und die Beule am Schutzblech des Vorderrads, dort, wo es mit ihrem Hinterrad kollidiert war.

Wie um alles in der Welt kam Violets Fahrrad in ihren Hof? Wer hatte es dort abgestellt und wann – am Abend war es dort noch nicht gewesen.

Beklommen wandte Marguerite sich vom Fenster ab, schaute sich im Atelier um und hätte sich nicht gewundert, wenn Violet aus einer dunklen Ecke hervorgekrochen wäre.

»Violet?« Keine Antwort. Marguerite dachte an die Gewehre und die Munition unter den Wolldecken, an Armand, der Dorothy zu ihnen geführt hatte. Hatte derjenige, der das Fahrrad gebracht hatte, davon etwas mitbekommen?

»Ist da jemand?«

Außer ihrer dünnen, unsicheren Stimme war nichts zu hören. Marguerite nahm einen tiefen, beruhigenden Atemzug und schnupperte in die Luft, als wäre sie ein Tier, das Eindringlinge wittern konnte. Doch außer dem tröstlichen Geruch von Ölfarben, Terpentin, Holz und Lehmboden war da nichts.

Auch das Schloss an der Tür war nicht aufgebrochen gewesen, und der Schlüssel hatte in der Anrichte gelegen.

Marguerite überlegte, ob Violet das Fahrrad als Bezahlung für ihren Auftrag in den Hof gestellt hatte.

Wie dem auch sei, offenbar hatte diese Abgesandte der SOE es geschafft, es herzubringen, ohne dabei gesehen zu werden. Das bedeutete, dass Marguerite sie und die Leute, mit denen Violet zusammenarbeitete, nicht unterschätzen durfte. Vielmehr musste sie sich ab jetzt genauso geschickt und clever verhalten.

Kapitel 7

Als Marguerite am Morgen die Küche betrat, war es, als wäre in der Nacht niemand da gewesen. Auf dem Tisch standen keine Kaffeebecher, die Stühle waren zurück an Ort und Stelle, der Kerzengeruch war verflogen.

Simone kam herein, war schon auf dem Weg zur Schule und in Eile. »Falls du unsere Öllampe suchst, die ist im Keller. Kissen und Wolldecken habe ich Dorothy ebenfalls gebracht. Für heute hat sie genug zu essen und trinken. Sobald es dunkel ist, kann sie nach draußen gehen, frische Luft schnappen und sich die Beine vertreten. Vorher nicht. Den Einstieg zum Keller habe ich getarnt.«

Marguerite schaute sich die Tarnung an. Die Bodenluke zum Keller befand sich unter der Abseite der Treppe. Auf die Klappe hatte Simone angerostete Gartenwerkzeuge, einen zerbrochenen Stuhl und einen halb leeren Farbeimer gestellt, so dass es aussah, als werde dort all das untergebracht, was man aus dem Weg haben wollte. Von der Bodenluke war nichts mehr zu erkennen.

Marguerite kehrte in die Küche zurück und nahm ein karges Frühstück aus Ersatzkaffee und einem Stück Brot zu sich.

Der Schlüssel zum Atelier hing nun wieder an seinem Haken neben der Hintertür. Marguerite hoffte, dass Armand noch einmal da gewesen war, um die Kampfmittel aus dem Atelier zu entfernen. Sie nahm den Schlüssel und ging in ihr Atelier, um nachzusehen.

Das verrostete Schloss an der Tür war verschwunden. Marguerite öffnete die Tür. Gewehre, Munition und Wolldecken waren fort, die Jalousien hochgezogen. Helles Tageslicht flutete den Raum. Armand hatte Wort gehalten und alles so leise weggeschafft, dass Marguerite ihn nicht einmal gehört hatte.

Aufatmend setzte Marguerite sich an ihren Arbeitstisch und begann, sich den Kennkarten zu widmen.

Wenig später erschien Biquet. Er behauptete, er habe an diesem Tag keine Schule und könne ihr im Atelier helfen. Marguerite seufzte kopfschüttelnd und trug ihm auf, die Farbpinsel zu reinigen. Dann konzentrierte sie sich wieder auf ihre Fälschung. Mit Milchsäure entfernte sie das J, das den Inhaber der Karte als Juden kennzeichnete, dann die Buchstaben des Vor- und Nachnamens, die sie durch andere ersetzen würde. Offenbar hatten die Besatzer noch nicht erkannt, dass dergleichen möglich war, denn Marguerite hatte bereits zahlreichen Juden ermöglicht, mit einem neuen Namen in Frankreich unterzutauchen.

Als sie die erste retuschierte Kennkarte zum Trocknen zur Seite legte, hörte sie, dass jemand das Haus verließ und sich mit entschlossenem Schritt über den Kiesweg ihrem Atelier näherte.

Biquet sprang von seinem Stuhl auf. »Madame, da kommt jemand.«

Mit wild pochendem Herz raffte Marguerite die Kennkarten zusammen, verbarg sie unter einem halb fertigen

Gemälde und hoffte, da draußen war niemand von der Gestapo, der ihr Atelier durchsuchen wollte.

Die Tür flog auf und Dorothy Nicholls stand auf der Schwelle, trug eine Männerhose, einen überdimensionierten Männerpullover und lächelte so unbeschwert, als verbrächte sie bei ihnen ihren Urlaub.

»Schöner Tag heute«, sagte sie. Dann entdeckte sie Biquet und runzelte die Stirn. »Wohnt dieser Junge auch hier?«

Marguerite packte ihren Arm, zog sie ins Atelier und knallte die Tür zu. »Wie sind Sie aus dem Keller gekommen?«

Nicholls zuckte mit den Schultern. »Ich habe die Bodenklappe aufgestemmt. Leider ist dabei ein Farbeimer umgekippt, ich wusste ja nicht, dass die Sachen dort standen. War trotzdem ziemlich schlau von Ihnen.«

Marguerite spürte, wie ihr Zorn hochkochte. »Das war Simones Idee, und Sie haben hier tagsüber nichts zu suchen. Bitte kehren Sie sofort in den Keller zurück. Ich kümmere mich um die ausgelaufene Farbe.«

Nicholls' Miene zerfiel. »Aber ich brauche frische Luft, und hier ist doch weit und breit kein anderes Haus zu sehen. Soll ich den wundervollen Sommertag unter der Erde verbringen?«

Marguerite warf einen Blick aus dem Fenster. Ja, es war ein wundervoller Tag. Der Himmel war tiefblau, die Zistrosen am Rand des Hofs blühten, und Schmetterlinge schwirrten durch die Luft. Dennoch konnte Nicholls nicht draußen herumspazieren.

»Wenn jemand Sie sieht, bringen Sie uns alle in Gefahr, nicht nur sich selbst.«

Biquet räusperte sich. »Wenn Madame Marguerite sagte, dass Sie im Keller bleiben sollen, müssen Sie ihr gehorchen.«

»Ich bringe Sie zurück.« Marguerite stand auf.

»Jetzt hassen Sie mich«, sagte Nicholls bekümmert.

»So weit würde ich nicht gehen«, entgegnete Marguerite.

Im Flur sah sie die Bescherung. Gelbe Wandfarbe hatte sich über Bodenluke und Steinfliesen ergossen. Selbst in den Kelim, der dort lag, war Farbe gesickert.

»Ich muss mich entschuldigen«, sagte Nicholls. »Als ich gemerkt habe, dass auf der Klappe ein Farbeimer steht, war es zu spät.« Sie warf Marguerite einen Blick zu. »Aber Sie wissen sicher, wie man einen Farbfleck entfernt, schließlich sind Sie Malerin.«

Marguerite musste sich beherrschen, ihren Gast nicht anzuschreien. Auf dem Boden war kein »Farbfleck«, sondern eine Riesensauerei entstanden, und es war fraglich, ob der schöne, antike Kelimteppich noch zu retten war. Sie hätte heulen können. Zornig riss sie die Bodenklappe auf und winkte Nicholls mit einer unwirschen Handgeste zurück in den Keller.

»Und jetzt bleiben Sie gefälligst da unten«, sagte sie, bevor sie die Klappe zufallen ließ. »Wenn Sie rauskommen können, sagen wir Ihnen Bescheid.«

»Bitte nennen Sie mich Dorothy«, war das Letzte, was sie hörte.

*

Als Simone zum Mittagessen nach Hause kam, kniete Biquet im Hof auf dem Boden und versuchte, die gelbe Farbe vorsichtig mit Terpentin aus dem Kelim zu entfernen. Er erzählte ihr, was vorgefallen war, und Simone brach in Tränen aus. Der Teppich hatte ihrer Großmutter gehört, und auch wenn er an manchen Stellen fadenscheinig geworden war, Simone hing an ihm.

Biquet sah sie betrübt an. »Nicht weinen, Madame. Wenn ich fertig bin, ist der Teppich wie neu.«

Marguerite kam aus ihrem Atelier. Noch immer aufgebracht, berichtete sie Simone von Dorothys morgendlichem Ausflug.

»Biquet hat sie also gesehen«, sagte Simone.

»Von mir erfährt niemand etwas«, sagte Biquet. Er legte den Lappen, mit dem er die Farbe abgetupft hatte, zur Seite und versuchte, einen hartnäckigen Fleck mit dem Fingernagel zu entfernen.

Simone strich ihm über das Haar. »Du bist ein Schatz, Biquet.« Dann wandte sie sich an Marguerite. »Heute Morgen habe ich mit Armand über Dorothy gesprochen, ihm gesagt, dass wir sie nicht lange bei uns aufnehmen können. Er behauptet, ein anderes Versteck gebe es im Moment nicht.«

Marguerite runzelte die Stirn. »Dorothy hat Angst und fühlt sich gefangen. Kein Wunder, dass sie rastlos wird. Trotzdem muss sie da unten bleiben oder gehen.«

Simone seufzte resigniert. »Armand gibt uns Bescheid, wenn er ein neues Versteck für sie findet.« Sie öffnete ihre Aktentasche und zog einen kleinen Stapel Schreibpapier heraus. »Das Papier habe ich der Schulsekretärin abgeschwatzt. Vielleicht lenkt es Dorothy ab, wenn sie ein paar Romanseiten schreiben kann.«

Wenig später – Marguerite und Simone saßen in der

Küche – kamen Jeanne und ihre Mutter. Beide waren verschwitzt und trugen Holzpantinen, die ihnen zu groß waren. Nicole machte einen unglücklichen Eindruck.

Jeanne umarmte Simone, die sie wegen ihrer liebevollen Art und Fürsorglichkeit ins Herz geschlossen hatte. Nur Marguerite wusste, wie sehr Simone unter der Besatzung litt, unter den Entbehrungen und den Demütigungen, die diese für Frankreich bedeuteten, und wie oft sie deswegen verzweifelt war. Doch anderen gegenüber gab Simone sich ausgeglichen und stark.

Mittlerweile hatte auch Simone herausgefunden, dass Jeanne ab sofort Kurierdienste übernehmen sollte, und war damit ebenso wenig einverstanden wie Marguerite.

»Du wirst Marguerite nicht als Kurier ersetzen«, erklärte sie, als sie alle am Küchentisch saßen. »Nicht in deinem Zustand.«

»Siehst du.« Nicole schlug mit der flachen Hand auf den Tisch. »Das sage ich ihr schon den ganzen Morgen. Aber auf mich hört sie ja nicht.«

Jeanne setzte eine trotzige Miene auf. »Ich will es aber tun. Und das Baby kommt erst in ein paar Monaten.«

Marguerite und Simone tauschten einen einvernehmlichen Blick. »Nein«, sagte Marguerite. »Wenn man dich erwischt, würde ich mir das nie verzeihen.«

»Ich mir ebenso wenig«, sagte Nicole. »Ich möchte grundsätzlich nicht, dass du dich am Widerstand beteiligst, ganz gleich in welcher Funktion.«

»Aber meine Schwangerschaft ist doch die perfekte Tarnung«, entgegnete Jeanne. »Wer würde denn glauben, dass eine Schwangere solche Risiken auf sich nimmt?«

In der Küche war es warm, und Jeannes Gesicht hatte sich gerötet.

Simone stand auf, füllte am Spülbecken ein Glas Wasser und reichte es ihr. »Dann war es also deine eigene Idee. Wie hast du es geschafft, Armand dazu zu überreden?«

»Es hat ein bisschen gedauert. Schließlich hat er nachgegeben.«

Marguerite wusste, was es bedeutete, Risiken einzugehen. Sie hatte den größten Teil ihres Erwachsenenlebens im Geheimen verbracht, fälschte Ausweise, arbeitete als Kurier. Mitunter hatte ihr Herz vor Angst so sehr gerast, dass sie gedacht hatte, es würde zerspringen. Doch Jeanne war so jung und trotz der Kriegsjahre noch immer voller Träume und Illusionen, wie sollte sie sich in einer Welt der Tricks und Täuschungen zurechtfinden? Hinzu kam, dass sie an ihr Baby denken musste.

»Tut mir leid, Jeanne«, sagte sie. »Aber das lasse ich nicht zu. Es ist zu gefährlich.«

Jeanne funkelte sie wütend an. »Das entscheidest nicht du, Marguerite. Armand hat gesagt, dass es Menschen gibt, die auf ihre Ausweise warten, weil ihr Leben davon abhängt. Sie sind verzweifelt. Die Übergabe, die dir neulich nachts nicht möglich war, muss heute Nachmittag stattfinden. Wir können den Leuten nicht sagen, ihnen zu helfen, sei uns zu gefährlich.«

»Und was ist, wenn man dich erwischt?«

»Dazu wird es nicht kommen, dazu bin ich zu schlau.«

Nicole seufzte und massierte ihre Schläfen. »Tut mir leid, Jeanne, aber ich erlaube das nicht. Marguerite hat recht.«

Jeanne nahm einen Schluck Wasser. »Ich bin alt genug, ich brauche deine Erlaubnis nicht.«

Daraufhin schwiegen alle vier.

Biquet erschien im Türrahmen, die Hände mit gelber Farbe verschmiert. »Ich begleite Madame Jeanne. Dann kann ihr nichts passieren.« Wahrscheinlich hatte er im Flur gestanden und gelauscht.

Jeanne winkte ihn lächelnd zu sich und drückte ihm einen Kuss auf die Wange. »Was für ein Held du doch bist, Biquet.«

Simone schüttelte den Kopf, doch jedes weitere Wort schien vergebens. »Hat Armand dir erklärt, wie du vorgehen musst?«

»Wir haben alles ausführlich besprochen«, erwiderte Jeanne. »Wenn meine Schicht im Café beendet ist, schlendere ich über die Place Masséna. Das tue ich so gut wie jeden Tag, die Leute sind an meinen Anblick gewöhnt. Manchmal bleibt jemand stehen, um mit mir zu plaudern. Eine Kontaktperson, die das tut, wird niemandem auffallen. Es wird auch niemanden wundern, wenn ich dieser Person etwas übergebe.«

Simone sah Marguerite und Nicole an. »Vielleicht lassen wir es ein- oder zweimal zu, danach ist Schluss. Zwar würde ich es lieber selbst machen, aber ich bin zu bekannt, ich könnte es nicht auf offener Straße tun.«

Marguerite blickte Jeanne streng an. »Versprich uns, dass du dich nie während der Ausgangssperre aus dem Haus wagst und keine Dummheiten machst.«

»Versprochen.« Jeanne fuhr mit der Hand über ihren Bauch. »Ich tue es für mein Baby. Das würde ich nie in Gefahr bringen. Aber es soll in einem freien Frankreich aufwachsen, und dafür will ich kämpfen.«

»Ich geb's auf«, entgegnete Nicole, machtlos gegen den jugendlichen Kampfeswillen ihrer Tochter. »Du weißt, wie ich dazu stehe, aber ich kann dich wohl nicht aufhalten.«

Marguerite stand auf. »Komm mit ins Atelier, Jeanne. Da kann ich dir die fertigen Kennkarten geben.«

Kapitel 8

Als es dunkel war, holte Simone Dorothy aus dem Keller. Sie und Marguerite begleiteten die Engländerin auf dem Spaziergang durch den großen Garten hinter dem Haus, wo nur die Sterne, der Mond und die flirrenden Glühwürmchen ihnen Licht spendeten.

Die Zypressen und die Olivenbäume hoben sich schwarz in der Dunkelheit ab, und wenn der leichte Nachtwind ihre Zweige bewegte, sah es aus, als wollten sie die drei Frauen an die Ausgangssperre erinnern und zurück ins Haus scheuchen.

Als Marguerite den Garten zum ersten Mal gesehen hatte, war er ihr wie das Paradies vorgekommen. Doch seitdem der Großteil des Obsts und Gemüses der Region an die Besatzer ging und es auf den Märkten kaum etwas zu kaufen gab, war der Nutzgarten Teil ihrer Lebensgrundlage geworden. Sehr viel ernteten sie jedoch nicht, der Lehmboden hinter ihrem Haus ließ hauptsächlich Kürbisse, Kohlrüben und Kopfsalat gedeihen. Und selbst die verlangten von Marguerite und Simone Knochenarbeit.

Im Frühling des vergangenen Jahrs hatte Marguerite ein Bienenvolk in einen alten Bienenstock des Gartens gelockt, der von Oleandersträuchern umgeben war. Monatelang hatte sie sich die Ausbeute an Honig ausgemalt, die sie und Simone irgendwann genießen würde. Doch die Bienen blieben nicht. Entweder hatte es ihnen in dem Bienenstock nicht gefallen, oder ein Bauer in der Umgebung hatte sie zu sich umgeleitet. Es hatte Marguerite todunglücklich gemacht. Der Honig wäre noch einmal etwas Süßes in einer bitteren Zeit gewesen.

Sie und Simone unterhielten sich flüsternd und glaubten, ihren Augen nicht zu trauen, als Dorothy auf dem schmalen Pfad, der durch die Gemüsebeete führte, plötzlich Rad zu schlagen begann, eines nach den anderen und mit fröhlichem Gesicht. Immer wieder stemmte sie ihren fülligen Körper auf die Hände, flogen die stämmigen Beine durch die Luft, als wäre sie noch ein junges Mädchen.

Als sie innehielt und sich leise lachend den Dreck von den Händen wischte, fragte Simone: »Wo hast du das gelernt?«

Dorothy zuckte die Achseln. »Als ich achtzehn war, habe ich mich bei einer Zirkusvorstellung in eine russische Trapezkünstlerin namens Sofia verliebt. Ich habe mich dem Zirkus angeschlossen, und die Artisten haben mir Kunststücke beigebracht, mit denen ich zwei Jahre lang aufgetreten bin.«

Simone und Marguerite wechselten einen ungläubigen Blick. Dorothy grinste und schlug einen Salto rückwärts.

»Toll«, sagte Simone.

»Damals habe ich täglich zehn Stunden trainiert. Ich war nie die Beste der Trapezgruppe, aber ich war jung, kräftig und gelenkig. In den zwei Jahren habe ich eine Körperbeherrschung gewonnen, von der die meisten Frauen nur träumen können. Davon ist heute nicht mehr viel übrig, dafür haben die zahllosen Stunden an der Schreibmaschine gesorgt. Trotzdem schlage ich täglich Rad und einen Salto rückwärts, um in Form zu bleiben.«

»Und warum hast du den Zirkus verlassen?«, fragte Simone.

»Sofia hat den Löwenbändiger geheiratet. Zirkusartisten heiraten häufig untereinander, auch wenn sie den anderen nicht lieben. Und ich war von Anfang an die Außenseiterin, ganz gleich, wie oft ich versucht habe, meine Zugehörigkeit zu beweisen. Hinzu kam, dass ich langsam genug vom rastlosen Zirkusleben hatte. Ich wollte wieder einen festen Wohnsitz haben, abends am Kaminfeuer sitzen und Dickens lesen. Auch eine Abenteurerin sehnt sich mitunter nach Gemütlichkeit. Doch Sofia hat mir damals das Herz gebrochen.«

Marguerite versuchte, sich das Zirkusleben vorzustellen – dazu eine Trapezkünstlerin, einen Löwenbändiger und Dorothy.

»Das klingt wildromantisch, aber ist es auch wahr?«, fragte sie.

Dorothy sagte weder Ja noch Nein, sondern lachte nur. Danach schloss sie sich dem gemächlicheren Schritt der beiden Freundinnen an.

Doch ihre Geschichte hatte Marguerite wenigstens für einen Moment von ihrer Sorge um Jeanne abgelenkt. Am Nachmittag hatte Biquet die Übergabe der retuschierten Kennkarten in der Stadt aus der Distanz verfolgt und ihnen anschließend gemeldet, dass alles reibungslos vonstattengegangen war. Dennoch bestand die Möglichkeit, dass man Jeanne bei einem nächsten Mal fassen würde.

Dorothy schnipste mit den Fingern vor Marguerites Gesicht und fragte: »Wo bist du mit deinen Gedanken?«

Marguerite zuckte mit den Schultern. »Nirgendwo.«

Es fühlte sich merkwürdig an, nach so vielen Jahren wieder Englisch zu sprechen. Zuerst hatte sie sogar nach dem ein oder anderen Wort suchen müssen und so einfache Sätze gebildet, als sei sie noch dabei, die Sprache zu lernen. Doch dann waren Wörter, Klang und Rhythmus zu ihr zurückgekehrt, wie halb vergessene Freunde, die nach Jahren aufgetaucht und wieder so vertraut geworden waren, als wären sie nie fort gewesen. Sie hatte ihre Muttersprache vermisst, stellte sie fest, und ihr wurde bewusst, wie weit sie von ihrem früheren Leben und der Person, die sie einst gewesen war, entfernt war.

Plötzlich sehnte sie sich zurück, wünschte, sie könnte durch Londoner Straßen laufen und über die windigen Feldwege ihrer Kindheit. Sie wollte wieder die Person sein, die sie einmal gewesen war. Nur würde das nicht möglich sein, solange die Gefahr bestand, dass Lance nach seiner Zeit im Gefängnis nach ihr suchen würde.

Solange ihr Mann lebte, würde sie Marguerite sein und in Frankreich bleiben. Vorausgesetzt, Yves Musel oder die Gestapo würde nicht zu tief in ihrer Vergangenheit graben.

Aber zunächst musste sie versuchen, Violets Auftrag zu erfüllen, und sich im ersten Schritt mit Pater Étienne bekannt machen.

Kapitel 9

Um Pater Étienne anzulocken, beschloss Marguerite, ihre Gemälde auszustellen. Angeblich war der Pater ja vor dem Krieg an der Kunstgalerie seines Bruders beteiligt gewesen, also würde so vielleicht seine Neugier geweckt. Zumal Ausstellungen in den Kriegsjahren sehr selten geworden waren. Und falls er doch nicht auftauchte, würden Marguerites Bilder den Bewohnern von Nizza wenigstens eine schöne Abwechslung bieten und sie, zumindest für kurze Zeit, von ihrem Elend ablenken.

Monsieur Boucher, dem die Galerie gehörte, in der bereits ein Teil von Marguerites Bildern hing, war begeistert.

»Eine wunderbare Idee. Wir werden die Vernissage so festlich wie möglich gestalten. Die Leute sollen sich an bessere Zeit erinnert fühlen.«

Wie viele andere Franzosen war auch Boucher seit dem deutsch-französischen Waffenstillstand gealtert. Seine Gesten waren nicht mehr so schwungvoll wie früher, und selbst wenn er ein Bild sah, das ihm gefiel, funkelten seine Augen nicht mehr vor Freude. Vielleicht glomm noch ein kleines Licht auf, kaum mehr als das letzte Flackern eines Flämmchens, das in geschmolzenem Kerzenwachs schwamm. Seine Galerie hatte er nur noch an zwei Tagen in der Woche geöffnet. Doch bei der Aussicht auf eine Ausstellung lebte er auf.

Vor dem Krieg hatte Marguerite ihre Landschaftsbilder erfolgreich an ausländische Besucher verkauft, ihnen hatte das Atmosphärische ihrer Malerei gefallen. Doch seit Kriegsbeginn war es aus Sicherheitsgründen verboten, Landschaften abzubilden – davon abgesehen hätte es ohnehin keine Abnehmer mehr gegeben.

In ihrem Atelier ging Marguerite ihre Bilder durch, hielt jedes ans Licht und überlegte, ob ihm ein Platz in einer Ausstellung gebührte. Seit sie keine Landschaften mehr malen durfte, hatte sie sich auf Stillleben verlegt – Wildblumen, eine gemusterte Decke auf einem Sofa, ein buntes Seidentuch über einer Stuhllehne, Krüge, Porzellanteller und Kaffeetassen, die motivisch und stilistisch an die Arbeiten von Vanessa Bell und Gwen John erinnerten. Letzteres war sogar Musel aufgefallen.

In den Kriegsjahren hatte Marguerite weniger gemalt, es war immer schwieriger geworden, an Leinwand, Farben und Pinsel zu gelangen. Doch es waren noch genügend Bilder vorhanden, sie hatte ja kaum welche verkauft.

Davon abgesehen hatte Musel recht gehabt. Marguerite hatte keinen eigenen Stil. Nach der Kunstakademie hatte sie berühmte Malerinnen imitiert und gehofft, auf diese Weise einen Markt zu finden. Aber auch ihre späteren Werke erinnerten an andere Maler. Es war, als versuche Marguerite sogar in ihren Bildern, ihre wahre Identität zu verbergen.

Um nicht aufzufallen, musste sie ihre eigene Kreativität unterdrücken und hatte sich damit abgefunden. Alles war besser, als gar nicht zu malen. Denn nur, wenn sie malte, verspürte sie inneren Frieden. Dennoch hatten ihre Bilder dieses Melancholische, als bedauere Marguerite es, sich nicht so ausdrücken zu können, wie es sie verlangte.

Als Simone das Atelier betrat, erzählte Marguerite ihr von der geplanten Ausstellung und zeigte ihr die Werbeplakate, die sie gerade anfertigte.

»Glaubst du wirklich, das ist der beste Weg, an diesen Pater heranzukommen? Kein Mensch hat Geld, um ein Gemälde zu kaufen, wozu also eine Ausstellung? Ganz abgesehen davon, dass sie zu große Aufmerksamkeit auf dich lenken dürfte.«

Marguerite zuckte die Achseln. »Meine Bilder auszustellen, ist einfacher, als zum katholischen Glauben überzutreten.«

Simone seufzte. »Und was ist, wenn der Pater tatsächlich ein Sympathisant der Deutschen ist?« Mit diesen Worten kehrte sie ins Haus zurück.

Biquet, der draußen auf der Mauer gesessen und mit den Fersen dagegen geschlagen hatte, rutschte herunter und betrat das Atelier. Er hatte Marguerite nicht gesagt, dass er kommen würde, und für einen Moment fürchtete sie, er könnte wieder eine Vorladung von Yves Musel dabeihaben.

Marguerite rang sich ein Lächeln ab. Der Junge sollte nicht denken, er sei ihr nicht willkommen.

»Hast du etwas für mich?«, fragte sie.

Er hielt ihr seine gelb verfärbten Hände hin und sah Marguerite von unten herauf an. »Nur meine Hände, Madame. Monsieur Boucher hat gesagt, dass Sie eine Ausstellung planen, und ich dachte, Sie könnten vielleicht Hilfe brauchen.«

Marguerite erkannte das Hoffnungsvolle in seinem Blick,

die Sehnsucht, dass vielleicht alles besser würde, wenn er versuchte, es jedermann recht zu machen.

Marguerite strich dem Jungen über die Wange und nickte. »Warte, ich glaube, ich habe etwas für dich.« Sie lief zum Schuppen und holte ihr Fahrrad heraus. Inzwischen hatte sie das Hinterrad wieder justiert und die verbogenen Speichen begradigt.

»Ich möchte, dass du durch die Stadt fährst und die Werbeplakate für meine Ausstellung anbringst. Aber heute fährst du zuerst zu Monsieur Boucher und lässt dir erklären, wo die besten Stellen für die Plakate sind. Du kannst doch Rad fahren, oder?«

»Klar.« Biquets Gesicht rötete sich vor Freude. »Ich bringe Ihnen das Rad heil zurück.«

»Es ist jetzt dein Fahrrad«, sagte Marguerite. »Ich habe ein neues bekommen.«

Biquet starrte sie mit offenem Mund an. »Wirklich wahr?«

Margerite drückte ihm einen Kuss auf die Wange. »Wirklich wahr. Und jetzt ab mit dir.«

»Danke, Madame«, flüsterte Biquet und betrachtete das Fahrrad verzückt. »Vielen Dank.«

Am nächsten Tag begann Biquet, die ersten Plakate in der Stadt anzubringen. Hin und wieder fragte ihn jemand, warum Madame Segal in dieser Zeit eine Ausstellung plane. Dann antwortete Biquet so, wie Marguerite es ihm vorgesagt hatte, es solle eine schöne Abwechslung werden. Und warum hätte man das hinterfragen sollen?

*

Armand erschien nicht, um Dorothy woanders unterzubringen, und so gingen Marguerite und Simone am Abend wieder mit ihr im Garten spazieren.

Dorothy hatte sich mit ihrem unterirdischen Leben offenbar abgefunden. Wie ein Nachttier blieb sie tagsüber unsichtbar. Wenn sie abends hervorkam, war sie blass und ihre Glieder waren steif, was wahrscheinlich bei jedem der Fall gewesen wäre, der tagsüber allein bei einer Öllampe in einem Keller hockte und nur wenig zu essen bekam. Auch Dorothy zählte die Tage, bis sie ihr Versteck endlich verlassen konnte.

Als Simone ihr von Marguerites Ausstellung berichtete, leuchteten Dorothys Augen auf. »Ich werde da sein und den Verkauf ankurbeln. Ich erkenne Menschen, die Geld haben und weiß, wie man es ihnen abluchst. Das wird eine tolle Party.« Sie klatschte in die Hände. »Die letzte Party, an der ich teilgenommen habe, war die von Willie Maugham im La Mauresque in Cap Ferrat. Das war, bevor der Feigling aus Frankreich geflohen ist. Wahrscheinlich treibt er sich heute an einem exotischen Ort herum, raucht Zigarren, trinkt Cognac und ist wieder als Spion tätig.«

Das Wort »Spion« hatte Dorothy geflüstert. Es hatte wie ein Zischen geklungen, und Marguerite lief es kalt über den Rücken. Spione lebten gefährlich, aber hatte Violet nicht ebendies von ihr verlangt?

Simone sah Dorothy kopfschüttelnd an. »Du wirst nicht zu der Vernissage kommen. Oder willst du, dass die Deutschen unbedingt auf dich aufmerksam werden?«

Dorothy zuckte mit den Schultern. »Die Deutschen werden die Vernissage nicht besuchen. Nur ein paar kunstbegeisterte Einheimische werden erscheinen. Ich werde die geheimnisvolle Fremde sein. Wenn nötig, werfe ich mit ein paar russischen Brocken um mich. Vielleicht hält man mich dann für eine Spionin.«

Simone seufzte. »Ich glaube, das ist keine gute Idee.«

»Ganz meine Meinung«, sagte Marguerite. »Überall in Nizza werden Plakate hängen, die die Ausstellung ankündigen. Ich bin sicher, es gibt genug Leute, die gern noch einmal zu einer Vernissage kommen werden. Ohne etwas zu kaufen. Womöglich sind auch Deutsche unter ihnen oder Franzosen, die mit den Deutschen sympathisieren. Du kannst dort nicht als ›geheimnisvolle Fremde‹ auftreten.«

Marguerite hoffte, dass Simone richtiglag und die Veranstaltung gut besucht werden würde. Und doch war der einzige Besucher, der Marguerite interessierte, der Pater.

Kapitel 10

Marguerite hatte keine Ahnung, wie Pater Étienne aussah. Geistliche machten sich mit ihren einheitlich schwarzen Gewändern unauffällig, die dafür sorgten, dass ihre Persönlichkeit gänzlich hinter ihrer Funktion verschwand. Jetzt konnte sie nur hoffen, er werde in seiner Soutane in der Galerie auftauchen, damit sie ihn erkannte. Sonst könnte ihn nur noch sein Verhalten verraten.

Aus Erfahrung wusste sie, dass die Besucher einer Gemäldeausstellung umherschlenderten und häufig eher die anderen Besucher als die Bilder begutachteten. Nur Kunstfreunde benahmen sich anders. Sobald ihnen ein Bild ins Auge stach, waren sie wie gebannt. Sie stellten sich davor, betrachteten es lange, spürten nicht einmal, wenn sie angerempelt wurden.

Marguerite hoffte zum einen, dass der Pater kam, zum anderen, dass auch er ein Gemälde für sich entdecken und sie darauf ansprechen würde. Doch um ihre Stillleben interessant zu finden, musste er durch die einfachen Motive hindurchsehen und die emotionale Botschaft erkennen, die sich in ihnen verbarg. Würde es nicht geschehen und er nicht zu ihr kommen, wäre ihr Plan gescheitert.

Yves Musel gehörte zu den ersten Besuchern. Er erschien mit seiner Frau Céleste und seinen beiden Töchtern. Die Mädchen folgten ihren Eltern wie aufgeregte Entenküken, die zum ersten Mal in einem großen Teich schwimmen durften.

Nancy, die ältere der beiden, war sechzehn und das Ebenbild ihrer Mutter, schlank und hochgewachsen, das lange blonde Haar eine wilde Mähne. Wie so viele Einheimische war auch sie blass, als wäre es noch Winter.

Als Marguerite begonnen hatte, Nancy Malunterricht zu geben, war sie zwölf Jahre alt gewesen, und bisher hatte Marguerite sie stets als Kind betrachtet. Nun stellte sie fest, dass sie eine attraktive junge Frau vor sich hatte, nach der man sich umdrehen würde, deren Augen funkelten und die ihr Haar kokett nach hinten warf, weil sie die Macht entdeckt hatte, die ihre Schönheit ihr verlieh.

Alyce hingegen war noch in dem zarten Alter, in dem ein Kind alles für machbar hielt und nur wenig verstand. Träume waren real und nichts war unerreichbar. Am liebsten wäre Marguerite zu ihr gelaufen und hätte diesen Ausbund an Unschuld an sich gedrückt.

Marguerites Blick wanderte zu Musel. War er gekommen, um eine gute Bekannte zu unterstützen, wollte er sie beobachten, oder hatte ihn das Interesse an ihrer Vergangenheit in die Galerie geführt? Es hieß, dass Musel, seit er Bürgermeister war, mit hochrangigen deutschen Offizieren verkehrte, sie zu sich nach Hause einlud. Einige Einheimische waren der Ansicht, dass es zu seiner neuen Funktion gehörte; andere sprachen davon, dass er mit den Deutschen fraternisiere. Armand hatte es Marguerite erzählt, sich über Musel empört und dabei die deutschen Gäste vergessen, die er in seiner Bar empfing.

Marguerite setzte ein unverbindliches Lächeln auf und trat zu Musel und seiner Familie.

Musel nahm ein Glas Wein von dem Tablett, mit dem Biquet umherging. Er prostete Marguerite zu.

»Glückwunsch, Marguerite, die Ausstellung war eine großartige Idee. Genau das, was unsere Stadt in dieser Zeit braucht.«

Offenbar war er wieder der leutselige Mann, der er früher gewesen war. Doch inzwischen hatte Marguerite seine andere Seite kennengelernt und würde sie nie vergessen.

Musel deutete auf ein kleines Aquarell. Es war ein Stillleben, leuchtend blaue Hyazinthen in einem grauweißen Tonkrug. »Sehr gelungen. Fast ist mir, als könnte ich die Blumen riechen.«

Alyce hob sich auf die Zehenspitzen und beäugte das Gemälde. »Mir gefällt es auch. Können wir es kaufen, Papa?«

Musel zwinkerte Marguerite zu. »Vielleicht. Aber zuerst schauen wir uns die anderen Bilder an.«

Marguerite berührte Céleste am Arm, die nichts gesagt, nur hölzern gelächelt und sich umgeschaut hatte. »Danke, dass Sie gekommen sind.«

Céleste zuckte mit den Schultern. »Meine Töchter haben darauf bestanden. Die beiden hängen an Ihnen, und wir tun alles, um einheimische Künstler zu unterstützen.«

Wie herablassend sie ist, dachte Marguerite. Offenbar war ihr die neue Position ihres Manns bereits zu Kopf gestiegen. Für Kunst hatte Céleste sich nie begeistert, nicht einmal für die Bilder, die ihre Töchter unter Marguerites Anleitung gemalt hatten.

Céleste wandte sich ab und folgte ihrer Familie, die weiterspaziert war.

Langsam füllte sich die kleine Galerie. Marguerite unterhielt sich gerade mit einer Bekannten, als sie den Priester wahrnahm – einen groß gewachsenen Mann, dessen schwarzes Gewand ihn unter den überwiegend sommerlich gekleideten Besuchern herausstechen ließ. Mit dem Rücken zu Marguerite bewegte er sich von Bild zu Bild, umging die Menschen, die ihm im Weg waren, geschmeidig wie eine Katze. Vor dem Aquarell, auf dem Simones Lieblingssessel zu sehen war, verharrte er.

Biquet trat zu ihm und bot ihm ein Glas Wein an. Der Priester wandte sich zu dem Jungen um, und Marguerite sah sein Gesicht. Sofort schlug ihr das Herz bis zum Hals. Diesem Mann war sie schon einmal begegnet, sie hätte ihn unter Hunderten wiedererkannt. Das war der Mann, der sie im Park vor der deutschen Patrouille gerettet hatte. Fast spürte sie wieder seine leidenschaftliche Umarmung und die Glut seiner Küsse.

Er konnte niemand anderes als Pater Étienne sein. Nun wunderte es sie auch nicht mehr, dass die deutschen Soldaten sie hatten laufen lassen. Wahrscheinlich wussten sie, dass der Pater ein Sympathisant der Besatzungsmacht war. Vielleicht waren die heißen Küsse nur gespielt gewesen, ein Täuschungsmanöver, damit sie, Marguerite, nicht erkannte, auf wessen Seite er stand. Und sie hatte die Hingabe für echt gehalten. Sie war eine Närrin gewesen. Aber wie immer seine Motive ausgesehen haben mochten, so war ihr nun klar, dass sie bei ihm einen kühlen Kopf bewahren musste.

Dennoch war er der Einzige, der die Bilder wie ein Kunstkenner betrachtete, vor jedem verweilte, sich in den Anblick vertiefte. Oder tat er nur so?

Marguerite konnte den Blick nicht von ihm abwenden. Sie beobachtete, wie er von einem Bild zum nächsten schritt, jedes aufmerksam studierte und dabei vollkommen in sich zu ruhen schien. Diese Ruhe war noch etwas, was ihn von allen anderen unterschied.

Jeanne trat zu ihr. Sie hatte Boucher und Marguerite geholfen, die Bilder aufzuhängen. »Ist dir nicht gut?«, fragte sie besorgt. »Du bist so blass.«

»Mir fehlt nichts«, entgegnete Marguerite und deutete auf einen Stuhl. »Aber du solltest dich mal hinsetzen, du hast genug gearbeitet.«

In der Galerie war es warm geworden, auf Jeannes Stirn glänzte Schweiß. Marguerite bat Biquet, Jeanne ein Glas Wasser zu bringen. Jeanne ließ sich auf dem Stuhl nieder.

Marguerite konzentrierte sich wieder auf den Pater. Sollte sie ihn hier vor allen Leuten ansprechen? Würde er sich an sie erinnern? Doch etwas ließ sie zögern. Pater Étienne war kein Dummkopf. Vielleicht würde er merken, dass sie Hintergedanken hatte. Sie durfte nicht vergessen, wie raffiniert er im Park vorgegangen war.

In diesem Augenblick betraten drei Wehrmachtsoffiziere die Galerie, mit blank polierten Stiefeln, makellosen Uniformen und offensichtlich bester Laune.

Ihre Ankunft veränderte die Atmosphäre schlagartig. Noch bevor die Deutschen ihre Uniformmützen abgesetzt hatten, verstummten die Gespräche, und alle starrten die Neuankömmlinge an.

Die Offiziere entdeckten den Pater und bahnten sich einen Weg zu ihm.

Marguerite beobachtete die vier, die sich kurz unterhielten, bevor die Deutschen sich von Pater Étienne durch die Ausstellung führen ließen. Die französischen Besucher wichen vor ihnen zurück oder kehrten ihnen den Rücken zu.

Dann kam ein vierter Offizier herein, ein älterer, beleibter Mann mit dunklem Haar. Er gesellte sich zu den anderen, die ihn untertänig grüßten. Der Pater nickte ihm freundlich zu.

Der Offizier ließ seinen Blick über die Bilder gleiten und sah den Pater an. »Was meinen Sie, welches Gemälde mich reich machen kann? Sieht alles recht manierlich aus, nirgendwo entartetes Geschmiere. So etwas könnte sogar dem Führer gefallen.«

Die Antwort des Paters bekam Marguerite nicht mit, Céleste war zu ihr getreten. »Das ist Otto Schmidt«, raunte sie Marguerite ins Ohr. »Seien Sie nett zu ihm, vielleicht kauft er dann ein Bild.«

Das war also Otto Schmidt, dachte Marguerite, der Mann, der in Nizza für die Deportation der Juden zuständig war und in dessen Büro sich die Unterlagen befanden, die sie fotografieren sollte. Sie versuchte, sich ihren Abscheu nicht anmerken zu lassen.

Die Anwesenheit der Deutschen war den meisten französischen Besuchern zu unangenehm, um zu bleiben. Sie leerten ihre Weingläser, stellten sie irgendwo ab und verließen die Galerie.

Verärgert nahm Marguerite einen Schluck Wein. Ohne

die Wehrmachtsoffiziere hätten die Leute sich noch ein wenig länger an den Bildern erfreuen können. Darüber hinaus hatten sie und Boucher sich mit der Ausstellung große Mühe gegeben, doch in Bezug auf die Einheimischen schien sie vergebens gewesen zu sein.

Musel zählte zu den wenigen Gästen, die geblieben waren. Er trat zu den Deutschen und bedeutete Biquet, er solle ihnen Wein anbieten.

»Meine Herren, trinken Sie einen Schluck«, sagte Musel. »Der Wein ist zwar noch etwas jung, aber typisch für unsere Region.«

Was der Pater angesichts der sich leerenden Galerie dachte, war nicht zu erkennen. Er schien sich ausschließlich für die Gemälde zu interessieren. Als Simone an ihm vorbeiging, um die benutzten Gläser einzusammeln, sprach er sie an. Offenbar erkundigte er sich nach der Malerin, denn die Blicke der beiden richteten sich auf Marguerite.

Falls er sie wiedererkannte, ließ er es sich nicht anmerken.

Als der Pater zu ihr kam, sie mit seinen blauen Augen ansah und seinen Namen nannte, spielte Marguerites Herz verrückt. Sie umklammerte ihr Weinglas, um ihre zitternden Hände zu verbergen.

Doch sie hatte es geschafft, der erste Schritt war geglückt. Der Mann in Schwarz, dessen Miene nicht das Geringste verriet, war Étienne Valade.

Er stand so dicht vor ihr, dass ihre Haut zu prickeln begann.

»Ich gratuliere Ihnen zu der Ausstellung«, sagte er.

»Vielen Dank«, erwiderte Marguerite und dachte, wenn

wenigstens ihr Glas noch voll gewesen wäre und sie sich mit einem großen Schluck hätte stärken können.

Er war höflich – vielleicht zu höflich, als dass sie ihm trauen konnte? Und er war Priester. Wie konnte der Mann, bei dessen Küssen ihr beinah die Sinne geschwunden waren, Priester sein? Und was hatte er an jenem Abend im Park gemacht?

»Ihre Arbeiten sind sehr bemerkenswert.«

»Vielen Dank«, sagte Marguerite noch einmal und wünschte, sie wüsste, wie sie mit ihm reden sollte. Sollte Sie den Priester ansprechen oder den Mann, der sich unter der Priesterkleidung verbarg. Sie war in einer unkonventionellen Familie groß geworden, in der es außer der Kunst keine Religion gegeben hatte. Wie man sich einem Priester gegenüber verhielt, hatte sie nicht gelernt.

Er sprach weiter über ihre Gemälde, über das Licht, das sie in ihrem Aquarell mit der Mimose in dem blauen Krug eingefangen hatte.

Marguerite hatte befürchtet, dass er sich herablassend äußern könnte, so wie sie es bei anderen Männern erlebt hatte, doch das tat er nicht. Und er kannte sich aus.

»Die Bilder sind nicht ausgepreist«, sagte er. »Darf ich fragen, wie viel das Aquarell der Mimose in dem blauen Krug kostet?«

Boucher und Marguerite hatten deshalb keine Preise angebracht, weil Marguerite nicht davon ausgegangen war, dass ihre Bilder gekauft würden. Bevor sie das Pater Étienne erklären konnte, drehte er sich um und rief einen jungen Wehrmachtsoffizier zu sich.

»Hans würde das Aquarell gern kaufen«, sagte er an Marguerite gewandt. »Doch zuvor möchte er wissen, wie teuer es ist.«

Marguerite überlegte, wie viel sie für das letzte Stillleben genommen hatte, das sie vor dem Krieg verkauft hatte, und nannte den doppelten Preis.

Ohne mit der Wimper zu zucken, holte der Mann namens Hans seine Brieftasche heraus, zählte die Scheine ab und reichte sie Marguerite.

Einen Moment lang wünschte Marguerite, sie hätte den Verkauf offen abgelehnt, statt mehr zu verlangen, als angemessen war. Was angesichts des Hungers, den sie zu Hause litten, unsinnig gewesen wäre.

Sie deutete auf Boucher am Empfangstisch, der bisher noch nichts eingenommen hatte. »Monsieur Boucher ist für die Kasse zuständig.«

Die letzten Besucher verließen die Ausstellung. Musel winkte Marguerite zu, als er die Galerie mit seiner Familie verließ. Er hatte nichts gekauft.

Marguerite nahm das Aquarell von der Wand. Früher hätte sie es in feines Papier eingeschlagen, es vielleicht mit einem hübschen Band umwunden, doch da es weder feines Papier noch Geschenkband gab, überreichte sie das Bild dem jungen Offizier so, wie es war.

Jeanne verfolgte die Transaktion mit vor der Brust verschränkten Armen und finsterem Blick.

Der Offizier betrachtete das Gemälde glücklich, steckte es unter seinen Arm und verabschiedete sich. Beim Hinausgehen ließ er die Eingangstür mit einem Knall hinter sich zufallen. Die Deutschen waren die Herren in der Stadt, sie konnten sich benehmen, wie sie wollten.

Pater Étienne blieb zurück. Wieder wanderte sein Blick über die Gemälde.

Marguerite räusperte sich. Sie wollte, dass auch er sich verabschiedete.

Das Geräusch schien ihn aus einer weit entfernten Welt zu holen. Er sah Marguerite an. »Ihr Werk ist wirklich erstaunlich.«

Marguerite war an Lob für ihre Bilder gewöhnt, ebenso an Kritik und an Desinteresse, doch Pater Étienne hatte nur etwas festgestellt. Er hatte ihr nicht schmeicheln wollen, nur seine Meinung kundgetan. Bevor er sich zum Gehen wandte, sagte er etwas so leise, dass Marguerite es nicht verstand. Und bevor sie ihn bitten konnte, es zu wiederholen, war er fort.

»Endlich sind wir ihn los«, sagte Jeanne.

Simone blickte sich um, um sicherzugehen, dass alle Deutschen verschwunden waren. Dann drehte sie sich ruckartig zu Marguerite um. »Wie konntest du nur diesem Deutschen das Bild mit dem Krug meiner Großmutter verkaufen? Ich will nicht, dass es bei ihm an der Wand hängt.«

Biquet schnappte sich ein halb volles Glas Wein und trank es aus. »Soll ich es für Sie stehlen, Madame?«

Als er nach dem nächsten Glas greifen wollte, hielt Marguerite seine Hand fest. »Besser nicht, Biquet.« Sie wandte sich Simone zu. »Was hätte ich denn sagen sollen? ›Nein, Sie bekommen das Bild nicht?‹«

»Keine Ahnung.« Simone zuckte mit den Schultern. »Ich finde nur, dass ein Verkauf für die Beteiligten immer etwas Verbindendes hat.«

»Und was, glaubst du, wäre passiert, wenn ich ihm seinen Wunsch ausgeschlagen hätte?«

Boucher bat Marguerite zu sich. Er hatte seine Provision von dem eingenommenen Betrag abgezogen und wollte Marguerite den restlichen Betrag aushändigen. Für einen Moment sah sie all das vor sich, was sie damit erstehen konnte – Legehennen, die ihnen Eier liefern würden, Käse, Fleisch, Wurst –, doch dann schob sie diese Bilder zur Seite.

»Bitte, Monsieur, behalten Sie das Geld«, sagte sie leise. »Kaufen Sie etwas Gutes für sich und Ihre Frau.«

Boucher schüttelte den Kopf. »Nein, das wäre nicht richtig.«

»Denken Sie an Ihre Frau, Monsieur. An die Kraft, die Fleischmahlzeiten ihr geben können.«

Madame Boucher war im vergangenen Winter an Tuberkulose erkrankt. Jedes Mal, wenn Marguerite ihr begegnete, schien sie ein wenig dünner geworden zu sein, und zum Gehen brauchte sie mittlerweile einen Stock.

Bouchers Wangen röteten sich. »Vielen Dank, Madame. Zum Ausgleich werde ich Ihre Bilder über den geplanten Zeitraum hinaus hängen lassen. Vielleicht ist ja noch jemand in der Lage, eines zu erwerben.«

Kurz bevor sie die Galerie verließen, fragte Simone Marguerite flüsternd: »War das vorhin der Priester, an den du dich heranmachen sollst?«

Marguerite nickte. »Er ist der Mann, der mich nachts im Park gerettet hat. Was meinst du, ist es Zufall, dass er hier war, oder nicht?«

Simone runzelte die Stirn. »Pass bloß auf. Einer der Besucher hat davon gesprochen, dass der Pater in einer der requirierten Villen der Deutschen lebt.«

»Vielleicht ist das nur Klatsch und Tratsch.«

»Und wenn es wahr ist? Sei vorsichtig, ich sage es noch einmal. Vielleicht küsst der Pater gut. Aber wenn er ein Kollaborateur ist und du mit ihm in Zusammenhang gebracht wirst, wird man von dir das Gleiche denken.«

Marguerite brauchte niemanden, der sie daran erinnerte, wie riskant es sein würde, die Nähe des Priesters zu suchen. Nicht einmal Violet hatte ihr sagen können, auf welcher Seite Pater Étienne stand.

Dennoch wusste Marguerite, dass sie nicht aufgeben würde. Zu viel hing vom Erfolg ihres Auftrags ab. Auch wenn sie keine Ahnung hatte, was sie als Nächstes tun sollte.

*

Marguerite, Simone, Jeanne und Biquet verließen die Galerie. Plötzlich wurden in einem der Häuser vor ihnen auf Deutsch Befehle gebrüllt. Vor dem Haus stand ein Lastwagen mit laufendem Motor.

Schützend legte Jeanne einen Arm um Biquet und fragte: »Wohnt da nicht Dr. Goldman?«

Simone nickte. Dr. Goldman war ein beliebter Arzt gewesen, bis die Deutschen gekommen waren und ihm als Juden ein Berufsverbot erteilt hatten.

Als ein Schuss fiel, sahen die Frauen sich erschrocken an. Im nächsten Moment wurde Frau Goldman von zwei SS-Männern aus dem Haus gezerrt und auf die Ladefläche des Lastwagens getrieben. Aus einer Wunde an ihrem Kopf lief Blut.

Marguerite rannte los und rief: »Was fällt Ihnen ein, Frau Goldman –«

Simone riss sie zurück und hielt ihr den Mund zu. »Willst du die Nächste sein?«, zischte sie Marguerite ins Ohr.

»Aber –«

Dann trugen zwei weitere SS-Männer Dr. Goldman aus dem Haus, der entweder tot oder schwer verletzt war. Sie warfen ihn auf die Ladefläche des Lasters. Frau Goldman schlug sich die Hände vors Gesicht und schluchzte.

Marguerite versuchte, Simones Hand abzuschütteln.

»Du bleibst hier«, sagte Simone. Ihr Griff verstärkte sich.

Zwei der SS-Männer sprangen in die Fahrerkabine des Lasters, die anderen beiden auf die Ladefläche. Der Wagen fuhr los. Kurz darauf war er verschwunden.

Marguerite, Simone, Jeanne und Biquet standen wie gelähmt da.

Ein Verbrechen war begangen worden, dachte Marguerite, und niemand wurde dafür zur Rechenschaft gezogen. Sie drehte sich Simone zu. »Warum hast du mich zurückgehalten?«

»Was hättest du denn tun sollen?«, fragte Simone. »Wenn ich dich nicht festgehalten hätte, wärst du jetzt tot oder lägst ebenfalls auf der Ladefläche.«

Jeanne drückte Biquet an sich. »Warum sind die Goldmans hiergeblieben? Es war doch bekannt, was mit Juden geschieht.«

Simone blickte auf das Haus, aus dem die Goldmans geholt worden waren. »Vielleicht dachten sie, sie kämen davon. Und sind dann denunziert worden. Für ein paar Francs oder eine warme Mahlzeit.« Sie musterte Jeanne. »Atme tief durch und beruhige dich. Denk an das Baby.«

»Mir und dem Baby geht es gut.« Jeanne streichelte Biquet, der zu weinen begonnen hatte. »Ich bringe Biquet nach Hause.«

Marguerite und Simone holten ihre Fahrräder. Die Strecke zu ihrem Haus legten sie schweigend zurück. Ihnen fehlten die Worte. Als sie zu Hause ankamen, begann auch Simone zu weinen. Marguerite nahm sie in die Arme.

»Ich habe dich nur festgehalten, weil ich dich schützen wollte«, murmelte Simone.

»Ich muss mich bei dir bedanken«, entgegnete Marguerite. »Ich habe nicht nachgedacht.«

»Wahrscheinlich hätten sie dich wie einen Hund erschossen und auf der Straße liegen lassen. Das wollte ich nicht.«

Eng aneinandergedrückt saßen sie im Dunkeln auf dem Treppenabsatz. Beide wussten, dass sie die Goldmans nicht hätten retten können. Doch dass sie hilflos einem derartigen Verbrechen hatten zusehen müssen, setzte ihnen schwer zu.

Kapitel 11

In der Nacht träumte Marguerite von Pater Étienne. Seine Augen waren eisblau, sein Blick bohrte sich in Marguerite und drang bis zu ihrer Seele vor. Dann nahm er die Gesichtszüge eines der SS-Männer an, die Dr. Goldman auf den Lastwagen geworfen hatten.

Marguerite wachte auf und wartete darauf, dass der Traum verflog. Sie dachte an die vielen Opfer der Nationalsozialisten, darunter die zahllosen Juden, die aus rassistischen Gründen verfolgt wurden. Sie dachte an die Kunstwerke, die auf Befehl der Nationalsozialisten aus Museen und Galerien verbannt, an jüdische Privatsammlungen, die beschlagnahmt worden waren. Konnte es sein, dass ein Geistlicher mit alldem einverstanden war und mit den Schuldigen verkehrte?

Wie viele Maler sogenannter entarteter Kunst aus Deutschland und den von den Deutschen besetzten Gebieten geflohen waren, sich, ebenso wie Dorothy, irgendwo verborgen hielten, ausgewandert oder interniert worden waren! Eine ganze Künstlergeneration war in Europa verloren gegangen.

Marguerite erinnerte sich an den konzentrierten Blick des Paters beim Betrachten ihrer Bilder und an sein Lob. Sie wünschte, sie hätte die Worte verstanden, die er beim Abschied geflüstert hatte.

Auch am Morgen konnte sie an nichts anderes denken. Und als sie später im Garten ein neues Salatbeet anlegte, kreiste der Pater ihr noch immer durch den Kopf.

»Wer rastet, der rostet«, sagte jemand in ihrem Rücken.

Marguerite fuhr herum.

Wieder hatte Dorothy den Keller verlassen und spazierte durch den Garten, als wäre es das Selbstverständlichste der Welt.

Marguerite sah sie verärgert an.

Dorothy hob die Hände. »Du musst nichts sagen. Ich weiß, dass ich hier nicht herumlaufen soll.«

Eine Amsel ließ sich in einem der Apfelbäume auf einem Zweig nieder und blickte Marguerite an.

Marguerite richtete sich auf. »Dorothy, bitte kehr zurück. Natürlich ist es für dich schwierig, da unten zu bleiben, aber –«

Dorothy ließ sie nicht ausreden. »Habe ich dir schon erzählt, was aus dem Löwenbändiger geworden ist?«

Jeder in der Nähe hätte Dorothy hören können.

»Bitte«, zischte Marguerite. »Geh sofort wieder in den Keller. Du bringst uns in Teufels Küche.«

»Er wurde von einem seiner Löwen zerfleischt. Während des Dressurakts. Das ganze Publikum musste zusehen, keiner konnte etwas unternehmen. Es wäre zu gefährlich gewesen. Verstehst du, was ich damit sagen will?«

Marguerite nickte und stach ihre Kelle in die Erde.

»Man hat gewartet, bis der Löwe schlief. Dann wurde er erschossen.«

»Was dem Löwenbändiger aber nichts mehr genützt hat.«

Dorothy hob die Schultern. »Sein Tod wurde gerächt. Mehr konnte man nicht verlangen.«

Marguerite beschirmte ihre Augen mit der Hand vor der Sonne. Aber Dorothy war schon wieder auf dem Rückweg ins Haus. Vielleicht hatte sie gehört, wie Marguerite und Simone sich am Abend über den Vorfall nach der Vernissage unterhalten hatten, und hatte Marguerite mit dem Hinweis auf die gerechte Strafe für den Löwen trösten wollen.

*

Am Nachmittag arbeitete Marguerite in ihrem Atelier. Als Biquet zu seinem Malunterricht kam, wirkte er niedergeschlagen. Marguerite nahm an, dass es noch eine Folge des brutalen Vorgehens der SS am Vortag war. Um den Jungen abzulenken, ließ sie ihn auf Papierresten perfekte Kreise üben und reichte ihm einen harten Bleistift, um die Aufgabe zu erschweren.

Wenig später glaubte sie Fahrradreifen über den Kiesweg knirschen zu hören – dann das Quietschen ihres Tors und Schritte, die sich dem Haus näherten.

Biquet legte seinen Bleistift ab und sah Marguerite ängstlich an. »Erwarten Sie jemanden, Madame?.«

Marguerite strich ihm über den Kopf. »Keine Sorge, wir tun nichts Verbotenes.«

Dorothys Schreibmaschinengeklapper war glücklicherweise verstummt. Sie hatten sich angewöhnt, die Haustür zu verschließen, so dass jeder, der kam, die Klingel benutzen musste. Die würde Dorothy auch im Keller hören und wäre gewarnt.

Marguerite wartete, bis die Klingel ertönte. Dann blickte sie aus dem Fenster. Pater Étienne stand vor dem Haus – der Mann, an den sie seit dem Vortag unentwegt gedacht hatte.

Sie rief: »Hallo!«, tat, als habe sie ihn fast schon vergessen und sei überrascht, ihn wiederzusehen.

Er drehte sich zu ihr um. »Madame«, sagte er, »entschuldigen Sie die Störung. Ich bin hier vorbeigekommen und habe mich gefragt, ob ich mir vielleicht noch einige Ihrer Bilder ansehen darf.«

»Aber gern«, entgegnete Marguerite.

Bevor er hereinkam, trat Pater Étienne seine Schuhe säuberlich auf der Fußmatte ab. Und im Atelier sog er die Gerüche nach Farben und Terpentin so genüsslich ein, als wäre es etwas, was er seit langer Zeit vermisst hatte.

Marguerite deutete auf den Jungen. »Das ist Biquet, vielleicht erinnern Sie sich von der Vernissage an ihn. Er ist einer meiner Schüler.«

Pater Étienne lächelte. »Freut mich, dich kennenzulernen, Biquet.«

Biquet straffte die Schultern. »Ich bin nicht nur Madames Schüler, sondern auch ihr Assistent.«

Marguerite tätschelte seine Wange. »Fahr nach Hause, ich bin sicher, deine Mutter wartet schon auf dich.«

Biquet sammelte seine Malereien ein und verstaute sie sorgfältig in seiner Hosentasche. »Die Kreise übe ich zu Hause weiter und bringe sie beim nächsten Mal mit.« Dann war er fort.

Pater Étienne machte einen Rundgang durch das Atelier, betrachtete fertige und unfertige Bilder und die kleinen

Holzmodelle menschlicher Körper, die Marguerite erworben hatte, als sie noch auf der Kunstakademie war. Sein Blick glitt über ihre Pinsel, Stifte und Farben und die Gipsputte, die sie in Arles auf einem Trödelmarkt erstanden hatte.

Wenn er nur genau genug hinsah, würde er alles sehen können: ihre gesamte Entstehungsgeschichte, nicht nur als Künstlerin, sondern auch als Person. Wo sie herkam, wo sie hinwollte und wo sie jetzt gerade war, in diesem Zwiespalt zwischen Verborgenheit und Hingabe. Marguerite dachte an das Risiko, das sie eingehen würde, wenn sie ihm nun sagte, wozu sie seine Hilfe brauche.

»Ich ahnte es«, sagte er. »Die Gemälde in der Galerie haben nur die halbe Geschichte erzählt. Ihre Stillleben und Landschaften enthalten so viel mehr.«

Er sah sie an, und wie in ihrem Traum schien sich sein Blick in sie zu bohren. Doch dann veränderte sich dieser Blick, bekam etwas Weiches und Tiefes. Und Marguerite war sicher, dass in diesem Moment nicht mehr der Priester vor ihr stand, sondern der Mann, der sie im Park geküsst hatte.

Da es ein warmer Tag war, hatte er seine Soutane aufgeknöpft. Darunter trug er ein hochgeschlossenes weißes Oberteil, das sich schweißfeucht an seinen Oberkörper schmiegte. Er war schlank, seine Brust jedoch muskulös.

Noch immer hatte er ihre Begegnung im Park nicht erwähnt und somit auch nicht die Küsse, die in Marguerite etwas geweckt hatten, von dessen Existenz sie nichts gewusst hatte.

Schweigend beobachtete Marguerite, wie er ein Gemälde

hochhob und so dicht an sein Gesicht führte, als wolle er die Farbe riechen. Dann hielt er es von sich ab und studierte es mit schief gelegtem Kopf. Es schuf eine Intimität zwischen ihnen, als wären es nicht ihre Bilder, die er voller Neugier erkundete, sondern ihr eigener Körper. Die Vorstellung ließ sie warm erschaudern, und plötzlich wandte sich Pater Étienne ihr zu. »Ich hoffe, es ist Ihnen recht, dass ich mir die Gemälde so genau ansehe. Ich möchte nicht aufdringlich wirken, doch ich finde Ihre Bilder ausgesprochen faszinierend.« Er stellte das Bild ab und nahm ein anderes auf. Es war ein Aquarell, das die Kalksteinberge des Esterel unter einem tiefblauen Himmel zeigte. »Warum war das nicht in Ihrer Ausstellung?«

»Weil wir seit Kriegsbeginn keine Landschaften mehr malen dürfen«, erwiderte Marguerite. »Dieses Aquarell stammt aus der Zeit vor dem Krieg. Hätte ich es ausgestellt, hätte man mich festnehmen können.«

»Richtig, das hatte ich vergessen.« Der Pater vertiefte sich in den Anblick des Bildes. »Es ist so wunderbar – darf ich es Ihnen abkaufen?«

Marguerite dachte an seine deutschen Freunde, die das kleine Landschaftsgemälde vernichten würden, bekämen sie es zu sehen. »Das müssen Sie nicht.«

»Ich habe nicht aus Wohltätigkeit gefragt«, entgegnete Pater Étienne. »Ich würde es gern meiner Mutter schenken. Sie sammelt schöne Dinge, ganz gleich ob Gemälde oder Porzellan. In dieser Zeit brauchen wir alle etwas, was uns Trost spendet.«

Marguerite nannte ihm einen Preis.

Er schüttelte den Kopf. »Das ist zu wenig.«

Bevor Marguerite etwas einwenden konnte, holte er eine Brieftasche aus der Innenseite seiner Soutane und zog ein Bündel Geldscheine heraus, das er auf Marguerites Arbeitstisch unter einen Porzellanteller schob. Es war eine Geste, bei der Marguerite sich billig fühlte, als hätte er ihr etwas genommen, statt zu geben.

»Sie scheinen sich in der Malerei auszukennen, Pater Étienne.«

»Bitte nicht so förmlich. Nennen Sie mich Étienne.«

»Dann bin ich für Sie auch Marguerite und nicht Madame. Woher wissen Sie so viel über die Malerei, *Étienne*?«

Er versuchte, ein Lächeln zu unterdrücken. »Sie müssen den Namen nicht so betonen.«

Wann würde er endlich ihre Begegnung im Park erwähnen?

Und wie alt war er wohl? Angesichts der ersten grauen Fäden in seinem dunklen Haar und den Falten in den Augenwinkeln schätzte sie ihn auf um die vierzig.

»Mein Vater hatte in Paris eine Galerie für moderne Kunst. Er hat ihr sein Leben gewidmet. Und so wurde sie auch zu meinem Leben. Als er starb, hat mein Bruder die Galerie übernommen. Ich habe mich für das Priesteramt entschieden, wusste aber immer, was in der Galerie vor sich ging.«

Marguerite zog die Brauen hoch. »Ein Priester kann auch Kunstliebhaber sein?«

»Ein Mensch kann mehr als eine Leidenschaft haben. Ich sehe in der Liebe zu Gott und der Liebe zur Kunst kaum einen Unterschied. Eine Macht repräsentiert die andere. Und jedem, der aus dem Nichts etwas Großartiges zu erschaffen vermag, gebührt Bewunderung.«

Marguerite erinnerte sich an den Auftrag, den Violet ihr erteilt hatte. Nur, wie sollte sie das Gespräch von der Kunst auf Étiennes Beziehung zu den Deutschen lenken? Die Begegnung im Park wagte sie nicht anzusprechen.

Es gelang ihr einfach nicht, in seiner Gegenwart einen klaren Gedanken zu fassen. Mit einem Mal wünschte sie, er würde gehen, doch er war bereits dabei, ein nächstes Bild zu betrachten.

War ihm nicht bewusst, dass er dabei tief in ihre Seele blickte? Oder war er nur froh, für kurze Zeit an einem Ort zu sein, an dem er den Krieg vergessen konnte, wo nur zwei Menschen existierten, die durch die Malerei und die Liebe zur Kunst verbunden waren?

Marguerite lauschte nach draußen, voller Angst, Dorothy käme zu dem Schluss, der Besucher sei nun fort, und finge wieder an zu tippen. Zwar hatten sie ausgemacht, dass sie ihr Bescheid geben würden, wenn ein Besucher gegangen war, aber ob Dorothy sich daran hielte, war fraglich. Es würde Marguerite nicht wundern, wenn die Engländerin aus dem Haus käme, weil sie dringend »frische Luft« gebraucht hatte.

Étienne begutachtete ein Bild, von dem Musel wahrscheinlich behauptet hätte, dass es in der Art von Gwen John gemalt sei. »Hat der Krieg Ihren Blick auf die Welt verändert?«

Die Frage empfand Marguerite als naiv. Nach vier Jahren des Leids dürfte sich jedermanns Blick auf die Welt verändert haben.

»Natürlich«, erwiderte sie. »Allerdings male ich in der Regel das, was sich verkaufen lässt.«

»Und verbergen, wer Sie wirklich sind? Und was Sie können?«

»Ja.«

»Dann erweisen Sie Ihrer Kunst einen schlechten Dienst.«

Dass sie in ihrer Malerei nicht alles zeigte, was sie vermochte, hatte bisher noch niemand erkannt. Nicht einmal Lance, und mit ihm war sie jahrelang verheiratet gewesen.

»Es gibt kaum noch Farben und Leinwand, und wenn, sind sie zu teuer. Ich kann es mir nicht leisten, beim Malen nur mich selbst auszudrücken und nie einen Käufer zu finden.«

»Ich glaube, Sie unterschätzen Ihre Fähigkeiten – und Ihr Publikum.«

Als Marguerite dachte, Étienne würde nie mehr gehen, griff er nach dem Aquarell, das er gekauft hatte, und klemmte es sich unter den Arm. Er deutete auf die Gipsputte und dann auf die Skizze, die Marguerite davon angefertigt hatte. »Wie ist es Ihnen gelungen, so viel Leid in das Gesicht der Putte zu legen?«

Marguerite blickte auf die Zeichnung. »Finden Sie? Das ist mir gar nicht aufgefallen.« Er erkannte zu viel in ihren Bildern – und somit auch zu viel in ihr.

Ihre Antwort schien ihn zu verwundern. Dann zuckte er die Achseln. »Vielleicht liegt es an unserer Zeit, dass man überall Leid zu entdecken glaubt.« Für einen Moment wirkte sein Blick leer, war nicht der eines Priesters. Marguerite fragte ihn nicht nach dem Grund, es wäre zu persönlich gewesen.

Um anzudeuten, dass es für ihn Zeit zu gehen war, bewegte Marguerite sich zur Tür. Simone würde jeden Moment nach Hause kommen. Sie wollte nicht, dass sie den Pater antraf und Marguerite anschließend vorwarf, einen Freund der Deutschen in ihr Haus gebracht zu haben.

»Sicherlich laufen wir uns irgendwann wieder über den Weg«, sagte Étienne.

»Ich gehe nicht in die Kirche«, erwiderte Marguerite.

Diesmal verbarg er sein Lächeln nicht. »Ich wollte sie keineswegs dazu animieren. Allerdings haben wir in der Krypta ganz großartige Fresken, die Sie sich vielleicht ansehen möchten. Meine Tür steht Ihnen immer offen.«

Sie sah ihm nach. Er hatte das Aquarell an sein Herz gedrückt, als wäre es ihm kostbar. Und Marguerite fiel ein, dass sie das Bild in Packpapier hätte einschlagen sollen, um es zu schützen, aber so geistesgegenwärtig war sie nicht gewesen.

Trotz ihrer Ungewissheit, auf wessen Seite er stand, wollte – nein, musste – sie ihn wiedersehen. Nicht, dass er ihr mit seinen Küssen, seiner Liebe zur Kunst und dem, was er in ihren Bildern erkannt hatte, den Kopf verdreht hätte. Sie musste ihn wiedersehen, weil Violet es ihr aufgetragen hatte.

Kapitel 12

Die Kirche lag leicht schief von einem Platz zurückgesetzt, so dass man den Eindruck hatte, sie hätte nicht gewusst, ob sie dahingehörte. Tatsächlich hatte es sie lange vor dem Platz gegeben, und hier in der Altstadt zählte sie zu den ältesten Gebäuden. Sie hatte sogar schon dagestanden, bevor die Gasse gebaut wurde, die zu ihr führte. Auch die Häuser auf dem Hügel waren später errichtet worden und schienen zu dem geweihten Ort ehrfürchtig Abstand zu halten. Der Kirchturm gehörte zu den Wahrzeichen der Altstadt; von seiner Spitze aus blickte man bis hinunter zum Meer.

Es war eine ärmliche Gegend, in der dieses Gotteshaus stand, und es war einfach gestaltet, hatte nichts mit den berühmten Kirchen der Stadt zu tun, in denen Marmorsäulen glänzten, die Bänke aus Mahagoni und die Buntglasfenster Kunstwerke waren.

Als Marguerite diese Kirche am Sonntag betrat, spürte sie zuerst nur die wohltuende kühle Luft, die von dem ausgetretenen Steinfußboden ausging.

Dann sah sie Étienne. Er stand am Altar und zelebrierte die Messe. Marguerite ließ sich in der letzten Reihe nieder. Es waren nur wenige Gläubige gekommen, und außer Étiennes Stimme war nichts zu hören.

Als Marguerites Augen sich an das Dämmerlicht gewöhnt hatten, nahm sie die Besucher deutlicher wahr, unter ihnen einen schwergewichtigen Mann mit gebeugten Schultern, einen mit gesenktem Kopf, drei, die kerzengerade saßen.

Wie auch alle anderen trugen sie Wehrmachtsuniformen; Einheimische waren nirgends zu erkennen. Kamen die Leute aus dem Viertel nicht, weil ihre Feinde an der Messe teilnahmen? Marguerite dachte an die Besucher ihrer Ausstellung, die, als die Deutschen erschienen, einer nach dem anderen verschwunden waren. Oder lag es an Étienne? War er so sehr Freund der Besatzer, dass niemand aus dem Viertel mit ihm gemeinsam beten wollte?

Aus Gründen, die ihr selbst nicht klar waren, fiel es Marguerite jedoch schwer, sich Étienne als Kollaborateur vorzustellen. Sie fröstelte und spürte eine leichte Übelkeit, die aber auch an dem Weihrauch liegen konnte, der die Luft durchzog. Am liebsten wäre sie wieder gegangen, doch dann wäre Étienne auf sie aufmerksam geworden, und das wollte sie nicht.

Dennoch musste er Marguerite entdeckt haben, denn als die Messe vorbei war, kam er auf sie zu. Der schwergewichtige Mann in Uniform hielt ihn auf, klopfte Étienne auf den Rücken. Es war Otto Schmidt. Als Nächstes trat der junge Offizier namens Hans, der Marguerites Aquarell gekauft hatte, zu den beiden. Die drei unterhielten sich. Hätte Marguerite die Kirche nun verlassen, hätte Étienne es ihr womöglich übel genommen.

Mit einem Mal kam ein Mädchen von vielleicht sechzehn Jahren aus einer Seitentür, glitt von Säule zu Säule, als wolle sie nicht gesehen werden. Sie war sehr dünn und die Haut gespenstisch weiß. Nur das üppige blonde Lockenhaar schien Substanz zu haben, ebenso ihre auffallende Schönheit.

Étienne musste das Mädchen wahrgenommen haben, denn er unterbrach sein Gespräch, trat zu ihr und sagte etwas. Marguerite strengte ihre Ohren an, um zu hören, was es war, doch Étienne sprach zu leise. Er nahm die Hand des Mädchens und streichelte sie.

Schmidt beäugte das Mädchen lüstern, bevor er sich zu dem jungen Offizier umdrehte und ihm etwas zuflüsterte. Die beiden grinsten anzüglich.

Nun kam eine ältere Frau in einem geblümten Kleid aus dem Seiteneingang. Sie griff nach dem Arm des Mädchens und sagte etwas zu Étienne. Dann führte sie das Mädchen aus der Kirche und sprach leise auf sie ein. Es klang, als wolle sie das Mädchen besänftigen.

Die Deutschen verabschiedeten sich. Als sie an Marguerite vorbeikamen, tat sie, als wäre sie in ein Gebet versunken.

Dann trat Étienne zu ihr und legte sein Messgewand ab. Darunter trug er eine dunkle Hose und ein weißes Oberteil, das über seiner Brust spannte. Es war die Kleidung eines normalen Manns, doch das war er für Marguerite nicht. Er war Étienne.

Lächelnd setzte er sich zu ihr. Als er sich zu ihr neigte, streifte er sie mit dem Arm. »Ich freue mich, Sie zu sehen«, sagte er. »Ich war mir nicht sicher, ob Sie kommen würden.«

Marguerite nahm die Wärme seines Körpers wahr. Mit einem Mal war sie wieder im Park, spürte seine Arme, die sie umfingen. Ihr Herz begann, schneller zu schlagen.

»Sie hatten mir von den Fresken erzählt. Die würde ich mir gern ansehen.«

»Natürlich. Kommen Sie, ich zeige sie Ihnen.«

Étienne führte Marguerite durch die Kirche und eine Steintreppe hinunter, dann durch ein Labyrinth unterirdischer Säulengänge. Marguerite fragte ihn nach dem schönen jungen Mädchen.

»Das war Catherine, die Tochter meines Bruders. Sie wohnt im Pfarrhaus. Wir glauben, dass es für sie hier sicherer ist als in Paris.«

»Und die Frau, die bei ihr war?«

»Das war Madame Mercier, meine Haushälterin.« Für einen Moment wirkte Étienne verlegen. Vielleicht war es ihm peinlich, dass jemand für ihn die Hausarbeit verrichtete.

»Im Moment kümmert sie sich jedoch in erster Linie um meine Nichte. Catherines Mutter ist in Paris geblieben.«

»Führt Ihr Bruder noch die Galerie Ihrer Familie?«

Marguerite hoffte, wenn ja, gehörte dieser Bruder nicht zu den Galeristen, die den Nationalsozialisten die sogenannten entarteten Kunstwerke, die sie beschlagnahmt hatten, weit unter Wert abkauften und sie dann zu überhöhten Preisen in Ländern wie der Schweiz absetzten.

In dem trüben Licht, das in den Gängen brannte, sah Marguerite kaum, wohin sie trat. Als sie stolperte, hielt Étienne sie fest. »Wie viele Fragen Sie haben«, sagte er.

»Entschuldigung, ich weiß, Ihre Familienverhältnisse gehen mich nichts an.«

Sie betraten die Krypta. Étienne tastete über einen

Mauervorsprung, nahm eine große Kerze und eine Streichholzschachtel herunter und zündete die Kerze an. Schweigend sahen sie zu, wie eine kleine Flamme entstand, die flackernd größer wurde.

Étienne führte den Schein der Kerze über die Fresken. Figuren, die ein Künstler vor langer Zeit auf die Kalksteinwände gemalt hatte, traten hervor. Einige hielten Blumen in den Händen, die Farben so leuchtend, als wären die Blumen eben erst gepflückt worden. Noch nie war Marguerite etwas so Zauberhaftem begegnet.

»Darf ich die Figuren berühren?«, fragte sie leise.

Étienne nahm Marguerites Hand und führte ihre Finger vorsichtig an den Konturen einer Frau entlang, über die Blumen in ihrem Haar – den langen, anmutigen Hals, die Schultern und ihren Körper hinunter.

Marguerite überlief ein Schauer, und ihr war, als berühre Étienne nicht die Figur, sondern sie selbst, wie in ihren kühnsten Träumen.

Marguerite konzentrierte sich wieder auf die Malereien jener unbekannten Künstler, deren Leben sie sich nicht einmal ansatzweise vorstellen konnte.

Die Flamme der Kerze zuckte und erlosch. Seltsamerweise spürte Marguerite danach die Kälte der unterirdischen Räume und rieb ihre Arme. Étienne legte den Arm um sie.

»Ihnen ist kalt«, sagte er. »Wir gehen zurück nach oben.«

»Ich könnte mir die Fresken ewig anschauen.«

Wie sehnsüchtig sie geklungen hatte – sehnsüchtiger, als sie vorgehabt hatte. Nun fühlte sie sich verletzlich, als hätte sie erneut zu viel von sich preisgegeben.

»Man sollte immer dann gehen, wenn es am schönsten ist«, sagte Étienne.

Dann waren sie wieder im Kirchenschiff und die Intimität, die für kurze Zeit zwischen ihnen entstanden war, löste sich auf.

»Danke, dass Sie mir die Fresken gezeigt haben.«

»Soll ich mit Ihnen einen kleinen Rundgang durch die Kirche machen? Wir sind im Besitz einiger interessanter Gemälde. Eines wurde eine Zeit lang Rubens zugeschrieben, doch dann stellte sich heraus, dass es sich bei dem Künstler um einen seiner Gehilfen gehandelt hat. Es ist dennoch sehenswert.«

»Wäre es ein echter Rubens, hätten Ihre deutschen Freunde das Gemälde vermutlich beschlagnahmt.«

Marguerite hatte die Worte kaum gesprochen, als sie schon wünschte, sie könnte sie zurücknehmen. Doch dann dachte sie an Étiennes scheue Nichte, die ihre Familie in Paris hatte verlassen müssen, um vor Deutschen geschützt zu sein – an die lüsternen Blicke von Schmidt und Hans, als sie das junge Mädchen gesehen hatten. Wie konnte Étienne sich mit solchen Menschen umgeben?

Étienne war zurückgezuckt, als hätte sie ihn geschlagen. »Die Männer, die Sie gesehen haben, sind nicht meine Freunde. Aber wenn sie an einer Messe teilnehmen möchten, kann ich sie wohl kaum auffordern, die Kirche zu verlassen.«

»Es sind unsere Feinde.«

»Es sind Menschen. Und einige von ihnen sind noch so jung, dass sie sich nach ihren Müttern sehnen. Sie suchen Trost, denn sie haben Angst, ihr Leben zu verlieren.«

Marguerite dachte an den schwergewichtigen Schmidt, seine dröhnende Stimme und sein abstoßendes Benehmen.

»Und andere sind Mörder.«

»Vielleicht sehen sie ihr Unrecht ein, wenn sie herkommen und Gottes Wort hören. Wir müssen Gutes tun, wenn wir uns von denen unterscheiden wollen, die gegen die Gebote Gottes verstoßen.«

Marguerite sah Étienne verwundert an. »Glauben Sie im Ernst, dass Sie Mörder zu besseren Menschen machen und ihre Seelen retten können?«

Étienne seufzte. »Wir haben Krieg, Marguerite, und jeder Tag zwingt uns, schwierige Entscheidungen zu treffen. Ich möchte eines Tages sagen können, dass ich in dieser dunklen Zeit mein Bestes getan haben. Oder zumindest doch mehr Gutes als Schlechtes.«

Wie abgehoben er war, dachte Marguerite. Und wie hochmütig, wenn er glaubte, er könne Mörder zur Reue oder gar zum Guten bekehren. Vielleicht kamen auch deshalb so wenig Einheimische zu seinem Gottesdienst. Nicht nur wegen der Deutschen, sondern ebenso, weil Pater Étienne vermessen war.

»Dies ist ein Haus Gottes«, sagte er. »Und mir steht es nicht zu, jemandem die Tür zu weisen.«

»Vergeben Sie den Deutschen denn das, was sie getan haben?«

Étienne betrachtete sie kopfschüttelnd. »Ich bin nur ein Diener Gottes, Marguerite, nicht derjenige, der vergibt.«

Er war sehr ernst geworden, nicht mehr der liebenswürdige Mann, der ihr die Fresken gezeigt hatte, und weit entfernt von dem Mann, der sie geküsst hatte.

»Trotzdem verstehe ich nicht, wie Sie die Anwesenheit dieser Männer ertragen können.«

Das war die große Preisfrage; denn, falls er tatsächlich gesellschaftlich mit Schmidt verkehrte, konnte sie ihren Auftrag vermutlich vergessen.

»Es tut mir leid, wenn ich Sie mit meinen Antworten enttäuscht habe«, sagte Étienne. »Das war nicht meine Absicht. Und nun entschuldigen Sie mich.«

Er wandte sich ab und ging durch den Mittelgang davon. Als er die Tür zur Sakristei öffnete, rief Marguerite ihm nach, er solle warten. Er drehte sich nicht um. Und dann fiel die Tür hinter ihm zu und rief ein Echo hervor.

Marguerite war allein. Doch ihr war, als blickten die gemalten Heiligenfiguren an den Wänden sie vorwurfsvoll an und wollten wissen, was sie sich bei ihren Unterstellungen und Fragen gedacht habe. Sie hatte nicht nachgedacht, antwortete sie stumm. Sie hatte einfach verstehen wollen, warum sich ein Mann, der so sensibel und intelligent wie Étienne war, mit Menschen abgeben konnte, die sich hauptsächlich durch ihre Brutalität auszeichneten.

*

Auf dem Vorplatz der Kirche kauerte eine alte Frau auf dem Boden, umringt von Wehrmachtssoldaten. Ihr graues Haar hing strähnig herab, ihre Kleidung war ärmlich. In schlechtem Französisch befahlen die Deutschen der Frau, auf allen vieren zu laufen, »wie ein Hund«.

Die Passanten, die vorbeikamen, wandten den Blick ab.

Marguerite stürzte zu der alten Frau und wollte ihr hochhelfen. »Weg da!«, fuhr sie einer der Soldaten an.

Er gehörte zu denen, die in der Kirche gewesen waren. So viel also zu Étiennes Glauben, das Wort Gottes könne diese Männern zu besseren Menschen machen.

»Halten Sie sich zurück«, blaffte ein anderer Marguerite an. »Sonst wird es Ihnen leidtun.«

Die Männer standen mit gespreizten Beinen da, die Hände am Griff ihrer Pistolen, um ihre Macht zu demonstrieren.

»Ich kümmere mich darum, Marguerite.«

Étienne hatte die Kirche verlassen und kam mit großen Schritten auf sie zu. Er half der alten Frau hoch, hob den Beutel auf, den sie hatte fallen lassen, und reichte ihn ihr.

»Kommen Sie in die Kirche.« Étienne fasste den Arm der Frau. »Dort können Sie sich ausruhen.« Dann sah er die Soldaten an und sagte: »Schämen Sie sich.«

Marguerite rechnete mit einer heftigen Reaktion der Deutschen und wagte kaum zu atmen. Doch sie zuckten nur mit den Schultern und entfernten sich.

»Tut mir leid, dass Sie so etwas miterleben mussten«, sagte Étienne zu Marguerite, bevor er die alte Frau behutsam in die Kirche führte.

Dachte er, weil sie in einem abgelegenen Bauernhaus lebte, hätte sie eine solche Szene noch nie mitbekommen? Obwohl derartige Vorfälle für Franzosen längst Alltag waren? Sie alle kannten die Angst vor dem Feind, nur Étienne schien die Deutschen für Menschen zu halten, die des Trostes bedurften.

Kapitel 13

»Wo warst du?«, fragte Simone, als Marguerite die Küche betrat. Sie saß mit Jeanne am Tisch und blickte Marguerite besorgt an.

»Ich war in der Kirche von Pater Étienne.«

Marguerite erzählte den beiden Frauen von der Nichte des Paters, die im Pfarrhaus lebte und wie der Geist eines verlorenen Kindes durch die Kirche gespukt war. Und wie liebevoll Étienne sich um sie gekümmert hatte.

Jeanne legte ihre geschwollenen Beine auf Simones Schoß. »Bist du sicher, dass es seine Nichte war?«

Marguerite nickte. »Ein schönes Mädchen. Die Familienähnlichkeit war unverkennbar.«

Jeanne runzelte die Stirn. »Hast du gehört, dass sie ihn ›Onkel‹ genannt hat?«

»Nein, sie hat kein Wort gesprochen.«

»Und woher willst du dann wissen, dass es seine Nichte und nicht seine Tochter ist?«

Marguerite lachte. »Vielleicht, weil er Priester ist?«

»Er ist ein Mann aus Fleisch und Blut«, sagte Simone. »Denk an seine Küsse. Waren das die Küsse eines Priesters?«

Bevor Marguerite darauf antworten konnte, klopfte Dorothy dreimal an die Bodenklappe im Flur. Das war das Zeichen, dass sie herauskommen wollte.

Marguerite stand auf und zog die Klappe auf.

»Ich habe gehört, worüber ihr geredet habt.« Dorothy kletterte aus dem Keller und setzte sich an den Küchentisch. »Ich wollte meine Meinung dazu zum Besten geben.«

Marguerite ließ die Rollläden herunter, damit niemand, der sich dem Haus näherte, Dorothy entdeckte. »Und, was meinst du, kann man dem Priester trauen?«

Der Auftritt von Étiennes Nichte war in der Tat sonderbar gewesen, und als Marguerite sich nach der Pariser Galerie erkundigt hatte, war Étienne ausgewichen. Woher also sollte sie wissen, ob sie ihm trauen konnte? Doch ihr blieb nichts anderes übrig, wenn sie ihn wirklich bitten wollte, ihr zu Schmidts Unterlagen zu verhelfen.

Jeanne wackelte mit den Füßen, damit Simone sie ihr massierte. »Ich würde sagen, nein.«

Dorothy stützte ihr Kinn auf eine Hand. »Mit dem Vertrauen ist es so eine Sache. Es dauert lange, bis man es gewinnt, und dann kann man es im Handumdrehen verlieren. Wenn man Pech hat, kommt es danach nie wieder.«

Marguerite seufzte. »Soll ich jetzt glauben, was er mir erzählt, oder nicht?«

Dorothy wiegte den Kopf hin und her. »Dazu musst du ihn besser kennenlernen. Dann wird sich zeigen, ob er ein guter oder schlechter Mensch ist.«

Marguerite befürchtete, dass Étienne auf weitere Begegnungen mit ihr keinen Wert legen würde. Dabei hatte es so vielversprechend begonnen, und dann hatte sie ihn angegriffen und alles verdorben. »Auf dem Rückweg bin ich bei Boucher vorbeigegangen.«

Simone schnaubte. »Da will eine das Thema wechseln.«

»Und wenn schon«, sagte Marguerite. »Boucher hat noch drei meiner Bilder verkauft. Das bedeutet, dass wir uns etwas Vernünftiges zu essen kaufen können. Und Kerzen.« Seit es keine Glühbirnen mehr gab und Dorothy ihre einzige Öllampe im Keller brauchte, waren Kerzen zur Notwendigkeit geworden.

Simone starrte auf die Geldscheine, die Marguerite auf den Tisch legte. »Wahrscheinlich wurden diese Bilder ebenfalls von Deutschen gekauft. Wenn das herauskommt, wird man dich in der Stadt für eine Deutschenfreundin halten.«

Auch Marguerite war es unangenehm gewesen, von Boucher zu erfahren, dass es Wehrmachtsoffiziere gewesen waren, die ihre Bilder erstanden und erklärt hatten, sie folgten einer Empfehlung von Pater Étienne.

»Die Bilder wurden über die Galerie verkauft, ich hatte damit nichts zu tun«, entgegnete Marguerite. »Pater Étienne hat sie den Deutschen empfohlen.«

»Wie eigenartig«, sagte Dorothy. »Dieser Priester sorgt sich entweder um dich, oder er will, dass du dich ihm verpflichtet fühlst.«

Simone hob Jeannes Füße von ihrem Schoß. »Natürlich kannst du mit dem Geld machen, was du willst. Aber falls du davon etwas zu essen kaufst, werde ich es nicht anrühren. Mir würde der Bissen im Hals stecken bleiben.«

Marguerite sah ihre Freundin konsterniert an, und ihre Freude über den plötzlichen Geldsegen erlosch. Beklommen stellte sie sich vor, der Verkauf ihrer Bilder spräche sich in Nizza herum und hinter ihrem Rücken würde getuschelt, dass sie mit den Deutschen fraternisiere. Sie schob das Geld Jeanne zu. »Nimm du es. Kauf dir etwas zu essen, oder schau, dass du etwas Hübsches für das Baby findest.«

Jeanne schüttelte den Kopf.

Dorothy deutete in den Flur hinaus. »Ihr habt Post.«

Marguerite wandte sich um. Auf den Steinfliesen lag ein Brief. Er trug keine Briefmarke, war also nicht mit der Post gekommen. Jemand musste ihn unter der Haustür durchgesteckt haben. Sie stand auf und nahm ihn auf. Er war an sie gerichtet, doch die Handschrift sagte ihr nichts. Sie schlitzte den Umschlag auf, zog den Brief heraus und las.

Halte Dich von Étienne Valade fern, Marguerite, er ist ein Nazi-Kollaborateur. Dies ist die einzige Warnung, die wir Dir zukommen lassen. Wenn Du sie ignorierst, werden wir Dich härter bestrafen als jeder Deutsche.

Marguerite reichte den Brief herum. Jeanne wurde blass, als sie ihn las. »Als ich kam, war der Brief noch nicht da. Ob der, der ihn gebracht hat, gehört hat, worüber wir geredet haben?«

Marguerite runzelte die Stirn. »Bleib heute Nacht hier. Wer weiß, wer sich draußen herumtreibt.«

Dorothy schien der Gedanke, jemand könnte sie belauscht haben, nervös zu machen. »Ich glaube, ich verziehe mich lieber.«

Sie stieg in den Keller hinunter. Simone schloss die Bodenklappe und stellte die Tarnung wieder her.

Als sie zurück in der Küche war, sagte Simone: »Lass es dir eine Lehre sein, Marguerite. Offenbar gibt es Personen, die dich beobachten, ohne dass du es merkst. Was auch bedeutet, dass du uns alle gefährdest, solltest du dich noch einmal mit diesem Priester treffen.«

Sie hatte eine Messe besucht und sich Fresken zeigen lassen, dachte Marguerite, was eigentlich nicht verboten war. Und doch hatte jemand sie gesehen und daran Anstoß genommen, ohne die Gründe zu kennen.

Sie betrachtete den Brief. Sie hatte Étienne Vorwürfe gemacht, statt sein Vertrauen zu gewinnen. Das war das Versäumnis, das man ihr hätte ankreiden können. Dabei hatte sie sich vorgenommen, einen kühlen Kopf zu bewahren.

Sie zerriss den Brief in kleine Fetzen, so lange, bis die Buchstaben nur noch abstrakte Zeichen waren. Dann fegte sie die Schnipsel in ihre Hand, ging nach draußen und verstreute sie im Garten, damit der Regen sie aufweichen und die Schnecken sie fressen konnten. Am Morgen würden die Zeilen nur noch eine unschöne Erinnerung sein.

Kapitel 14

Jedes Mal, wenn sie in der Nacht einnickte, rüttelten die kleinsten Geräusche sie auf. Mal war es das Knarren der Äste vor ihrem Fenster, mal das leise Trommeln eines Sommerregens auf dem Dach, dann wieder die schlurfenden Schritte des betagten Nachbarn, der seine Kaninchenfallen kontrollierte.

Für jedes Geräusch gab es eine harmlose Erklärung, dennoch spürte Marguerite stets etwas Kaltes in ihrer Magengrube. Es war die Angst, die sich dort vor Jahren eingenistet und nun verstärkt hatte.

Als sie am Morgen in die Küche kam, fühlte sie sich matt und benommen.

Wenig später erschien Armand. Simone strahlte und strich ihren Rock glatt. »Wie schön, dich zu sehen«, sagte sie. »Du warst lange nicht hier.«

Armand ließ sich auf einen Stuhl fallen. Offenbar hatte auch er nicht gut geschlafen, unter seinen Augen waren dunkle Schatten. Zudem wirkte er schlecht gelaunt.

»In der Bar ist mehr los als sonst. Seit Kurzem trinken die Deutschen, als gäbe es kein Morgen.«

Armand nahm einen von Marguerites Bleistiften vom Tisch und begann, damit nervös auf seine Knie zu klopfen. »Außerdem habe ich auch noch anderes zu tun.« Er nickte in Richtung der Kellerklappe.

»Wann bringst du Dorothy fort?«, fragte Simone leise. »Sie sollte sich nicht zu lange am selben Ort aufhalten.«

Armand zuckte die Achseln. »Ich finde niemanden, der sie aufnehmen will. Die Angst vor den Deutschen ist zu groß. Die schauen genauer hin als die Italiener, und sie haben genug Geld, um gegen Bestechungen immun zu sein.«

Er deutete mit dem Bleistift auf Marguerite. »Und du musst wahnsinnig geworden sein. In der ganzen Stadt wird davon gesprochen, dass du dich den Deutschen verkauft hast.«

Marguerite verdrehte die Augen himmelwärts. »Ich habe nicht mich verkauft. Die Deutschen haben einige meiner Bilder gekauft«, erwiderte sie gereizt. »Das ist ja wohl nichts anderes, als ihnen in einer Bar Getränke zu verkaufen.«

»Bei einer Frau ist das sehr wohl etwas anderes. Da heißt es schnell, dass sie sich selbst verkauft.«

»Das ist doch Unsinn.« Marguerite riss Armand den Bleistift aus der Hand.

Armand sah sie zornig an. »Offenbar weißt du nicht, was mit dem Priester passiert ist.«

Marguerites Magen zog sich zusammen. »Welchem Priester?«

»Dem, der die Goldmans denunziert hat.«

Nein, dachte Marguerite, so etwas hätte Étienne niemals getan.

»Hat dieser Priester auch einen Namen?«

»Für den Verrat hat die Gestapo seiner Kirche eine hübsche Summe gespendet. Zwanzig Jahre lang hat Dr. Goldman sich um Kranke gekümmert, und dann haben die Deutschen ihn kaltblütig erschossen.«

»Wer war es, Armand? Wer hat sie denunziert?«

Armand hob die Schultern. »Ein Priester, habe ich doch gerade gesagt. Wir haben ihn uns geschnappt, ihn erschossen und wie einen Hund in einen Graben geworfen. Bin gespannt, ob er es von da aus in den Himmel schafft.«

Simone fasste Armands Arm und rüttelte daran. »Wir wollen den Namen des Priesters wissen.«

»Wozu? Ein Priester ist wie der andere.«

Marguerite sah Armand an. »Kannst du die Spielchen jetzt bitte sein lassen und uns endlich den Namen sagen?«

»Pater Giraud«, erwiderte Armand verdrossen. »Kanntest du den auch?«

»Nein«, entgegnete Marguerite und versuchte, ihre Erleichterung zu verbergen.

»Wir haben ihn nackt ausgezogen, durch die Straßen getrieben und dann erschossen.«

»Wunderbar, Armand, nun seid ihr nicht besser als die Deutschen.«

»Wir wollen nicht besser sein. Nimm es als Warnung, Marguerite.«

Wieder spürte Marguerite dieses Kalte in der Magengrube. »Was soll das bedeuten?«

»Das bedeutet, dass du dich von diesem Pater fernhalten sollst, der den Deutschen aus der Hand frisst. Warum warst du in seiner Messe? Du bist weder Katholikin, noch warst du bisher jemals in der Kirche. Und nun gefährdest du mit deiner Beziehung zu ihm unsere Arbeit. Ich habe Dorothy hierhergebracht, weil ich dachte, hier ist sie sicher.«

Marguerite lachte spöttisch. »Du hast sie hierhergebracht, weil wir Englisch sprechen. Und weil du wusstest, dass Simone dir nichts abschlagen kann. Dass du uns mit ihr gefährdest, hat dich nicht interessiert.«

Simone griff nach Marguerites Hand. »Mach es nicht noch schlimmer.«

Marguerite schüttelte Simones Hand ab und beugte sich zu Armand vor. »Simone will es dir recht machen, weil sie Angst vor dir und deinen Widerstandskämpfern hat. Glaub bloß nicht, dass sie dir deinen Willen aus Liebe erfüllt.«

»Bitte hört auf, euch anzuschreien.«

Jeanne war im Türrahmen erschienen. Sie schenkte sich ein Glas Wasser ein und lehnte sich gegen die Anrichte. »Wie soll man bei eurem Lärm ausschlafen?«

»Tut mir leid, mein Schatz.« Simone sah Jeanne schuldbewusst an, bevor sie sich wieder an Armand wandte. »Hast du für Dorothy etwas zu essen mitgebracht?«

Richtig, dachte Marguerite, das war ebenfalls ein Problem. Die Rationen, die in den Kriegsjahren zunehmend kleiner geworden waren, reichten kaum für eine Person aus, geschweige denn für drei Personen. Hunger bestimmte ihr Leben. Auch deshalb konnten sie nachts kaum schlafen.

Wieder kam von Armand das typische Achselzucken. »Das ist nicht so einfach.«

Noch ein Versprechen, das er nicht gehalten hatte. Bevor er ihnen die nächsten falschen Hoffnungen machen konnte, hörten sie Dorothy an die Kellerklappe klopfen.

Simone räumte die Klappe frei und zog sie auf. Dorothy kam heraus und hatte ihre Reisetasche dabei.

»Ich habe gehört, was ihr gesagt habe, und es tut mir leid, dass ich euch in Schwierigkeiten gebracht habe. Deshalb danke ich euch für das, was ihr für mich getan habt, und mache mich auf in Richtung Spanien.«

»Ach, Dorothy«, sagte Marguerite. »Wie willst du den Weg denn allein finden?«

»Ich werde mich danach erkundigen. Ist mir lieber, als hier lästig zu sein.«

Armand sah Marguerite und Simone an. »Das habt ihr nun davon.«

Simone nahm Dorothy die Reisetasche ab und drückte die Engländerin auf einen Stuhl. »Du würdest nicht sehr weit kommen, dein Französisch ist eine Katastrophe.«

»Es gibt Führer, die Flüchtlinge über die spanische Grenze bringen«, sagte Dorothy. »Ich werde einen von ihnen beschwatzen, mich mitzunehmen. Ich kann mehr als Rad und Salto schlagen.« Sie seufzte schwer. »Wenn Edith noch bei mir wäre, würden wir einen Weg finden. Sie hätte mich nicht verlassen dürfen.«

Bekümmert betrachtete Marguerite die Frau, die seit ihrer Ankunft bei ihnen blasser und schmaler geworden war. »Du bleibst bei uns, Dorothy, alles andere wäre Wahnsinn.«

»Nein, das kann ich nicht.« Betont munter stand Dorothy auf und griff nach der Reisetasche. »Bin schon so gut wie weg.« Sie wischte über ihre Augen. »Die Schreibmaschine lasse ich hier, wenn ich darf, die wird mir zu schwer.«

»Du bist doch verrückt.« Simone drückte Dorothy zurück auf den Stuhl. »Du bleibst so lange wie nötig. Oder glaubst du, wir lassen dich in den sicheren Tod laufen?«

Armand strich über seinen Dreitagebart. »Hör auf

Simone, sie hat ausnahmsweise recht. Wenn einer von uns gefasst wird, sind wir alle dran.«

»Sonst fällt dir dazu nichts ein?«, fragte Marguerite. »Warum bist du gekommen, wenn du uns nicht helfen kannst?«

Armand schoss hoch und zeigte mit dem Finger auf Marguerite. »Sei du bloß vorsichtig, und vergiss nicht, dass du hier noch immer eine Außenseiterin bist. Und dass wir nicht einmal genau wissen, wer du bist.«

»Und wer bist du?« Marguerite schlug Armands Finger fort. »Ein Mann, der sich bereichert, indem er Deutschen Wein, Bier und Schnaps verkauft?«

»Überspann den Bogen nicht«, fauchte Armand. »Im Moment brauchen wir dich vielleicht, aber du bist nicht die Einzige, die Dokumente fälschen kann.«

Armand griff in die Gesäßtasche seiner Hose und zog drei Kennkarten heraus, die er auf den Tisch warf. »Die müssen sofort bearbeitet werden, die Gestapo hat neue Razzien geplant. Seit die Deutschen wissen, dass sie den Krieg verlieren, gehen sie noch gnadenloser vor.«

Er wandte sich Jeanne zu. »Die Übergabe findet heute Nachmittag statt.«

»Nein«, sagte Simone. »Jeanne macht das nicht mehr. Das ist mir zu gefährlich.«

»Sie macht das wohl«, sagte Jeanne. »Wann und wo findet die Übergabe statt?«

»Zur gleichen Zeit und am gleichen Ort wie immer.« Armand sah Simone an. »Ich verspreche dir, dass es das letzte Mal ist.«

Marguerite steckte die Kennkarten ein. »Mir geht die

Milchsäure aus. Wenn du mir keinen Nachschub besorgst, war es das.«

»Ich will sehen, was sich machen lässt.« Ohne ein Wort des Abschieds stürmte Armand aus dem Haus. Auch er warf die Eingangstür mit einem Knall ins Schloss.

Simone wartete, bis seine Schritte verklungen waren. Dann sah sie Marguerite an. »Warum beleidigst du ihn so? Armand hasst es, die Deutschen zu bedienen. Er empfindet es als demütigend.«

»Dann soll er mir nicht vorwerfen, ich würde mich an die Deutschen verkaufen.«

Simone seufzte. »Was soll er denn anderes denken? Die Wahrheit dürfen wir ihm ja nicht sagen.«

»Ich wünschte, du würdest dir einen Mann suchen, der dich verdient.« Marguerite stand auf. »Wie hältst du Armand bloß aus?«

»Es gibt nicht mehr viele französische Männer«, erwiderte Simone. »Sie sind entweder im Krieg umgekommen, in Kriegsgefangenschaft oder als Zwangsarbeiter nach Deutschland abkommandiert worden. Oder ist dir das noch nicht aufgefallen?«

»Ich verziehe mich wieder«, sagte Dorothy. Schwerfällig erhob sie sich und nahm ihre Reisetasche. »Und danke, dass ich bleiben darf. Eines Tages kann ich mich hoffentlich revanchieren. Wenn nicht in diesem Leben, dann im nächsten.«

Kapitel 15

Zwei Tage später arbeitete Marguerite an einem weiteren Schwung Kennkarten, den Armand gebracht hatte. Biquet war bei ihr.

Mit einem Mal hörte Marguerite einen Wagen kommen, der vor dem Haus anhielt. Sie sprang auf und blickte aus dem Fenster. Vier Wehrmachtsoffiziere stiegen aus einem schwarzen Citroën.

»Biquet, da draußen sind Deutsche«, zischte Marguerite. »Verschwinde. Nimm die Hintertür und beeil dich.«

Jemand musste sie verraten haben, schoss es ihr durch den Kopf. Vielleicht derselbe, der den Drohbrief unter der Tür durchgeschoben hatte.

Sie steckte die Kennkarten in einen alten Skizzenblock, legte diesen in die Tischschublade und schloss sie ab. Sollten die vier Männer das Atelier durchsuchen, würden sie die Ausweise vermutlich finden, doch ein besseres Versteck hatte sie nicht.

Die Deutschen gingen zur Eingangstür des Hauses, einer drückte auf die Klingel. Marguerite reagierte nicht, sie wollte Biquet genügend Zeit lassen, sich über die Felder davonzumachen. Die Frage war nur, wie lange die Deutschen warten würden, bevor sie die Tür eintraten und anfingen, sich selbst umzusehen?

Sie griff nach ihrem Skizzenblock, arbeitete weiter an

der Gipsputte. Sollten die Männer hereinkommen, würde sie tun, als sei sie so konzentriert bei der Arbeit, dass sie weder Wagen noch Klingel gehört hatte.

Dann fuhr ein zweiter Wagen vor. Marguerite warf einen raschen Blick aus dem Fenster. Der Wagen parkte hinter dem ersten, Otto Schmidt stieg aus.

Er kam auf geradem Weg zum Atelier und schlug mit der Faust an die Tür. Marguerite zeichnete weiter. Als sein Gesicht am Fenster auftauchte, tat sie noch einen Moment lang, als sei sie in ihre Arbeit vertieft, doch dann stand sie auf, öffnete die Tür und versuchte, den Widerwillen zu verbergen, den sie bei seinem Anblick empfand.

Als Schmidt eintrat, fiel Marguerites Blick auf seine glänzenden schwarzen Lederstiefel. Auch Leder wurde von den Deutschen beschlagnahmt, die Franzosen liefen auf Holzpantinen. Alles nahmen sie ihnen, ihr Vieh, ihre Nahrungsmittel, Ernteerträge, Textilien – und ihre Selbstachtung.

»Verzeihen Sie die Störung«, sagte Schmidt auf Französisch. »Ich habe das Aquarell der Mimose in dem blauen Krug gesehen, das Sie Hans verkauft haben, und würde mir gern Ihre anderen Arbeiten anschauen.«

»Die werden zurzeit in der Galerie Boucher ausgestellt«, entgegnete Marguerite.

»Die habe ich gesehen, ich war bei der Vernissage. Mich interessiert Ihr *Gesamtwerk*.«

Die Art wie Schmidt »Gesamtwerk« betonte, hatte etwas Bedrohliches.

Nun traten auch die restlichen Offiziere ein. Aber wenigstens waren sie nicht gekommen, um das Haus zu durchsuchen.

»Mein Atelier ist eigentlich nicht für Besucher gedacht«, sagte Marguerite und dankte dem Himmel, dass Armand Waffen und Munition entfernt hatte.

Schmidt zog die Brauen hoch. »Kommen wir Ihnen ungelegen?«

Marguerite tat, als hätte sie die Frage nicht gehört.

Schmidt ließ seinen Blick schweifen. Zuletzt blieb er auf Marguerite ruhen, auf ihrem abgetragenen Sommerkleid und den bloßen Füßen.

Es war Marguerite unmöglich, alle fünf Männer auf einmal im Auge zu behalten. Sie wandte sich an Schmidt. »Haben Sie bei den Bildern an etwas Bestimmtes gedacht?«

Schmidt betrachtete ein Aquarell, das einen Korbstuhl an einem offenen Fenster zeigte. »Hübsch, aber Frauenmalerei«, sagte er. »Nicht das, was ich suche.«

Seine Herablassung interessierte Marguerite ebenso wenig wie seine Meinung. »Womit kann ich Ihnen dann dienen?«

Schmidt ließ sich auf einem Schemel nieder und winkte die anderen Männer hinaus. »Wartet im Wagen auf mich.«

Sie verschwanden.

Marguerites Magen verkrampfte sich. Warum wollte Schmidt mit ihr allein sein? Sie zwang sich, ihn anzublicken und nicht zu der Schublade zu schielen, in der die Kennkarten lagen.

Schmidt zog den Skizzenblock auf dem Arbeitstisch zu sich heran, begutachtete die angefangene Zeichnung der Putte und trennte die Seite ab. »Hier in der Gegend gibt es zahlreiche Maler und Malerinnen. Was meinen Sie, woran das liegt?« Er riss ein Stück von der Seite ab.

»Wahrscheinlich inspiriert uns die Landschaft«, erwiderte Marguerite. Es ärgerte sie, dass Schmidt die Seite und die Skizze ruinierte. Es war ihre Arbeit, und Papier war kostbar.

»In einer Stadt wie Nizza kennt wahrscheinlich jeder jeden.«

Marguerite schüttelte den Kopf. »Manch einer bleibt gern für sich.«

»Aber Sie haben hier doch sicherlich Freunde.«

»Natürlich.«

»Vielleicht die junge Frau, die in Nizza in einem Café arbeitet? Und nachmittags pünktlich wie ein Uhrwerk über die Place Masséna schlendert. Ein hübsches Ding, voller Leben.«

O Gott, dachte Marguerite, *er redet von Jeanne.* Sie musste sich zwingen, ruhig zu bleiben. »Ich weiß nicht, wen Sie meinen. Ich bin nachmittags so gut wie nie auf dem Platz.«

Schmidt begann, mit den Fingern auf den Tisch zu trommeln. »Auch mir fehlt dazu die Zeit. Doch nachdem man mir erzählt hat, wie hübsch und freundlich diese junge Dame ist, wie sie mit jedem plaudert, beschloss ich, mich selbst ein wenig mit ihr zu unterhalten. Das habe ich gestern getan. Selbst für einen Wehrmachtsoffizier kann das Leben mitunter einsam werden. Ich bin also zur Place Masséna spaziert, habe ihr zugesehen, wie sie den Brunnen umrundet und sich auf einer Bank niederlässt. Sie hatte ein Buch dabei, in dem sie aber nicht gelesen hat. Das Kommen und Gehen der Menschen auf dem Platz schien sie mehr zu interessieren.«

Schmidt lächelte. »Ich sagte mir, das Buch wäre sicherlich ein guter Anlass, mit ihr ins Gespräch zu kommen. Daher setzte ich mich zu ihr und fragte sie, um was für ein Buch es sich handele. Sie geriet ins Stottern und erklärte, das könne sie mir nicht sagen, sie habe es noch nicht gelesen.«

Schmidt zog die Brauen hoch. »Eine seltsame Antwort, finden Sie nicht? Immerhin konnte ich in den Seiten ein Lesezeichen erkennen. Als ich die junge Frau darauf hinwies, wurde sie nervös. Wie Sie sich vorstellen können, machte mich das umso neugieriger.«

Wieder riss Schmidt ein Stück von der Seite ab. »Ich bestand darauf, mir das Buch selbst einmal ansehen zu können.«

Marguerite wurde der Mund trocken.

»Und dann stellte ich fest, dass es sich um ein sehr unübliches Lesezeichen handelte. Wissen Sie, was es war?«

Marguerite schüttelte den Kopf.

»Es war eine Kennkarte. Merkwürdig, einen Ausweis als Lesezeichen zu verwenden, meinen Sie nicht?«

»Nein.« Marguerite verbarg ihre zitternden Hände unter der Tischplatte.

»In dem Buch steckte aber nicht nur ein Ausweis. Tatsächlich waren es drei. Und alle gehörten ein und derselben Familie. Ich fragte die junge Frau nach dieser Familie. Sie antwortete, die sei ihr nicht bekannt, und sie wisse auch nicht, wie die Ausweise in ihr Buch geraten seien. Verrückt, oder?«

Marguerite brachte keinen Ton hervor.

»Oder haben Sie dafür eine Erklärung?«

Wieder schüttelte Marguerite den Kopf.

»Die hatte auch die junge Frau nicht.« Schmidt schnipste mit den Fingern. »Was habe ich noch gesagt, wie ihr Name lautete?«

Marguerite räusperte sich. »Den haben Sie nicht genannt.«

Schmidt seufzte. »Wahrscheinlich hätten Sie ihn ohnehin nicht gekannt, oder?«

»Nein.«

»Ich musste die junge Frau festnehmen lassen. Das verstehen Sie sicherlich.«

»Weil sie ein Buch dabeihatte, das sie noch nicht gelesen hatte?«

Schmidts Miene verdunkelte sich. »Nein, Madame, ich fürchte, es ging um etwas Schlimmeres. Können Sie es nicht erraten?«

Marguerite zwang sich, Schmidts Blick standzuhalten. »Nein.«

»Oh, ich glaube doch. Versuchen Sie es einfach. Welche Schlüsse hätten Sie an meiner statt aus dem Sachverhalt gezogen?«

»Monsieur Schmidt«, sagte Marguerite, »was wollen Sie von mir?«

Schmidt stand auf und wanderte durch das Atelier. Sein Blick tastete jeden Winkel ab. »Die Kennkarten waren gefälscht. Es war geschickt gemacht. Hätten nicht gleich drei in dem Buch gesteckt, hätte ich sie für echt gehalten.«

»Und was hat die junge Frau dazu gesagt?«

»Nicht genug. Aber sie wird uns mehr verraten. Sie braucht noch ein wenig Zeit, um sich von unserem Verhör zu erholen.«

Marguerite wurde übel.

»Sie war schwanger«, fuhr Schmidt fort und sah Marguerite lauernd an. »Das ist sie nun nicht mehr.«

Marguerite schluckte einen Schrei hinunter.

»Ich bin kein Fachmann, was Fälschungen anbelangt«, sprach Schmidt weiter. »Aber ich habe mir sagen lassen, dass die Ausweise wahrscheinlich von jemandem gefertigt wurden, der Zeichner oder Maler ist.« Wieder lächelte er. »Deshalb werde ich Künstler wie Sie nun beobachten lassen.«

Marguerite umfasste ihr Atelier mit einer Armbewegung. »Sie haben sich meine Bilder angeschaut, kennen auch die in der Galerie Boucher. Niemand würde sagen, dass meine Aquarelle ›geschickt gemacht‹ sind.«

»Richtig, es sind harmlose Bildchen.« Schmidt riss die Seite mit der angefangenen Putte entzwei und ließ die Hälften auf den Boden fallen. »Dennoch werde ich Sie im Auge behalten.« Mit diesen Worten verließ er das Atelier.

Wie festgefroren blieb Marguerite zurück, eine gefühlte Ewigkeit lang reglos vor Wut und Angst.

Kapitel 16

Die Nachricht, dass Jeanne verhaftet und so brutal verhört worden war, dass sie ihr Kind verloren hatte, lastete wie ein Fels auf Marguerites Brust.

Armand hörte sich in seinem Netzwerk um und war sicher, dass Jeanne nicht verraten worden war. Offenbar war es ihr Pech gewesen, den Deutschen aufgrund ihres ansprechenden Äußeren aufgefallen zu sein.

Es war ihnen allen eine Warnung, künftig noch vorsichtiger zu sein. Sollten sie dennoch einmal angehalten und grundlos oder mit gutem Grund durchsucht werden, würden sie es hinnehmen müssen. Davor konnte man sich nicht schützen.

Simone vermochte in ihrem Leid kaum noch zu funktionieren. Sowie sie aus der Schule kam, zog sie sich in ihr Zimmer zurück, kam nur hervor, um abends eine Kleinigkeit zu essen. Und dann verfluchte sie Armand, der sich von Jeanne hatte beschwatzen lassen und ihr den Kurierdienst übertragen hatte. Auch sich selbst machte sie die schlimmsten Vorwürfe, sagte immer wieder, sie hätte das nicht zulassen dürfen. Und nun war das ungeborene Kind tot. Simone war der festen Überzeugung, selbst wenn Jeanne jemals freigelassen würde, wäre sie nicht mehr dieselbe. Ihr ganzes Leben würde nicht mehr dasselbe sein.

Marguerite wurde nun noch entschlossener, Violets Auftrag auszuführen. Kriegsverbrecher wie Schmidt durften nicht ungestraft davonkommen.

Sie dachte an den vergangenen Winter, den entbehrungsreichsten und kältesten seit vielen Jahren. So gut wie alles an Nahrungsmitteln und Brennmaterial war von den Deutschen requiriert worden. Die Einheimischen konnten nicht heizen, konnten nicht kochen – sie saßen in ihren eisigen Wohnungen, hungerten und froren.

Marguerite erinnerte sich an die bleichen, hohlwangigen Menschen auf der Straße, die immer dünner, gebeugter und schwächer geworden waren, an Kinder, die um Brot gebettelt hatten. Alte Leute waren in ihren Wohnungen erfroren oder verhungert, die Zahl derer, die an Tuberkulose litten, war täglich gestiegen. Auch dafür mussten die Verantwortlichen eines Tages zur Rechenschaft gezogen werden.

*

Tage später hatten sie noch immer nichts über Jeannes weiteres Schicksal erfahren.

Eines Nachmittags erschien Étienne in Marguerites Atelier und trug einen Karton unter dem Arm.

Nachdem sie sich in seiner Kirche im Unfrieden getrennt hatten, hatte Marguerite nicht mehr mit ihm gerechnet und sich den Kopf zerbrochen, unter welchem Vorwand sie wieder auf ihn zugehen könne.

Statt der Soutane trug Étienne diesmal ein gut geschnittenes weißes Hemd zu einer schwarzen Hose und war so attraktiv, dass Marguerite sich mit aller Macht daran erinnern musste, dass er Priester war.

»Ich habe gehört, dass Schmidt Sie besucht hat«, sagte er. »Ich hoffe, sein Besuch war nicht allzu unerfreulich.«

Er musste mit Schmidt gesprochen haben, dachte Marguerite und wurde zornig. »Hat er Ihnen von unserer Freundin Jeanne erzählt? Einer jungen schwangeren Frau, die verhaftet wurde? Sie wurde so brutal behandelt, dass sie ihr Kind verloren hat, und nun weiß nicht einmal ihre Mutter, was aus ihr geworden ist.«

Étiennes Miene versteinerte. »Nein, davon weiß ich nichts. Wenn Sie mir gestatten, werde ich für die junge Frau beten.«

Marguerite schnaubte verächtlich. »Das wird nichts nützen. Ihr Gott scheint gegen das Böse nicht mehr viel ausrichten zu können.«

Zufrieden stellte Marguerite fest, dass ihre Worte Étienne getroffen hatten. Doch er fing sich wieder und stellte den Karton auf ihren Zeichentisch. »Ich habe Ihnen etwas mitgebracht.«

»Was ist das?«, fragte sie barsch.

»Schauen Sie es sich an.«

»Was immer es ist, ich möchte es nicht.« Auf einmal konnte sie mit seiner Güte nicht umgehen, dazu waren ihr Kummer und ihr Zorn zu groß.

Étienne öffnete den Karton und legte den Inhalt auf den Tisch: zwei Skizzenblöcke, ein Stapel Aquarellpapier, zwei Rollen Leinwand, Ölfarben, Wasserfarben, Pinsel.

Seit Kriegsbeginn hatte Marguerite solche Schätze nicht mehr gesehen. Sie wollte alles berühren, es sich aus der Nähe ansehen, doch wenn sie das täte, würde sie es nicht mehr schaffen, die Dinge zurückzuweisen.

»Das kann ich nicht annehmen«, sagte sie. »Dafür habe ich kein Geld.«

»Es ist ein Geschenk. Sie haben nicht genügend Material, um zu malen, das ist mir bei meinem letzten Besuch aufgefallen. Ich bin sicher, Sie können diese Sachen gut gebrauchen.«

Marguerite schüttelte den Kopf. »Es ist zu viel.«

»Ein Freund von mir hat die Malutensilien bei mir zurückgelassen. Das war, bevor die Deutschen kamen. Es würde ihn freuen, wenn er wüsste, dass ich sie an jemanden weitergereicht habe, der damit umzugehen weiß.«

»Und was ist, wenn er wiederkommt?«, fragte Marguerite. »Wird er dann nicht erwarten, dass alles noch an Ort und Stelle ist?«

»Ich glaube nicht.«

»Sollte es sich herumsprechen, dass Sie mir solche Geschenke machen, wird man annehmen, Sie hätten die Sachen aufgrund Ihrer Beziehungen zu den Deutschen erhalten. Ist Ihnen das nicht bewusst?«

»Nein.«

»Unsere Besatzer besuchen Ihren Gottesdienst, und die katholische Kirche, die Sie repräsentieren, hat sich nie offiziell gegen das NS-Regime ausgesprochen. Es gibt Menschen, die Sie sogar mit den Deutschen gleichsetzen.«

»Das wäre ein sehr hartes und ungerechtes Urteil.«

Marguerite wünschte, sie hätte den anonymen Drohbrief noch, um ihn Étienne zu zeigen. Dann könnte er sehen, dass man selbst sie verdächtigte, nur weil sie in seiner Kirche gewesen war.

Wie konnte sie ihm vermitteln, dass sie es sich aus vielerlei Gründen nicht leisten konnte, in die Schusslinie der Öffentlichkeit zu geraten?

Étiennes Blick ruhte auf ihrem Gesicht. »Ich fand es nicht schön, dass wir nach dem Gottesdienst im Unguten auseinandergegangen sind. Aber offenbar sehen wir gewisse Dinge unterschiedlich.«

Marguerite erinnerte sich, wie Étienne der alten Frau geholfen hatte, mit der die Wehrmachtssoldaten ein grausames Spiel getrieben hatten. Er hatte ihnen gesagt, sie sollten sich schämen. Das war mutig gewesen. Aber würde er auch ihr helfen, wenn sie ihm von Violets Auftrag berichtete? Konnte sie ihm so weit vertrauen? Oder sollte sie auf Simone hören, die ihr riet, sich von Étienne fernzuhalten.

»Warum sind Sie hier, wenn Sie wissen, dass wir in grundsätzlichen Dingen so unterschiedlicher Meinung sind?«

Étienne beugte sich vor und wischte Marguerite einen Fleck von der Wange. Offenbar hatte Marguerite sich dorthin gefasst, als sie Zeichenkohle an den Händen hatte.

Als ihm das Intime der Geste bewusst wurde, errötete Étienne.

»Meine Mutter möchte, dass ich mich für sie malen lasse. Ich dachte, vielleicht könnten Sie das tun? Auch deshalb habe ich die Malsachen mitgebracht.«

»Ich –«

Étienne ließ sie nicht ausreden. »Ich habe meiner Mutter das Aquarell mit den Bergen des Esterel geschickt. Sie hat mir geschrieben, dass dieses Gemälde etwas war, das sie seit langer Zeit noch einmal glücklich gemacht hat.«

Er klang einsam, dachte Marguerite, und ihr harscher Ton tat ihr leid. »Warum sind Sie nicht in Paris geblieben? Offenbar vermissen Sie Ihre Mutter sehr.«

»Das war nicht meine Entscheidung. Die Kirche in Nizza wurde mir zugewiesen.« Étienne griff in den Karton und holte etwas Unförmiges heraus, das in Packpapier eingeschlagen war. »Auch das ist für Sie.«

Marguerite streifte das Papier ab und starrte auf das Weißbrot und den runden Camembert. Wie lange es her war, dass sie solche Köstlichkeiten gesehen hatte! Sie stellte sich einen Bissen dieses weichen Brots vor, darauf ein Stückchen Käse, das sie sich im Mund zergehen lassen würde, und Tränen schossen in ihre Augen.

Étienne wischte sich den Kohlerest von den Fingern. Es war, als wolle er die Berührung ungeschehen machen. »Wenn Sie auf den Käse weinen, wird er salzig.«

»Danke«, flüsterte Marguerite. Um sich nicht auf die Leckereien zu stürzen und alles heißhungrig zu verschlingen, schob sie Brot und Käse ans andere Ende des Tischs.

»Ich weiß nicht, wann ich zum letzten Mal weißes Brot gesehen habe«, sagte sie. »Woher haben Sie das?«

»Von einem anonymen Wohltäter, der möchte, dass ich es denen gebe, die es dringend brauchen.«

»Ich werde es mir mit meiner Freundin teilen«, entgegnete Marguerite und dachte, dass der Käse und das Brot früher für sie eine einzige Mahlzeit ausgemacht hätten. Nun waren ihre Mägen so geschrumpft, dass daraus drei Mahlzeiten werden konnten.

Étienne lächelte zufrieden. Und Marguerite brach nun

doch ein winziges Stück Brot ab und steckte es sich in den Mund.

*

Abends machten sie ein Picknick im Keller. Dorothy betrachtete ihre Ration andächtig, bevor sie sich darüber hermachte. Simone hatte den Nachmittag bei Nicole verbracht und der Freundin beigestanden, deren Tochter in Haft saß und deren ungeborenes Enkelkind ermordet worden war. Sie starrte auf ihren Anteil und schob den Teller fort.

»Warum hast du das Brot und den Käse angenommen?«, fragte sie Marguerite. »Was glaubst du, was passiert, wenn das herauskommt?«

Dorothy hatte ein Stück Käse gegessen und leckte sich die Lippen. »Wir müssen alles tun, um zu überleben. Wer nicht isst, hat keine Kampfkraft, und wir sind bereits geschwächt.«

»Dieses Essen kommt von unserem Feind«, entgegnete Simone und reichte Dorothy ihr Stück Brot. »Davon rühre ich nichts an.«

»Unser Feind stiehlt unsere Nahrungsmittel«, erwiderte Marguerite. »Die Deutschen beschlagnahmen unser Mehl, unsere Milch und unseren Käse. Wir nehmen uns nur zurück, was uns gehört.«

Simone schüttelte den Kopf. »Warum hat dich dieser Priester wieder besucht? Was will er von dir? Er hat Jeanne bei der Vernissage gesehen. Er weiß, dass sie zu uns gehört. Vielleicht haben wir ihm den Besuch der Wehrmachtsoffiziere zu verdanken. Und nun haben sie uns im Visier.«

Marguerite legte den Bissen Brot ab, den sie sich in den

Mund hatte stecken wollen. »Dazu brauchten sie Étienne nicht. Schmidt war selbst bei der Vernissage und kann Jeanne dort gesehen haben.«

»Trotzdem solltest du dafür sorgen, dass der Priester nicht mehr herkommt. Vielleicht besucht er dich nur, um uns auszuspionieren.«

»Das glaube ich nicht.«

»Sei vorsichtig«, sagte Simone. »Du bist schon einmal auf einen charmanten Mann hereingefallen und musstest vor ihm fliehen.«

»Étienne ist nicht wie Lance.«

»Das kannst du nicht wissen.« Simone runzelte die Stirn. »Hast du mehr über dieses Mädchen herausgefunden, das vielleicht seine Tochter ist?«

»Warum sollte ich?«, entgegnete Marguerite verärgert. »Wie kommst du bloß darauf, dass sie nicht seine Nichte ist.«

Dorothy tippte Brotkrumen mit dem Finger auf und leckte sie ab. »Männer können genauso hinterlistig sein wie Frauen, wenn sie nur wollen.« Sie lächelte, als sie Marguerites Stirnrunzeln sah. »Du dachtest wohl, ich kenne mich mit Männern nicht aus? Aber das menschliche Herz richtet sich nicht nach Regeln, das lass dir gesagt sein. Also Vorsicht, Schätzchen. Wir haben Krieg. Die Gefahren lauern überall.«

Kapitel 17

Marguerite beugte sich über ihren Zeichenblock und studierte den Bogen, den sie mit dem Bleistift gezogen hatte. Seit Jeannes Verhaftung hatte sie sich von den Stillleben mit ihren einfachen Wahrheiten abgewandt und sich stattdessen auf die Natur fokussiert. Nun setzte sie sich mit einem Ast der Eibe auseinander, die hinter ihrem Atelier wuchs, und interpretierte ihn unter dem Einfluss des Kriegs. Die Nadeln wurden zu winzigen Dolchen, die roten, giftigen Beeren zu Handgranaten.

Sie war so vertieft in ihre Arbeit, dass sie den Eindringling nicht hörte, der sich auf leisen Sohlen in ihr Atelier stahl.

Sie registrierte ihn erst, als sie seinen Atem auf ihrem Nacken spürte, und dann nahm sie den Geruch wahr, der sie in eine Zeit vor dem Krieg katapultierte, in ein anderes Leben und zu der Person, die sie damals gewesen war.

Einen Moment lang dachte sie, es sei Einbildung, oder die Erinnerung an ihre Alpträume sei übermächtig geworden, doch dann hielten ihr zwei Hände die Augen zu, und die waren keine Einbildung.

»Ich wette, du rätst nicht, wer hier ist.«

Lance. Seine Stimme hätte sie unter Tausenden erkannt. Sie stieß seine Hände fort und trat von ihm zurück. »Wann hat man dich aus dem Gefängnis entlassen?«

»Vor drei Monaten.«

Seitdem war er frei, und sie hatte es nicht gewusst. Niemand hatte sie gewarnt. »Wie hast du mich gefunden?«

»In ganz Nizza hängen Plakate, die für deine Ausstellung werben. Und auf jedem prangt dein Foto. Also bin ich in die Galerie gegangen und habe den Alten, dem sie gehört, gefragt, wo ich dich finden kann. Ich habe ihm erklärt, ich sei dein liebender Ehemann.« Er betrachtete Marguerite mit schräg gelegtem Kopf. »Warum hast du deinen Namen geändert? Was meinst du, wie schwierig es war, dich aufzuspüren?«

»Weißt du nicht, was die Deutschen mit den Engländern in Frankreich machen?«

Lance versuchte, sie zu küssen. Marguerite schob ihn fort. »Wie hast du es überhaupt geschafft, nach Frankreich zu gelangen?«

Lance überging die Frage und runzelte die Stirn. »Ich finde, du könntest wenigstens so tun, als ob du dich über meinen Besuch freust. Immerhin haben wir uns lange nicht gesehen. Zehn Jahre oder so.«

Es war länger, Marguerite hätte ihm die Anzahl der Tage nennen können, doch er sollte nicht glauben, sie hätte die Tage aus Sehnsucht gezählt.

Die Zeit im Gefängnis hatte ihn kaum verändert. Er sah noch so aus, wie sie ihn in Erinnerung hatte. Nur das nach hinten gekämmte schwarze Haar war mittlerweile grau meliert, die Stirn höhergerutscht. Auch die Falten in seinen Augenwinkeln waren tiefer geworden. »Lachfalten« hatte er sie genannt, sich als Frohnatur bezeichnet. Hatte er nicht gelacht, hatte er gegrinst. Für einen

Glückspilz hatte er sich gehalten – bis sein Glück ihn verließ.

Er war leger gekleidet, trug eine leichte, helle Baumwollhose, eine dazu passende weite Jacke und beigefarbene Turnschuhe. Man hätte meinen können, es gebe keinen Krieg, und er habe soeben eine Yacht im Hafen verlassen.

Lance musterte Marguerite von Kopf bis Fuß, rümpfte die Nase angesichts ihres abgetragenen Kleids und der bloßen Füße. »Mir scheint, ich muss nicht fragen, wie deine Kriegsjahre verlaufen sind.«

Was er von ihrem Aussehen hielt, interessierte Marguerite nicht, tat es seit Langem nicht mehr. »Ich dachte, du hättest deine Strafe erst in fünf Jahren abgesessen.«

Lance zuckte mit den Schultern. »Die Gefängnisse in England werden für Kriegsgewinnler, Landesverräter und Faschisten gebraucht. Mein kleiner Fehltritt war dagegen eine Lappalie.«

»Was willst du von mir?«

Lance zog die Brauen hoch. »Ist es einem Mann nicht gestattet, die Ehefrau zu besuchen, die er seit Jahren nicht gesehen hat? Obwohl sie ihn ohne Abschiedsgruß verlassen hat?« Er zwinkerte Marguerite zu. »Ich dachte, es wäre an der Zeit, ein kleines Wiedersehen zu feiern.«

»Und wie bist du auf die Idee gekommen, mich ausgerechnet in Frankreich zu suchen?«

»Eine innere Stimme hat mir gesagt, dass ich dich hier finde.« Lance lachte. »Aber keine Sorge, ich mache dir keine Vorwürfe. Auch wenn du gleich nach meiner Verhaftung getürmt bist.« Er zuckte die Achseln. »Ich hätte dich ebenfalls sitzenlassen, wäre es umgekehrt gewesen.«

Er steckte sich eine Zigarette an, spazierte durch das Atelier und betrachtete die Gemälde und Zeichnungen. Er nahm die Gipsputte auf, beäugte sie und stellte sie wieder ab, tat das Gleiche mit einem großen Tannenzapfen, den Marguerite in dem kleinen Waldstück hinter den Feldern gefunden hatte. »Wie ich sehe, machst du noch immer nichts Originelles.«

Er ließ sich auf einen Stuhl fallen, streifte die Asche am Rand einer leeren Kaffeetasse ab. »Eigentlich ganz nett hier. Jedenfalls besser als die vier Wände einer Zelle.«

»Es ist eine alte Scheune«, sagte Marguerite. »In die ich Fenster habe einsetzen lassen. Weiter nichts.«

»Immer noch schöner als die Kammer unterm Dach, in der du gehaust hast, als ich dich kennenlernte. Nur die Mäuse haben dir da oben Gesellschaft geleistet.« Seine Lippen kräuselten sich verächtlich. »Halb verhungert warst du. Ohne mich wärst du noch immer da. Vergiss das nicht.«

»Wo warst du seit deiner Entlassung?«

»Ach, überall und nirgends. Hauptsächlich in der Schweiz, wo ich die gute Bergluft genossen habe.« Lance zog an seiner Zigarette. »War auch eine Zeit lang in Genf. Seitdem ist mein Französisch perfekt.«

Der Gedanke, in England zu bleiben und sich auf irgendeine Weise für das kriegsversehrte Land einzusetzen, war ihm offenbar nicht gekommen. Lance dachte nur an sich, so war er von jeher gewesen. Wahrscheinlich würde er sich auch nie ändern.

»Noch mal, Lance, wie hast du es nach Frankreich geschafft? Die französischen Grenzen sind geschlossen.«

Lance machte eine wegwerfende Handbewegung. »Ich

habe Beziehungen. An höchster Stelle. Dort hat man mir die richtigen Papiere besorgt. Man kann immer etwas deichseln, erst recht in Kriegszeiten. Da sind die Leute ganz erpicht darauf, ein Geschäft zu machen.«

»Trotzdem bist du hier nicht sicher. Die Deutschen legen keinen Wert auf Engländer und ehemalige Häftlinge. Sollte man dich fassen, landest du in einem ihrer Internierungslager.«

Lance lächelte. Dabei vermied er es, seine schief gewachsenen Vorderzähne zu zeigen, die seinem guten Aussehen abträglich waren. »Lieb, dass du dir um mich Sorgen machst, aber das musst du nicht. Wenn es brenzlig wird, weiß ich, wie man sich rettet.«

Wenn er das wüsste, wäre er nicht im Gefängnis gelandet, dachte Marguerite. »Sagst du mir jetzt vielleicht, weshalb du gekommen bist? Hoffentlich nicht, um mich zu sehen.«

Lance drückte seine Zigarette in der Kaffeetasse aus. »Ich bin geschäftlich hier, ich dachte, das hätte ich bereits erwähnt. Einmal Kunsthändler, immer Kunsthändler. Zurzeit kaufe ich den Nazis die sogenannte entartete Kunst ab, die sie gehortet haben, und verkaufe sie in die Schweiz. Meistens handelt es sich um Bilder, die ich für ein Spottgeld erwerbe. Die Sache ist weitaus profitabler als das, was ich früher gemacht habe. Und sie ist legal – je nach Betrachtungsweise.«

»Und wo wohnst du?«

»Die Frage fasse ich mal als Einladung auf. Die Vorstellung, dass du mir das Bett warm hältst, war mir die ganzen Jahre ein Trost.«

Bei dem Gedanken, Lance im Haus zu haben oder ihr

Bett mit ihm zu teilen, drehte sich Marguerite der Magen um. Davon abgesehen durfte Lance weder etwas von Dorothy noch von den gefälschten Ausweisen oder dem Auftrag der SOE erfahren. Die Gefahr, dass er es auf irgendeine Weise ausnutzen würde, war zu groß.

»Hier kannst du nicht bleiben. Das Haus gehört Simone. Sie würde es nicht erlauben.«

»Dachtest du wirklich, ich wollte hierbleiben?« Lance sah Marguerite kopfschüttelnd an. »Ich habe in der Stadt eine hübsche, kleine Wohnung gefunden. Du könntest zu mir ziehen, schließlich haben wir einiges nachzuholen. Wenn du mich lieb bittest, beteilige ich dich vielleicht sogar an meinen Geschäften. Du siehst nämlich aus, als bräuchtest du dringend Bares. Natürlich dürftest du niemandem etwas verraten. Heutzutage kann man ja keinem Menschen mehr trauen.«

Marguerite befahl sich, ruhig zu bleiben. »Das geht nicht, Lance. Es ist viel zu gefährlich für dich, überhaupt hier zu sein.«

»Genau wie für dich, Süße, und im Gegensatz zu dir kann ich hier äußerst einträgliche Geschäfte machen.«

Bevor Marguerite antworten konnte, flog die Tür auf, und Simone stürzte in das Atelier. Als sie Lance erblickte, erstarrte sie. »Ich habe Stimmen gehört, aber ich dachte nicht …« Sie funkelte Lance wütend an. »Was willst du hier? Du hast hier nichts verloren.«

»Die gute alte Simone«, sagte Lance, tippte mit den Fingern an seine Schläfe und mimte einen militärischen Gruß. »Reizend wie eh und je.« Er begann, in Marguerites Skizzenblock zu blättern.

Simone riss ihm den Block aus den Händen. »Ich fasse nicht, dass du den Nerv hast, dich hier blicken zu lassen.«

Lance sah sie erstaunt an. »Darf ich meine geliebte Frau nicht besuchen? Und sag jetzt bitte nicht, für mich sei es in Frankreich zu riskant, denn das habe ich bereits gehört.«

»Ich will, dass du sofort verschwindest und nicht wiederkommst.« Simone bewegte sich rückwärts zur Tür. »Diese Begegnung hat nicht stattgefunden, ich habe dich nicht gesehen. Wage es bloß nicht, hier noch einmal aufzukreuzen.« Und dann war sie fort.

»Simone hat recht«, sagte Marguerite. »Du kannst hier nicht bleiben.«

Lance zuckte mit den Schultern, zog einen Zettel aus seiner Jackentasche und schob ihn zwischen die Seiten des Skizzenblocks. »Das ist meine Adresse hier in der Stadt. Die Wohnung gehört einem alten Kumpel von mir, der sich nach dem Einmarsch der Deutschen nach Amerika abgesetzt hat. Ich sorge dafür, dass sich dort keiner der Besatzer einquartiert, und erwarte dich.«

»Versprich mir, dass du nicht wiederkommst.«

Erneut griff Lance nach dem Skizzenblock, studierte eine Zeichnung. »Hast du jemals erfahren, wer mich damals verraten hat?«

»Niemand hat dich verraten. Deine Glückssträhne war zu Ende.«

Lance schüttelte den Kopf. »Falsch. Dieser Verrat hat mich zehn Jahre meines Lebens gekostet, von dem Verlust eines Batzen Geldes gar nicht erst zu reden. Ich werde herausfinden, wer es war, egal, wie lange es dauert.«

Die Entschlossenheit, die sie in seinen Augen erkannte,

machte Marguerite unbehaglich. »Warum gehst du nicht wieder in die Schweiz?«

Lance zündete sich die nächste Zigarette an und ließ seinen Blick schweifen. »Ich habe keine Eile. Und ich kann hier Geschäfte machen.«

Und zwar mit den Deutschen, dachte Marguerite. Vielleicht fürchtete er sie deshalb nicht.

Lance stand auf. »Das war's fürs Erste.«

Marguerite öffnete die Tür und glaubte ihren Augen nicht zu trauen, als sie das Motorrad am Haus lehnen sah. Es gab nur noch wenige Menschen, die Motorrad fuhren. Es hatte ja kaum jemand Benzin.

»Woher hast du das Motorrad?«

»Habe ich nicht gesagt, dass ich gute Beziehungen habe?« Lance ließ ein Lächeln aufblitzen. Dann trat er an Marguerite vorbei. »Besuch mich bald. Mein Bett ist kalt ohne dich.«

Er schob das Motorrad den Kiesweg hinunter. So musste er auch gekommen sein, sonst hätte Marguerite ihn gehört.

Sie schloss die Tür und hoffte, ihn nie wiederzusehen.

Zu wissen, dass Lance in Nizza war und sie zurückhaben wollte, war eine grauenhafte Vorstellung. Lance war ein rücksichtsloser, unberechenbarer Mann und offenbar noch immer ein Freund zwielichtiger Geschäfte. Wer sonst würde sich aus einem neutralen Land wie der Schweiz ins besetzte Frankreich wagen, wo er als feindlich gesinnter Ausländer galt? Aber vielleicht würde er noch einsehen, wie gefährlich dieser Aufenthalt für ihn war, und in die Schweiz zurückkehren. Vor allem aber betete sie, dass er in Nizza nicht verbreitete, dass er und Marguerite verheiratet waren. Er musste begreifen, dass sie nie wieder zu ihm zurückkommen würde, nicht mehr die dumme junge Frau war, die ihn geheiratet hatte. Jetzt musste sie sich auch noch vor ihm in Acht nehmen. Er machte die ganze Situation, in der sie steckte, nur noch schlimmer.

*

Simone saß am Küchentisch und hatte sich eine Tasse Ersatzkaffee gebrüht. »Wusstest du, dass Lance kommt?«, fragte sie Marguerite.

»Nein, natürlich nicht.«

Simone begann, mit einem Fingernagel an einer Kerbe des Küchentischs zu kratzen. »Wie konntest du ihn nach all den Jahren hier hereinlassen? Weißt du nicht mehr, was er getan hat?«

»Er hat sich selbst eingelassen. Und jetzt ist er fort.«

Für einen Moment war nur das kratzende Geräusch zu hören. Dann fragte Simone: »Kehrst du zu ihm zurück?«

Marguerite ließ sich auf einen Stuhl sinken. »Auf gar keinen Fall. Wie kannst du das überhaupt fragen?«

»Weiß dein Priester eigentlich, dass du verheiratet bist?«

Das Kratzen ging Marguerite auf die Nerven, sie hielt Simones Hand fest. »Simone, bitte. Du weißt genau, dass es besser ist, wenn er nichts über Lance erfährt.«

Simone entzog ihr ihre Hand. »Dann wünsche ich dir alles Gute, wenn der Priester herausfindet, wer du wirklich bist.«

Kapitel 18

Marguerite hatte Kissen und eine Nackenrolle in den Keller getragen. Sie türmte sie an einer Wand auf, um etwas Menschenähnliches zu gestalten. Dort, wo der Rumpf war, befestigte sie herzförmige Ziele, die sie aus Zeitungspapier ausgeschnitten hatte. Zuletzt holte sie die Pistole, die Violet ihr gegeben hatte, und Dorothy zeigte ihr, wie man damit umging.

Simone hörte die Schüsse bis in den Garten und kam, um nachzusehen, was es damit auf sich hatte.

Dorothy saß im Schneidersitz auf dem Boden und hielt sich die Ohren mit zwei kleinen Kissen zu. »Hat man die Schüsse draußen gehört?«

Simone betrachtete die Federn, die aus den angeschossenen Kissen gequollen waren und sich wie Schnee über den Boden verteilten.

»Dorothy bringt mir das Schießen bei«, erklärte Marguerite, trat Federn zur Seite und legte die Pistole vorsichtig auf einem Tischchen ab.

»Hast du auch das im Zirkus gelernt?«, wandte Simone sich an Dorothy.

Als Dorothy ihr keine Antwort gab, zog Simone die Kissen aus ihren Händen und wiederholte die Frage.

Dorothy nickte. »Ich habe viele geheime Qualitäten.« Sie deutete auf die aufgeplatzten und zusammengesunkenen

Kissen. »Das war ein Drecksack namens Fritz. Er hatte es verdient zu sterben.«

In Marguerites Lachen schwang Bitterkeit mit. Sie hatte die Waffe nie benutzen wollen, doch nach Jeannes Inhaftierung, Schmidts Drohung, sie zu beobachten, und Lances Auftauchen, war ihr, als rückten die Feinde von allen Seiten näher. Und sie hatte niemanden, der sie beschützte, nur sich selbst.

»Als Nächstes zeige ich Marguerite, wie man ein Schloss mit einer Haarnadel knackt«, erklärte Dorothy. »Könnte sich als nützlich erweisen.«

Nach der Schießstunde stieg Marguerite wieder nach oben. Auf dem Weg zu ihrem Atelier entdeckte sie den Brief im Flur. Sie hob ihn auf. Er war an sie adressiert und wieder unter der Tür durchgeschoben worden. Marguerite blickte nach draußen, um zu sehen, ob Biquet den Brief gebracht hatte und sich irgendwo im Garten herumdrückte. Doch von ihm war nichts zu sehen.

Biquet war seit Tagen nicht gekommen, auch nicht zum Malunterricht erschienen. Langsam begann Marguerite, sich um ihn zu sorgen.

Sie öffnete den Brief. Er war von Étienne. Er lud sie zu sich ein, um mit dem Porträt zu beginnen. Marguerite las seine Adresse. Villa Christelle. Also trafen die Gerüchte zu, nach denen er nicht im Pfarrhaus wohnte.

Die Villa Christelle gehörte einem englischen Schauspieler namens Gerald Mayhew. Vor dem Krieg hatte Mayhew zehn Jahre lang in diesem Haus gelebt, war für seine wilden Partys berüchtigt gewesen. 1940 hatte er zu den Letzten gehört, die auf einem Kohlefrachter voller

Engländer aus Frankreich geflohen waren. Wie viele andere hatte auch er sein Haus und seine Besitztümer zurücklassen müssen.

Im November 1942 zogen italienische Besatzer in die aufgegebenen Häuser der Gegend ein, ein Jahr später waren es die Deutschen. Aber wie kam Étienne dazu, in Mayhews Villa zu wohnen?

Marguerite zeigte den Brief Simone, die die Stirn runzelte. »Ich weiß nicht, wie oft ich dich noch bitten soll, nichts Unüberlegtes zu tun und dich von diesem Pater fernzuhalten. Vielleicht ist diese Einladung eine Falle. Jeanne ist gefoltert worden, sonst hätte sie ihr Kind nicht verloren. Was ist, wenn sie unter der Folter erzählt hat, dass du die Ausweise gefälscht hast?«

Simone begann zu weinen. Nicole hatte sich mehrere Male an die Gestapo gewandt und um die Freilassung ihrer Tochter gefleht. Beim letzten Mal hatte man ihr erklärt, wenn sie noch einmal auftauche, bekäme ihre Tochter die Folgen zu spüren.

Marguerite verbarg Étiennes Brief in der Kommodenschublade, die ihre Unterwäsche enthielt – grau gewordene, ehemals weiße Unterhosen und -hemden, formlos gewordene Büstenhalter, gestopfte Baumwollstrümpfe.

Als sie am Abend zu Bett ging, ließ der Gedanke, dass Étiennes Brief an einem so intimen Ort lag, sie nicht einschlafen. Sie dachte daran, wie er ihren Bildern im Atelier zu nahe gekommen war, so nah, dass er tief in ihre Seele hatte schauen können. Ob sie ihm trauen konnte?

*

Am nächsten Morgen frühstückte Marguerite zusammen mit Dorothy im Keller. Als es an der Tür klingelte, ging Marguerite nach oben.

Sie öffnete die Tür, doch da war niemand. Aber auf dem Boden lag wieder ein Brief. Biquet konnte ihn nicht gebracht haben, er hätte geklopft.

Diesmal kam der Brief von Yves Musel, der sie bat, sich noch einmal in seinem Büro zu melden. Marguerites Magen verkrampfte sich. Was hatte Musel herausgefunden, und welche Fragen würde er ihr dieses Mal stellen? Mit wie vielen Lügen würde sie noch durchkommen, bevor sie sich in ihnen verhedderte?

Marguerite zog ihr bestes Kleid an – inzwischen war es ihr zwei Nummern zu groß – und streifte eine Strickjacke über. Sie hinterließ Simone die Nachricht, dass sie zu Musel fahren müsse. So kommunizierten sie jetzt immer. Jede sollte wissen, was die andere vorgehabt hatte, nur für den Fall, dass eine von ihnen nicht zurückkehrte.

Als Marguerite ihr Fahrrad vor dem Rathaus ankettete, tauchte ein Mann hinter ihr auf. Sie machte einen Schritt zur Seite, dachte, sie stünde ihm im Weg. Er flüsterte ihren Namen und winkte sie unauffällig mit sich.

Sein unrasiertes Gesicht war schmutzig, die Kleidung abgerissen, und das strähnige Haar hatte er mit einem zerfransten Schnürsenkel im Nacken zusammengebunden. Zudem roch er nach Schweiß.

Normalerweise hätte Marguerite ihn für einen Clochard gehalten, doch sein Blick war klar und fokussiert. Sein Alter schätzte sie auf etwa dreißig. Wäre der wache Blick nicht gewesen, hätte sie sich abgewandt. Nun hoffte sie, es handelte sich um einen von Armands Kontaktleuten, vielleicht jemand, der Dorothy helfen würde, über die Grenze nach Spanien zu gelangen.

Marguerite folgte dem Mann über die Place Masséna und dann durch kleine Gassen, vorbei an Geschäften, die früher gut besucht gewesen und mittlerweile geschlossen waren, bis sie schließlich den großen Park erreichten. Vor dem Krieg hatten dort alte Männer Pétanque gespielt, hier hatte Étienne sie mit seinen Küssen vor der deutschen Patrouille gerettet.

Zur Sicherheit blieb Marguerite einige Schritte hinter dem Mann. Sollte er zudringlich werden, würde sie ihm entkommen können.

Er ließ sich auf einer Bank nieder, die auf drei Seiten von Büschen gesäumt wurde, und bedeutete ihr, sich zu ihm zu setzen.

Marguerite tat wie geheißen, ließ aber wieder einen Sicherheitsabstand.

»Du hattest den Auftrag, gewisse Informationen zu besorgen«, sagte er. »Warum hast du bisher noch nichts unternommen?«

Also war er nicht Armands, sondern Violets Kontaktmann. Den hätte Marguerite sich anders vorgestellt, also blieb sie zunächst wachsam. »Ich weiß nicht, wovon Sie reden.«

Er stützte seine Ellbogen auf die Knie und starrte auf den Boden. »Ich frage noch mal, warum hast du nichts unternommen?«

»Ich brauche mehr Zeit.«

Als Violet gesagt hatte, man werde sie beobachten, hatte

Marguerite mit einem englischen Agenten gerechnet, der in Frankreich verdeckt operierte. Doch dieser Mann war eindeutig Franzose. Aber was wusste sie schon über die Welt der Spionage?

Allerdings hatte sie von den Maquisards gehört, französischen Widerstandskämpfern, die Zellen gegründet hatten und sich irgendwo im Esterel verbargen. Sie begingen an Einrichtungen der Besatzer Sabotageakte. Vielleicht war der Mann einer von ihnen.

»In der Bar Blanc ist ein Wehrmachtssoldat erschossen worden«, sprach der Mann weiter. »Daraufhin haben die Deutschen zehn einheimische Jungen festgenommen. In drei Tagen sollen sie hingerichtet werden, falls der Täter sich nicht meldet oder denunziert wird. Auch diese Jungen hätten gern noch mehr Zeit.«

Die Bar Blanc gehörte Armand. Warum hatte er ihr und Simone nichts von dem Vorfall erzählt?

»Das verstehe ich nicht«, sagte Marguerite. »Der Schütze muss doch gewusst haben, dass es Vergeltungsmaßnahmen geben wird.«

»Vielleicht war es jemand, den die Armee abgelehnt hat. Es gibt Männer, für die so etwas eine Demütigung ist. Sie wollen ihren Mut beweisen und denken nicht nach.«

»Warum erzählen Sie mir das?«

»Ich möchte, dass du Pater Étienne bittest, sich für die Jungen zu verwenden. Und danach konzentrierst du dich gefälligst auf deinen Auftrag.«

Bevor Marguerite antworten konnte, stand der Mann auf und entfernte sich über einen schmalen Pfad, der zu einer Seitengasse führte. Seinen Namen hatte er ihr nicht genannt, jedoch einen Zettel zurückgelassen, auf dem der Weg zu ihm beschrieben war.

Plötzlich fiel Marguerite der Termin bei Musel wieder ein. Sie würde zu spät kommen. Sie sprang auf und hastete zurück.

Auf dem Weg legte sie sich Worte zurecht, um Musel zu erklären, wie sie den Ausweis einer Frau besitzen konnte, die 1932 bei einem Brand ums Leben gekommen war.

Im Rathaus angekommen, eilte sie zu Musels Büro – und verharrte. An der Wand war ein Anschlag, auf dem die Namen der zehn Jungen standen, die für den erschossenen Wehrmachtssoldaten büßen sollten. Als Marguerites Blick auf Biquets Namen fiel, begann es sich vor ihr zu drehen. Deshalb war er in den letzten Tagen nicht bei ihr gewesen. Ihre Brust schnürte sich zu, und Tränen schossen in ihre Augen. Biquet war doch noch ein Kind, wie konnte man an ihm ein Exempel statuieren und so grausam mit einem Jungen verfahren, der sich nichts hatte zuschulden kommen lassen?

Sie nahm den Anschlag ab, um mit Musel darüber zu sprechen.

»Wir müssen etwas unternehmen«, sagte sie, als sie ihm gegenübersaß. Sie tippte auf den Anschlag.

»Und was?«, fragte Musel. »Wissen *Sie* vielleicht, wer den Wehrmachtssoldaten erschossen hat?«

»Natürlich nicht.«

»Dann verschwenden Sie bitte nicht meine Zeit.«

»Warum verhandeln Sie nicht mit den Deutschen? Oder flehen sie an, die Jungen zu verschonen. Ich kenne einen von ihnen, er ist noch ein Kind.«

»Ich habe es versucht.« Musel starrte auf seine Hände, die gefaltet auf seinem Schreibtisch lagen. »Es war vergebens.«

Marguerite dachte an die Eltern der Jungen, an die Seelenqualen, die sie ausstehen würden.

Musel zog ihr den Anschlag aus der Hand. »Gibt es sonst noch etwas?«

Marguerite blickte Musel erstaunt an. »Warum fragen Sie das? Sie haben mich doch herbestellt.«

Musel runzelte die Stirn. »Ich? Nein, da muss ich Sie enttäuschen. Vielleicht hat sich jemand einen Scherz mit Ihnen erlaubt.« Musel schlug die Akte auf dem Schreibtisch auf und griff nach einem Stift, um Marguerite das Ende des Gesprächs zu signalisieren.

Verwirrt stand Marguerite auf. »Dann sehen wir uns Samstag, wenn ich zum Malunterricht komme.«

Sie hoffte, dass es bei dem Malunterricht bleiben würde, sie brauchte das Geld. In den vergangenen Tagen hatten ihr zwei der Mütter, deren Kinder sie unterrichtete, gekündigt. Sie hatten in der Galerie an der Vernissage teilgenommen und den Besuch der Deutschen mitbekommen. Vielleicht hatte man ihnen auch erzählt, dass Marguerite ihre Bilder an Deutsche verkaufte, und sie sagten sich womöglich, deshalb habe Marguerite ihre Gemälde ausgestellt.

Musel hob den Kopf. »Nancy möchte nicht mehr malen. Céleste und ich sind der Meinung, dass ihr Unterricht nicht mehr erforderlich ist.«

Marguerite erschrak. »Sie ist sechzehn, das ist ein schwieriges Alter, vielleicht ändert sie –«

Musel ließ sie nicht ausreden. »Alyce will weitermachen.«

»Alyce malt sehr schön.«

»Meine Frau möchte eigentlich nicht, dass sie weiter unterrichtet wird. Ich musste sie dazu überreden.«

»Vielen Dank.«

Marguerite überlegte, ob Musel sie nur deshalb noch unterrichten ließ, weil nicht nur Schmidt, sondern auch er sie im Auge behalten wollte.

»Ich tue es Alyce zuliebe. Sie würde es mir nie verzeihen, wenn ich Ihnen kündigen würde.«

Als Marguerite wieder auf dem großen Platz stand, kehrten ihre Gedanken zu Biquet und den anderen Jungen zurück, deren Leben nun an einem seidenen Faden hing. Sie fragte sich, ob Armand den Mord an dem Wehrmachtssoldaten miterlebt hatte. Saß er vielleicht ebenfalls in Haft? Was würde er bei einem Verhör verraten? Wie so viele andere würde auch Armand der Folter nicht standhalten, dessen war sich Marguerite sicher.

Doch selbst wenn Armand nur unter Verdacht stünde, könnte sich dieser Verdacht auf Simone und somit auch auf Marguerite ausweiten. Aber bis es dazu kam, musste sie alles tun, um das Leben von Biquet und den anderen neun Jungen zu retten.

Kapitel 19

Marguerite radelte zur Villa Christelle. Vor dem Krieg wäre sie über die Strandpromenade gefahren, doch die befand sich nun in einem militärischen Sperrgebiet.

Um die bevorstehende Landung der Alliierten zu bekämpfen, hatten die Deutschen die Strände vermint und mit Hochbunkern, Spanischen Reitern und Stacheldrahtzäunen bestückt. Aus der Ferne sahen sie aus wie eine in den Sand gekritzelte Todesbotschaft. Dass dort einmal Menschen spazieren gegangen waren, sich gesonnt und vergnügt hatten, war kaum noch vorstellbar.

Die Villa Christelle lag direkt an der Küste, thronte auf einem Felsvorsprung und war so schneeweiß wie eine Hochzeitstorte. Sie war nur vom Meer aus zu sehen. Hinter ihr erhoben sich Hügel voller Oliven- und Eukalyptusbäume, die Seiten wurden von hohen Zypressen und Pinien gerahmt. Von der Stadt aus führte der einzige Zugang über einen steil abfallenden Pfad, der vor Jahrhunderten in die Felsen gehauen worden war, um den winzigen natürlichen Hafen unten an dem Felsvorsprung zu erreichen, und die Süßwasserquelle, an der Seefahrer vor vielen Jahren ihren Frischwasservorrat aufgefüllt hatten.

Über den Pfad musste Marguerite ihr Fahrrad schieben. In der Villa könnte man sich unsichtbar fühlen, ging es ihr dabei durch den Kopf. Oder als wäre man allein auf der Welt.

Marguerite wollte nicht wissen, wie es Étienne gelungen war, diese Villa zu bewohnen, sie hoffte nur, dass sie bald wieder ihrem rechtmäßigen Besitzer übergeben werden konnte.

Étienne hatte sie offenbar kommen sehen. Er öffnete die Tür, bevor sie geklopft hatte, mit einem nervösen Lächeln. Seine Gesichtszüge sahen im Morgenlicht so markant und schön aus, dass Marguerites Herz sich sehnsüchtig weitete.

Heute wirkte nichts an ihm priesterlich. Er trug ein Leinenhemd über Shorts und Espadrilles. Das Haar hatte er nach hinten gekämmt, und es war noch feucht, als wäre er soeben aus der Dusche gestiegen.

»Marguerite, wie schön, dass Sie meiner Einladung gefolgt sind.« Er trat zur Seite, um Marguerite ins Haus zu lassen.

Marguerite lehnte ihr Rad an das Haus. »Ich bin nicht hier, um mit Ihrem Porträt zu beginnen.« Sie erzählte ihm von dem Anschlag im Rathaus und erklärte, dass sie seinen Beistand brauche, um sich für zehn unschuldige Jungen einzusetzen. »Sie kennen Otto Schmidt. Helfen Sie mir, das Leben der Jungen zu retten. Gehen Sie mit mir zu ihm.«

Étienne seufzte. »Kann es sein, dass Sie meinen Einfluss auf Schmidt überschätzen?«

Marguerites Augen begannen zu brennen. »Der Mann kommt in Ihre Messe, hört Ihre Predigten. Wer, wenn nicht Sie, könnte ihn an das Gebot erinnern, dass man nicht töten soll.«

Étienne führte Marguerite in einen kleinen Salon, bat sie, dort auf ihn zu warten, und verschwand.

Als er zurückkehrte, trug er seine Soutane, war wieder

der Priester und für Marguerite unberührbar. Auch er nahm ein Fahrrad, und wenig später fuhren sie durch den heiß gewordenen Sommertag zu dem Gebäude, in dem Schmidt laut Étienne sein Büro hatte.

»Bitte überlassen Sie mir das Reden«, sagte Étienne, als sie ihre Räder abstellten. »Und zeigen Sie ihm nicht, wie verzweifelt Sie sind. Er würde das als Punkt für sich verbuchen.«

Marguerite nickte. Sie sah nur Biquets liebes Gesicht vor sich, die eifrige Miene des Jungen, den sie ins Herz geschlossen hatte, der lernen wollte, der liebenswürdig und immer hilfsbereit war. Die Vorstellung, er sitze voller Todesangst in einer Zelle, raubte ihr fast den Verstand.

Schmidts Büro befand sich in einem anonymen Hochhaus am Rand der Stadt. Dahinter erhoben sich karstige Hügel bewachsen mit staubbedeckten Sträuchern und Gestrüpp. Hier erinnerte nichts mehr an das elegante Nizza, und doch wären Uneingeweihte vermutlich nicht auf die Idee gekommen, dass in den Kellerräumen des nichtssagenden Gebäudes Menschen verhört, gefoltert und hingerichtet wurden.

Bevor sie das Gebäude betraten, nahm Étienne Marguerites Hand. »Meinen Sie, Sie schaffen das?«

Marguerite nickte. Seine Hand zu spüren, gab ihr Kraft.

Am Empfangstisch der Eingangshalle saß ein Soldat. Er winkte Étienne durch.

Demnach war er schon des Öfteren hier gewesen, dachte Marguerite. Aber aus welchen Gründen? Hatte er sich für Gefangene eingesetzt oder zum Tod Verurteilten die Letzte Ölung gespendet?

Sie fuhren zum neunten Stock.

Schmidt stand auf, als sie sein Büro betraten, und begrüßte Étienne wie einen alten Freund. Marguerite streifte er nur mit dem Blick.

»Was kann ich für Sie tun, Pater?«

Schmidt zündete sich eine Zigarette an und hielt die Schachtel dann Étienne hin, der jedoch dankend ablehnte.

»Entschuldigen Sie, dass wir so unangemeldet erscheinen«, sagte Étienne. »Ich habe eine Bitte, mit der ich nicht länger warten konnte.«

»Schön, aber zuerst trinken wir einen Schluck.«

Schmidt öffnete die Tür seines Schreibtischs, holte eine Flasche Cognac und zwei Gläser heraus, die er füllte. Er tat es so selbstverständlich, als wäre es bei den Besuchen von Étienne schon zum Ritual geworden.

Währenddessen blickte Marguerite sich in dem Büro um. Es gab einen Eichenschreibtisch und einen Aktenschrank, doch die schwere Ledergarnitur, die sich um einen Couchtisch gruppierte, erinnerte an einen Herrenclub. Offenbar waren vor ihnen Besucher da gewesen; auf dem Tischchen standen ein mit Zigarettenstummeln überquellender Aschenbecher und benutzte Cognacschwenker.

Marguerites Blick verweilte auf dem Aktenschrank. Vielleicht befanden sich darin die Unterlagen, die sie fotografieren sollte. Ihr Blick wanderte weiter zu dem kostbaren Wandbehang aus Seide, der früher in Nizza in einem Museum gehangen hatte. Offenbar war er ebenso requiriert worden wie der benachbarte Matisse. Das Gemälde zeigte eine liegende Frau. Womöglich war es sogar in Matisse'

Villa in Vence beschlagnahmt worden. Die Vorstellung schmerzte sie. Matisse war ein alter, gebrechlicher Mann, der sich noch weniger als andere hätte wehren können.

Dann fiel Marguerites Blick auf den Safe. Er war nicht eingebaut, sondern stand auf einem kleinen Mahagonitisch, dessen zarte, geschwungene Beine beinahe zu schwach wirkten, um ihn zu tragen. Darin würden die Unterlagen sein, die sie suchte, nicht im Aktenschrank.

Étienne wandte sich ihr zu. »Möchten Sie etwas trinken?«

Marguerite wurde aus ihren Überlegungen gerissen. Schmidt betrachtete sie abwägend.

»Nein danke«, sagte Marguerite. »Für mich ist es noch zu früh.«

Étienne beugte sich vor und raunte Schmidt etwas zu, das Marguerite nicht verstand. Offenbar hatte es mit ihrer Antwort zu tun, denn Schmidt lächelte amüsiert. Sein Verhalten war ihr einerlei, aber Étiennes Flüstern fühlte sich an wie Verrat.

Dann begannen die beiden Männer zu plaudern, so entspannt, als wären sie gute Freunde. Violet hatte recht gehabt, Étienne war der Weg, um an die Unterlagen zu gelangen. Womöglich wusste er sogar, wie sich der Safe öffnen ließ.

Schließlich trug Étienne die Bitte vor, derentwegen sie gekommen waren.

Schmidt leerte sein Glas und drückte seine Zigarette aus. Dann sah er Marguerite an. »Ich nehme an, die Bitte geht von Ihnen aus.«

Marguerite räusperte sich. »Die Jungen sind noch halbe

Kinder und keiner von ihnen war schuld, dass der Wehrmachtssoldat erschossen wurde.«

Es drängte sie, ebenso für Jeannes Freilassung zu bitten, doch sie erinnerte sich an Nicoles Worte, dass dergleichen eher schaden als nützen würde.

Schmidt lächelte. Dass Marguerite ihn um etwas bat, schien ihm zu gefallen. Er wandte sich Étienne zu. »Was meinen Sie Pater? Soll ich die Jungen freilassen, oder nicht?«

»Der Gerechtigkeit wird nur gedient, wenn der *wahre* Mörder bestraft wird«, erwiderte Étienne.

Schmidt schenkte ihm Cognac nach. »Heißt es in der Bibel nicht, ›Auge um Auge‹?«

»Sie haben selbst drei Söhne, Otto«, entgegnete Étienne. »Stellen Sie sich vor, einer würde für ein Verbrechen, das er nicht begangen hat, zum Tod verurteilt. Wie würden Sie sich fühlen? Wie Ihre Frau?«

Schmidt lachte. »Keiner meiner Jungen würde jemals auf der Verliererseite stehen.«

Du stehst selbst auf der Verliererseite, dachte Marguerite. Schließlich standen die Alliierten quasi schon vor den Toren, und Schmidt wusste es.

Étienne leerte sein Glas und stand auf. »Wir werden Sie nicht länger aufhalten, Sie sind ein viel beschäftigter Mann. Dennoch bitte ich Sie, die geplante Strafaktion noch einmal zu überdenken.«

Schmidt zuckte die Achseln. »Und wenn nicht, werden Sie für mein Seelenheil sorgen.« Er warf Marguerite einen Blick zu, als wollte er sagen: *Da sehen Sie es, mir kann keiner was.*

Für einen Moment versteifte sich Étiennes Kinnpartie. Dann sagte er: »Das vermag nur der Herr zu tun, in dessen Händen wir sind.«

Die Antwort schien Schmidt nicht zu behagen. Er sah Marguerite an und sagte: »Lassen Sie uns allein, ich möchte unter vier Augen mit dem Pater sprechen.«

Marguerite verließ das Büro und setzte sich auf einen der Holzstühle auf dem Flur. Sie versuchte, mitzubekommen, worüber Schmidt und Étienne sprachen, doch die Tür zu seinem Büro war dick, und es drang kein Laut hindurch. Sie konnte nur hoffen, dass Étienne auf Schmidt einredete und ihm nicht versprach, für sein Seelenheil zu beten.

Schließlich öffnete sich die Tür, und die beiden Männer kamen heraus. Schmidt hatte einen Arm um Étiennes Schulter gelegt und verabschiedete sich gut gelaunt. »Für einen Franzosen sind Sie gar nicht so schlecht, Pater. Wir sehen uns am Sonntag in der Kirche.«

Dann fiel die Tür zu. Étienne wich Marguerites Blick aus, als er bemerkte, dass sie noch da war. »Lassen Sie uns gehen.«

»Was hat er gesagt?«, fragte Marguerite, als sie ihre Fahrräder aufschlossen. »Wird er die Jungen verschonen?«

»Nicht hier«, sagte Étienne. »Kommen Sie mit zur Villa.«

Diesmal nahm Étienne Seitenstraßen. Marguerite folgte ihm in einigem Abstand, sie wollte nicht mit ihm gesehen werden. Wie ein Verbrecher mied er die großen Straßen und die Place Masséna, ebenso die Geschäfte, an denen Leute anstanden, die ihn womöglich mit Verachtung gestraft hätten.

Wie konnte er mit jemandem wie Schmidt Cognac trinken?, fragte sich Marguerite. Wie mit ihm plaudern und zulassen, dass dieser Mann den Arm um seine Schultern legte? Bei ihrem Besuch war es um das Leben von zehn Jungen gegangen, sie waren nicht erschienen, um Schmidt einen Höflichkeitsbesuch abzustatten.

An der Villa angekommen, vermochte sie nicht einmal der großartige Blick aufs Meer von ihrer Verärgerung abzulenken. Eigentlich wollte sie auch die Villa nicht betreten, die einem Mann gehörte, der vor den Deutschen hatte fliehen müssen. Weder sie noch Étienne hatten das Recht, in dessen Haus zu sein.

Wieder führte Étienne sie in den kleinen Salon, deutete auf das Sofa und bat sie, einen Moment zu warten, er wolle sich umziehen. »Fühlen Sie sich wie zu Hause«, sagte er.

Es ist weder dein noch mein Zuhause, hätte sie am liebsten geantwortet.

»Was hat Schmidt gesagt?«, fragte Marguerite ungeduldig, als Étienne in Freizeitkleidung zurückkehrte. »Wird er die Jungen freilassen?«

Étienne schüttelte den Kopf. »Ich konnte ihn nicht überreden. Es tut mir leid.«

War das alles? Hatte er die Hoffnung schon aufgegeben? Obwohl die Jungen noch lebten? »Und was machen wir jetzt?«

Sie erinnerte Étienne an Biquet, dem er sowohl bei der Vernissage als auch in ihrem Atelier begegnet war. Wollte er zulassen, dass diesem Jungen und neun anderen das Leben genommen wurde?

»Ich sehe ihn genau vor mir«, sagte Étienne. »Er war so

stolz, Ihnen helfen zu dürfen.« Er lächelte matt. »Ich werde es weiter versuchen. Darauf gebe ich Ihnen mein Wort.«

Marguerite fragte sich noch immer, wie viel das Wort dieses Mannes bedeutete.

»Darf ich Ihnen etwas zu essen und trinken anbieten?«, fragte er.

Marguerite schüttelte den Kopf. »Nein danke.«

Étienne betrachtete sie bekümmert. »Bitte vertrauen Sie mir. Solange die Möglichkeit besteht, die Jungen zu retten, werde ich alles dafür tun.«

Er berührte sie am Arm, als sie sich umdrehte, um zu gehen. Sie ließ ihn stehen, versprach jedoch, am nächsten Tag wiederzukommen. Schließlich hatte sie ihm zugesagt, das Porträt für seine Mutter zu malen. Und wollte sie den Auftrag der Engländer erfüllen, musste Étienne ihr weiterhin wohlgesonnen bleiben. Vielleicht, sagte sie sich auf dem Rückweg, würde sie, wenn sie ihn malte, Einblick in seine Seele erhalten und endlich feststellen können, auf welcher Seite er wirklich stand.

Wenn sie auf ihr Herz hörte, glaubte sie an das Gute in ihm, doch ihr Verstand war sich dessen nicht sicher. Nur musste sie sich allmählich entscheiden, denn die Zeit drängte. Es hieß, die Alliierten würden schon bald an der Südküste Frankreichs landen, und dann musste es Schmidt an den Kragen gehen.

Aber was wäre, wenn sie Étienne in ihren Plan einweihte, und er sie, statt ihr zu helfen, verriete?

Kapitel 20

Als Marguerite früh am nächsten Morgen zur Villa Christelle fuhr, setzte die Sonne funkelnde Lichtsplitter auf das Meer.

Auf dem Weg den Pfad hinunter hörte sie, wie die Wellen unten über das felsige Ufer strichen, schmeckte das Salz und den Tang in der Luft. Dann kam die Villa in Sicht, und sie fragte sich, was Gerald Mayhew empfinden mochte, wenn er daran dachte, dass sein Haus in den Händen seiner Feinde war und von einem Priester bewohnt wurde, der mit diesen befreundet war.

Vielleicht logierte Étienne nicht nur in dem Haus und nutzte dessen Einrichtung, sondern schlief auch in Mayhews' Bettwäsche, aß von seinem Geschirr, tat überhaupt, als wäre alles seines.

»Marguerite.«

Étienne stand auf der Schwelle, wieder in Freizeitkleidung, und winkte Marguerite ins Haus.

Wie so oft schlug ihr Herz bei seinem Anblick höher. Er küsste ihre Wange und murmelte, er freue sich, dass sie gekommen sei. Sie versuchte mit aller Kraft, sich innerlich zu wappnen, obwohl jeder Nerv ihres Körpers kribbelte und ihr sagte, dass sie den Mann, nicht den Priester vor sich hatte.

Im Haus war alles makellos, das war Marguerite bereits am Vortag aufgefallen. Auf dem weißen Marmorfußboden und den weiß gekalkten Wänden war nicht der kleinste Fleck zu erkennen, auf den Fenstern nicht der Hauch eines Fingerabdrucks.

Alles wirkte nobel und kalt zugleich, mit Ausnahme eines Aquarells von einem Strauß Lavendel und Chrysanthemen.

Marguerite dachte an die wilden Partys, die Gerald Mayhews laut Gerücht in seiner Villa gefeiert hatte. Falls dem so gewesen war, dürften die Innenräume inzwischen gepflegter sein als zu seiner Zeit.

Nahezu unberührt wirkten das weiße, butterweiche Ledersofa im Salon, der Couchtisch aus Glas und Chrom und die glänzenden Hängelampen im Stil des Art déco.

Angesicht dieses eleganten Ambientes, das vielleicht auch dazu da war, andere zu beeindrucken, kam Marguerite sich ärmlich und fehl am Platz vor.

»Möchten Sie eine Tasse Kaffee?«, fragte Étienne.

Kaffee? Marguerite nahm an, dass Étienne keinen Ersatzkaffee meinte, und konnte sich nicht erinnern, wann sie zum letzten Mal richtigen Kaffee getrunken hatte.

»Nein danke.« Kaffee war ein Luxus, der Marguerite nahezu obszön vorkam. Wie konnte sie Kaffee trinken, wenn dieser womöglich ebenfalls der Gunst von Étiennes deutschen Freunden zu verdanken war?

Étienne musterte sie einen Augenblick lang, dann bat er sie, im Salon Platz zu nehmen.

Eine Weile später kehrte er mit einem Tablett zurück, darauf eine Kanne Kaffee, Tassen, Untertassen und eine Schale mit Makronen. Beim Duft des Kaffees und der verlockenden Aromen von Zucker, Zimt und Schokolade lief

Marguerite das Wasser im Mund zusammen. Ihr Magen begann zu knurren.

»Greifen Sie zu«, sagte Étienne. Er schenkte ihr eine Tasse Kaffee ein und schob ihr die Makronen zu.

Marguerite deutete auf die Köstlichkeiten, als handele es sich um die Indizien eines Verbrechens. »Sind das milde Gaben Ihrer deutschen Freunde?«

Étienne schüttelte den Kopf. »Der Kaffee war im Küchenschrank, als ich hier einzog. Die Makronen wurden der Kirche gespendet. Die meisten habe ich an Gläubige verteilt. Was Sie vor sich sehen, ist der Rest.«

Marguerite kam es vor, als wäre sie in einem anderen Leben gelandet – in einem, in dem es friedlich und stilvoll zuging, in dem man Kaffee trinken und Makronen knabbern konnte. Sie nahm einen kleinen Schluck Kaffee und schloss die Augen, als sie dieses unvergleichliche bittere Getränk schmeckte.

Auch den Makronen vermochte sie nicht zu widerstehen. Sie griff nach einer, die mit Vanillecreme gefüllt war, und biss hinein. Und dann aß sie eine zweite.

Nur war sie reichhaltiges, zuckriges Gebäck nicht mehr gewöhnt; es dauerte nicht lange, bis ihr Magen zu rebellieren begann.

Und dann wurde ihr so übel, dass sie aufsprang und Étienne nach der Toilette fragte.

Auf dem Weg dorthin, hob sich ihr Magen, und sie drückte sich eine Hand auf den Mund.

In der Toilette übergab sie sich. Anschließend richtete sie sich zitternd und verschwitzt auf, wusch sich Hände und Gesicht und spülte ihren Mund aus.

Als sie in den Spiegel über dem Waschbecken blickte, erschrak sie. Wie blass und krank sie in dieser noblen Umgebung wirkte! Und wie sehr sie in den vergangenen Jahren gealtert war! Fast erinnerte ihr Gesicht sie an das ihrer Großmutter, die in Marguerites Kindertagen dahingesiecht war. Wann hatte sie sich zuletzt im Spiegel betrachtet? Sie wusste es nicht mehr, sie war zu sehr mit anderen Dingen beschäftigt gewesen. Niedergeschlagen wandte sie sich ab.

»Kann ich etwas für Sie tun, Marguerite?«, rief Étienne. Es klang, als stünde er vor der Tür.

»Nein danke.« Sie wollte nicht von ihm bemitleidet werden, dass sie sich übergeben hatte, war peinlich genug.

Marguerite strich ihr Kleid glatt, verließ das Bad.

»Es ist alles gut, Étienne, wenn es Ihnen recht ist, können wir jetzt mit den ersten Skizzen beginnen. Wissen Sie schon, wo Sie sitzen möchten?« Marguerite spürte ihre feuchten Wimpern und fuhr sich mit der Hand über die Augen.

Höflich, wie er war, wandte Étienne den Blick ab. »Ich muss mich entschuldigen, ich hätte Ihnen den Kaffee nicht aufdrängen dürfen. Ich hatte ihn für besondere Momente aufgespart und dachte, ich könnte Ihnen damit eine Freude machen. Es gibt so wenig, womit ich das zu tun vermag.«

Das hatte er so liebenswürdig gesagt, dass Marguerite erneut die Tränen kommen wollten. Sie schluckte sie hinunter.

»Ich könnte Sie unten am Strand malen, mit den Felsen und dem Meer als Hintergrund. Oder an einem Fenster, hinter Ihnen ein Teil der Landschaft.«

Étienne schien zu überlegen. »Wie viel Zeit können Sie auf die Arbeit verwenden?«

»So viel, wie nötig ist. Ich möchte nicht, dass wir Ihre Mutter enttäuschen.« Zwar war es nicht Marguerites Wunsch gewesen, Étienne zu porträtieren, doch der Malerin in ihr würde sie treu bleiben und ihr Bestes geben.

»Warum schauen wir uns im Haus nicht nach einem geeigneten Platz um?«

Étienne führte sie durch die Räume, um Lichtverhältnisse und Hintergründe zu prüfen.

Zu ihrem Erstaunen sah Marguerite noch mehr dieser recht biederen Blumenaquarelle an den Wänden, die so gar nicht zum Stil der Villa passen wollten.

Ein kleines Arbeitszimmer ging zu den Hängen hinaus und war angenehm kühl. An einer Wand war ein Bücherregal. Marguerite ließ ihren Blick über die Bücher gleiten. Es handelte sich hauptsächlich um englische Romane, wahrscheinlich hatten sie Mayhew gehört. Der Oscar, den er einst für die beste Nebenrolle verliehen bekommen hatte, stand in einem Glaskasten inmitten der Romane von Dickens und Austen. Mayhew musste sehr überstürzt aufgebrochen sein, wenn er sogar diese Trophäe zurückgelassen hatte.

»Hier kann ich Ihnen meinen größten Schatz zeigen«, sagte Étienne und zog den schwarzen Samtvorhang zurück, der eine Wand bedeckte. Dahinter hing ein Gemälde von Josef Motz, einem weiteren Maler, den die Nazis als »entartet« bezeichnet hatten. Er war in seiner Wohnung in Paris festgenommen und inhaftiert worden. Das war vor zwei Jahren gewesen. Ob er noch lebte, wusste Marguerite nicht.

Marguerite trat dicht an das Bild heran, studierte den Pinselstrich und den Rhythmus der Komposition. Ein solches Meisterwerk direkt vor sich zu haben, war etwas ganz Besonderes. Vor dem Krieg hätte sie dergleichen höchstens in einer Pariser Galerie oder einem Museum für moderne Kunst bewundern können.

Das Gemälde war kleiner als die anderen, die Marguerite von Motz gesehen hatte, doch sein Stil war unverkennbar. Dann erlosch ihre Freude. Wahrscheinlich war dieses Bild von den Deutschen requiriert worden, und Étienne hatte es günstig erworben, oder man hatte es ihm als Geschenk überreicht.

»Mein Vater hat mir dieses kleine Meisterwerk kurz vor seinem Tod vermacht«, erklärte Étienne. »Ich bewahre es unter dem Vorhang auf, um es vor Sonnenlicht zu schützen.«

Marguerite wusste nicht, ob sie ihm glauben sollte. »Es ist wundervoll.«

»Als ich Priester wurde, habe ich mich von vielen weltlichen Dingen getrennt, doch bei diesem Bild ist es mir nicht gelungen. Mein Vater hat dieses Gemälde sehr geliebt. Wenn ich die Existenz Gottes in Zweifel ziehe, muss ich mir nur dieses Bild anschauen, um die Gnade zu erkennen, die er Motz in Form seines Talents hat zukommen lassen.«

»Sie zweifeln an seiner Existenz?«

»Mitunter. Ich bin ein Mensch und habe Schwächen, wie jeder andere auch. Dass ich dieses Bild behalten habe, ist der Beweis.«

»Warum haben Sie einen Beruf gewählt, bei dem Sie sich so viel versagen müssen?«, fragte Marguerite. »Ist das Leben an sich nicht schon hart genug?«

»Der Glaube lässt sich nicht erklären«, erwiderte Étienne. »Man nimmt ihn an oder auch nicht. Und wenn man ihn angenommen hat, schöpft man daraus Kraft.«

Danach beschloss er offenbar, das Thema zu wechseln, und fragte: »Sie haben in London Kunst studiert, oder?«

Das war ein gefährliches Terrain. »Wer hat Ihnen das erzählt?«

»Niemand.« Étienne zuckte die Achseln. »Ich habe es an Ihrer Malerei erkannt. Der englische Einfluss ist unübersehbar.«

»Ich glaube, Künstler werden generell von dem beeinflusst, was sie lieben und bewundern. Bei mir war es die englische Malerei.«

»Das sollte aber nicht auf Kosten Ihres eigenen Stils gehen. Sie haben Talent, ein sicheres Auge und ein weites Herz, die besten Voraussetzungen, um große Kunst zu erschaffen. Vertrauen Sie Ihrer Kraft, hören Sie auf, sie unter Motiven der Vergangenheit zu verbergen.«

Marguerite blickte zur Seite. Wie gern sie das getan hätte, nur war es leider nicht möglich. Erst recht nicht, seit Lance so überraschend aufgetaucht war.

Sie unterhielten sich bis in den Nachmittag hinein. Als klar war, dass es Marguerite wieder besser ging, bereitete Étienne einen Salat aus Tomaten und Basilikum, die auf der Rückseite der Villa in großen Terrakottatöpfen wuchsen. Dazu gab es ein Baguette, das Étienne für Marguerite in dünne Scheiben schnitt, damit es ihr nicht zu viel wurde. Sie solle vorsichtig essen und sich Zeit lassen, riet er ihr fürsorglich.

Sie nahmen ihr Mahl auf der Terrasse ein. Vor dort aus hatte man einen Blick auf das in der Sonne glitzernde Meer.

Marguerite wartete bis zu einer Gesprächspause, dann kam sie wieder auf die Jungen zu sprechen. »Haben Sie noch einmal versucht, etwas für die Jungen zu erreichen?«

Étienne seufzte schwer. »Schmidt war gestern in der Abendandacht. Meine Bitten sind auf taube Ohren gestoßen. Die Deutschen wissen, dass sie dabei sind, den Krieg zu verlieren, und versuchen, die Kontrolle mithilfe von Terrormaßnahmen zu behalten.«

»Sind Sie nicht auch Schmidts Beichtvater? Jemand, auf den er hört? Es muss doch etwas geben, mit dem Sie ihn umstimmen können.«

Étienne stützte die Ellbogen auf seine Knie und den Kopf in die Hände. »Ich habe Schmidt mein Leben für das der Jungen angeboten. Daran war er nicht interessiert. Wahrscheinlich weil mein Tod die Menschen nicht schockieren würde. Nicht so wie der Tod von zehn unschuldigen Jungen.«

Was für ein selbstloses und großherziges Angebot das gewesen war. Marguerite war sich nicht sicher, ob sie dazu bereit gewesen wäre. »Wie kann jemand so grausam sein?«

»Gäbe Schmidt meiner Bitte nach, würde er es als Schwäche auslegen und annehmen, dass auch andere es so sehen würden.«

»Falls die Jungen erschossen werden, wird man in ihm weitaus Schlimmeres sehen.« Marguerite begann zu weinen.

Étienne legte einen Arm um sie, einen anderen Trost hatte er nicht. Er küsste Marguerite auf die Stirn. Sie lehnte sich an ihn.

Es wurde Abend, und sie hatten noch immer nicht mit

den Vorarbeiten für das Porträt begonnen. Auf dem Himmel über dem Meer begannen sich Dunstschleier zu bilden.

Marguerite stand auf, sie musste vor der Sperrstunde zu Hause sein. »Es tut mir leid, dass ich Ihr Porträt nicht angefangen habe. Ich habe Ihnen die Zeit gestohlen.«

Es dauerte einen Moment, bis Étienne entgegnete: »Sie stehlen mir nie die Zeit.« Er erhob sich ebenfalls. »Mit dem Porträt fangen wir an einem anderen Tag an. Morgen oder übermorgen.«

Bei dem Gedanken, ihn wiederzusehen, durchströmte Marguerite Freude, beinahe hätte sie die Stunden bis zum nächsten und übernächsten Tag überschlagen. Dann schalt sie sich. Sie durfte nicht zu viel in ihr Zusammensein hineininterpretieren, durfte ihren Auftrag nicht vergessen. Sie hatte kein Recht, in der Villa zu sein, kein Recht, Étienne nahe sein zu wollen. Er würde ihr ebenso wenig gehören wie dieses wundervolle Anwesen oder die Wellen, die an die Felsen schwappten.

Étienne begleitete Marguerite bis zu dem Pfad. Als er ihre Wange küsste und seine Lippen dort einen Moment länger verweilten, wusste sie nicht, ob es der Moment eines schmerzhaften Abschieds oder eines aufregenden Neuanfangs sein würde.

Kapitel 21

Als Marguerite ihr Rad den steilen Pfad hinaufgeschoben hatte, war das Tageslicht dabei, zu verblassen. Sie musste sich beeilen.

Auf dem Feldweg, der in die Stadt führte, sah sie in der Ferne eine Jungengruppe, die zusammenstand und auf etwas zu warten schien. Alle waren in Biquets Alter oder ein wenig älter.

Im Näherkommen stellte Marguerite fest, dass sie die Jungen vom Sehen kannte, es waren Schüler von Simone. Sollte der Krieg noch länger dauern, würden sie sich irgendwann wahrscheinlich den Maquisards im Hinterland anschließen.

Sie lächelte ihnen entgegen, dann konzentrierte sie sich wieder darauf, ihr Rad auf dem unebenen Boden gerade zu halten.

Die Augen der Jungen wurden schmal. »Nazi-Hure«, rief der Größte von ihnen.

Marguerite fuhr langsamer und umklammerte ihre Lenkstange.

Die Jungen verstellten ihr den Weg, skandierten »Nazi-Hure«. Marguerite spürte ihre hasserfüllten Stimmen wie Messerstiche.

Sie stieg vom Rad. »Lasst mich bitte durch, die Sperrstunde beginnt gleich«, sagte sie so fest wie möglich.

»Wahrscheinlich solltet auch ihr euch schleunigst auf den Heimweg machen.«

Sie blickte in die mageren Gesichter, die Augen, die sie kalt und verächtlich musterten. Wie verroht sie sind, dachte Marguerite. Auch das war eine Folge des Kriegs und der Brutalität der Besatzer.

Zwei der Jungen sprangen vor und stießen Marguerite um. Sie fing sich mit den Händen auf. Als sie versuchte, sich aufzuraffen, kam sie dem umgestürzten Fahrrad ins Gehege.

Die Jungen johlten und brüllten ein ums andere Mal »Nazi-Hure«. Einer holte mit dem Fuß aus, wollte Marguerite ins Gesicht treten, und traf die Speichen des Vorderrads.

Marguerite stemmte sich auf die Knie und hob abwehrend die Hände.

Ein Motorrad näherte sich und hielt an. Die Jungen nahmen Reißaus, doch selbst im Davonrennen schrien sie noch: »Nazi-Hure.«

Lance stieg von dem Motorrad ab und half Marguerite hoch. »Wenn du mich nicht hättest«, sagte er. »Darf man fragen, was du diesen armen, unschuldigen Knaben getan hast?«

»Nichts.« Marguerite schob seine Hand fort und klopfte Dreck von ihrem Kleid. »Sie wissen nicht, was sie sagen und tun.«

»Ich glaube, das wussten sie sehr gut«, sagte Lance.

Marguerite richtete ihr Fahrrad auf und begutachtete das Vorderrad, das intakt schien. »Sie sind hungrig, wütend und verwildert, und das ist nicht ihre Schuld.«

Lance lächelte spöttisch. »Sollten sie nicht wenigstens Ehrfurcht vor dir, der großartigen Malerin, haben?«

»Ich bin ein Niemand«, entgegnete Marguerite. »Und für die Jungen bloß die Frau, die ihre Bilder an Deutsche verkauft. Kein Wunder, dass sie mich verabscheuen.«

»Trotzdem gut, dass ich erschienen bin und dich gerettet habe.«

»Woher bist du gekommen?« Marguerite löste ein Steinchen, das in einer Hand stecken geblieben war.

»Dasselbe könnte ich dich fragen, mein Schatz.«

Er musste etwas wissen, dachte Marguerite. Oder er verfolgte sie. Es wollte ihr nicht in den Kopf, dass Lance zufällig über den Feldweg gekommen war.

»Kanntest du die Jungen?«

Lance lachte. »Wie denn, ich bin gerade erst in Nizza eingetroffen.« Er betrachtete Marguerites verschmutztes Kleid. »Ich werden dich begleiten, bei mir bist du in guten Händen.«

»Danke, aber den Heimweg schaffe ich allein.« Marguerite wollte auf ihr Rad steigen, Lance hielt den Lenker fest.

»Wann ziehst du bei mir ein? Ich habe auf dich gewartet.«

»Ich kehre nicht zu dir zurück, Lance, ich habe jetzt ein anderes Leben.«

Lance schüttelte den Kopf. »Du bist meine Frau, und eine schöne Frau noch dazu. Für einen Mann, der zehn Jahre lang im Gefängnis war, bist du sogar unglaublich schön. Außerdem brauchst du meinen Schutz, wie wir soeben festgestellt haben. Was glaubst du, wäre ohne mich passiert?«

»Lass den Lenker los«, sagte Marguerite. »Und vergiss nicht, dass du bei den Deutschen als feindlicher Ausländer giltst. Du kannst mich nicht schützen – im Gegenteil.«

Lance warf den Kopf zurück und lachte schallend. »Feindlicher Ausländer, das ist gut. Das musst ausgerechnet du sagen.«

»Geh mir aus dem Weg.« Marguerite hatte keine Lust auf seine Spielchen und stieg auf ihr Rad. Lance trat einen Schritt zur Seite. »Man sieht sich«, sagte er.

Kapitel 22

Am nächsten Morgen stand Marguerite in aller Herrgottsfrühe auf, um in die Stadt zu fahren und sich an einem Lebensmittelgeschäft anzustellen.

Da Nahrungsmittel so knapp waren, bildeten sich die Warteschlangen immer früher am Morgen, es gab Frauen, die sich bereits bei Tagesanbruch vor den Geschäften einfanden und hofften, vielleicht das zu bekommen, was sie brauchten, wenn sie die Ersten waren.

Allerdings behielten die meisten Ladeninhaber das Beste für sich, ihre Freunde und Verwandten, so dass oftmals nur noch der Schwarzmarkt blieb, auf dem die Ware jedoch so teuer war, dass sie sich nur wenige leisten konnten.

Marguerite schloss ihr Fahrrad vor dem Rathaus an. Als sie zu Musels Büro hinaufschaute, sah sie ihn blass wie einen Geist am Fenster stehen. Auch er hatte seit der deutschen Besatzung abgenommen, doch er gehörte noch immer zu denen, denen es besser als den meisten ging. Vielleicht nahm er, seit er Bürgermeister war, sogar Geschenke von den Deutschen an. Marguerite fragte sich, ob er noch immer Nachforschungen über sie anstellte.

Sie hob die Hand zum Gruß, doch Musel hatte sie nicht gesehen oder wollte sie nicht sehen.

Marguerite wandte sich ab.

Auf dem Weg zur Bäckerei entdeckte Marguerite Madame Allard, eine Freundin von Simones verstorbener Großmutter. Die alte Dame plauderte gern, und Marguerite blieb stehen, um einige Worte mit ihr zu wechseln. Madame Allard ging an ihr vorbei, tat, als wäre Marguerite Luft.

Andere Frauen standen in Grüppchen zusammen, unterhielten sich, zeigten einander, was sie in den Geschäften und auf dem Markt erstanden hatten. Jede von ihnen ignorierte Marguerite.

Und dann hörte sie, dass jemand »Hure« rief. Sie fuhr zusammen, lief jedoch weiter. Doch jede Frau, der sie begegnete, schien ihrem Blick auszuweichen, und dann zischte hinter ihr jemand »Hure«.

Mit heftig klopfendem Herzen stellte Marguerite sich vor der Bäckerei an. Einige der Frauen vor ihr drehten sich zu ihr um, bedachten sie mit verächtlichen Blicken, steckten die Köpfe zusammen und tuschelten miteinander.

Mit gesenktem Blick bewegte Marguerite sich voran und atmete auf, als sie die Bäckerei betrat und feststellte, dass es noch Brot gab.

Madame Damas stand hinter der Theke. Ihr gehörte die Bäckerei. Bei Marguerites Anblick verschränkte sie die Arme vor der Brust und sagte: »Sie sind hier nicht erwünscht. Bitte verlassen Sie meinen Laden.«

»Ich möchte nur ein Baguette«, sagte Marguerite. »Für Simone und mich. Oder möchten Sie, dass die Frau, die Ihren Sohn unterrichtet, Hunger leidet?« Sie öffnete ihr Portemonnaie.

»Ich will Ihr Geld nicht«, sagte Madame Damas. »Und

ich möchte hier niemanden sehen, der sich an die Deutschen verkauft.«

Marguerite wurde zornig. »Ich habe nicht mich, sondern meine Gemälde verkauft. Ebenso wie Sie ihnen Ihr Brot verkaufen.«

Es war, als hätte sie nichts gesagt. Madame Damas blickte an ihr vorbei zu dem Mann hinter Marguerite und fragte ihn nach seinen Wünschen. Marguerite kannte diesen Mann und wusste, dass er seit Kurzem verwitwet war, aber noch Lebensmittelmarken für seine verstorbene Frau beanspruchte. Solche Schiebereien waren offenbar akzeptabel, er erhielt das gewünschte Baguette. Sie hingegen, die hier seit zehn Jahren Kundin war und sich keiner Unregelmäßigkeit schuldig gemacht hatte, wurde mit leeren Händen weggeschickt.

Marguerite verließ die Bäckerei und ignorierte die abfälligen Blicke der Frauen in der Warteschlange. Niemand sollte erkennen, wie sehr sie darunter litt.

Sie ging zum Markt, um dort Brot zu kaufen. Zudem brauchte sie Gerste, um zusammen mit den Kohlrüben aus ihrem Garten eine Suppe zu machen.

Auf dem Markt war es bereits voll, Marguerite musste sich mithilfe ihrer Ellbogen einen Weg durch die schmalen Gänge bahnen. Die Auslagen der Verkaufsstände waren dürftig. Es gab weder Fleisch noch Fisch oder Molkereiprodukte. Sie trat an den Stand, an dem Gerste angeboten wurde. Der Verkäufer winkte sie fort. Marguerite schoss die Hitze ins Gesicht. Sie wollte den Mann überzeugen, ihr doch etwas zu verkaufen, aber dann überlegte sie es sich anders und wandte sich ab.

Sie verließ den Markt und fragte sich, in welchen Geschäften sie ihr Glück noch versuchen könnte. Ein Junge kam auf sie zu, auch er einer von Simones Schülern. Lachend steckte er ihr ein Flugblatt zu.

»Hallo, Jacques«, sagte Marguerite, doch er hatte bereits kehrtgemacht und lief zu seiner Mutter, die Marguerite neugierig beobachtete.

Marguerite schaute auf das Flugblatt. Im ersten Moment glaubte sie ihren Augen nicht zu trauen, dann begann ihr Herz zu rasen. Auf dem Flugblatt war ihr Foto, dasjenige, das auch auf den Werbeplakaten für ihre Ausstellung gewesen war. Darunter stand ein Propagandatext der Besatzer.

Nehmen Sie sich ein Beispiel an Marguerite Segal, die dafür sorgt, dass die Soldaten des Dritten Reiches sich hier willkommen fühlen. Wenn Sie zu uns freundlich sind, werden wir auch zu Ihnen freundlich sein.

Kein Wunder, dass die Einheimischen nichts mehr mit ihr zu tun haben wollten. Ohne Marguerite zu fragen, hatten die Deutschen sie als Beispiel friedlicher Koexistenz dargestellt.

Das Flugblatt war verschmutzt, als hätte Jacques es auf der Straße aufgelesen. Womöglich waren diese Flugblätter bereits vor Tagen verteilt worden. Mittlerweile hatte man die Botschaft für bare Münze genommen, und die Lüge hatte sich längst in der ganzen Stadt verbreitet. Und es gab nichts, das Marguerite dagegen unternehmen konnte. Fortan würde Simone die Einkäufe erledigen müssen, die

Frage war nur, wann, denn sie war von morgens bis nachmittags in der Schule.

Marguerite steckte das Flugblatt ein. Dann fiel ihr Boucher ein. Er stellte ihre Bilder aus, vielleicht würde auch er dieser Kampagne zum Opfer fallen. Sie musste ihn warnen.

Sie fuhr zu seiner Galerie. Es war zu spät. Schon als sie mit dem Rad in die Gasse bog, in der die Galerie lag, sah sie das mit Brettern vernagelte Schaufenster und die Glassplitter auf dem Gehweg.

Die Eingangstür war verschlossen. Marguerite klopfte und rief leise Bouchers Namen. Es dauerte eine Weile, bevor er die Tür öffnete, und Marguerite mit bleichem Gesicht ansah. Er wirkte um Jahre gealtert.

»Haben Sie meine Nachricht erhalten?«, fragte er.

Marguerite schüttelte den Kopf und deutete auf das Schaufenster. »Wissen Sie, wer Ihnen die Scheibe eingeschlagen hat? Wurde die Galerie in Mitleidenschaft gezogen?«

Boucher schüttelte den Kopf. »Nur Ihre Gemälde wurden zerstört.« Er ließ Marguerite eintreten.

Bei dem Anblick, der sich ihr bot, traten Tränen in ihre Augen. Ihre Gemälde waren von den Wänden gerissen und zerfetzt worden. Und auf den Fetzen, die auf dem Boden lagen, musste jemand mit schmutzigen Schuhen getrampelt haben.

Marguerite bückte sich nach einem Stück Leinwand, auf dem eine Blüte zu sehen war. Boucher reichte ihr einen Karton, und Marguerite begann, die Reste der Rahmen und Leinwände einzusammeln und hineinzulegen. Boucher fegte Glasscherben auf.

»Es tut mir leid«, sagte Marguerite mit erstickter Stimme. »Ich werde dafür sorgen, dass Ihre Schaufensterscheibe ersetzt wird.«

»Lieber nicht«, erwiderte Boucher. »Wer weiß, von wem Sie das Geld bekämen. Ich möchte mit unseren Feinden nichts zu tun haben. Es wäre mein Ruin.«

Er trat an die Kasse und holte ein Bündel Geldscheine heraus, das er Marguerite in die Hand drückte. »Das sind die Einnahmen aus dem Verkauf Ihrer Bilder. Ich will das Geld nicht. Und kommen Sie bitte nicht mehr hierher.«

Mit gesenktem Kopf verließ Marguerite die Galerie, befestigte den Karton auf dem Gepäckträger ihres Rads und machte sich auf den Heimweg.

Wie sollte sie sich von dem, was geschehen war, jemals wieder erholen? Wie den Einheimischen klarmachen, dass die Deutschen ihr ebenso verhasst waren wie ihnen? Wie Boucher helfen, seinen guten Ruf wiederherzustellen?

In ihrem Atelier stellte sie den Karton auf den Tisch, holte ein Teil nach dem anderen heraus, legte alles wie ein Puzzle zusammen, um zu sehen, ob noch etwas zu retten war. Doch das Ausmaß der Zerstörung war zu groß.

Später, als sie in die Küche ging, fand sie auf der Anrichte den Brief, den Boucher ihr geschickt hatte. Darin erklärte er ihr, was vorgefallen war, und bat sie, die zerfetzten Bilder und zerbrochenen Rahmen abzuholen.

Auch Madame Martin, deren Töchter Marguerite unterrichtete, hatte ihr geschrieben. Marguerite schwante Übles.

Sehr geehrte Madame Segal!

Bitte betrachten Sie den Malunterricht in meinem Haus als beendet. Ihre künstlerischen Fähigkeiten stelle ich nicht infrage, möchte jedoch nicht, dass meine Töchter von einer Frau unterrichtet werden, die mit unseren Feinden fraternisiert. Auch mein Mann kann es sich als Notar nicht leisten, mit Ihnen in Verbindung gebracht zu werden.

Mit freundlichen Grüßen
Madame Martin

Marguerite schlug die Hände vor ihr Gesicht. Sie hatte den Mädchen nicht nur Mal-, sondern auch Englischunterricht gegeben. Madame Martin hatte an den Englischstunden selbst teilgenommen, Marguerite hatte sie fast als Freundin betrachtet. Die Martins waren ein angesehenes Ehepaar. Falls es sich in Nizza herumsprach, dass sie Marguerite gekündigt hatten, würde es für sie noch schwerer werden, die Leute von ihrer Unschuld zu überzeugen.

Nun hatte sie nur noch die Tochter von Yves Musel zu unterrichten und würde noch weniger verdienen.

Es war genau das geschehen, wovor sie sich gefürchtet hatte. Sie hätte besonnener sein müssen. Hätte Étiennes Anziehungskraft widerstehen müssen. Doch sie hatte ihr nachgegeben, und nun wusste sie, wie hoch der Preis gewesen war. Aber wie sollte sie es ertragen, Étienne nicht mehr zu sehen? Wie sollte sie ihren Auftrag ohne ihn erfüllen können?

Kapitel 23

Als Simone aus der Schule kam, machte sie sich auf die Suche nach Marguerite und fand sie bei Dorothy im Keller. Die beiden sprachen über das jüngste Geschehen, und Dorothy versuchte, Marguerite zu trösten.

»Die Leute, die deine Bilder zerstört haben, sind Barbaren, die außerdem keine Ahnung von Kunst haben. Ich verspreche dir, sobald der Krieg zu Ende ist und ich meinen nächsten Roman verkauft habe, werde ich darauf bestehen, dass du das Cover entwirfst.«

Marguerite wandte sich Simone zu, wollte ihr erzählen, was vorgefallen war, doch ihre Freundin winkte ab. »Ich weiß es schon, es ist ja Stadtgespräch. Und jedermann glaubt, dass Bouchers Schaufenster deinetwegen eingeschlagen wurde. Keiner der Geschäftsleute wird es noch wagen, dir etwas zu verkaufen. Aus Angst, mit dir in Verbindung gebracht und dafür bestraft zu werden.«

»Kannst du dich nicht für mich verwenden?«, fragte Marguerite.

Simone schüttelte den Kopf. »Die Leute respektieren Armand und wissen, dass ich mit ihm zusammen bin. Wenn das nicht wäre, würden sie mich ebenso wie dich behandeln.«

»Bist du sicher, dass Armand respektiert wird?«, fragte

Marguerite. »Oder haben die Leute, wie du auch, Angst vor ihm und seinen Freunden im Widerstand?«

»Das ist mir gleich«, erwiderte Simone. »Wenn meine Beziehung zu ihm Schutz bedeutet, werde ich weiterhin nett zu ihm sein.«

Marguerite sah Simone prüfend an. Liebe und Angst, Verletzlichkeit und Selbsterhaltungstrieb schienen bei ihrer Freundin untrennbar miteinander verknüpft zu sein.

Dorothy tippte gedankenverloren auf einen Buchstaben ihrer Schreibmaschine, immer wieder auf denselben. »Das Leben ist ein Drahtseilakt«, sagte sie schließlich. »Ein falscher Schritt, und schon stürzt du ab. Wir Frauen müssen lernen, für uns selbst zu sorgen. Die Zeiten, in denen wir uns auf die Männer verlassen konnten, sind vorbei.«

An diesem Abend hatten sie noch weniger zu essen. Marguerite mahlte Haselnüsse, machte daraus Mehl für ein Fladenbrot. Dazu gab es eine Suppe aus einer Handvoll Kohlrüben aus ihrem Garten, die sie mit Thymian würzte.

Sie hatten ihr Mahl gerade beendet, als es an der Eingangstür klopfte.

Marguerite erstarrte und fragte sich, ob draußen der Nächste stand, der ihr drohen wollte. Sie war erschöpft und hatte Kopfschmerzen, wollte sich nur in ihr Bett verkriechen und im Schlaf die zerrissenen Leinwände und zerbrochenen Rahmen vergessen, die auf dem Tisch in ihrem Atelier lagen. Sie war nicht einmal mehr in der Lage, aufzustehen und die Tür zu öffnen.

Auch Simone rührte sich nicht.

Wieder wurde geklopft. Dann ertönte Armands Stimme: »Könnte mir vielleicht mal jemand aufmachen?«

Simone stemmte sich hoch und öffnete die Tür. »Wir haben nichts zu essen, falls du deshalb gekommen bist.«

Armand gab ihr keine Antwort, lief einfach an ihr vorbei und ließ sich in der Küche auf einen Stuhl fallen.

»Jeanne ist tot«, sagte er tonlos. »Nicole hat es vorhin erfahren und mich gebeten, es euch zu sagen. Sie selbst ist dazu nicht in der Lage.«

Simone schrie auf.

Marguerite verspürte einen brennenden Schmerz in ihrer Brust. »Hat die Gestapo sie umgebracht?«

Armand hob die Schultern. »Indirekt. Sie hatten sie in das heruntergekommene Hotel gebracht, in dem sie ihre Verhöre durchführen. Jeanne ist aus dem Fenster im obersten Stock gesprungen.«

Die Gestapo hatte das Kind aus Jeanne hinausgeprügelt, und Jeanne musste ihren Lebensmut verloren haben.

Marguerites Magen hob sich. Sie lief zur Toilette und erbrach das wenige, das sie zu Abend gegessen hatte. Auch sie trug Schuld an Jeannes Tod. Sie hätte niemals zulassen dürfen, dass die junge, schwangere Frau den Kurierdienst übernahm.

Als sie in die Küche zurückkehrte, saß Simone wie versteinert am Tisch. Sie weinte weder, noch sagte sie etwas. Es war, als weigere sie sich, die Nachricht vom Tod ihrer Freundin zu sich durchdringen zu lassen.

Armand schien ihre Reaktion zu verwirren, er wandte sich Marguerite zu und schob ihr einen Stapel Kennkarten zu, die retuschiert werden mussten. Auch die Flasche Milchsäure, um die sie ihn gebeten hatte, hatte er mitgebracht. »Verbirg alles an einem sicheren Ort. Sollten die

Deutschen die Ausweise und die Milchsäure bei dir finden, sind wir geliefert.«

Mit zittrigen Händen verstaute Marguerite alles im Geheimfach der Anrichte. Sie wollte sich irgendwo zusammenrollen, der Welt den Rücken kehren, doch sie durfte den Kampf gegen die Deutschen nicht aufgeben. Auch Jeannes Tod musste nun gerächt werden.

»Morgen Nachmittag kannst du die Ausweise abholen.«

»Sehr gut«, sagte Armand. »Den Kurierdienst werde ich ab sofort selbst übernehmen. Ich möchte nicht noch ein Leben auf dem Gewissen haben.«

Armand zog einen Flachmann aus seiner Jackentasche und nahm einen großen Schluck. Es war nicht der erste, Marguerite hatte den Alkohol an ihm schon bei seiner Ankunft gerochen.

Er sah Marguerite an. »Kannst du nicht dafür sorgen, dass die zehn Jungen freikommen?«

Sie schüttelte den Kopf, wollte ihm nicht erzählen, dass sie mit Étienne bei Schmidt gewesen war und trotzdem nichts erreicht hatte. »Natürlich nicht. Wie stellst du dir das vor?«

»Ach«, sagte Armand. »In der Stadt heißt es, dass du das durchaus könntest.«

»Warum versuchst *du* es nicht? Du hast jeden Abend Wehrmacht, SS und Gestapo in deiner Bar. Vielleicht hören sie auf dich.«

Armand runzelte die Stirn. »Rede keinen Unsinn, Marguerite.«

»Der Wehrmachtssoldat ist in deiner Bar erschossen worden. Du musst doch etwas darüber wissen.«

»Wenn in meiner Bar einer erschossen wird, bin nicht ich dafür verantwortlich.«

»Schön, dann bin ich auch nicht für diejenigen verantwortlich, die meine Gemälde kaufen.«

»Das Thema hatten wir schon.« Armand nahm den nächsten Schluck aus seinem Flachmann.

Marguerite schlug einen versöhnlichen Ton an. »Du kennst jeden in der Stadt. Kannst du den Leuten nicht erklären, dass die Gerüchte über mich falsch sind?«

»Sind sie das denn?«, fragte Armand. »Die Leute glauben das, was sie gesehen haben, sprich, Deutsche, die auf deiner Vernissage waren und anschließend bei Boucher deine Bilder gekauft haben. Wie soll ich sie vom Gegenteil überzeugen?« Wieder trank er aus dem Flachmann und wischte sich den Mund ab. »Wie geht es Dorothy?«

»Den Umständen entsprechend. Warum fragst du?«

»Nur so.«

»Als du sie hergebracht hast, hast du mir vertraut. Ebenso wie du es bei den Kennkarten tust, warum –«

»Könnt ihr jetzt mal aufhören?«, fuhr Simone sie an, die sich aus ihrer Starre gelöst hatte. »Jeanne ist tot, oder habt ihr das vergessen?«

»Ich stelle Armand ganz einfache Fragen, die –«

»Hör auf!«, fiel Simone ihr ins Wort. »Siehst du nicht, wie fertig Armand ist?«

»Ich sehe nur, dass er betrunken ist«, erwiderte Marguerite.

Armands Gesicht lief rot an. Er beugte sich zu Marguerite vor. »Ich habe Dorothy hierhergebracht, weil sie Engländerin ist und nur wenig Französisch kann. Und weil du fließend Englisch sprichst.«

»Viele können Englisch.«

»Nicht so wie du.« Er lachte laut und betrunken. »Das ist noch etwas, was die Leute wundert. Sie fragen sich, wie es möglich ist, dass jemand, der angeblich aus Paris kommt, so gut Englisch kann. Und warum du nicht verheiratet bist, nicht mal einen Liebhaber hast.«

Marguerite schwieg.

»Vieles an dir wundert die Leute«, fuhr Armand fort. »Unter anderem fragen sie sich, warum alle deine Bilder an englische Gemälde erinnern. Sie glauben, dass du etwas verbirgst.«

Marguerite zuckte mit den Schultern. »Sag diesen ›Leuten‹, dass mich englische Maler beeinflusst haben, nicht die französischen.«

Armand sprach weiter. »Dass du uns immer als ›Franzosen‹ bezeichnest, ist noch so ein Punkt, der die Leute misstrauisch macht. Wärst du Französin, würdest du ›wir‹ sagen. Aber im Grunde ist es alles an dir, was dich als Ausländerin kennzeichnet. Deine Gesten, deine Art zu sprechen, deine Gewohnheiten, deine Malerei. Wir haben darüber hinweggesehen. Bis die Deutschen hier erschienen sind und du dich mit ihnen angefreundet hast. Nun trauen wir dir nicht mehr.«

»Aber du traust mir noch genug, um die Kennkarten herzubringen, oder?«

»Jetzt reicht's.« Simone schlug mit der Faust auf den Tisch. »Verschwinde, Armand, und komm erst wieder, wenn du jemanden hast, der Dorothy sicher nach Spanien bringt.«

Armand taxierte ihre Miene, wahrscheinlich um festzustellen, ob sie es ernst meinte. Dann stand er auf und verließ das Haus.

Simone wandte sich Marguerite zu. »Ich wünschte, du
hättest den Auftrag dieser Violet nicht angenommen. Niemand hat sich für uns interessiert, bis du deine Bilder ausgestellt hast, um an den Pater heranzukommen. Da sind die
Deutschen auf uns aufmerksam geworden. Deshalb musste
Jeanne sterben. Ich hoffe, dein Pater ist in der Lage, dich
vor deinen Feinden zu schützen, denn außer ihm hast du
niemanden mehr.«

Kapitel 24

Als Marguerite und Dorothy spätabends im Garten spazieren gingen, war es noch warm. Simone hatte sich gleich nach Armands Besuch zurückgezogen, um mit ihrer Trauer um Jeanne allein zu sein.

Auch Marguerite spürte, wie erschöpft sie war, wie schwer Biquets Gefangennahme und Jeannes Tod auf ihr lasteten. Sie ließ sich auf der alten Holzbank unter einem Apfelbaum nieder.

Hin und wieder raschelte eine leichte Brise in den Zweigen, und dann war es Marguerite, als flüsterten auch sie eine Warnung.

Dorothy hatte die Nachricht von Jeannes Tod ebenfalls zugesetzt. Statt Rad zu schlagen, wanderte sie still umher. Dann und wann blieb sie stehen, atmete tief ein und aus, betrachtete den Sternenhimmel. Dann wieder blickte sie nervös zu den dunklen Ecken des Gartens.

Gerade als Marguerite ihr sagen wollte, sie habe genug frische Luft geschnappt, duckte Dorothy sich hinter die Oleandersträucher und flüsterte: »Marguerite, komm rasch her.«

Nach kurzem Zögern stand Marguerite auf und trat zu ihr. Dorothy packte ihre Hand und zog sie zu sich herunter. »Da ist jemand.«

»Wo?«

Dorothy zeigte auf die Bäume am Rand des Gartens. Marguerite strengte ihre Augen an, konnte jedoch niemanden erkennen.

Mit einem Mal schnellte Dorothy hoch, riss ein Messer aus dem Bund ihrer Hose und warf es in die Richtung der Bäume, wo es mit einem dumpfen Aufprall landete.

Marguerite hielt den Atem an, wartete auf einen Schrei und das Geräusch eines fallenden Körpers. Doch bis auf das ferne Rufen einer Eule war nichts zu vernehmen.

Marguerite atmete aus. »Wenn du einen Menschen getroffen hättest, würden wir etwas von ihm hören, oder?«

»Da war ein Mann, und ich bin sicher, dass ich ihn getroffen habe. Komm, lass uns nachsehen.«

Marguerite schüttelte den Kopf. »Wenn es ein Mann war, könnte er noch da sein«, wisperte sie. »Er könnte gefährlich sein.«

Dorothy schnaubte. »Nicht, wenn in ihm ein Messer steckt, und ich ziele nie daneben.«

»Und was ist, wenn er dich sieht?«

»Ist mir egal.«

Marguerite hielt sie fest. »Ich schaue morgen früh nach, und dann sage ich dir Bescheid.«

»Wenn ich ihn nur verwundet habe, hat er sich bis dahin fortgeschleppt«, sagte Dorothy.

Vielleicht hatte Dorothy wirklich jemanden gesehen und womöglich auch mit dem Messer getroffen, dachte Marguerite. Sie hoffte nur, dass es nicht der Nachbar war, der seine Kaninchenfallen kontrolliert hatte. Wie hätte sie ihm den Messerangriff erklären sollen?

*

Sobald die Sonne aufgegangen war, kehrte Marguerite in den Garten zurück. Dorothys Messer steckte hinter ihrer Grundstücksgrenze im Stamm einer alten Korkeiche.

Sie zog es heraus. Anschließend sah sie sich nach Fußabdrücken um, nach Zigarettenstummeln auf dem Boden und abgeknickten Zweigen im Unterholz. Doch da war nichts. Dennoch war Dorothy sicher gewesen, jemanden gesehen zu haben, das konnten sie nicht einfach ignorieren. Selbst nachts im Garten würden sie nun noch vorsichtiger sein müssen.

Kapitel 25

Als Marguerite an der Eingangstür der Villa Christelle klopfte, blieb im Haus alles still. Sie klopfte noch einmal und rief Étiennes Namen, doch nichts tat sich. Étienne war nicht da.

Marguerite überlegte, ob sie auf ihn warten oder umkehren sollte. Dann raffte sie ihren Mut zusammen und öffnete die Tür mit einer Haarnadel, so wie Dorothy es ihr gezeigt hatte.

Leise betrat sie das Haus, rief zur Sicherheit noch einmal Étiennes Namen. Keine Antwort.

Lautlos schlich sie durch die Räume und betrat das kleine Arbeitszimmer, in dem sein geliebter Josef Motz hing. Vielleicht gab es hier etwas, das ihr verriet, auf welcher Seite Étienne stand.

Die Schreibtischplatte war leer, offenbar legte Étienne auch hier Wert auf Ordnung. Marguerite zog eine Schublade nach der anderen auf, ging Papiere durch, legte sie so zurück, wie sie sie vorgefunden hatten. Doch alles bezog sich auf Angelegenheiten der Kirche, nichts hatte mit Étiennes Beziehung zur Besatzungsmacht zu tun.

Sie öffnete den Schrank. Die meisten Fächer waren leer, und die wenigen Unterlagen, die Étienne dort untergebracht hatte, gehörten ebenfalls zu seiner Arbeit als Priester.

Plötzlich ertönten vom Flur her Schritte.

»Marguerite, sind Sie das?« Étienne kam herein, lächelte, als er sie erblickte, und sagte: »Wie schön, dass Sie gekommen sind. Leider hatte ich Sie so früh am Morgen nicht erwartet.«

Er kam vom Schwimmen, trug eine Badehose und um die Schultern ein Handtuch. Dabei wirkte er so heiter und gelöst, als lebte er in einer Welt ohne Krieg, ohne Hunger und Leid.

Marguerite versuchte, ihre Fassung wiederzugewinnen, und wartete auf die Frage, was sie in seinem Arbeitszimmer zu suchen habe, doch er tat, als sei ihre Anwesenheit völlig normal. Er wollte nicht einmal wissen, wie sie ins Haus gekommen war.

»Ich dachte, für das Porträt wäre frühes Morgenlicht am besten«, erklärte Marguerite verlegen. »Und dann wollte ich das Licht in diesem Raum noch einmal prüfen.« Sie deutete auf den Schreibtisch. »Ich habe mir überlegt, Sie vielleicht an Ihrem Schreibtisch zu malen.«

Étienne schüttelte den Kopf. »Das ist mir zu förmlich. Lieber auf der Terrasse.«

Wassertropfen fielen aus seinen Haarspitzen auf die Schultern, auch über seine Brust rannen Tropfen, liefen über seinen Oberkörper und wurden vom Bund seiner Badehose aufgehalten, andere rannen über seine Schenkel.

Am liebsten hätte Marguerite ihn als Akt gemalt, alle Einzelheiten seines Körpers studiert, doch daraus würde wohl kaum das richtige Gemälde für seine Mutter werden – auch nicht das eines Priesters.

Schnell verdrängte sie ihre Phantasiebilder und räusperte sich. »Sobald Sie sich angekleidet haben, fangen wir an.«

Als Étienne zurückkehrte, trug er ein weißes Hemd mit offenem Kragen, eine hellblaue Hose und dunkelblaue Espadrilles.

Marguerite nahm den Beutel mit ihren Malutensilien und folgte Étienne hinaus auf die Terrasse. Dort ließen sie sich auf gegenüberstehenden Sesseln nieder. Marguerite holte Zeichenblock und Stifte hervor und begann mit den ersten Skizzen.

Wenn ein Porträt aussagekräftig werden sollte, musste der Maler Zugang zum Wesen des Porträtierten finden; vielleicht, so sagte sich Marguerite, gelänge auch ihr das nun und sie würde endlich erfahren, ob sie es wagen konnte, Étienne ihre Bitte vorzutragen.

»Sprechen Sie mit mir«, bat sie ihn. »Erzählen Sie mir von den Aufgaben eines Priesters.«

Étienne rutschte auf seinem Sessel herum, als ob ihm die Frage unangenehm wäre. »Ich möchte nicht als Priester, sondern als Mensch gemalt werden.«

Als Mensch, nicht als Priester.

Aber was für ein Mensch war er? Noch nie hatte sie ein Mann so verwirrt, dass sie an kaum etwas anderes denken konnte. Es musste damit zu tun haben, wie umwerfend schön er war, und wie liebenswürdig. Doch unter der Oberfläche steckte noch etwas anderes. Etwas, was ihn dazu brachte, mit Männern wie Schmidt zu verkehren und in Kauf zu nehmen, dass er seine Gemeinde verlor. Das ihn einer alten Frau helfen und die Deutschen, die sie gequält hatten, tadeln ließ.

Unter seinem ruhigen Auftreten spürte Marguerite ein vielfältiges Wesen – und etwas Leidenschaftliches, das er zu verbergen suchte. Vielleicht bekäme sie ein klareres Bild, wenn sie sich nicht so stark zu ihm hingezogen fühlte. Kunst sollte Wahrheiten zeigen, aber wie entdeckte man das wahre Wesen eines Mannes, der so viele Widersprüche in sich vereinte?

Auch in seinem Blick war etwas, was Marguerite erfassen wollte, vielleicht könnte das der Schlüssel zu seinem Innenleben sein. Womöglich sollte sie bei seinem Gesichtsausdruck einen leichten Schmerz andeuten, schließlich malte sie ihn in Zeiten des Kriegs.

Sie verwischte die Striche, mit denen sie seine Augen schraffiert hatte, schattierte sie stärker. Sie wünschte, er verriete ihr seine Gedanken.

Nach etwa einer Stunde wurde Étienne unruhig und fragte: »Darf ich die Skizzen sehen?«

Eigentlich zeigte Marguerite ihre Entwürfe nicht gern, doch sie wollte ihm seinen Wunsch nicht abschlagen.

Étienne stand auf, trat hinter Marguerite und bat sie, die Seiten ihres Zeichenblocks für ihn umzuschlagen. Marguerite spürte, wie sein Atem über ihren Nacken strich, es war wie eine Liebkosung.

»Das wird großartig«, sagte Étienne, »aber bitte malen Sie mich nicht mit diesem schwermütigen Blick. Meine Mutter möchte sich einen aufgeräumten, ihr zugewandten Sohn vorstellen. Malen Sie mich mit den Augen, mit denen ich Sie ansehe. Drücken Sie aus, was ich dann empfinde.«

Marguerite drehte sich zu ihm um. »Und was empfinden Sie, wenn Sie mich ansehen?«

»Dann fühle ich mich lebendig.«

Marguerite wandte sich ab. Simone hatte recht; sie

durfte Étiennes Charme nicht erliegen. Sie musste sich in Acht nehmen und ihren Verstand beieinanderhalten.

Am frühen Abend hatte Marguerite sechs Entwürfe, die sie zufriedenstellten. Sie breitete sie auf dem Terrassentisch aus. »Die Entwürfe lasse ich hier. Schauen Sie sich alles in Ruhe an, und entscheiden Sie, welche Skizze die Grundlage für das Porträt sein soll.«

Als Marguerite sich danach verabschieden wollte, wirkte Étienne überrascht. »Jetzt schon? Warum essen Sie nicht mit mir zu Abend?«

Marguerite schüttelte den Kopf. »Ich habe einen weiten Rückweg, den ich vor Beginn der Ausgangssperre schaffen muss.«

»Bleiben Sie noch. Nach dem Essen begleite ich Sie nach Hause«, entgegnete Étienne. »Wenn ich bei Ihnen bin, werden die Deutschen ein Auge zudrücken.«

Verkehrte er auch deshalb mit ihnen? Damit er größere Freiheiten genoss?

Marguerite blickte über das Meer, an dessen Horizont die Sonne langsam versank. »Ich muss wirklich los. Meine Freundin Simone wird sich Sorgen um mich machen.«

»Gut«, sagte Étienne, »dann packe ich Ihnen das Abendessen ein.«

Marguerite war kurz davor, sein Angebot abzulehnen, doch dann fiel ihr ein, wie hungrig Dorothy und Simone sein würden, und sie nahm es dankend an.

Wenig später fuhren sie mit ihren Rädern nach Nizza hinein, und Étienne trug wieder seine Soutane.

Die Straßen mit den Luxushotels, in denen die Besatzer residierten, mieden sie, ebenso das Gebäude, aus dem

Jeanne in den Tod gesprungen war. Die meisten Bewohner machten einen Bogen um dieses Haus, aus dem man angeblich die Schreie der Menschen hörte, die von der Gestapo gefoltert wurden.

Überhaupt schien Étienne auch diesmal wieder kleine Seitenstraßen vorzuziehen, doch als er in die Gasse biegen wollte, in der Armands Bar Blanc lag, schlug Marguerite ihm einen anderen Weg vor. Ihre Sorge, Armand könnte sie zusammen sehen, war zu groß.

»Es ist der kürzeste Weg«, sagte Étienne und fuhr auf die Bar zu. Glücklicherweise schien sie an diesem Abend nicht gut besucht zu sein, die Tische draußen waren unbesetzt, auch von Armand war nichts zu sehen.

Dann hatten sie Nizza hinter sich und erreichten den Weg, der zu Simones Bauernhaus führte. »Ab hier bin ich in Sicherheit«, sagte Marguerite und stieg von ihrem Rad. Étienne sollte sie nicht bis zum Haus begleiten. Zum einen wäre es Simone nicht recht, zum anderen konnte es sein, dass Dorothy in der anbrechenden Abenddämmerung bereits durch den Garten spazierte.

Étienne stieg vom Rad und überreichte Marguerite den Beutel, der das eingepackte Abendessen enthielt.

Marguerite dachte an ihren Auftrag und sagte sich, dass sie nicht mehr länger zögern durfte. Was, wenn Schmidt bald alle Beweise gegen ihn zerstören würde. Dem musste sie dringend zuvorkommen. »Handelt es sich bei dem Essen um eine Spende ihrer deutschen Freunde?«

Étienne runzelte die Stirn. »Nein, Marguerite, es handelt sich um die Gabe eines anonymen Spenders.«

»Aber die Deutschen spenden doch manchmal etwas?«

Über Étiennes Gesicht huschte ein Schatten. Vielleicht erinnerte er sich daran, dass er die Frage schon einmal beantwortet hatte.

Marguerite trat dichter an Étienne heran und fragte leise: »Falls dieser anonyme Spender ein Deutscher ist, glauben Sie, er würde Ihnen auch auf andere Weise entgegenkommen?«

Étienne betrachtete sie verwirrt. »Ich fürchte, ich weiß nicht, wovon Sie reden.«

Marguerite hob die Schultern. »Ich meinte, dass man Ihnen vielleicht etwas erzählt. Ihnen Informationen liefert. Womöglich während der Beichte.«

»Dann wäre ich als Geistlicher zur Verschwiegenheit verpflichtet.«

»Auch wenn das, was Sie erfahren, Frankreich schadet?«

»Auch dann.«

Marguerite beschloss, aufs Ganze zu gehen. »Oder wenn ich Ihnen verraten würde, dass ich unter direktem Auftrag von Winston Churchill stehe?«

Étienne wich zurück, brach den Bann ihrer Nähe und starrte sie an. »Was Sie von mir verlangen, ist unmöglich. Ich bin Priester, bin es mit Leib und Seele und werde es immer sein.«

Für einen Moment standen sie sich schweigend gegenüber, schienen nicht zu wissen, was sie als Nächstes sagen sollten, und konnten sich doch nicht verabschieden.

Marguerite hatte nicht nur Angst um ihr Herz. An diesem Auftrag hing so viel mehr. Jetzt wusste Étienne alles. Nun blieb ihr nichts übrig, als sich darauf zu verlassen, dass er sie nicht verriet.

Sie flehte ihn innerlich an, ihr zu sagen, was er für sie empfand. Doch nach einem kurzen Moment, in dem alles möglich war, stieg er auf sein Rad und fuhr davon, als ob zwischen ihnen nichts geschehen wäre.

Kapitel 26

Marguerite schloss das Tor lautlos und versuchte, leise über den Kiesweg zu gehen. Im Haus war alles dunkel, offenbar hatte Simone sich bereits schlafen gelegt.

Marguerite stellte ihr Rad ab und betrat das Haus durch die Hintertür.

»Da bist du ja endlich«, sagte Simone, die in der dunklen Küche saß. Marguerite zündete zwei Kerzen an. Simone hatte eine Wolldecke um sich gelegt, als fröstele sie selbst an diesem warmen Sommerabend.

Marguerite holte die Leckereien aus dem Beutel und breitete sie auf dem Tisch aus. »Brot und Käse, falls du etwas möchtest. Obst, Eier, eine Flasche Milch.«

»Bist du im Atelier gewesen?«

Marguerite schüttelte den Kopf. »Nein, warum?«

»Geh rüber und sieh es dir an.«

Marguerite verließ die Küche und lief zu ihrem Atelier. Die Tür war geöffnet, hing schief in den Angeln, als hätte jemand versucht, sie abzureißen. Für einen Moment war es Marguerite, als gebe der Boden unter ihren Füßen nach. In dem Atelier waren ihre Gemälde, fertige und halbfertige, teure Pinsel, Öl- und Aquarellfarben, die Rollen Leinwand, die Étienne ihr geschenkt hatte und die sie nicht hätte annehmen dürfen, was sie nur getan hatte, weil die Malerei ihre einzige Möglichkeit war, der Realität zu entfliehen.

Sie trat ein.

Im Atelier herrschte ein heilloses Durcheinander. Ihre Bilder waren eingerissen, die Farben aus den Tuben gedrückt und mit ihnen die Wände beschmiert worden. Pinsel waren entzweigebrochen. Alles, was ihr Leben noch halbwegs lebenswert gemacht hatte, war zerstört.

Marguerite schluchzte rau auf, bückte sich und hob ein zerrissenes Bild auf. Sie dachte daran, mit wie viel Hingabe sie jeden Pinselstrich ausgeführt hatte.

Simone war ihr gefolgt und stand im Türrahmen. »Ich habe den Lärm gehört und bin aus dem Haus gelaufen, um nachzusehen. Aber alle waren maskiert, alle trugen Hosen. Ich hätte nicht sagen können, ob es Männer oder Frauen waren.«

»Welche Rolle spielt das?«, sagte Marguerite und hob das nächste zerfetzte Gemälde auf. »Wahrscheinlich gibt es viele, die mein Atelier gern verwüstet hätten, sich aber nicht getraut haben.«

»Sie hatten Messer dabei«, fuhr Simone niedergeschlagen fort. »Ich habe es nicht gewagt, dazwischenzugehen. Ich bin ein Feigling.«

Nazi-Hure hatte jemand groß auf eine Wand geschmiert, und obwohl Marguerite unschuldig war, stieg ein Gefühl der Scham in ihr auf.

»Wer tut so etwas?« Marguerite strich über einen Gemäldefetzen und legte ihn auf den Tisch.

»Weißt du nicht, dass Biquet tot ist? Er und die anderen neun Jungen sind heute im Morgengrauen erschossen worden. Anschließend hat man ihre Leichen auf der Place Masséna aufgehängt. Die Leute haben erwartet, dass du deine

Beziehungen spielen lässt und dafür sorgst, dass die Jungen freikommen.«

»Wir haben es versucht«, sagte Marguerite und ließ sich auf einen Schemel sinken. »Étienne und ich waren bei Schmidt. Étienne hat ihn sogar mehrmals um das Leben der Jungen gebeten. Es war vergebens.«

Marguerite barg ihr Gesicht in den Händen und begann so heftig zu schluchzen, dass es ihren Körper schüttelte. Vor ihrem geistigen Auge sah sie Biquet vor sich, den man erschossen und gehängt hatte. Sie sah die Schlinge um seinen zarten Hals und den schlaffen, zur Seite gefallenen Kopf. Den schmächtigen Jungenkörper, den sie so oft an sich gedrückt hatte. Dieses Bild würde sie bis ans Ende ihrer Tage begleiten.

Erst nach einer Weile hob sie den Kopf und starrte aus dem Fenster in die Dunkelheit. Hatte Étienne von dem Tod der Jungen gewusst? War er mit ihr durch Seitenstraßen gefahren, damit sie die Place Masséna nicht überqueren mussten? Hatte deshalb niemand an den Tischen vor Armands Bar gesessen? Den Franzosen dürfte nicht nach Trinken zumute gewesen sein, und die Deutschen fürchteten womöglich Vergeltungsakte.

Marguerite dachte an das Leid der Eltern der zehn ermordeten Jungen. Und die Schüler aus Simones Klasse, die ihr aufgelauert hatten, waren wahrscheinlich Brüder und Freunde der Jungen gewesen. Nun verstand sie deren Wut, die sie an ihr abreagiert hatten, weil sie an die wahren Verbrecher nicht herankamen. War es ein Wunder, wenn angesichts der immer wieder neuen Gewalt die Menschlichkeit verloren ging?

»Was soll ich bloß tun?«, fragte Marguerite und stellte fest, dass Simone verschwunden war. Statt ihrer stand Dorothy in der Tür und sagte: »Als Erstes solltest du aufräumen, denke ich.« Sie trat zu Marguerite und legte einen Arm um sie. »Ich helfe dir.«

*

Sie brauchten die ganze Nacht, um im Atelier Ordnung zu schaffen. Dorothy schrubbte die Beschimpfungen und die Farben von Wänden und Boden. Marguerite glättete Leinwände, schnitt sie neu zurecht, spitzte zerbrochene Bleistifte. Wenn ihre Verzweiflung über Biquets Tod übermächtig wurde, begann sie zu weinen.

Als der Morgen dämmerte, kehrte Dorothy in den Keller zurück. Marguerite blieb im Atelier. Als jemand an das Fenster klopfte, schrak sie zusammen. Es war Madame Vuillard, Biquets Mutter, die sie mit schmerzerfüllter Miene ansah.

Marguerite ging hinaus, wollte die Frau in die Arme schließen, doch Biquets Mutter wich zurück. Es war, als wäre sie in Trance oder an einem Ort, an dem man keine Berührungen duldete.

Angesichts einer solchen Pein kam Marguerite ihr eigenes Leid nahezu unbedeutend vor. »Möchten Sie hereinkommen?«, fragte sie. »Kann ich irgendetwas für Sie tun?«

Biquets Mutter drückte eine Hand auf ihre Brust, als müsse sie ihr Herz vor dem Zerspringen bewahren. Sie schüttelte den Kopf. »Ich bringe nur das Fahrrad zurück.« Sie deutete auf das Rad, das am Atelier lehnte.

Es war das, was Marguerite Biquet geschenkt hatte. Wieder sah sie das überglückliche Gesicht des Jungen an jenem Tag vor sich, und ihre Kehle wurde eng.

»Es war ein Geschenk«, sagte sie. »Bitte behalten Sie es.«

Madame Vuillard schüttelte den Kopf und wandte sich ab. »Der Anblick des Fahrrads tut meiner Seele zu weh.«

Kapitel 27

Es dauerte lange, bis Marguerite mithilfe der Beschreibung, die jener geheimnisvolle Kontaktmann der Engländer ihr hinterlassen hatte, die abgelegene Schäferhütte in den Hügeln fand, in der er offenbar lebte. Wie viele Maquisards musste auch dieser Mann sich entweder von dem ernähren, was er auf Feldern und in Obstgärten fand, oder es gab Bauern auf der Seite des Widerstands, die ihn versorgten.

Marguerite bewunderte die Maquisards, die im Esterel ihren Unterschlupf gefunden hatten und ein raues Leben führten. Die Widerstandskämpfer, die in Nizza wohnten und ihren Berufen nachgingen, hatten es etwas besser.

Die Motive der einzelnen Gruppen und Zellen waren verschieden. Einige waren Kommunisten, die gegen das faschistische Deutschland kämpften, andere lehnten sich gegen das schwache französische Vichy-Regime auf, doch alle waren sie Freiheitskämpfer, die die Besatzer vertreiben und das Ende des Kriegs herbeiführen wollten.

In einiger Entfernung von der Hütte blieb Marguerite stehen. Im Schatten einer Pinie ließ sie ihren Blick über das verwitterte Holzhäuschen und die karge Umgebung wandern. Nur das niedergetretene Gras vor dem Eingang der Hütte verriet, dass dort jemand ein und aus gegangen war. Ein Schäfer dürfte es nicht gewesen sein, in dieser steinigen Hügellandschaft weideten keine Schafe.

Während sie das kleine baufällige Gebäude beäugte, verriet ihr ein siebter Sinn, dass irgendwo jemand war, der sie beobachtete.

Als niemand in Erscheinung trat, kam Marguerite aus dem Schatten hervor, näherte sich der Hütte bis auf wenige Meter und legte den Beutel mit Nahrungsmitteln ab.

»Ich habe Ihnen etwas zu essen gebracht«, rief sie. »Eine Gabe des Priesters.«

Langsam kam der Mann hinter einem Felsen hervor, Gewehr im Anschlag. Vielleicht dachte er, sie wolle ihm eine Falle stellen, was in dieser Zeit, in der jeder jedem misstraute, verständlich war.

Er trug dieselbe abgerissene Kleidung wie an dem Tag, an dem er sie vor dem Rathaus abgefangen hatte. Das Haar hatte er wieder mit dem ausgefransten Schnürsenkel zusammengebunden, der Bart war nun wild gewuchert, und der Schweißgeruch durchdringend.

Marguerite behielt den Mann im Auge, ebenso die Umgebung. Sie versuchte zu erkennen, ob sich zwischen den Felsen und dem Gestrüpp weitere Maquisards versteckten.

Der Mann schien allein zu sein. Vielleicht operierte er auch allein und traf sich nur mit seiner Zelle, um neue Anweisungen entgegenzunehmen und seine Aktionen mit ihnen zu koordinieren.

Er bückte sich nach dem Beutel und blickte hinein. Marguerite hatte ihm ein halbes Baguette mitgebracht und einen Kanten Käse, den sie in ein feuchtes Leinentuch eingeschlagen hatte.

Für die Herkunft der Nahrungsmittel schien er sich nicht

zu interessieren, er riss ein Stück Brot ab und steckte es sich in den Mund.

»Es wäre schön, wenn Sie mir Ihren Namen verraten würden«, sagte Marguerite.

Er kaute zu Ende. »Nenn mich Pascal.« Er musterte Marguerite prüfend. »Hast du noch etwas für mich?«

»Im Moment ist das alles. Ich kann versuchen, mehr zu besorgen«, entgegnete Marguerite.

»Das Essen habe ich nicht gemeint.«

»Mein Atelier ist verwüstet worden. Weißt du, wer es war?«

Pascal zuckte die Achseln. »Könnte jeder gewesen sein. Du hast dich in Nizza nicht gerade beliebt gemacht.«

Marguerite senkte den Kopf. »Den Priester auf die Listen anzusprechen, ist schwieriger, als ich mir vorgestellt habe.«

Sie dachte an Jeanne, die von den Deutschen in den Tod getrieben worden war, an Biquet und die neun Jungen, die niemandem etwas getan hatten und umgebracht worden waren. So würde es auch ihr ergehen, sollten die Deutschen Wind von ihrem Vorhaben bekommen.

»Gib dir mehr Mühe. Vielleicht musst du mutiger werden. Unser Kampf ist größer als deine Furcht. Komm erst wieder, wenn du etwas für mich hast. Und ich spreche nicht von Essbarem.«

»Kannst du die Leute in der Stadt nicht wissen lassen, dass ich nicht mit den Deutschen fraternisiere?«

Pascal nahm noch einen Bissen Brot, trank aus der Feldflasche, die an seinem Gürtel gehangen hatte, und musterte Marguerite.

»Ich werde mit niemandem über dich reden. Für mich existierst du nicht und ich nicht für dich.«

Marguerite errötete. Wie naiv ihre Bitte gewesen war. Pascal lebte ihm Geheimen, er konnte sich nicht für sie einsetzen. Sie war auf sich gestellt.

*

Auf dem Rückweg, noch vor dem Stadtrand von Nizza, sah Marguerite Jeannes Mutter, die über einen Feldweg lief und nach allen Seiten blickte.

Marguerite fuhr zu ihr und stieg vom Rad. »Nicole«, sagte sie, »was tust du hier?«

Jeannes Mutter gab ihr keine Antwort, sondern blickte über die Felder zum Waldrand, als wäre dort das, was sie suchte.

Marguerite berührte Nicoles Arm. »«Nicole, ich bin es, Marguerite. Kann ich etwas für dich tun?«

Nicole schien durch sie hindurchzusehen. »Ich suche Jeanne.«

Erschrocken betrachtete Marguerite die Frau mit den verweinten Augen, dem sonnenverbrannten Gesicht und den trockenen, aufgesprungenen Lippen. Behutsam führte sie sie in den Schatten einer Kiefer. »Vielleicht ruhst du dich ein wenig aus.«

Nicole ließ sich schwerfällig nieder und lehnte sich gegen den knorrigen Stamm.

Marguerite holte ihre Feldflasche aus der Gepäcktasche ihres Rads und reichte sie Nicole. Jeannes Mutter trank so durstig, dass Wassertropfen aus ihren Mundwinkeln rannen.

Marguerite setzte sich zu ihr. »Soll ich dich nach Hause begleiten?«

»Ich kann nicht nach Hause«, erwiderte Nicole. »Ich muss Jeanne finden.« Sie gab Marguerite die Feldflasche zurück.

»Es wäre aber besser, wenn du nach Hause gehen und ruhen würdest«, sagte Marguerite. »Du warst zu lange in der Sonne.«

»Ich kann nicht ruhen«, entgegnete Nicole mit rauer Stimme. »Zuerst muss ich Jeanne finden.«

Marguerite schwieg, nur der Aufschlag eines Kiefernzapfens auf die ausgetrocknete Erde war zu hören.

»Nicole.« Marguerite nahm Nicoles Hand und streichelte sie. »Jeanne ist tot.«

»Das weiß ich, ich bin nicht verrückt geworden. Ich will sie einfach nur finden.«

»Das verstehe ich nicht.«

Nicole begann zu weinen. »Sie haben sie in eine Grube geworfen und wollen mir nicht sagen, wo. Und nun suche ich sie überall, um sie so zu begraben, wie es sich gehört.«

Es war bekannt, dass es überall in Frankreich Gruben gab, in die die Deutschen ihre Mordopfer warfen. Wie sollte Marguerite für Jeannes Mutter da Worte des Trosts finden können? Worte des Trosts gab es nicht.

Marguerite hielt Nicole in den Armen, bis ihre Tränen versiegt waren.

Als die Mittagshitze nachgelassen hatte, standen sie auf, und Marguerite brachte Nicole nach Hause.

Kapitel 28

Gib dir mehr Mühe. Vielleicht musst du mutiger werden. Unser Kampf ist größer als deine Furcht. Auf dem Weg zu dem Luxushotel, in dem eine Reihe hochrangiger deutscher Offiziere logierten, hallten Pascals Worte in Marguerites Ohren nach. Sie hatte einen Plan gefasst. Wenn Étienne ihr nicht helfen wollte, würde sie auf anderen Wegen versuchen, an die Unterlagen zu gelangen.

Wieder sah sie Biquets Gesicht vor sich, das vor Eifer glühte, wenn sie ihn unterrichtete. Sie dachte an seine Mutter, die zu einer wandelnden Toten geworden war – an Nicole, die umherirrte, um den Leichnam ihrer Tochter zu finden. Ihnen allen gegenüber hatte Marguerite versagt, hatte nicht genug getan, um Biquet, Jeanne und deren ungeborenes Kind zu schützen. Nun war es ihre Aufgabe, wenigstens dafür zu sorgen, dass die Mörder zur Rechenschaft gezogen wurden.

Zudem musste sie den Menschen in Nizza beweisen, dass sie keine Freundin der Deutschen war. Vor vielen Jahren hatte man sie hier aufgenommen, hatte ihr keine Fragen gestellt, sie einfach akzeptiert. Für diese Großzügigkeit musste sie sich erkenntlich zeigen, so gefährlich es auch sein mochte. Vielleicht ließ Schmidt sie beobachten, doch sie konnte es sich nicht mehr erlauben, Angst vor ihm zu haben.

Entschlossen betrat sie die Eingangshalle des Hotels, tat, als hätte sie jedes Recht, sich dort aufzuhalten, und trat an den Empfangstisch. Der Mann, der dort seinen Dienst versah, war dabei, einen jungen Wehrmachtsoffizier zu beschwichtigen, der ein anderes Zimmer verlangte, eines mit Meerblick. Früher hatten englische Aristokraten und vermögende Amerikaner in den Hotels der Stadt darauf bestanden, das Beste geboten zu bekommen. Nun waren es Deutsche, weder Aristokraten noch vermögend, sondern einfach nur unverschämt.

Marguerite hatte ein Werbeposter gefertigt, auf dem sie den Deutschen zu einem niedrigen Preis anbot, von ihnen Bleistiftporträts anzufertigen. Sie ging davon aus, dass man sich nach der Ausstellung in der Galerie Boucher noch an sie erinnerte und sie für wohlgesinnt hielt, so hatte es schließlich auf dem Flugblatt gestanden.

Während Marguerite darauf wartete, am Empfang an die Reihe zu kommen, sah sie Nancy, Musels sechzehnjährige Tochter die Treppe heruntersteigen. Bevor Marguerite fragen konnte, was sie in diesem Hotel zu suchen hatte, eilte das Mädchen an ihr vorbei nach draußen, ihr weiter weißer Rock mit den blauen Tupfen schwang um ihre dünnen Beine.

Der Anblick hatte Marguerite dermaßen verwirrt, dass sie den Mann nicht wahrnahm, der neben ihr erschienen war. Sie spürte nur plötzlich, dass jemand ihren Arm packte, und hörte Étienne, der leise sagte: »Sie müssen von hier verschwinden. Schauen Sie mich nicht an, folgen Sie mir einfach.«

Als sie die Eingangshalle durchquerten, kam Schmidt aus

einem der Aufzüge und rief: »Da sind Sie ja, Pater, ich habe mich schon gefragt, wo Sie abgeblieben sind.« Er lächelte spöttisch. »Dass Sie mit einer Frau zusammen sind, hätte ich allerdings nicht erwartet.«

»Madame Segal ist hier, um Madame Danielou zu besuchen, die sich porträtieren lassen möchte. Ich hatte lediglich vor, die Damen miteinander bekannt zu machen.«

Schmidt blickte von Étienne zu Marguerite und wieder zurück – ein Hund, der eine Fährte aufgenommen hatte. »Na schön«, sagte er, »dann beenden wir das Geschäftliche später.«

Étienne nickte freundlich und dirigierte Marguerite zu den Aufzügen.

Auf dem Weg nach oben sagte Étienne: »Madame Danielou logiert in einer Suite in der obersten Etage. Ich habe ihr von Ihren Gemälden erzählt. Sie haben nicht zufällig etwas dabei, das wir ihr zeigen könnten?«

Marguerite deutete auf ihre Mappe. »Ich habe meinen Skizzenblock dabei, darin ist einiges vorhanden.«

»Stellen Sie sich gut mit ihr, sie ist eine Freundin von Schmidt.«

An der Suite angekommen, klopfte Étienne. Ein Dienstmädchen öffnete die Tür und knickste. Aus der Suite kam eine dünne Stimme, die fragte: »Ist das Pater Étienne? Er soll einfach durchkommen.«

Étienne machte ein paar Schritte in das winzige Vestibül und rief: »Ich bin in Begleitung von Madame Segal. Der Malerin, von der ich Ihnen erzählt habe.«

»Was stehen Sie noch herum? Bringen Sie die Dame mit.«

Marguerite folgte Étienne durch die Suite in ein Schlafzimmer. Madame Danielou saß in einem riesengroßen Bett, im Rücken mehrere mit Spitze umrandete Satinkissen. Sie hustete und wies auf zwei zierliche Sesselchen. »Setzen Sie sich.«

Die Luft war von einem künstlichen Fliederduft geschwängert, und die Vorhänge beinahe ganz zugezogen, um das Sonnenlicht auszusperren.

Es dauerte einen Moment, bis Marguerites Augen sich an das Dämmerlicht gewöhnt hatten, und sie das schmale Gesicht von Madame Danielou ausmachen konnte, die zierliche Gestalt, die das große Bett zu verschlucken schien. Sie schätzte die Frau auf Anfang siebzig. Das weiße Haar war gelockt, die Rüschen am Kragen ihres Nachthemds verliehen ihr den Anstrich einer Frau aus längst vergangenen Tagen.

»Was haben Sie heute Schönes für mich?«, fragte sie Étienne.

»Im Moment kann ich Ihnen nur die Bekanntschaft mit Madame Segal bieten«, erwiderte Étienne.

Madame Danielou streckte Marguerite die Hand entgegen.

Marguerite nahm sie und spürte eiskalte Finger.

»Freut mich, Sie kennenzulernen«, sagte Madame Danielou.

»Ebenso.« Marguerite holte ihren Zeichenblock aus ihrer Mappe. »Möchten Sie einige meiner Skizzen sehen? Pater Étienne sagte, dass Sie gern –«

Madame Danielou winkte ab. »Ich muss ein bisschen zunehmen, bevor ich mich malen lasse.« Sie richtete ihren

Blick auf Étienne. »Wahrscheinlich haben Sie mir heute kein Obst mitgebracht, oder?«

Étienne schüttelte den Kopf. »Es war nirgendwo etwas zu bekommen.«

Madame Danielou runzelte die Stirn. »Das Gleiche sagt mein Dienstmädchen. Sie lügt also nicht.« Ihr Blick wanderte zu Marguerite, glitt über das zu weite, abgetragene Kleid und die Pantinen.

»Haben Sie schon gehört, dass in Marseille ein jüdischer Maler gefasst wurde? Er wollte auf einem Schiff fliehen. Ich verstehe nicht, warum man ihn nicht hat laufen lassen. Warum ihn ins Gefängnis werfen, wo man ihn verpflegen muss? Kostet nur Geld. Setzen Sie sich.«

Étienne rückte sich in seinem Sessel zurecht. »Wissen Sie, wie der Maler hieß?«

Madame Danielou zuckte mit den Schultern. »Irgendein ausländischer Name, die behalte ich nie.«

Der schwere Fliederduft setzte sich in Marguerites Nase und Rachen fest, und ihr wurde übel. Sie atmete tief durch, doch das machte es umso schlimmer.

»Ich habe mich von jeher gefragt, was diese ausländischen Maler an der Côte d'Azur zu suchen haben. Haben kein Geld, sprechen kein Französisch, warum bleiben sie nicht zu Hause?«

Marguerite räusperte sich. »Ihre Arbeiten vermitteln uns ihren Blick auf die Welt. Das ist etwas Wertvolles, finden Sie nicht?«

Madame Danielou schnaubte. »Quadrate, Dreiecke, Kreise und fratzenhafte Gesichter. Wo ist da der Wert?«

Marguerite nahm an, dass Madame Danielou ihre Skizzen nicht sehen wollte, und steckte ihren Zeichenblock wieder ein. »Ich fürchte, ich muss mich verabschieden«, sagte sie. »Ich habe noch einen Termin.« Sie stand auf.

Étienne erhob sich ebenfalls.

»Warum wollen Sie schon fort, Pater Étienne?«, fragte Madame Danielou. »Sie sind doch eben erst gekommen. Möchten Sie einer alten, einsamen Frau nicht noch ein wenig Gesellschaft leisten?«

»Ich komme bald wieder«, entgegnete Étienne. »Doch ich habe Madame Segal versprochen, sie zu ihrem Termin zu begleiten.«

»Offenbar ist sie Ihnen wichtiger als ich.« Madame Danilou zog einen Schmollmund.

»Alle Menschen sind für mich gleich«, sagte Étienne, nahm die Hand der alten Frau und drückte sie. »Bis zum nächsten Mal.«

»Vielleicht bringen Sie mir dann wieder Obst mit.«

Als sie die Suite verlassen hatten, bestand Étienne darauf, dass sie die Hintertreppe nach unten nahmen und das Hotel auch durch eine Hintertür verließen.

Durch diese Tür gelangten sie in eine schmale Gasse. Étienne blieb stehen. »Was haben Sie sich dabei gedacht, einfach in die Höhle des Löwen zu spazieren?«, fragte er aufgebracht.

Marguerite sah ihn überrascht an. »Dachten Sie, ich gebe auf? Sie wollen mir nicht helfen, also muss ich andere Wege finden.«

»Und einer dieser Wege hat Sie ausgerechnet in dieses Hotel geführt? Glauben Sie wirklich, dass das eine gute Idee war?«

Marguerite zuckte die Achseln. »Der Wunsch nach Gerechtigkeit lässt uns die erstaunlichsten Dinge tun.«

Étienne seufzte. »Sie müssen vorsichtig sein, Marguerite. Schmidt lässt Sie beobachten, er hat es mir selbst gesagt.«

»In der Stadt wirft man mir vor, mit den Deutschen zu kollaborieren. Zur Strafe haben vermummte Gestalten mein Atelier verwüstet. Ich muss etwas tun, damit die Leute erkennen, dass sie mich zu Unrecht verdächtigen. Außerdem habe ich einen Auftrag zu erfüllen.«

Étienne schüttelte den Kopf. »Sie hätten mir niemals sagen dürfen, für wen Sie arbeiten.«

Das war ein Wagnis gewesen, das sie hatte eingehen müssen. »Was haben Sie bei Schmidt gemacht? Mit ihm für den Sieg der Deutschen gebetet?«

»Marguerite, bitte.«

»Oder haben Sie ihm für den Mord an den zehn Jungen Absolution erteilt?«

»Ich habe Ihnen schon einmal erklärt, dass ich das, was mir jemand anvertraut, nicht weitererzählen kann.«

»Lieber schützen Sie einen Mörder?« Marguerite wandte sich zum Gehen. Étienne hielt sie fest.

»Ich habe alles versucht, um die zehn Jungen zu retten. Doch in Schmidts Welt kommen Hitlers Befehle vor Gottes Geboten.«

»Und Madame Danielou? Wie können Sie so eine Frau aushalten?«

»Ich bin ihr Priester. Vor einer Weile ist ihr Mann gestorben, seitdem hat sie ihr Bett nicht mehr verlassen. Ihre Kinder interessieren sich nicht für sie. Außer mir und ihrem Dienstmädchen hat sie niemanden.«

»Ihr geht es besser als den meisten Menschen.«

»Sie hat Geld, falls Sie das meinen. Bevor die Deutschen es beschlagnahmt haben, hat ihr das Hotel gehört, in dem sie wohnt. Madame Danielou hat Angst.«

»Aber wie sie über diesen Künstler gesprochen hat, der gefangen wurde und über –«

Étienne ließ sie nicht ausreden. »Nicht jeder sieht die Welt so wie Sie, Marguerite.« Er deutete auf den Hintereingang. »Ich muss zurück.«

Marguerite lief ihm nach. »Étienne. Kehren Sie nicht zu Schmidt zurück, bitte. Wissen Sie nicht, dass die Résistance einen Priester, der mit den Deutschen kollaboriert hat, erschossen hat?«

Étienne zog die Brauen hoch. »Erst soll ich Ihnen helfen, an Informationen zu gelangen, und nun bitten Sie mich, dass ich mich von den Deutschen fernhalte? Was wollen Sie eigentlich?.«

»Ich möchte, dass Sie am Leben bleiben.«

Étienne ging auf die Hintertür zu. »Auf Wiedersehen«, sagte er über die Schulter und ohne sich noch einmal umzudrehen.

Sie wollte ihm nachrufen, ihn bitten, noch einen Moment zu bleiben, doch einige Passanten hatten sie bereits mit den Blicken gestreift. Mehr Aufmerksamkeit brauchte sie nicht.

Dennoch fragte sich Marguerite, welches Spiel Étienne spielte.

Kapitel 29

Die Angst, die kalt in Marguerites Magengrube saß, wollte auch in den heißer werdenden Tagen nicht weichen.

Wahrscheinlich erging es vielen Franzosen so; seit die Alliierten in der Normandie gelandet waren und sich von dort aus nach Süden vorkämpften, traten die Besatzer den Einheimischen umso brutaler entgegen.

Mehrere Einheiten der Wehrmacht waren Richtung Norden entsandt worden, um den Vormarsch der Alliierten aufzuhalten. An ihrer statt patrouillierten kriegsmüde Soldaten die Straßen von Nizza. Einige hatten an der Ostfront auf verlorenem Posten gekämpft, bei anderen handelte es sich um blutjunge Männer, die aussahen, als wären sie bis vor Kurzem noch zur Schule gegangen. Keiner von ihnen wollte noch hier sein, das sah man ihnen an. Doch in ihrer Brutalität standen sie ihren Vorgängern dennoch in nichts nach.

Immer wieder hörte man in der Stadt das Rattern von Maschinengewehren und gebrüllte Befehle. Es hieß, dass die Deutschen sich auf den Straßenkampf vorbereiteten.

Zusätzlich zu den vorhandenen Bunkern, Spanischen Reitern und Minenfeldern entlang der Küste hob die Wehrmacht nun rings um die Ortschaften Schützengräben aus, und auf den Hügeln wurden Geschützstellungen errichtet. Landebahnen, Straßen, Obst- und Weingärten wurden vermint. An anderen Orten wurden Bomben installiert, die im Fall eines feindlichen Angriffs gezündet werden konnten. Die Deutschen mochten zwar erkannt haben, dass sie den Krieg verlieren würden, schienen jedoch entschlossen, nicht kampflos unterzugehen.

Die Sperrstunde wurde noch früher angesetzt, dieses Mal, ohne dass die Bevölkerung darüber informiert worden war. Dennoch wurden diejenigen, die dagegen verstießen, bestraft.

Tagsüber schlichen die Menschen verängstigt an den Häusern entlang, vorbei an den gestapelten Sandsäcken an den Hotels, in denen Deutsche logierten. Jeder wollte in Bewegung bleiben, niemand blieb stehen, um mit einem anderen zu plaudern. Es hätte als Versammlung ausgelegt werden können, und die waren verboten. Hier und da sah man auf einem Dach einen Scharfschützen.

Alle zogen sich zurück, manche fühlten sich im Keller sicherer als in ihrer Wohnung, keiner traute dem anderen.

Täglich schien das Leben zerbrechlicher zu werden, als spielte es sich am Rand eines tiefen Abgrunds ab. Informationen über die Stellungen der Alliierten erhielten die Einheimischen nicht, dazu hätte man BBC hören müssen, und das war verboten. Man konnte nur beten, dass das Ende des Kriegs nahte und Frankreich nach vier Jahren des Leids wieder frei sein würde.

Marguerite fand nun immer häufiger Päckchen mit Nahrungsmitteln vor der Tür ihres Ateliers, die in der Nacht abgelegt worden waren. Sie mussten von Étienne kommen, doch ob er sie dort selbst deponierte, wusste sie nicht, es waren anonyme Gaben.

Einen Teil davon verbrauchte sie gemeinsam mit Simone und Dorothy, einen anderen brachte Marguerite zu Pascals Schäferhütte. Ihn sah sie dabei nie, doch sie hoffte, dass er dort noch lebte und es nicht Wölfe waren, die das Brot, den Käse und die Wurst verzehrten.

Manchmal setzte Marguerite sich auch zu Dorothy in den Keller, suchte den Trost der Frau, die sich nicht unterkriegen ließ.

»Wir befinden uns im letzten Akt der Tragödie«, sagte Dorothy. »Apropos, habe ich dir mal von dem Schauspieler erzählt, mit dem ich befreundet war? Ein bildschöner Mann, aber wild wie kein zweiter. Er ist früh gestorben, wurde von seinen Leidenschaften verzehrt. Der Mann hat das Leben auf großer Flamme gekocht und bis zuletzt auf der Bühne gestanden. Manchmal decken sich Pflicht und Passion, und man muss nicht zwischen ihnen wählen.«

»Ist das wieder eine deiner Weisheiten?«, fragte Marguerite.

»Natürlich, mein Schatz. Damit will ich dir sagen: Geh zu deinem Priester. Male ihn. Genieße es, mit ihm zusammen zu sein. Sieh zu, dass er dir hilft.«

Das Porträt war die einzige Möglichkeit, die Marguerite noch hatte, um Étienne zu besuchen und ihn vielleicht doch zu überreden, ihr bei der Erfüllung ihres Auftrags zu helfen.

Am nächsten Tag packte sie früh am Morgen ihre zusammenklappbare Staffelei auf den Gepäckträger ihres Rads, schulterte die große Tasche mit der auf den Keilrahmen gespannten Leinwand, den Farben, Stiften und Pinseln und fuhr los.

Als sie an der Eingangstür der Villa klopfte, tat sich nichts. Auch auf ihre Rufe blieb im Haus alles still. Er musste noch im Bett sein. Sie wollte ihn ungern aufwecken, und so setzte sie sich auf die Terrasse mit dem wunderschönen Meerblick, um auf Étienne zu warten, wenn es sein musste, den ganzen Tag.

Nach einer Weile kam Étienne vom Schwimmen. Marguerite entdeckte ihn, als er über die Felsen zur Terrasse hinaufkletterte. Dann sah er sie, rutschte auf einem Bündel Tang aus und brauchte einen Moment, um sein Gleichgewicht wiederzuerlangen. Den Rest des Weges zu ihr hinauf hielt er den Blick auf die Steine geheftet, als spürte er, dass die Gefahr überall lauerte.

Marguerite stand auf. Sie hatte ihr Bestes getan, um sich hübsch zu machen, das Haar abends nach dem Waschen zu Locken eingedreht, die sich nun lose um ihr Gesicht rankten, und etwas von dem kleinen Stummel ihres rosafarbenen Lippenstifts aufgetragen. Auch Puder hatte sie aufgelegt.

Étienne hob den Blick und nickte ihr zu. Nun war es an ihr, Mut zu zeigen.

»Ich dachte, dass Sie nun genügend Zeit hatten, sich für eine der Skizzen zu entscheiden. Dann könnte ich heute mit dem Porträt beginnen.« Marguerite deutete auf ihre Tasche.

Étienne griff nach dem Handtuch, das auf der Lehne eines Sessels hing, und begann, sein Haar trocken zu rubbeln. »Glauben Sie, ich möchte noch immer von Ihnen gemalt werden?«

Sein Körper war makellos. Wieder dachte Marguerite an

die Art, wie er sie im Park geküsst hatte, wie seine Arme sie umschlungen hielten. Wie sicher sie sich gefühlt hatte.

»Warum sonst hätten Sie mich neulich im Hotel vor Schmidt warnen sollen.«

»Ein anderer Grund fällt Ihnen nicht ein?«

»Außer meiner Kunst habe ich nichts zu bieten.«

Étienne setzte sich zu ihr. Seine Haut war noch feucht, sein Haar salzverkrustet.

»Ich wollte Ihnen auch für die Nahrungsmittel danken, die Sie an meinem Atelier zurücklassen. Damit haben Sie gleich mehrere Menschen glücklich gemacht.«

»Was wollten Sie an jenem Tag im Hotel? Sich im Namen Ihres Auftrags einen deutschen Offizier zum Liebhaber nehmen?«

Marguerite sah ihn entgeistert an. »Das kann nicht Ihr Ernst sein. Denken Sie wirklich, ich würde mich mit einem unserer Feinde einlassen? Glauben Sie, dazu wäre ich in der Lage?«

Étienne ging über die Frage hinweg. Er sah ihr direkt in die Augen, voller Misstrauen. »Was haben Sie hier in der Villa gesucht? Ich spreche von Ihrem letzten Besuch, als ich Sie in meinem Arbeitszimmer angetroffen habe.«

Marguerite schaute zur Seite. An dem Tag war er so freundlich gewesen, dass sie sicher war, er hatte sie nicht beobachtet. »Ich wollte feststellen, auf wessen Seite Sie stehen.«

»Glauben Sie, *ich* würde mich mit unseren Feinden einlassen?«

»Das weiß ich nicht. Ich versuche, es herauszufinden.«

»Und, ist es Ihnen gelungen?«

Marguerite schüttelte den Kopf.

»Tja«, sagte Étienne, »und nun wissen wir beide nicht, was wir von dem anderen halten sollen. Immer, wenn ich Sie etwas Persönliches frage, weichen Sie aus.«

Marguerite seufzte. »Sie kennen meine Gemälde. Sie zeigen, wer ich bin. Selbst wenn ich Sie betrügen wollte, meine Bilder würden mich verraten.«

»Sie wären nicht die erste Frau, die einen Mann betrügt, Marguerite.«

Seine Antwort tat weh. Marguerite wünschte, sie könnte in seine Seele schauen, seine Verzweiflung lindern. Sie wollte nichts lieber, als sich ihm zu öffnen, ihm von ihrem Leben zu erzählen. Sie fragte sich, ob er sie je noch einmal küssen würde. Oder ob sie genügend Mut besaß, ihn zuerst zu küssen.

Vielleicht ahnte Étienne etwas in der Art, denn er blickte zum Himmel, als müsse er sich daran erinnern, wem seine Loyalität galt, und dann stand er auf. »Ich gehe kurz ins Haus und ziehe mir etwas an.«

*

Als Étienne zurückkehrte, wirkte er so gelassen, als hätte es das frühere Gespräch nicht gegeben. Sie gingen die Skizzen durch, und er zeigte Marguerite die, die ihr als Vorlage dienen sollte.

Während Marguerite die Staffelei mit der gespannten Leinwand aufstellte und ihre Pinsel zurechtlegte, blickte Étienne hinaus aufs Meer, und sie wünschte wieder, sie könnte seine Gedanken lesen.

Dann sagte er: »Können wir zuerst noch einen Moment zusammensitzen?«

Marguerite ließ sich an seiner Seite nieder. Eine Zeit lang sahen sie still den Wellen zu, die zu dem felsigen Strand wogten, über die Felsen strichen oder gegen sie schlugen und aufspritzten.

Étienne war derjenige, der ihr Schweigen durchbrach und fragte: »Warum sprechen Sie nie über Ihr früheres Leben? Sie haben in London studiert. Kommen Sie aus London?«

»In habe in Paris gelebt«, entgegnete Marguerite. Warum wollte er etwas über ihr früheres Leben erfahren? Konnte er sie nicht einfach als den Menschen akzeptieren, den er kennengelernt hatte?

»Als Sie mich das letzte Mal von hier nach Hause begleitet haben, sind Sie mit mir Umwege gefahren. Sie wussten, dass die Leichen der Jungen auf der Place Masséna hingen, nicht wahr?«

Étienne nickte. »Ich wollte Ihnen den Anblick ersparen.«

»Was wissen Sie noch? Wie viel erzählt Schmidt Ihnen über die Pläne der Deutschen?«

»Bitte, Marguerite, nicht wieder diese Fragen. Ich habe Ihnen bereits erklärt, dass ich das, was andere mir anvertrauen, nicht weitererzählen darf. Lassen Sie uns einfach hier sitzen und den Blick aufs Meer genießen.«

Sie würden sich einander nicht öffnen, dachte Marguerite, er sich ihr ebenso wenig wie sie sich ihm. Sie blieb noch eine Weile bei ihm, doch dann erklärte sie, wenn er ihr nicht Modell sitzen wolle, werde sie besser nach Hause fahren.

»Schon?«, fragte er und nahm ihre Hand.

Die Geste kam zu spät, war zu wenig. Marguerite entzog Étienne ihre Hand, stand auf und packte ihre Sachen ein. Und doch wünschte sie, sie könnte zu seinem Herzen vordringen, könnte den Gott besiegen, dem er sich verschrieben hatte.

Kapitel 30

Marguerite wartete bis zu Étiennes Sonntagsmesse, bevor sie wieder zur Villa Christelle fuhr. Sollte sie in der Villa jemanden antreffen, würde sie sagen, sie hätte den Hintergrund für Étiennes Porträt skizzieren wollen. Étienne sei ein beschäftigter Mann und müsse dabei nicht anwesend sein.

Dennoch klopfte sie bei ihrer Ankunft und rief seinen Namen. Erst als sie sicher war, dass niemand im Haus war, öffnete sie die Tür mit der Haarnadel und eilte zum Arbeitszimmer.

Noch einmal ging sie alle Schubladen und Schrankfächer durch, immer in der Hoffnung, auf etwas zu stoßen, was ihr Étiennes Verbindung mit Schmidt erklärte. Doch ebenso wie bei ihrer ersten Suche fand sie hauptsächlich kirchliche Unterlagen, ebenso Briefe von Gemeindemitgliedern, die sich über die Anwesenheit der Deutschen in der Kirche empörten. Aber es gab auch andere Briefe, in denen Bewohner Nizzas andere denunzierten, weil sie Nahrungsmittel auf dem Schwarzmarkt erstanden. Sie forderten Étienne auf, die Verstöße den Besatzern zu melden.

Als Nächstes nahm Marguerite sich Étiennes Schlafzimmer vor und durchsuchte den Kleiderschrank. Sie war sicher, dass Étienne Geheimnisse besaß und alles, was mit ihnen zusammenhing, in dieser Villa verborgen war.

In seiner Kommode wurde sie fündig. Zwischen seinen Schlafanzügen ertastete sie etwas Hartes. Es war der Rahmen eines Fotos. Marguerite zog es heraus und betrachtete die drei darauf abgebildeten Menschen. Das Foto musste vor Jahren aufgenommen worden sein, denn Catherine war noch klein und saß auf Étiennes Schoß. Hinter den beiden stand eine schöne Frau, die eine Hand auf Étiennes Schulter gelegt hatte und vom Aussehen her ganz offenkundig Catherines Mutter war. Étienne trug Freizeitkleidung und wirkte so glücklich, wie Marguerite es bei ihm bisher noch nicht erlebt hatte. Vielleicht hatte Simone recht, und Catherine war Étiennes Tochter. Dann wäre die Frau seine Geliebte gewesen – oder war es noch immer. Aber wo war sie?

Marguerites Blick fiel auf die Uhr auf dem Nachttisch, und sie erschrak. Sie hatte die Zeit vergessen und musste schleunigst verschwinden. Sie legte das Foto zurück, vergewisserte sich, dass alles noch so war, wie sie es vorgefunden hatte, und verließ das Haus.

Während sie ihr Rad den Pfad hinaufschob, konnte sie nur an das Foto denken. Warum hatte Étienne es verborgen, wenn Catherine doch seine Nichte war? Und warum war er ihr an jenem Sonntag bei den Fresken ausgewichen, als sie mehr über seine Familie hatte erfahren wollen.

So versunken war sie in ihre Gedanken, dass sie zusammenfuhr, als eine Stimme sagte: »Du siehst aus, als würdest du du die ganze Last der Welt auf deinen Schultern tragen, Süße.«

Sie hatte die Straße erreicht, und Lance stand im Schatten einer Korkeiche, hatte einen Panamahut tief in die Stirn gezogen.

»Was tust du hier?«, fragte Marguerite unfreundlich.

»Dasselbe könnte ich dich fragen.«

Marguerite deutete auf den Zeichenblock in dem Korb an ihrer Lenkstange. »Ich habe jemanden besucht, der gemalt werden möchte.«

»Interessant«, sagte Lance. »Und ich suche einen Kunsthändler namens Étienne Valade, der hier irgendwo wohnen soll. Weißt du zufällig, wo?«

»Valade ist Priester, kein Kunsthändler.«

Lance schob seinen Hut zurück und lächelte spöttisch. »Wenn du wüsstest, wie viele Priester Kunsthändler sind, die die Gemälde aus dem Bestand der Kirche an den Mann bringen. Und Valades Familie hatte früher eine Kunstgalerie, da dürfte einiges zu holen sein. Ich muss nur noch herausfinden, wo er wohnt.«

Marguerite wollte fort von Lance, konnte nicht einmal mehr den Klang seiner Stimme ertragen. Alles an ihm erinnerte sie an ihr altes Leben und an eine Frau, die sie nicht mehr war. Es hatte Jahre gedauert, bis sie diese Frau hinter sich gelassen hatte, und jeder Gedanke an sie war ihr zuwider.

»Bei Étienne Valade verschwendest du deine Zeit. Er wird mit dir keine Geschäfte machen.«

Sie schob ihr Rad an Lance vorbei, fragte sich erneut, ob er sie verfolgte. Immerhin war es nun das zweite Mal, dass sie ihn in dieser Gegend antraf.

»Pass auf dich auf«, sagte Lance, »In diesen Zeiten kann man niemandem trauen, und jeder verrät jeden. Gestern wurden zwei feindliche Ausländer entdeckt, die sich in einer Scheune verborgen hatten. Jemand hatte sie belauscht und den Deutschen gemeldet.«

Marguerite drehte sich zu ihm um. »Warum erzählst du mir das? Ich bin Französin.«

Lance sprach einfach weiter. »Wer hätte auch gedacht, dass es hier noch immer so viele Engländer gibt? Wenn man sie findet, werden sie interniert oder erschossen. Auch die, die ihnen geholfen haben, sich zu verbergen, werden streng bestraft.«

War Lance derjenige gewesen, den Dorothy spätabends im Garten gehört hatte? Oder wollte er ihr einfach Angst einjagen?

»Spar dir deine Geschichten«, sagte sie. »Sie haben mit mir nichts zu tun.«

»Bei mir wärst du sicherer als bei deiner Freundin. Das Bauernhaus ist sehr abgelegen. Wer weiß, wer sich dort nachts herumtreibt. Sei vorsichtig.«

Mit einem Mal wallte Zorn in Marguerite auf. »Sei du lieber vorsichtig. Wenn jemand in Gefahr ist, denunziert zu werden, denn bist du es, nicht ich.«

Lance lachte, doch es klang gezwungen. »Das habe ich früher schon an dir geliebt, immer diese Versuche, anderen an die Gurgel zu gehen. Wenn wir nicht schon verheiratet wären, würde ich dir hier und jetzt einen Antrag machen.« Ein tückischer Ausdruck trat in seine Augen. »Du vergisst doch hoffentlich nicht, dass du meine Frau bist.«

Marguerite stieg auf ihr Rad. »Fahr zurück in die Schweiz. Da bist du besser aufgehoben als hier.«

»So schnell wirst du mich nicht los«, rief er ihr nach.

Und Marguerite fragte sich, ob er tatsächlich wissen konnte, dass sie Dorothy bei sich versteckten. Wäre das der Fall, würde sie ihm zutrauen, sie bei nächster Gelegenheit zu erpressen. Sie musste mit Dorothy sprechen und dann, zusammen mit Armand, dafür sorgen, dass sie sich in Richtung Spanien aufmachte. Sie konnte nicht riskieren, dass Lance irgendetwas in der Hand hatte, um sie zur Rückkehr in ihr altes Leben mit ihm zu zwingen.

Kapitel 31

An diesem Abend nahmen Marguerite und Simone ihr Abendessen bei Dorothy im Keller ein. Jede hatte eine kleine Schale Graupensuppe und ein Stück Schwarzbrot.

Marguerite hatte den beiden Frauen von dem Foto erzählt, das sie in Étiennes Kommode entdeckt hatte.

»Also doch«, sagte Dorothy triumphierend. »Er ist ihr Vater.«

Ein Priester, der gegen den Zölibat verstieß, würde wahrscheinlich auch geneigt sein, auf anderen Gebieten ein Doppelleben zu führen, sagte sich Marguerite. Und wäre Étienne tatsächlich Catherines Vater, hätte er sie, Marguerite, belogen. Und vielleicht war das nicht seine einzige Lüge.

»Du musst tiefer graben«, sagte Dorothy. »Freunde dich mit dem Mädchen an. Vielleicht erzählt sie dir, wer ihr Vater ist.«

Simone wischte mit dem letzten Stück Brot den Rest Suppe aus ihrer Schale. Es war das erste Mal seit Jeannes Tod, dass sie zusammen mit Marguerite und Dorothy aß. »Ich glaube auch, dass sie seine Tochter ist«, sagte sie.

»Die Frucht einer großen, romantischen Liebe.« Dorothy lächelte verklärt.

»Er ist ein Mann wie jeder andere auch«, sagte Simone und sah Marguerite an. »Denk nur an seine Küsse.«

An diese Küsse musste Marguerite nicht erinnert werden. Das Problem war eher, dass sie sie nicht vergessen konnte und allein der Gedanke daran ihre Knie weich werden ließ.

»Da fällt mir etwas ein.« Dorothy holte ihre Reisetasche, wühlte darin und zog ein rosarotes Satinband heraus. »Das wäre doch etwas für Catherine, oder? Sie ist ein Mädchen, und Mädchen lieben alles, was hübsch ist.«

*

Am nächsten Morgen klopfte Marguerite an der Tür des Pfarrhauses. Sollte Étienne ihr öffnen, würde sie ihm erklären, dass sie ein kleines Geschenk für seine Nichte habe und dem Mädchen in dieser schweren Zeit eine kleine Freude machen wolle.

Von drinnen näherten sich Schritte. Dann wurden drei schwere Riegel zurückgezogen, jeder von einem unchristlichen Fluch begleitet. Die Tür öffnete sich, und Marguerite stand Madame Mercier, der Haushälterin, gegenüber, die ihr Haar nachlässig zusammengebunden hatte und sie unfreundlich musterte. »Falls Sie den Pater suchen, er ist nicht da.«

»Einen schönen guten Morgen«, sagte Marguerite. »Ich bin Marguerite Segal, eine Freundin von Pater Étienne.« Sie griff in ihre Tasche und holte das Satinband heraus. »Ich habe etwas für Catherine.«

Madame Mercier runzelte die Stirn. »Welche Catherine?«

Für einen Moment geriet Marguerite aus dem Takt.

Dann sagte sie: »Ich meine das junge Mädchen, das neulich mit Ihnen in der Kirche war.«

»Hier ist kein junges Mädchen«, entgegnete Madame Mercier schroff. »Dies ist das Haus eines katholischen Geistlichen, wo soll es da junge Mädchen geben?«

»Pater Étienne hat gesagt, Catherine sei die Tochter seines Bruders.«

Madame Mercier lächelte spöttisch. »Das müssen Sie geträumt haben. Pater Étienne scheint eine ganze Reihe Frauen zum Träumen zu bringen. Wäre er alt und fettleibig, wären Sie wohl nicht erschienen.«

»Ist Catherine wieder bei ihrer Familie in Paris?«, fragte Marguerite.

Die Haushälterin seufzte. »Ich fürchte, Sie phantasieren. Pater Étiennes Bruder hat ebenso wenig Kinder wie Pater Étienne. Und nun entschuldigen Sie mich bitte, ich habe zu tun.« Madame Mercier schloss die Tür.

Marguerite hörte, wie die Riegel zugeknallt wurden, und fühlte sich peinlich berührt. Wie naiv von ihr, zu denken, sie könnte mehr über Étienne erfahren, indem sie einem jungen Mädchen ein Stück rosa Stoff schenkte. Natürlich war alles viel komplizierter.

Kapitel 32

An diesem Tag half Simone Marguerite nachmittags, die Namen auf den Kennkarten zu ändern, die Armand gebracht hatte. Als sie einen Wagen kommen hörten, legten sie die Federhalter ab. Simone raffte die Kennkarten zusammen, Marguerite lief zum Fenster. Draußen stand ein schwarzer Citroën, dem Schmidt und drei SS-Männer entstiegen.

»Schmidt ist hier«, flüsterte Marguerite.

Simone steckte die Kennkarten in ihre Schürzentasche, schraubte das Tintenfass zu und schlüpfte durch die Hintertür nach draußen.

Einer der SS-Männer schlug mit der Faust an die Tür des Hauses und verlangte lautstark, man solle ihm öffnen.

Marguerite verließ das Atelier und beschirmte ihre Augen mit der Hand gegen die Nachmittagssonne. »Kann ich Ihnen helfen?«

Schmidt wandte sich zu ihr um. »Machen Sie einfach die Tür auf«, sagte er und trat gegen die Tür. »Wir wollen das Haus durchsuchen.«

»Wir haben nichts zu verbergen«, erwiderte Marguerite. »Vielleicht sind Sie am falschen Haus.«

»Werden Sie nicht frech«, sagte Schmidt.

Simone, die durch die Küche gekommen war, öffnete die Tür. Bevor sie etwas sagen konnte, stieß Schmidt sie grob zur Seite und stürmte mit den anderen Männern in den Flur. Von dort aus verteilten sie sich auf die Räume.

Simone griff nach Marguerites Hand. Sie hörten, wie Schubladen und Schranktüren aufgerissen wurden, doch die Bodenklappe zum Keller schienen die Männer nicht zu sehen.

»Bleib ganz ruhig«, flüsterte Marguerite.

»Lass mich nicht los«, antwortete Simone.

Sie schlichen durch die Küche – Marguerite steckte ein kleines scharfes Messer ein – und verzogen sich ins Atelier.

Auch dort war der Lärm aus dem Haus zu hören. Bei jedem Knall, jedem Bersten eines Glases, fuhren beide Frauen zusammen. Sollten die Männer den Keller entdecken, wären sie verloren.

»Wenn sie Dorothy finden, ersteche ich einen von ihnen, bevor sie uns mitnehmen«, sagte Marguerite.

Sie verließen das Atelier und beobachteten, wie einer der Männer den Garten durchsuchte, mit einem Stab in den Beeten stocherte, den Feigenbaum begutachtete, der seit Jahren keine Früchte trug, und einen Bogen um den Bienenstock machte, obwohl dieser leer war.

Auch die anderen SS-Männer kamen aus dem Haus, blickten sich um. Dann zuckten sie mit den Schultern und wandten sich dem Wagen zu.

Marguerite stieß einen langen Atem aus. Sie waren noch einmal davongekommen.

Schmidt verließ das Haus als Letzter. »Durchsucht die Frauen«, befahl er.

Die Männer machten kehrt.

Einer packte Simone, tastete ihren Körper ab, schob

seine Hand unter ihren Rock. Simone versteifte sich, als er ihre intimsten Stellen befingerte. Auf die Idee, ihre Schürzentaschen zu kontrollieren, kam er jedoch nicht. Als er mit ihr fertig war, kam Marguerite an die Reihe.

Marguerite versuchte krampfhaft, an etwas anderes zu denken. Sie spürte das Messer in ihrem Rockbund, wartete darauf, dass der Mann es fand.

Um von Marguerite abzulenken, begann Simone zu zetern. »Reicht das noch nicht? Und wer soll im Haus eigentlich wieder Ordnung machen? Wer zahlt das, was Sie zerbrochen haben?«

Die Männer blickten sie drohend an. Simone schimpfte weiter. Marguerite ließ das Messer unauffällig auf den Boden fallen. Als ein Sonnenstrahl die Klinge aufscheinen ließ, schob sie es mit dem Fuß in den Schatten.

Dann wurde sie wieder abgetastet. Dem Medaillon, in dem sich die Kamera verbarg, schenkte der Mann keine Beachtung.

Marguerite roch den Atem des Mannes, der das reichhaltige Essen verriet, das er vor Kurzem zu sich genommen hatte. Als er auch bei ihr nichts fand, kehrten sie zu ihrem Wagen zurück. Die Autotüren schlugen zu. Und Marguerite fiel auf, dass Schmidt nirgends zu sehen war.

Sie stürzte in ihr Atelier.

Schmidt saß an ihrem Arbeitstisch. »Da sind Sie ja«, sagte er und blätterte in ihrem Skizzenblock. Das Fläschchen mit der Milchsäure stand nicht weit entfernt.

Er musste das Atelier durchsucht haben. Bei der Vorstellung wurde Marguerite übel.

Schmidt schob den Skizzenblock fort. Und dann schlug

er mit der Faust auf eine kleine Tonfigur, die Marguerite angefertigt hatte. Die Tonfigur zerbrach, sie war noch nicht gebrannt, war einfach nur etwas gewesen, das Marguerite geformt hatte, weil es leichter war, an Ton als an Papier zu gelangen. Das Figürchen war auch nichts Besonderes gewesen, doch die mutwillige Zerstörung tat Marguerite weh.

»Sind Sie geblieben, weil Sie Ihr Porträt in Auftrag geben möchten?«, fragte Marguerite.

»Sie sollten nicht immer nur ans Geschäftemachen denken«, erwiderte Schmidt. »Das lässt Sie billig wirken.« Sein Blick glitt über den Tisch – und blieb an dem Fläschchen Milchsäure hängen.

Er nahm es auf und begutachtete es von allen Seiten. Ein Etikett gab es nicht. Schmidt zog den Stopfen heraus, roch an der Öffnung und verzog das Gesicht. Er setzte den Stopfen wieder ein. »Was ist das?«

Marguerite zuckte mit den Schultern. »Etwas, das ich in die Farben mische, um ihre Leuchtkraft zu erhöhen.«

Schmidt ließ das Fläschchen zwischen Daumen und Zeigefinger baumeln. »Zeigen Sie es mir.«

Marguerite nahm ihm das Fläschchen ab, bevor es herunterfallen und zerbrechen konnte. Der Inhalt war zu wertvoll.

Sie wusste nicht, wie Farben auf Milchsäure reagierten, wahrscheinlich würden sie, ebenso wie Tinte, verblassen. Sie griff nach zwei Aquarellen. »Hier habe ich die Farben mit diesem Mittel versetzt. Sie sehen, wie –«

Schmidt riss ihr die Aquarelle aus der Hand und warf sie auf den Boden. »Sie sollen mir zeigen, wie es funktioniert.«

Marguerite zog den Skizzenblock zu sich heran, befeuchtete die Ecke einer Seite und griff nach Wasserfarbe und Pinsel. »Man braucht nur ganz wenig. Mit so einem kleinen Fläschchen kommt man lange aus.«

Sie entfernte den Stopfen und führte den Pinsel in den Flaschenhals, um eine winzige Portion aufzunehmen.

Schmidt beugte sich vor. »Wie nennt man dieses Wundermittel?«

Wieder roch Marguerite den Atem eines Mannes, der vor Kurzem gut gegessen hatte. »Man nennt es … Farbverstärker.«

Sie fuhr mit dem Pinsel über das Töpfchen Königsblau und malte Schmidts Namen in zierlichen Buchstaben auf die vorbereitete Ecke des Blocks. Um gegen das Zittern ihrer Hand anzugehen, drückte sie die Außenkante der Hand fest aufs Papier.

Schmidt besah sich das Ergebnis. »Und was ist daran so besonders?«

Marguerite zuckte mit den Schultern. »Für ein ungeübtes Auge mag es schwer zu erkennen sein, aber ich kann sehen, dass dieses Mittel die Farbe intensiviert.«

Schmidt wirkte wenig beeindruckt.

Als die Milchsäure die blaue Farbe anzugreifen begann und Schmidts Name zu verschwinden drohte, schlug Marguerite die Seite um und schob den Block fort.

Schmidt nahm das Fläschchen, warf es von einer Hand in die andere und lachte, als er sah, dass dieses Spiel Marguerite nervös machte. »Sie scheinen an dem Fläschchen zu hängen.«

»Weil man heutzutage kaum noch an solche Farbverstärker kommt.«

»Wahrscheinlich, weil sie nutzlos sind.«

»Für mich nicht.«

Marguerite griff nach dem Fläschchen, Schmidt zog die Hand fort. Dann ließ er es wieder zwischen Daumen und Zeigefinger baumeln. »Ich glaube nicht, dass dieser – Farbverstärker wirkt. Wahrscheinlich hat Ihnen das Zeug jemand angedreht.« Er hielt das Fläschchen hoch. »Soll ich es fallen lassen?«

»Es wäre mir lieber, Sie täten es nicht.«

Schmidt grinste. »Dann müssen Sie schön ›bitte-bitte‹ sagen.«

Nach kurzem Zögern sagte Marguerite: »Bitte lassen Sie das Fläschchen nicht fallen.«

Er hielt den Arm höher. »Ich habe Sie nicht gehört.«

»Bitte lassen Sie das Fläschchen nicht fallen«, sagte Marguerite lauter.

Schmidt ließ den Arm sinken. Mit der freien Hand streichelte er Marguerites Wange, und sie musste sich zwingen, nicht zu schaudern.

»Na gut, weil Sie so lieb gefragt haben.« Schmidt stellte das Fläschchen ab, beugte sich vor und küsste Marguerite auf den Mund. »Und was sagt man, wenn einem jemand eine Bitte erfüllt hat?«

Marguerite schluckte. »Danke«, sagte sie gepresst.

Schmidt stand auf. »Sehr brav.«

Mit polternden Stiefelschritten verließ er das Atelier.

Marguerite schüttelte sich vor Ekel, trat an den Wasserhahn und wusch ihr Gesicht, rubbelte mit dem Handtuch wie verrückt über ihren Mund.

Simone kehrte zurück. »Sie sind fort. Den Keller haben

sie nicht gefunden.« Sie blickte sich um. »Hat Schmidt hier etwas entdeckt?«

Marguerite schüttelte den Kopf.

Simone musterte sie beunruhigt. »Ist mit dir alles in Ordnung?«

»Ja, alles in Ordnung«, sagte Marguerite.

Sie gingen ins Haus, räumten die Bodenklappe frei und stiegen zu Dorothy hinab.

»Das war knapp«, sagte Dorothy erleichtert.

Marguerite nahm sie in die Arme und drückte sie an sich. »Die Bodenklappe ist gut getarnt.«

»Trotzdem habe ich Blut und Wasser geschwitzt«, erwiderte Dorothy. »Ich verdanke euch mein Leben.«

Marguerite und Simone brauchten bis zum Abend, um im Haus wieder Ordnung zu schaffen.

Danach setzten sie sich in der Küche zusammen und ließen das Geschehen noch einmal Revue passieren.

»Es war so schrecklich«, sagte Simone und begann, nervös an der Nagelhaut ihres Daumens zu knibbeln. »Dorothy glaubt, dass sie bei uns sicher ist, aber das ist ein Irrtum. Schmidt hat uns im Auge, dadurch ist jeder, der mit uns zu tun hat, in Gefahr. Denk an die, die wir verloren haben. Sicher, wir wollen den Widerstand unterstützen, aber der Preis dafür ist hoch.«

Marguerite hielt Simones Hand fest. Das Nagelbett hatte bereits angefangen zu bluten. »Die Befreiung Frankreichs steht kurz bevor. Wir müssen einfach die Nerven bewahren und gut aufeinander aufpassen.«

Sie erzählte ihrer Freundin nicht, dass Lance sich möglicherweise spätabends bei ihnen herumgetrieben und Dorothy vielleicht gesehen hatte. Simone hatte genug Sorgen, warum noch eine hinzufügen?

»Armand hat versucht, für Dorothy ein neues Versteck zu finden, aber niemand ist bereit, sie aufzunehmen. Seit Biquet und die anderen Jungen umgebracht wurden, fürchten die Leute die Deutschen noch mehr.«

Das war verständlich, dachte Marguerite. Die Deutschen würden nicht nur bis zum letzten Mann kämpfen, sie waren offenbar auch entschlossen, jeden anderen für den verlorengehenden Krieg büßen zu lassen. Armand hatte ihnen erzählt, dass die westlichen Alliierten begonnen hatten, deutsche Städte flächendeckend zu bombardieren, und die Rote Armee von Osten her immer weiter vorrückte. Doch bis der Krieg wirklich zu Ende war, konnten die Deutschen noch sehr viel Unheil anrichten.

Simone lachte auf. »Ich hatte die Kennkarten, die Tinte und deine Pistole in dem leeren Bienenstock versteckt. Der SS-Mann, der sich dort umgeschaut hat, dachte, wir hätten Bienen, und hat sich nicht an den Stock herangetraut.«

Marguerite wünschte, sie wäre ebenso geistesgegenwärtig gewesen und hätte die Milchsäure rechtzeitig in Sicherheit gebracht. Hätte Schmidt erfasst, wofür sie verwendet wurde, säßen sie und Simone jetzt in einem Folterkeller.

Kapitel 33

Die Nachricht von Étienne, mit der er Marguerite in die Villa Christelle bat, musste jemand nach der Ausgangssperre unter der Tür des Bauernhauses durchgeschoben haben.

Marguerite entdeckte sie am Morgen und stellte sich vor, wie Étienne sie gebracht hatte, vielleicht in einer einsamen Stunde der Nacht.

Er hoffe, so schrieb er, dass sie weiter an seinem Porträt arbeiten wolle.

Trotz ihrer kleinen Fehltritte und ihrer Schwierigkeiten miteinander, war offenbar keiner von ihnen bereit, ihr Zusammensein aufzugeben. Das Porträt war wie eine Flucht vor dieser schrecklichen Welt.

Wenn Marguerite zeichnete oder malte, konnten sie auf der Terrasse sitzen, unter ihnen das in der Sonne glänzende Meer und über ihnen der strahlend blaue Himmel. In solchen Momenten war der Krieg nur wie ein böser Traum.

Doch in der Realität und jenseits dieser Oase ging der Krieg unvermindert weiter, und wenn Marguerite Schüsse hörte, trauerte sie um die, die vielleicht ihr Leben verloren hatten. Immer wieder erlebte sie, wie in der Stadt Menschen gepackt und auf die Ladeflächen von Lastwagen getrieben wurden. Anschließend wurden sie zum Verhör, in

Internierungs- oder Gefangenenlager gebracht – Orte, von denen sie vielleicht nie mehr zurückkehren würden.

Étienne hatte gefragt, ob Marguerite am Morgen gegen zehn Uhr kommen könne, und so stieg sie um neun auf ihr Rad. Alles, was sie zum Malen brauchte, hatte sie dabei.

Doch auf dem Weg wurde sie nervös und fragte sich, ob der Mann oder der Pater sie in der Villa erwartete, der Kunstliebhaber oder der Freund der Nazis. Es war ihr unbegreiflich, wie er diese Widersprüche in sich vereinen konnte, wie er sich selbst etwas verzeihen konnte, was sie ihm nicht verzieh.

Es war eindeutig der Mann ohne Soutane, der sie in der Villa begrüßte. Er musste erst vor Kurzem vom Schwimmen oder aus der Dusche gekommen sein, sein Haar war noch feucht. Darüber hinaus strahlte er an diesem Morgen eine Entschlossenheit aus, die Marguerite so bisher noch nicht an ihm wahrgenommen hatte.

»Ich muss Ihnen etwas zeigen«, sagte er. »Kommen Sie mit.«

Ob er sich freute, dass Marguerite erschienen war, konnte sie nicht erkennen, und sie versuchte selbst, neutral zu bleiben.

»Schmidt hat mich gestern Abend besucht«, sagte er und führte Marguerite zu seinem Arbeitszimmer.

»Als Freund?«

»Er hatte eine Flasche Cognac dabei, die er mit mir teilen wollte. Was mich gewundert hat, denn trotz seines Leibesumfangs verträgt er keine großen Mengen Alkohol. Als wir drei Viertel der Flasche geleert hatten, kippte er um und schlief ein.«

»Und wie viel haben Sie getrunken?«

Étienne zeigte ihr eine kleine Spanne zwischen Daumen und Zeigefinger.

»Schmidt kam aus seinem Büro und hatte seine Aktentasche dabei. Während er seinen Rausch ausgeschlafen hat, habe ich mir die Unterlagen in der Tasche angeschaut.«

Sie betraten sein Arbeitszimmer. Étienne öffnete die Schreibtischschublade und holte eine Filmrolle heraus, die er Marguerite überreichte.

»Darunter war die Verteidigungslinie der Wehrmacht für die Côte d'Azur. Diese Seiten habe ich fotografiert. Ich nehme an, so etwas gehört zu den Dingen, die Sie suchen.«

Marguerite starrte auf den Film in ihrer Hand und konnte kaum glauben, was er für sie getan hatte. Am liebsten hätte sie ihn auf der Stelle umarmt und geküsst.

Sie steckte die Filmrolle ein. »Schon bald werden die Franzosen, nein, wird die ganze Welt Ihnen danken.«

»Ich habe es mehr aus persönlichen Gründen getan«, erwiderte Étienne. »Damit Sie endlich wissen, dass Sie mir vertrauen können.« Für einen Moment wirkte er fast nervös. »Ich möchte auch nicht, dass eine Lüge zwischen uns steht, deshalb muss ich Ihnen etwas beichten.«

Er zog den Vorhang zurück, der das Gemälde von Motz verhüllte. »Ich habe Ihnen erzählt, mein Vater habe mir dieses Bild vor seinem Tod vermacht, doch das ist nicht wahr. Als die Deutschen in Paris einmarschierten, haben mein Bruder Thierry und ich unsere Galerie geschlossen. Wir wussten, dass die Nazis unsere Sammlung moderner Malerei als entartet bezeichnen und beschlagnahmen würden, um die Bilder entweder zu verkaufen oder zu zerstören. Um das zu verhindern, haben wir die Gemälde an die jeweiligen Künstler zurückgegeben und ihnen geraten, ihre Werke zu verbergen.

Josef Motz war mein Freund. Die Deutschen haben ihn gefangen genommen, und weder mein Bruder noch ich besaßen genügend Einfluss, um ihn wieder freizubekommen. Aber wenigstens konnten wir seiner Frau und seinen Kindern rechtzeitig zur Flucht verhelfen. Dieses Bild war in ihrem Besitz, und Madame Motz bat mich, es für sie aufzubewahren.« Étienne lächelte. »Die Familie konnte nach England entkommen. Sie leben dort auf dem Land, wo es keine Bombenangriffe gibt.«

»Was ist mit den Bildern hier in der Villa?«, fragte Marguerite. »Die kommen nicht aus der Galerie Ihrer Familie, oder?«

Étienne lachte und schüttelte den Kopf. »Ganz sicher nicht. Diese Bilder hat Gerald Mayhews Frau ausgesucht, sehr zu Geralds Leidwesen.«

»Ach«, sagte Marguerite, »dann kennen Sie Mayhew?«

»Natürlich«, entgegnete Étienne. »Gerald und ich sind Freunde. Er hat bei uns Bilder für sein Haus in London gekauft. Als er vor den Deutschen fliehen musste, bat er mich, hier einzuziehen. Er ging davon aus, dass die Deutschen Hemmungen haben würden, ein Haus zu requirieren, in dem ein Priester wohnt. Und er hat recht gehabt.«

Marguerite senkte den Blick. Sie hatte Étienne unrecht getan, hatte geglaubt, die Villa sei von den Besatzern beschlagnahmt und ihm überlassen worden. Aber was war mit dem Foto, das sie in seinem Schlafzimmer entdeckt hatte? Wer war die schöne Frau, die darauf zusammen mit

Étienne und Catherine abgebildet war? Seine Geliebte? Oder doch nur seine Schwägerin? Auch seine Beziehung zu Schmidt war ihr weiterhin ein Rätsel. Wie hatte Étienne an jenem Morgen in Schmidts Büro mit dem Mann Cognac trinken und lachen können, obwohl das Leben der zehn Jungen auf dem Spiel gestanden hatte? Sie verstand die Beweggründe nicht, die Étienne zu diesem oder jenem Tun veranlassten. Nach wie vor wollte nur ihr Herz ihm vertrauen, ihr Verstand weigerte sich weiterhin.

»War es für Sie und Ihren Bruder nicht gefährlich, der Familie Motz zur Flucht zu verhelfen?«

Étienne hob die Schultern. »Es war hauptsächlich Thierry, der dafür gesorgt hat. Er hat auch seine Frau und seine Kinder nach Spanien gebracht.« Er seufzte. »Und dann ist er nach Frankreich zurückgekehrt und hat sich dem Widerstand angeschlossen.«

»Ach«, sagte Marguerite, »und Catherine hat er zurückgelassen? Haben Sie nicht gesagt, ihre Familie lebt in Paris?«

Für einen Moment geriet Étienne aus dem Tritt, dann hatte er sich wieder im Griff. »Catherine ist die älteste Tochter, sie hat darauf bestanden, in Frankreich zu bleiben.«

Er log, Marguerite konnte es ihm vom Gesicht ablesen. Und Madame Mercier hatte ebenfalls gelogen.

Um das Thema zu wechseln, deutete Étienne auf das Gemälde. »Ich hoffe, bald kommt der Tag, an dem ich Motz' Familie dieses Bild zurückgeben oder ihr helfen kann, es in einem befreiten Frankreich über eine seriöse Galerie zu verkaufen. Sollte Josef die Gefangenschaft nicht überleben, wäre die Familie dann zumindest gut versorgt.«

Doch Marguerite wollte das vorherige Thema weiterverfolgen. »Wissen Sie, wo Ihr Bruder ist?«

Étienne schwieg. Dann sagte er. »Thierry wird vermisst. Man glaubt, dass er erschossen wurde, doch mehr wissen wir nicht. Mehr erfahren wir vielleicht auch nie.«

»Das ist furchtbar«, sagte Marguerite und konnte plötzlich nicht anders, als ihn tröstend in die Arme zu nehmen.

Étienne schloss die Augen. »Gott gibt mir die Kraft, Thierrys Schicksal zu ertragen«, murmelte er.

Sie sah ihn an. »Wie kann man an einen Gott glauben, der so viel Leid zulässt?«

»Mein Glaube wird täglich auf die Probe gestellt, doch ich habe gelernt, den Zweifel zu überwinden. Auch das gibt mir Kraft. Man muss der Versuchung widerstehen.«

»Ich dachte, die Liebe gibt uns Kraft«, sagte Marguerite.

Ihre Blicke begegneten sich. Der Moment dehnte sich.

»Marguerite«, flüsterte Étienne und zog sie an sich. Und dann küsste er sie – zuerst zart und dann so leidenschaftlich wie er es damals im Park getan hatte.

Was er ihr ins Ohr flüsterte, spürte Marguerite ebenso in seinem heftig schlagenden Herz an ihrer Brust, in seinen Fingern, die hastig die Knöpfe ihres Kleids zu öffnen begannen.

Marguerite wollte das Kleid abstreifen und löste sich von Étienne. Das war ein Fehler, sie konnte sehen, wie Étienne wieder zu sich kam.

Er wich zurück und schüttelte den Kopf. »Was tue ich da?«, murmelte er. »Entschuldige, ich war –« Ohne den Satz zu beenden, wandte er sich ab und hastete aus den Raum.

Einen Moment lang stand Marguerite benommen da und blickte auf die Tür, die hinter Étienne zugefallen war. Nach einer Weile wurde ihr klar, dass er nicht zurückkehren würde. Sie knöpfte ihr Kleid zu, spürte die Hitze in ihren Wangen und wusste nicht, wie sie ihm nun gegenübertreten sollte.

Sie fühlte sich gedemütigt, fragte sich, ob auch sie eine Prüfung gewesen war, die er bestanden, eine Versuchung, der er widerstanden hatte, statt die Liebe anzunehmen, die sie ihm angeboten hatte.

Sie fand Étienne auf der Terrasse. Er hatte seine Freizeitkleidung gegen seine Soutane getauscht und schien in ein Gebet versunken.

Sie hatte ihn verloren, dachte Marguerite und korrigierte sich. Nicht verloren, er hatte ihr ja nie gehört und würde ihr nie gehören. Vielleicht sehnte sich sein Körper nach ihr, womöglich auch sein Herz, doch seine Seele war in den Händen seines Gottes.

Étienne stand auf, blinzelte in die Sonne und wandte sich zu Marguerite um. Auf seinem Gesicht spielten sich die widersprüchlichsten Emotionen ab.

Marguerite räusperte sich. »Ich wollte mich verabschieden.«

»Jetzt schon?« Marguerite wusste, er würde sie nicht aufhalten.

»Ich muss dringend den Film an meine Kontaktperson weiterreichen. Je früher, desto besser.«

»Ja, natürlich.«

»Aber ich brauche noch mehr. Genauer gesagt, geht es um die Listen der Gefangenen, die die Deutschen in ihre

Lager deportiert haben. An die müssen wir herankommen, bevor Schmidt sie vernichtet. Was er vermutlich vor dem Rückzug der Deutschen tun wird. Wir nehmen an, dass sich diese Unterlagen in Schmidts Büro befinden. Vielleicht in seinem Safe. Kannst du mir helfen, in das Büro und an den Safe zu gelangen?«

Étienne runzelte die Stirn. Vielleicht dachte er an die Gefahr, die eine derartige Aktion beinhaltete. »Ich kann es versuchen.«

Marguerite bedankte sich, und Étienne neigte den Kopf, um sie anzusehen.

»Vorhin hatte ich einen Moment der Schwäche«, sagte er. »Was wir getan haben, hätte nicht geschehen dürfen. Bitte verzeih mir.«

»Es gibt nichts zu verzeihen«, entgegnete Marguerite. »Ich möchte auch nicht, dass du es bereust. Das könnte ich nicht ertragen.«

Étienne schüttelte den Kopf. »Ich bereue es nicht, auf keinen Fall. Dennoch ist –«, er räusperte sich, »ist es besser, wenn wir den Plan, mich zu malen, fallenlassen.«

»Natürlich«, sagte Marguerite. »Wenn du das nicht mehr möchtest …«

»Wir können kein Liebespaar werden, Marguerite. Egal, wie sehr wir es uns beide wünschen.«

Marguerite schaute aufs Meer, sein entsagungsvoller Blick schmerzte sie zu sehr. »Hundertmal am Tag sage ich mir, dass du Priester und an ein Gelübde gebunden bist. Und dann wünsche ich mir, es wäre anders.«

Étienne nickte und wendete sich von ihr ab, wieder ganz der Priester, endgültig unerreichbar für sie.

Marguerite verließ das Haus. Sie hätte sich einreden können, dass zwischen ihnen nicht viel vorgefallen, es nicht der Rede wert gewesen sei. Doch das war nicht möglich, sie spürte ja noch, wie Étienne sich an sie gepresst hatte, hatte noch die Worte *Ich liebe dich* in den Ohren, die er zwischen seinen Küssen geflüstert hatte.

Kapitel 34

Auf dem letzten Stück Weg musste Marguerite ihr Rad schieben.

Sie spürte die brennende Sonne und schleppte sich über den schmalen karstigen Pfad, vorbei an Gestrüpp, auf dem eine dünne Staubschicht lag.

Sie wollte nicht an Étienne denken – und tat es doch. In einem versteckten Winkel ihres Herzens hatte sie davon geträumt, sie und Étienne könnten Liebende werden. Dieser Traum war nun erloschen.

Sie erreichte die Schäferhütte und rief Pascals Namen. Als sich nichts regte, ließ sie sich im Schatten einer Kiefer nieder und wartete auf ihn.

Dann war er plötzlich da, die Kleidung noch abgerissener, der Schweißgeruch noch stärker als beim letzten Mal. Er sah müde aus.

Marguerite fragte ihn nicht, an welchen Sabotageakten er in den vergangenen Tagen teilgenommen hatte, er hätte ihr darauf ohnehin keine Antwort gegeben. Doch seit der Landung der Alliierten in der Normandie hatten sich die Sabotagen bei ihnen gehäuft. Nun zielten die Widerstandskämpfer darauf, die Transportwege und Nachschublinien der Wehrmacht Richtung Norden zu zerstören, Eisenbahngleise, Brücken und Straßen zu sprengen.

Marguerites Besuch schien Pascal zu verwundern, doch

bevor er sie nach Grund fragen konnte, überreichte sie ihm die Filmrolle.

»Auf dem Film ist die Verteidigungslinie der Wehrmacht für die Côte d'Azur.«

Pascal steckte den Film ein. »Das ist sehr gut, aber es ist nicht das, worum wir dich gebeten haben. Langsam läuft uns die Zeit davon. Die Deportationslisten müssen fotografiert werden, bevor die Deutschen sie vernichten.«

»Das weiß ich selbst«, erwiderte Marguerite gereizt. »Und ich bleibe dran.«

»Hast du mir etwas zu essen mitgebracht?«

Marguerite reichte ihm ein Päckchen, in dem sich ein halbes Baguette und ein Stück Käse befanden.

Pascal bedankte sich nicht. Dabei war es riskant, Nahrungsmittel zu transportieren. Hätten die Deutschen sie angehalten, hätte Marguerite erklären müssen, woher sie Brot und Käse hatte. Ihre Lebensmittelscheine hätten dazu nicht ausgereicht, dazu war das Stück Käse zu groß.

Pascal ließ sich nieder, wickelte das Päckchen aus und biss ein Stück Brot ab. »Ich weiß noch nicht, ob ich dich als Heldin oder als Schlafmütze bezeichnen soll.«

Marguerite stand auf und wischte sich Staub von ihrem Rock.

»Kennst du die Bar am Chemin de la Cigale?«

»Ich gehe nicht in Bars. Sie sind voller Deutscher.«

»Komm Freitagabend um acht.«

»Dann ist Ausgangssperre.«

»Egal.«

Marguerite nickte und griff nach ihrem Rad.

Kapitel 35

Auf der Fahrt zur Bar am Chemin de la Cigale hatte es zu regnen begonnen, und die Luft wurde vom frischen, würzigen Duft feuchter Nadelbäume getränkt.

Die Bar befand sich in einem unauffälligen kleinen Haus. Zögernd öffnete Marguerite die Eingangstür und folgte einem trübe beleuchteten Flur zu einem Hinterzimmer. Dort war die eigentliche Bar, ein schmuddeliger Raum, in dem an den wenigen Tischen ausschließlich Männer saßen. Die einen spielten Karten, die anderen unterhielten sich leise. Auch hier war das Licht schummrig.

Kein Wunder also, dass hier keine Deutschen waren. Sie bevorzugten ansprechende, hell erleuchtete Lokale, in denen auch Frauen verkehrten.

Doch diese Bar wirkte abweisend und nur für bestimmte Gäste offen, Leute wie Pascal.

Als Marguerite eintrat, wandten sich alle zu ihr um. Pascal saß am Tresen und winkte sie zu sich. Marguerite schlängelte sich an den Tischen vorbei und ließ sich auf dem Hocker an seiner Seite nieder. Er bestellte ihr einen Schnaps, der, wie Marguerite annahm, schwarz gebrannt war.

Auch er hatte einen Klaren vor sich stehen, und während er Marguerite ansah, leerte er sein Glas in einem Zug.

Als Marguerites Schnaps gebracht wurde, richteten sich

alle Blicke auf sie, um festzustellen, ob sie das Glas ebenfalls mit einem Schluck austrinken würde.

»Runter damit«, sagte Pascal. »Der Fusel bringt dich nicht um – macht dich höchstens blind.«

Marguerite war Alkohol nicht mehr gewöhnt, doch sie setzte das Glas an ihre Lippen, legte den Kopf zurück und kippte den Inhalt hinunter. Dann stellte sie das leere Glas ab, als wäre das Ganze nichts gewesen und als würde ihr Rachen nicht wie Feuer brennen.

Die Männer wandten den Blick ab und widmeten sich wieder ihrem Kartenspiel oder ihren Gesprächen. Marguerite nickte dem Barmann zu und bestellte die nächste Runde für Pascal und sich.

Als sie bezahlen wollte, schüttelte der Barmann den Kopf. »Geht aufs Haus.«

Pascal zwinkerte Marguerite zu. »Jetzt giltst du als meine Freundin, und die Leute werden dir keinen Ärger mehr machen.«

»Sie werden denken, dass ich mit dir ins Bett gehe. Das ist auch nicht gut.«

»Besser, als dass sie dich für eine Nazi-Hure halten.«

Pascal trank sein Glas aus und wischte sich mit der Hand über den Mund. »Die Gestapo hat eine englische Agentin gefasst und sie heute früh erschossen.«

»Weißt du, wie sie hieß?«

»Keine Ahnung.«

Der zweite Schnaps brannte bis hinunter in Marguerites Magen. Diesmal spürte sie die Wirkung, die Flaschen in dem Regal hinter dem Tresen begann zu verschwimmen.

Sie fragte sich, ob es sich bei der Engländerin um Violet

gehandelt haben könnte, die junge mutige Frau, die sich in das besetzte Frankreich gewagt hatte. Wenn nicht, dürfte es jemand wie sie gewesen sein. Niemand war sicher, ganz gleich wie umsichtig und klug er war.

Sicherlich hatte die Gestapo die Engländerin verhört und gefoltert, um die Namen ihrer Kontaktleute herauszubekommen. Marguerite konnte nur beten, dass es nicht Violet gewesen war.

Pascal hatte sie offenbar nur in die Bar bestellt, um zumindest in den Kreisen des Widerstands ihren guten Ruf wiederherzustellen, denn mitzuteilen hatte er ihr nichts. Als er aufgefordert wurde, an einem Kartenspiel teilzunehmen, stand er wortlos auf und setzte sich zu den Männern, die ihn gerufen hatten.

Marguerite rutschte von ihrem Hocker herunter. Der Barmann nickte ihr zum Abschied zu. Marguerite versuchte, den Gastraum, ohne zu schwanken, zu verlassen. Pascal nahm ihren Aufbruch entweder nicht zur Kenntnis oder er interessierte ihn nicht. Auch die anderen Männer beachteten Marguerite nicht mehr.

Draußen atmete sie mehrmals tief durch, war aber zu angesäuselt, um sich auf ihr Rad zu wagen. Sie schob es durch die Straßen, bis ihr Kopf klarer wurde und die freie Landstraße vor ihr lag.

Am Bauernhaus saß Dorothy auf der Eingangsstufe und rauchte eine Selbstgedrehte aus getrockneten Weinblättern und getrockneter Minze.

»Dorothy«, sagte Marguerite, »warum setzt du dich vors Haus?«

»Ich habe auf dich gewartet. Wollte sichergehen, dass dir

nichts zugestoßen ist.« Sie streckte die Hand aus, damit Marguerite ihr hochhalf.

»Du hast getrunken«, erklärte Dorothy. »Hast du mir ein Fläschchen mitgebracht?«

Marguerite schüttelte den Kopf, und hinter ihren Schläfen setzte ein dumpfer Kopfschmerz ein.

»Schade. Gegen einen ordentlichen Schluck von etwas Hochprozentigem hätte ich jetzt nichts einzuwenden.«

Kapitel 36

Marguerite fuhr zu Étienne. Sie hatte sich umgehört, um zu erfahren, wer die Engländerin gewesen war, die die Gestapo umgebracht hatte, doch niemand hatte es ihr sagen können. Nun blieb noch Étienne. Vielleicht hatte Schmidt ihm etwas erzählt.

Étienne musste Marguerite gesehen haben; als sie ihr Fahrrad abstellte, öffnete er bereits die Tür. An diesem Tag war er wieder in Freizeitkleidung.

»Das war knapp«, sagte er. »Schmidt war hier und ist eben erst gegangen.« Er führte Marguerite auf die Terrasse. »Er hat mir von einer englischen Spionin erzählt, die von der Gestapo gefoltert und anschließend erschossen wurde. Ich hatte Angst, dass du es gewesen sein könntest.«

»Das hätte er dir gesagt.«

Étienne schüttelte den Kopf. »Ich habe ihn nach dem Namen gefragt, aber er wollte ihn mir nicht sagen. Vielleicht hat er geahnt, dass ich Angst um dich hatte, und es hat ihm Vergnügen bereitet, mir den Namen nicht zu verraten.«

Sie ließen sich nieder.

Wieder musste Marguerite an Violet denken. »Vielleicht war die Frau so stark, dass sie ihren Namen nicht preisgegeben hat.«

»Ich habe mir vorgestellt, was sie dir angetan haben könnten. Es war schrecklich.«

Marguerite nahm Étiennes Hand. Zuerst wollte er sie ihr entziehen, doch dann schlossen sich seine Finger um ihre Hand.

»Ich weiß nicht, wer du bist«, sagte Étienne. »Und doch bist du unaufhörlich in meinen Gedanken, ganz gleich, wie sehr ich versuche, dagegen anzugehen.«

Sie wollte ihm sagen, dass es ihr umgekehrt ebenso erging, doch er sprach bereits weiter.

»Ich habe Keuschheit gelobt und widme mein Leben seit Jahren dem Herrn. Dieses Leben habe ich nur selten infrage gestellt. Und dann habe ich dich in jener Nacht im Park gesehen. Du warst in Gefahr, und ich wollte dir helfen. Du hast mich gebeten, dich zu küssen.«

»Es war kein schlechter Kuss«, sagte Marguerite.

»Nein.« Étienne lächelte. »Ich wollte diese Begegnung vergessen, doch mit einem Mal war dein Gesicht überall auf den Werbeplakaten für die Ausstellung zu sehen. Es war, als hättest du mich zu dir gerufen, hättest mir sagen wollen, dass du mich brauchst.«

»Ich hätte dich gern zu mir gerufen«, entgegnete Marguerite. »Denn ich brauche dich tatsächlich.«

»Ich hätte die Vernissage nicht besuchen dürfen und habe es doch getan. Und dann habe ich deine Gemälde gesehen und hatte das Gefühl, in deine Seele zu blicken – eine so schöne Seele, dass sie mir in unserer furchtbaren Welt ein Trost war.«

Eine Weile sahen sie stumm zu, wie die Wellen unter ihnen an die Felsen stießen und sich wieder zurückzogen, rhythmisch und hypnotisch zugleich. Dann begannen sie von sich zu erzählen. Zuerst kamen ihre Worte stockend und vorsichtig, dann freier. Doch wenn Étienne Marguerite Fragen zu ihrem früheren Leben stellte, führte sie das Thema wieder zu ihm zurück.

Bestimmte Wahrheiten konnte sie ihm nicht anvertrauen, ihm nicht sagen, wovor sie in England geflohen war. Er sollte sie so sehen, wie sie jetzt war, nicht die Frau von früher. Alles andere hätte das Bild, das er von ihr hatte, zerstört. Die Mauer, die sie um ihre Vergangenheit errichtet hatte, musste bestehen bleiben.

Als die Abenddämmerung einsetzte und die Ausgangssperre begann, sagte Marguerite: »Ich muss gehen.«

Étienne löste seinen Blick von dem in der Abendsonne funkelnden Meer. »Bleib. Du kannst in einem der Gästezimmer schlafen. Falls du die biederen Bilder aushältst, die auch dort an den Wänden hängen.«

Sollte sie die Nacht im selben Haus wie er verbringen und doch von ihm getrennt sein? »Ich glaube, das ist keine gute Idee«, entgegnete Marguerite. »Und Simone wird sich Sorgen machen, wenn ich vor der Sperrstunde nicht im Haus bin.«

»Ich werde einen Boten zu ihr schicken, dann weiß sie, dass du in Sicherheit bist. Und morgen früh machen wir mit dem Porträt weiter.«

Es würde Marguerite tatsächlich schwerfallen, diesen paradiesischen Ort zu verlassen und zu ihrem realen Leben zurückzukehren. Zudem war das Zusammensein mit Étienne heute so harmonisch, so war es bisher nicht gewesen. Sonst waren Männer in ihrem Leben nur zuvorkommend, wenn sie etwas von ihr wollten, aber sie wusste ja nun, dass es bei Étienne anders war. Marguerite willigte ein, zu bleiben.

Als die Luft kühler wurde, holte Étienne eine Wolldecke, die er über Marguerite breitete. »Ich wünschte, wir müssten nicht verdunkeln. Dann hätte ich dir jetzt ein Dutzend Kerzen angezündet, und vielleicht ein Lagerfeuer, wir hätten zugeschaut, wie die Flammen im leichten Abendwind flackern, und dann hätten wir einander unsere Geheimnisse erzählt.«

Es war eine wunderschöne romantische Idee, dachte Marguerite. Doch gleichzeitig war der Krieg wieder ganz nah, und Marguerite kamen die die deutschen Kampfflieger in den Sinn, die aus dem Nachthimmel jedes Licht verfolgten und sofort Handgranaten in jedes Fenster warfen, aus dem Beleuchtung drang. Eine einzige Kerze wäre schon zu gefährlich gewesen. Die Alliierten durften nicht angelockt werden, zumal sie bereits zunehmend Luftangriffe durchführten, Verkehrswege und deutsche Stellungen bombardierten. Vielleicht würde ihnen auch ein abgelegenes Haus wie diese Villa als Zielscheibe dienen.

»Bald werden wir frei sein«, sagte Étienne so leise, als hätte er Angst, sie könnten belauscht werden. »Doch es wird dauern, bis wir uns alle von dem Leid dieses Kriegs erholt haben und die Welt wieder in Ordnung kommt. Deshalb muss man einen Abend wie diesen genießen.«

Sie hörten das Meer rauschen, sahen zu, wie die zerklüfteten Felsen der Küste dunkler wurden. Vor dem Krieg wäre die Küstenlinie von Lichterketten gesäumt gewesen, nun leuchteten nur die Sterne.

Étienne griff nach Marguerites Hand. »Heute war ein schöner Tag. Ich danke dir dafür.«

Und wieder dachte Marguerite, dass er, trotz der Kraft,

die sein Glaube ihm spendete, einsam war. Er lebte getrennt von seiner Familie, und was aus seinem Bruder geworden war, wusste er nicht. Vielleicht würde die Welt für ihn nie wieder in Ordnung kommen, ebenso wenig wie für die Mütter der zehn Jungen, die die Deutschen umgebracht hatten, und für Nicole, die den Leichnam ihrer Tochter suchte.

Marguerite fröstelte und zog die Decke enger um sich. »Zum Malen ist Frühlicht am besten. Deshalb sollte ich mich jetzt schlafen legen.«

Étienne führte sie über den oberen Flur, erklärte ihr, wo das Bad war, und zeigte ihr das Gästezimmer. Dann verabschiedeten sie sich.

Marguerite schloss die Vorhänge ihres Zimmers. Auf dem Bett lag ein Schlafanzug, und auf der Kommode ein rosafarbenes Stück Seife. Auch Seife hatte Marguerite seit ewigen Zeiten nicht mehr gesehen. Mit geschlossenen Augen schnupperte sie daran und nahm einen schwachen Rosenduft wahr. Wahrscheinlich stammte die Seife noch aus der Zeit, als Mayhew mit seiner Frau hier gelebt hatte, die nicht hatten ahnen können, zu welcher Kostbarkeit dieses kleine Stückchen werden würde.

Marguerite war dabei, ihr Kleid aufzuknöpfen, als an der Tür leise geklopft wurde. Sofort begann ihr Herz erwartungsvoll zu schlagen. Sie hielt das Kleid vorn zusammen und öffnete die Tür.

Draußen stand Étienne. Sein Blick wanderte von ihrem Gesicht ihren bloßen Hals hinab. »Ich dachte, vielleicht möchtest du ein Bad nehmen? Ich habe bereits Wasser eingelassen. Handtücher findest du dort ebenfalls.«

Marguerite bedankte sich und versuchte, sich nicht schlecht zu fühlen ob all des puren Luxus, den er ihr gewährte. Dann lauschte sie seinen verklingenden Schritten.

*

Als Marguerite aus der Badewanne stieg, glühte ihre Haut, und ihr Haar roch nach Apfelshampoo. Fast fühlte sie sich wiederhergestellt, sauber und frisch, wenn sie auch nicht mehr so jung und schön war wie vor dem Krieg. Sie schlang das Badetuch um sich und tappte über den Flur zu ihrem Zimmer. Vor Étiennes Tür verharrte sie, horchte, ob sich dahinter noch etwas regte. Als sie glaubte, eine Bewegung zu hören, nahm sie ihren Mut zusammen und klopfte.

Es war lange her, dass sie mit einem Mann zusammen gewesen war, und sie zitterte vor Nervosität, dass sie ihn vollkommen missverstanden hatte und er sie abweisen würde.

Doch da hörte sie seine Schritte. Der Türknauf drehte sich, und dann stand er vor ihr, wie eine dunkle Gestalt vor einem weit geöffneten Fenster. Marguerite rührte sich nicht. Er streichelte ihre Wange.

Dann nahm Étienne ihre Hand und zog sie in sein Zimmer. »Möge der Herr mir vergeben«, flüsterte er, und die Worte wurden in die Nacht hinausgetragen.

Kapitel 37

Marguerite wurde von leisem Wellenrauschen geweckt. Dann spürte sie die warmen Sonnenstrahlen, die durch ein Fenster fielen, das leichte Leinenbetttuch, das sie bedeckte, und sie wusste, wo sie war.

Étienne war der zärtlichste Liebhaber gewesen, den sie jemals gehabt hatte. Sie hatte in seinen Armen gelegen und geweint, als sie daran gedacht hatte, wie lange sie sich nach jemandem wie ihm gesehnt hatte. Als er einschlief, hatte sie sich an ihn geschmiegt und sich gezwungen, wach zu bleiben, um jede Sekunde mit ihm auskosten zu können. Erst als das erste Tageslicht die Nacht vertrieb, überwältigte sie die Müdigkeit, und sie schlief ein.

Nun war Étienne nicht mehr da, er musste das Zimmer sehr leise verlassen haben. Marguerite stand auf, streifte seinen Morgenmantel über und machte sich auf die Suche nach ihm.

Als sie das Lachen hörte, das sie nur zu gut kannte, war es zu spät umzukehren, sie hatte den Salon bereits betreten.

Étienne sah sie mit gerunzelter Stirn an. »Guten Morgen, Marguerite«, sagte er. »Ich habe Besuch bekommen. Bitte zieh dich an.«

»Hallo, Liebling«, sagte Lance, der auf dem weichen weißen Sofa saß. »Wie schön, dich zu sehen, auch wenn ich dich hier eigentlich nicht erwartet hätte.«

Marguerite strich ihr zerzaustes Haar glatt und durchforstete ihr Gehirn nach einer Erklärung für ihre Anwesenheit. »Pater Étienne hat mich gebeten, sein Porträt zu malen.«

»Und die Vorstudien fanden im Bett statt, nehme ich an.«

Wieder lachte Lance, zündete sich eine Zigarette an und lehnte sich zurück. Auf dem Tisch vor ihm stand ein leerer Cognacschwenker. Offenbar hatte er es sich bereits bequem gemacht, wie so oft und an den verschiedensten Orten. Es war eine seiner Spezialitäten und gehörte zu seiner Unverfrorenheit.

Er wandte sich Étienne zu. »Keine Sorge, Pater, ich werde nicht den eifersüchtigen Ehemann spielen und Sie zu einem Duell herausfordern. Meine liebe Frau und ich leben seit Langem nicht mehr als Ehepaar zusammen. Mein kleiner Gefängnisaufenthalt ist uns dazwischengekommen.« Er lächelte, doch als er Marguerite ansah, stand die kalte Wut in seinen Augen. »Kommst du deshalb nicht mehr in mein Bett, Schätzchen? Weil es dir mit ihm besser gefällt?«

Marguerite suchte Étiennes Blick, um ihm zu signalisieren, wie sehr sie Lance verabscheute, doch er weigerte sich, sie anzusehen.

Marguerite zog den Morgenmantel enger um sich. »Warum verschwindest du nicht, Lance, du bist hier nicht erwünscht.«

Lance griff nach der Flasche Cognac auf dem Couchtisch und schenkte sich nach.

Marguerite verzog das Gesicht. Offenbar hatte er seine

alte Gewohnheit wiederaufgenommen, bereits frühmorgens zu trinken.

Lance nahm einen Schluck, leckte sich die Lippen und sagte: »Da wir uns hier so nett zusammengefunden haben, sollte ich Pater Étienne vielleicht erzählen, dass ich inzwischen weiß, wer mich vor Jahren ans Messer geliefert hat.«

Étienne schaute aus dem Fenster. »Sie sollten Frankreich verlassen, Mr Holmes. Unsere Besatzer sind nicht zimperlich, wenn sie auf feindliche Ausländer stoßen.«

»Ich habe hier etwas zu erledigen«, erwiderte Lance. »Danach verschwinde ich.«

»Sie haben mir noch nicht gesagt, weshalb Sie zu mir gekommen sind«, sagte Étienne.

»Ich kaufe sogenannte entartete Kunstwerke und verkaufe sie in der Schweiz. Aus der Galerie Ihres Bruders dürfte noch einiges davon vorhanden sein.«

»Ich fürchte, damit kann ich nicht dienen«, entgegnete Étienne. »Die Galerie wurde vor Jahren geschlossen.«

»Abgesehen davon wäre es zu gefährlich«, sagte Marguerite. »Sowohl der Besitz dieser Kunstwerke als auch der Handel mit ihnen ist verboten.«

»Was ist denn mit dir los?«, fragte Lance. »Früher hast du nie Nein zu einem Abenteuer gesagt.« Er nickte zu Étienne hinüber. »Tust es offenbar noch immer nicht.«

Étienne blickte weiterhin aus dem Fenster.

Marguerite beobachtete ihn unglücklich. Die Nachricht, dass sie verheiratet war, dürfte ihn tief getroffen haben. Er versuchte, es zu verbergen, doch sie konnte sich vorstellen, wie es in ihm aussah.

Lance leerte sein Glas und stand auf. »Sie haben mit meiner Frau geschlafen, Pater Étienne«, sagte er. »Doch darüber unterhalten wir uns ein anderes Mal. Lassen Sie sich mein Angebot bis dahin durch den Kopf gehen. Ich bin sicher, dass Sie an die Bilder kommen können, die ich suche.« Mit einer Kopfgeste deutete er auf Marguerite. »Sie schulden mir was.«

Als er fort war, trat Marguerite zu Étienne ans Fenster. Sie sahen zu, wie Lance den Pfad hinaufstolperte und schließlich zwischen den Sträuchern verschwand.

Marguerite wollte Étiennes Arm berühren, er wich ihr aus und verschränkte seine Arme vor seiner Brust, bildete eine Schranke vor seinem Herzen.

»Warum hast du mir nicht gesagt, dass du verheiratet bist?«

Wie kalt er klang, dachte Marguerite. All das, was zwischen ihnen entstanden war, war zerstört. Und es war ihre Schuld. Sie war nicht ehrlich gewesen, und das konnte sie nicht mehr gutmachen, ganz gleich, was sie nun sagen würde. Dennoch versuchte sie, es ihm zu erklären.

»Das war vor vielen Jahren. Die Frau, die Lance Holmes geheiratet hat, bin ich nicht mehr. Schon seit Langem nicht mehr.«

»Ich erinnere mich an den Fall. Es war ein Skandal, der durch die ganze Kunstwelt ging. Dein Mann wurde verurteilt, weil er gefälschte Gemälde verkauft hat. Seine Frau war Malerin. Ihr Name lautete Daisy Hamilton. Am Tag seiner Verhaftung ist sie aus England geflohen und wurde seitdem nicht mehr gesehen.«

Étienne wandte sich ungläubig zu Marguerite um.

»Lance meinte, du bist seine Frau, aber du bist doch Französin. Und Daisy war Engländerin.«

Mit den Augen flehte er sie an, ihm zu erklären, dass das alles ein Missverständnis war, ihm zu schwören, sie sei Französin und ihr Name sei Marguerite Segal, doch dazu war es jetzt zu spät.

»Mein Vater war Engländer, meine Mutter Französin. Als Kind habe ich mal in London, mal in Paris gelebt. Ich bin zweisprachig und kann mich sowohl in England als auch Frankreich wie eine Einheimische bewegen. Wo die Engländerin in mir endet und die Französin beginnt, weiß ich nicht, es spielt auch keine Rolle. Ich bin so, wie ich bin.«

Étienne schüttelte den Kopf und sagte: »Nun weiß ich erst recht nicht mehr, wer du bist.«

»Ich bin die Frau, die du in ihren Gemälden erkannt hast.«

»Du bist verheiratet. Für uns habe ich mein Gelübde gebrochen und nun auch gegen ein Gebot Gottes verstoßen. Du hast mich getäuscht.«

»Als ich Lance begegnet bin, war ich neunzehn Jahre alt. Meine Eltern waren tot, ich fühlte mich verloren und suchte nach Halt. Gleichzeitig habe ich versucht, als Malerin Fuß zu fassen. Lance war ein namhafter Kunsthändler, ich dachte, er könnte mir helfen, Erfolg zu haben. Dass er gefälschte Gemälde verkaufte, wusste ich nicht. Als es herauskam, habe ich mich geschämt, habe England verlassen und einen anderen Namen angenommen. Meine Vergangenheit kann ich nicht ändern, Étienne, sosehr ich es auch wünschen mag. Es quält mich, zu wissen, dass ich Beziehungen zu Kunden kultiviert habe, die Lance betrogen hat. Ich habe den Auftrag der SOE nicht zuletzt deshalb angenommen, weil ich etwas gutmachen wollte.«

Étienne zog die Brauen hoch. »Soll ich dich nun als Heldin feiern?«

»Natürlich nicht.« Marguerite seufzte. »Ich habe Lance geglaubt, als er damals gesagt hat, er könne mir helfen, als Malerin anerkannt zu werden. Doch die Frau, die ich in jener Zeit war, habe ich begraben. Ich bin zu einer anderen geworden. Nur hinterlässt so etwas Spuren. Vielleicht fällt es mir deshalb so schwer, mich in meinen Gemälden offen auszudrücken. Lieber verberge ich mich. Nur du hast in meinen Bildern mein wahres Ich erkannt.«

Marguerite dachte an die Frau, deren Name sie für sich gewählt hatte. Sie war in ihrem Alter gewesen, doch mehr wusste sie nicht über sie. Es war ihr schwergefallen, sich plötzlich Marguerite Segal und nicht mehr Daisy Hamilton zu nennen.

Und stets hatte sie die Furcht begleitet, dass die Wahrheit eines Tages ans Licht kommen und man sie entdecken könnte, spätestens dann, wenn Lance seine Gefängnisstrafe verbüßt hätte und nach ihr suchen würde. Manchmal hatte sie auf ein Wunder gehofft, sich einzureden versucht, dass er sie nicht finden werde, doch richtig geglaubt hatte sie es nicht. Also hatte sie einen Tag nach dem anderen in Angriff genommen, dabei ständig über die Schulter geschaut. Dann hatte der Krieg begonnen, und die Deutschen hatten einen Teil Frankreichs nach dem anderen besetzt, zuletzt auch den schmalen Streifen, in dem Nizza lag. Seitdem war es für sie noch gefährlicher geworden, als Engländerin zu gelten. Und würde sie als Fälscherin von Kennkarten und

Helferin des britischen Geheimdienstes entlarvt, wäre ihr Leben beendet.

Sie erwartete nicht, dass Étienne ihr verzieh, doch sie wollte ihn um Verständnis bitten, ihm sagen, dass sie ihn liebe ... aber vielleicht würde er auch das für eine Lüge halten.

»Es tut mir leid, dass ich dir die Wahrheit vorenthalten habe«, sagte sie. »Ich wollte jemand sein, den du lieben kannst.«

Étienne schwieg.

Marguerite wandte sich ab, ging in ihr Gästezimmer und kleidete sich an.

Als sie zurückkehrte, starrte Étienne noch immer aus dem Fenster, als ob ihre pure Existenz ihm wehtue. Auch als sie ihre Malutensilien einsammelte, regte er sich nicht, und als sie »Auf Wiedersehen« sagte, antwortete er nicht.

Sie fragte nicht, ob sie an einem anderen Tag zurückkommen und mit dem Porträt beginnen solle. Es war offensichtlich, dass das nicht mehr möglich war.

Kapitel 38

Es gab nur eines, das Marguerites Seelenschmerz Erleichterung verschaffte. Sie musste malen, aber anders als zuvor. Statt der kleinen Leinwände, die sie für ihre Aquarelle verwendet hatte, spannte sie nun große Leinwände auf, statt zu Wasserfarben griff sie zu Ölfarben. Sie malte weder Stillleben noch Bilder, die der Krieg beeinflusst hatte. Nun wurden es wilde, abstrakte Gemälde in Rauchgrau, Dunkelrot und Königsblau, deren Bedeutung der Betrachter sich selbst erschließen musste.

Für Marguerite war es, als kehre sie ihr Inneres nach außen und stelle den Tumult ihrer Seele auf der Leinwand dar.

Simone erschrak, als sie die ersten Gemälde dieser neuen Ausdrucksweise sah.

»Warum tust du das?«, fragte sie. »Willst du aller Welt zeigen, wie es in dir aussieht?«

»Das bin nicht nur ich«, erwiderte Marguerite und begann zu weinen. Auch während des Malens waren ihr Tränen über die Wangen gelaufen.

»Es ist auch der Krieg und unser Leben in dieser Zeit.«

»Nein«, entgegnete Simone, »es ist dein Leid und das, was Lance dir angetan hat. Wie oft willst du noch zulassen, dass er dein Leben zerstört?«

Als Dorothy die neuen Gemälde sah, schlug sie sich eine

Hand vor den Mund. »Allmächtiger«, sagte sie, »wer um alles in der Welt hat dich so unglücklich gemacht?«

*

Auch am nächsten Tag setzte Marguerite diese Art des Malens fort. Sie hörte Lance nicht kommen, doch dann durchbrach sein höhnisches Lachen die Stille in Marguerites Atelier.

Simone war vor wenigen Minuten in die Stadt gefahren, um Brot zu kaufen. Marguerite nahm an, dass Lance irgendwo in der Nähe gelauert und gewartet hatte, bis sie allein war.

Er zündete sich eine Zigarette an und studierte die Bilder. »Blut und Innereien? Sieht aus, als hättest du deine Kraft wiedergefunden.«

Marguerite wischte Ölfarbe von ihren Fingern. »Hatte Simone dir nicht gesagt, du sollst dich hier nicht mehr blicken lassen?« Sie sah Lance an. »Ich will, dass du verschwindest und mich ein für alle Mal in Ruhe lässt.«

Lance zog die Brauen hoch. »Wie unfreundlich du bist. Dabei bin ich nur gekommen, um dich zu warnen.«

»Wovor? Hast du endlich gemerkt, dass Krieg ist?«

Lance zog an seiner Zigarette und blies Rauchringe in die Luft.

»Nein, mein Schatz, es geht um deinen Liebsten, um Étienne Valade.«

Marguerite musterte Lance misstrauisch. »Was ist mit ihm?«

»Er liebt dich, falls dir das noch nicht aufgefallen sein

sollte. Wenn er dich ansieht, steht es ihm ins Gesicht geschrieben.« Lance lachte auf. »Der arme Kerl kommt nicht dagegen an, sosehr es auch versucht.«

»Du irrst dich. Étienne Valade ist Priester.«

»Er wäre nicht der erste Priester, der herumhurt.«

Marguerite seufzte. »Ich male sein Porträt, Lance, deshalb war ich bei ihm.«

»Nur dass das Modell in der Regel nackt ist, nicht der Maler oder die Malerin. Du hast seinen Morgenmantel getragen und darunter hattest du nichts an.« Er zuckte mit den Schultern. »Alle Männer verlieben sich in dich, auch das scheint eine deiner Begabungen zu sein.« Wieder streifte Lance die Asche seiner Zigarette am Rand einer Kaffeetasse auf dem Arbeitstisch ab.

»Lass das.« Marguerite schob die Tasse fort.

Lance seufzte. »Früher wolltest du mir auch schon immer Vorschriften machen.«

Marguerite griff nach ihren Pinseln, stach sie wütend in das Glas Terpentin. »Warum sagst du mir nicht, weshalb du wirklich hier bist.«

Die nächste Asche ließ Lance achtlos auf den Fußboden fallen. »Ich wollte dir raten, dich von Valade fernzuhalten.«

»Warum?«

»Die Verbindung mit ihm ist gefährlich.«

»Sagst du das, weil er mit dir keine Geschäfte machen will, oder bist du eifersüchtig?«

»Natürlich bin ich eifersüchtig. Davon abgesehen wollte ich dich auf seine Freundschaft mit den Deutschen hinweisen. Kein Franzose, der etwas auf sich hält, betritt seine Kirche. Was glaubst du, wie man über dich reden wird, wenn herauskommt, dass du mit ihm – na, du weißt schon.«

Es war nicht der wahre Grund für sein Erscheinen, dessen war Marguerite sich sicher. Irgendetwas verheimlichte Lance ihr. Womöglich war es etwas, das mit seiner vorzeitigen Entlassung aus dem Gefängnis zusammenhing. Sie überlegte, ob vielleicht auch er für die SOE arbeiten könnte?

»Ich male ihn, weiter nichts. Und ich brauche das Geld.«

Lance ließ den Zigarettenstummel fallen und drückte ihn mit dem Schuh aus. »Ich habe dich gewarnt.«

»Ist angekommen, vielen Dank. Und jetzt geh bitte. Simone wird gleich zurück sein.«

Lance ging zur Tür und blickte über den Garten. Dann drehte er sich um. »Hast du gehört, dass die Deutschen schon wieder eine Engländerin gefasst haben? Sie hatte sich im Keller einer Buchhandlung versteckt.« Er schüttelte den Kopf. »Die ganze Gegend scheint voller verborgener Engländerinnen zu sein. Wer hätte das gedacht?«

»Auf Wiedersehen, Lance.«

»Ich stelle mir vor, wie diese Engländerinnen nachts alle hervorkommen, in der Dunkelheit spazieren gehen und mit ihren Helferinnen plaudern. Leider vergessen sie, wie weit eine Stimme durch eine stille Nacht getragen wird. Was meinst du, was passiert, wenn die falschen Leute so etwas mitbekommen?«

Also war es in jener Nacht doch Lance gewesen, der sich bei ihnen herumgedrückt hatte. Nun wünschte Marguerite, Dorothys Messer hätte sein Ziel erreicht.

»Lance, bitte geh jetzt.«

Lances Miene wurde ärgerlich. »Du könntest verhindern, dass es jemand erfährt. Du müsstest mir nur einen Gefallen tun. Der guten alten Zeiten wegen.«

Marguerite seufzte ungeduldig. »Lance, was willst du von mir?«

»Da dein Priester mir die Bilder, die ich suche, nicht besorgen will, möchte ich, dass du es für mich tust.«

Marguerite lachte schnaubend. »Ich besitze keine entartete Kunst, tut mir leid.«

»Du hast alles, was wir brauchen.« Lance umfasste das Atelier mit einer weiten Armbewegung. »Leinwand, Pinsel, Farben. Einen Miró kriegst du ohne Weiteres hin. Wahrscheinlich auch einen Chagall und einen van Gogh.«

Die Tür des Ateliers flog auf. Simone war zurückgekehrt. Bei Lances Anblick schoss ihr die Zornesröte ins Gesicht. »Hatte ich dir nicht gesagt, dass du nicht mehr herkommen sollst?«, fuhr sie Lance an. »Oder war die Botschaft für dich zu kompliziert, um sie zu verstehen?«

Marguerite fasste ihren Arm. »Reg dich ab, Simone, er wollte gerade gehen.«

Simone schüttelte ihren Arm ab. »Warum hast du ihn nicht rausgeschmissen? Hat er in deinem Leben noch nicht genug Schaden angerichtet?«

Lance steckte sich die nächste Zigarette an. »Ich bin gekommen, um meine liebe Frau vor Pater Valade zu warnen.«

»Sie ist nicht deine liebe Frau, verdammt noch mal, ihr Name ist Marguerite.«

Lance lachte. »Falls wir spitzfindig werden wollen, ist ihr

Name keineswegs Marguerite. War dieser Name deine Idee?«

Simone traten Wuttränen in die Augen.

»Es reicht jetzt, Lance«, sagte Marguerite. »Bitte verschwinde endlich.«

»Bin schon weg«, entgegnete Lance. »Fang mit den Bildern an, um die ich dich gebeten habe.«

Marguerite verschloss die Ateliertür hinter ihm und wandte sich zu Simone um. »Warum bist du so aufgebracht? Doch nicht wegen Lance.«

Simone begann zu weinen. »Armand ist festgenommen worden. Auf dem Weg in die Stadt habe ich Yvette getroffen, die in seiner Bar arbeitet. Die Gestapo muss in aller Herrgottsfrühe gekommen sein und seine Wohnung durchsucht haben.« Simone bedeckte ihr Gesicht mit den Händen. »Sie haben die Pistole des erschossenen Wehrmachtssoldaten gefunden. Sie lag in eine Jacke eingewickelt in Armands Kleiderschrank.«

»O Gott.« Erschüttert ließ Marguerite sich auf einen Schemel sinken. »Was meinst du?«, fragte sie nach einer Weile. »Kann es sein, dass Armand sie nur bei sich aufgehoben hat? Es muss doch nicht bedeuten, dass er der Schütze war.«

Simone schluchzte auf. »Biquet und die anderen Jungen waren ebenfalls nicht die Schützen. Und doch wurden sie hingerichtet und gehängt, damit die Möwen an ihnen picken konnten.«

Nach dem Mord an den Jungen hatten die Deutschen den Fall des erschossenen Soldaten nicht weiterverfolgt. Sie hatten ihn gerächt, vielleicht rechneten sie damit, dass sich irgendwann jemand melden und ihnen den Namen des Schützen nennen würde, vielleicht interessierte es sie auch nicht mehr.

»Warum haben sie jetzt noch seine Wohnung durchsucht?«, fragte Marguerite. »Man wird ihn doch gleich nach dem Mord an dem Soldaten verhört haben und mit seinen Antworten zufrieden gewesen sein. Sonst hätte man ihn doch damals schon verhaftet.«

Simone zog ein Taschentuch aus ihrer Rocktasche, wischte über ihre Augen und schnäuzte sich die Nase. »Gabrielle, die Tochter von Frau Damas, hat ihn bei den Deutschen angeschwärzt. Yvette sagt, Armand hat mit Gabrielle geschlafen. Vielleicht hat sie die Waffe in seinem Schrank gefunden, oder er hat sie ihr gezeigt.«

Dass Armand Simone betrogen hatte, wunderte Marguerite nicht, doch das behielt sie für sich.

»Das ging schon seit Monaten, und offenbar hat es jeder außer mir gewusst.« Als wolle sie die Demütigung und den Schmerz abschütteln, zuckte Simone mit den Schultern.

»Ich habe es nicht gewusst«, sagte Marguerite. »Aber warum hat Gabrielle das getan? Sie musste doch wissen, was sie damit anrichtet.«

»Möglich. Oder sie ist so dumm, dass es ihr nicht klar war.«

Oder sie hat es für Geld getan, dachte Marguerite. Die Deutschen zahlten gut für Informationen. Doch wozu Gabrielle Geld brauchen sollte, war ihr ein Rätsel. Ihrer Mutter gehörte die Bäckerei, aus Hunger hatte sie es nicht getan. Dann fiel ihr ein, dass Gabrielle ein Kind von einem italienischen Soldaten hatte, der kurz vor dem Einmarsch der Deutschen aus Nizza geflohen war. Vielleicht hatte sie etwas für das Kind kaufen wollen. Der Großteil derjenigen, die den Deutschen Informationen lieferten, wurde von irgendeiner Not getrieben.

Marguerite überlegte, ob Armand sie verraten würde. Womöglich würden die Deutschen ihn foltern. Würde er ihnen erzählen, dass sie Kennkarten fälschte? Dass Simone davon wusste und gelegentlich mithalf? Dass sie Dorothy im Keller verbargen?

»Was machen wir jetzt mit Dorothy?«, fragte sie. »Wenn Armand der Gestapo ihr Versteck verrät, können wir uns begraben.«

Aber nicht nur Armand stellte eine Bedrohung dar, sondern auch Lance, der anscheinend vorhatte, sie mit Dorothy zu erpressen, falls sie für ihn keine Bilder fälschte.

Simone ließ sich am Tisch nieder und stützte den Kopf in die Hände. »Aber wem können wir Dorothy anvertrauen? Ich kenne niemanden, der sie nach Spanien bringen könnte. Armand hat mir die Namen seiner Kontaktleute nie verraten. Zumindest für den Moment müssen wir sie bei uns behalten und beten, dass sie auch bei einer nächsten Durchsuchung des Hauses nicht gefunden wird.«

Ja, wahrscheinlich blieb ihnen nichts anderes übrig. Zumal Dorothy aufgrund der Mangelernährung wahrscheinlich die Kraft fehlte, um es zu Fuß bis zur Grenze und darüber hinaus zu schaffen. Sie schlug nachts keine Räder mehr und schien häufig sogar zu matt, um an ihrem Roman zu arbeiten. Die Papierbogen, die Simone für sie aus der Schule mitbrachte, blieben leer.

Zudem führte Dorothy vermehrt Selbstgespräche. Zuerst

hatte Marguerite angenommen, sie denke laut über die Handlung ihres Romans nach, doch es schien sich um Erinnerungen zu handeln, die Dorothy sich selbst erzählte. Manchmal lachte sie, schien einer unhörbaren Stimme zu lauschen oder zu widersprechen. Marguerite hatte sie nie darauf angesprochen, es war etwas Privates, das nur Dorothy anging.

Marguerites Gedanken wanderten zu Étienne. Würde er ihr nun noch helfen, an Schmidts Unterlagen zu gelangen? Und was würde mit ihm geschehen, wenn die Alliierten an der Côte d'Azur gelandet waren und die Deutschen vertrieben hatten? Lange würde es nicht mehr dauern. Würden die Menschen hier in der Gegend sich dann gegen Étienne wenden, ihn als Sympathisanten der Deutschen anprangern. Würden Widerständler ihn erschießen, so wie sie es bei anderen Kollaborateuren getan hatten? Oder würde Étienne sich verteidigen und beweisen können, dass er nie ein Freund der Deutschen gewesen war?

Kapitel 39

Die Sonne stand hoch am Himmel und brannte auf Marguerites Nacken, und überall roch es nach Rosmarin, Thymian, Lavendel und Myrte.

Als Marguerite an der Schäferhütte ankam, trat Pascal heraus, gähnte und fuhr sich mit den Fingern durch sein struppiges Haar. »Hast du was zu essen dabei?«

Marguerite schüttelte den Kopf. »Diesmal leider nicht. Ich wollte dich nur fragen, ob du Lance Holmes kennst.«

»Lance Holmes?« Pascal schüttelte den Kopf. »Wer soll das sein?«

»Ein Engländer, auf den ich hin und wieder stoße. Ich dachte, du weißt vielleicht, für wen er arbeitet. Ob für die SOE.«

»Kann ich herausfinden.« Pascal band sich das Haar mit dem Schnürsenkel zusammen. »Besorg du mir dafür den Plan der Deutschen, der uns zeigt, wo sie die Küste vermint haben. Der war nicht auf dem Film, den du mir gegeben hast.«

»Und wie soll ich an den herankommen?«

Pascal zuckte die Achseln. »Frag deinen Freund, den Priester. Und vergiss die anderen Unterlagen nicht. Wir haben nicht mehr viel Zeit.«

Er drehte sich um und verschwand in seiner Hütte. Für ihn war das Gespräch beendet.

Auf dem Rückweg schlug Marguerites Herz aufgeregt gegen ihre Rippen. Die Landung der Alliierten musste kurz bevorstehen, wenn sie wissen wollten, welcher Küstenabschnitt vermint war.

*

Als Marguerite das Haus spät am Nachmittag betrat, war alles still. Sie rief Simones Namen, doch ihre Freundin war nicht da. Marguerite beschlich ein ungutes Gefühl. Die Schule war aus, Simone hätte eigentlich zurück sein müssen. Sie hatte auch keine anderslautende Nachricht hinterlassen, was sie getan hätte, wenn sie etwas vorgehabt hätte.

Marguerite räumte die Bodenklappe zum Keller frei. »Ich bin's«, rief sie nach unten.

»Ist etwas passiert?«, fragte Dorothy als sie Marguerites beunruhigte Miene sah. Um ihr nicht noch mehr Angst zu machen, hatte weder Marguerite noch Simone ihr von Armands Inhaftierung erzählt.

»Simone ist nicht da. Hat sie dir gesagt, wohin sie nach Schule wollte? Sie müsste längst zurück sein.«

Dorothy schüttelte den Kopf. »Vielleicht hat sie es vergessen. Oder etwas hat sich in letzter Minute ergeben.«

Marguerite beschloss, zu der Schule zu fahren, um nachzusehen, ob Simone aufgehalten worden war.

Auf dem Weg dorthin fragte sie jeden, der Simone kannte, ob er ihre Freundin gesehen habe. Und jeder verneinte.

Als sie an der Schule ankam, waren alle Türen verschlossen, und der Schulhof lag verlassen da.

Marguerite fuhr zum Haus des Rektors, in der Hoffnung,

er werde ihr sagen, Simone sei in einer schulischen Angelegenheit unterwegs.

Als er ihr die Tür öffnete und sie überrascht ansah, dachte Marguerite im ersten Moment, sie habe sich in der Adresse geirrt. Doch es war der Rektor, der vor ihr stand, nur war er, seit sie ihn vor vielleicht einem Jahr gesehen hatte, um mindestens zehn Jahre gealtert. Wieder jemand, an dem das Leid seine Spuren hinterlassen hatte. Sie fragte ihn nach Simone.

»Ich dachte, Sie seien gekommen, um mir zu sagen, dass Simone krank ist«, erwiderte er.

Wie sich herausstellte, war Simone an diesem Tag nicht in der Schule gewesen.

Sofort dachte Marguerite an Jeanne, Biquet und Armand, die alle in die Fänge der Deutschen geraten waren. Und immer stand am Anfang der Schrecken, dass sie nicht aufzufinden waren.

Zu Hause rannte Marguerite von Zimmer zu Zimmer und rief nach ihrer Freundin. Doch im Haus blieb es ebenso still wie zuvor.

Etwas Kaltes kroch Marguerite über den Rücken. Vielleicht hatte Armand tatsächlich geredet, und Simone war festgenommen worden. In dem Fall wäre es nur noch eine Frage der Zeit, bis auch sie und Dorothy abgeholt würden.

Marguerite blickte nach draußen, spitzte die Ohren, ob ein Wagen zu hören war. Da war nichts.

Sie stand auf, begann, in der Küche hin und her zu laufen. Simone musste festgenommen worden sein, eine andere Erklärung konnte es nicht geben. Marguerite stellte sich vor, was die Gestapo ihrer Freundin antun könnte, und stöhnte.

Armand konnte sie keine Vorwürfe machen, er hatte den Krieg nicht begonnen, ebenso wenig wie Simone. Sie alle – Marguerite inbegriffen – hatten nur versucht, denen zu helfen, die verfolgt wurden, und für die Freiheit zu kämpfen, und das im Angesicht eines übermächtigen, unbarmherzigen Feindes.

Sie musste Dorothy warnen und stieg in den Keller hinunter.

Dorothy schien jedoch nicht gewillt, sich Angst machen zu lassen. »Was soll das heißen, Simone wird vermisst? Nur weil sie nicht in der Schule war? Ihr wird etwas dazwischengekommen sein, weiter nichts.«

Marguerite schüttelte den Kopf. »Simone bleibt dem Unterricht nicht einfach fern. Wäre ihr etwas dazwischengekommen, hätte sie in der Schule Bescheid gesagt.«

Simone war bereits aus dem Haus gewesen, als Marguerite zu Pascal aufgebrochen war. Sie hatten sich nicht einmal voneinander verabschieden können.

Dorothy zog die Bisamjacke, die sie im Keller trug, enger um sich. »Trotzdem müssen wir jetzt nicht gleich in Panik ausbrechen. Dass Simone nicht in der Schule war, muss ja nicht gleich bedeuten, dass etwas Schreckliches vorgefallen ist.«

»Armand ist in Haft. Man wird ihn verhört haben. Vielleicht hängt Simones Verschwinden damit zusammen.«

Dorothy senkte den Kopf. »Es ist meine Schuld. All das habe ich euch eingebrockt.«

Marguerite berührte Dorothys Arm. »Nichts davon ist

deine Schuld. Aber wir müssen davon ausgehen, dass die SS oder die Gestapo kommt und das Haus noch einmal durchsucht wird. Vielleicht wird sich dann auch einer den Keller vornehmen. Ich kann versuchen, jemanden zu finden, der dich über die Grenze nach Spanien führt, aber mit dir gehen kann ich nicht. Ich muss hierbleiben, bis ich weiß, was aus Simone geworden ist.«

»Ich lasse dich nicht im Stich«, erwiderte Dorothy. »Und dem, was kommt, stellen wir uns gemeinsam.«

Kapitel 40

Es war lange nach der Sperrstunde, alles war dunkel. Selbst die Sterne schienen an diesem Abend schwächer zu leuchten, als hätten auch sie beschlossen, sich ängstlich zurückzuhalten.

Dorothy war in den Keller zurückgekehrt. Marguerite saß auf der Bank unter dem Apfelbaum. Einst hatte die Bank zu ihren Lieblingsplätzen gehört, sie hatte dort tagsüber oft gesessen und gemalt, doch die Zeiten waren lange vorbei.

Sie starrte in den Himmel. Dann und wann glitt eine Fledermaus durch die Dunkelheit und sah aus wie ein winziger Akrobat mit einem Umhang.

Wenigstens gab es keine Bombenangriffe mehr. Inzwischen besaßen die Alliierten die Lufthoheit über Frankreich und führten in erster Linie Aufklärungsflüge durch.

Manchmal kam es Marguerite vor, als sei der Krieg für die Machthaber auf beiden Seiten eine Art Wettkampf, in dem es um Sieg oder Niederlage ging, ohne an die Leben zu denken, die diese Kämpfe kosteten.

Sie hörte den Nachtwind, der in den Zweigen der Bäume raschelte, und die Grillen, die zirpten, als wäre das Leben ein Tanz, zu dem sie aufspielten.

Doch dann durchdrang das Geräusch knirschender Reifen die Stille, die sich ihren Weg über den Kies vor dem Haus bahnten.

Stocksteif vor Angst blieb Marguerite auf ihrer Bank sitzen, wagte sich nicht umzudrehen und lauschte mit angehaltenem Atem, wie die Reifen zum Stillstand kamen. Das Tor öffnete sich, quietschte in den Angeln, wurde geschlossen. Schritte näherten sich. Offenbar die eines einzelnen Menschen. Marguerite spürte, wie Adrenalin durch ihre Adern rauschte und sich ihr Herz zusammenzog.

Ihr Besucher drückte auf die Klingel an der Eingangstür. Es war, als erfüllte der schrille Ton die ganze Nacht.

Marguerite dachte an Dorothy, die sich wie ein Tier in eine Ecke verkriechen und beten würde, dass es weder SS noch Gestapo war.

Nun war es wieder still. Wer immer an der Tür war, verhielt sich extrem geduldig. Eine Minute verstrich, dann eine zweite.

Marguerite zog den Kopf ein, rechnete mit lauten Rufen und Fäusten, die an die Tür hämmerten, mit Stiefeln, die die Tür eintraten. Doch alles blieb still, was noch schlimmer war, denn sie ließ jeglicher Phantasie freien Raum.

Nichts rührte sich. Vielleicht war es eine Falle, und derjenige an der Tür wartete darauf, dass jemand im Haus die Nerven verlor und ihm öffnete. Er würde behaupten, das Zögern sei bereits ein Eingeständnis der Schuld gewesen. Oder er würde die Furcht in den Augen dessen, der ihm öffnete, als Schuldbekenntnis auslegen. Wer konnte schon den Unterschied zwischen Angst und Schuld erkennen? Wer interessierte sich dafür? Marguerite schlang die Arme um sich.

Wieder wurden Schritte laut. Sie umrundeten das Haus.

»Marguerite?«

Da erkannte sie die Stimme. Es war Étienne.

Marguerite stand auf und ging auf ihn zu.

»Du bist da«, sagte Étienne. »Dem Himmel sei Dank.«

Und dann lag sie in seinen Armen, und er drückte sie an sich. Sie konnte nichts denken, nichts sagen, wollte nur den Mann spüren, den sie liebte, und wünschte, die Zeit stünde für immer still.

»Schmidt hat mir erzählt, dass Simone verhaftet wurde«, flüsterte Étienne. »Ich bin sofort losgefahren, um es dir zu sagen.«

Ihre schlimmste Befürchtung war also wahr geworden. Marguerite löste sich von ihm. Étienne streichelte ihre Wange.

»Aber warum? Hat Schmidt dir etwas gesagt?«

»Sie muss auf dem Schwarzmarkt gewesen sein, um Fisch zu kaufen.«

Marguerite schüttelte den Kopf. »Niemals. Simone verabscheut Schwarzmarkthändler. Davon abgesehen haben wir gar nicht das Geld, um Schwarzmarktpreise zu zahlen.«

Étienne seufzte. »Das ist alles, was ich weiß.«

Sie ließen sich auf der Bank nieder. »Aber selbst wenn«, sagte Marguerite leise. »Auf dem Schwarzmarkt ein Stück Fisch zu kaufen, ist kein großes Verbrechen. Bestimmt lässt man sie bald wieder laufen, oder?«

»Das kann ich dir nicht sagen. Im Moment ist die Lage ganz allgemein reichlich unsicher.«

Wahrscheinlich handelte es sich um einen Irrtum, dachte Marguerite. Die Deutschen mussten Simone einfach wieder freilassen. Wenn nicht, würde sie für ihre Freundin kämpfen, selbst wenn es sie das eigene Leben kosten sollte.

»Ich habe eine Bitte«, sagte sie.

»Ich habe bereits versucht, mich für Simone einzusetzen, Marguerite. Schmidt hat nicht reagiert, er will bei allem verzweifelt die Oberhand behalten. Der Krieg ist fast verloren, und er weiß es genau«, entgegnete Étienne resigniert.

»Es geht um etwas anderes. Um eine weitere Information.«

Flüsternd erklärte Marguerite Étienne, dass sie den Plan benötige, auf dem die verminten Küstenstellen eingezeichnet waren. Mehr musste sie Étienne nicht erklären; jeder rechnete mit der baldigen Invasion der Alliierten im Süden Frankreichs. Es lag auf der Hand, dass sie diesen Plan benötigten.

»Ich kann versuchen, daranzukommen. Mehr kann ich dir nicht versprechen.«

»Auch den Zugang zu Schmidts Safe brauche ich noch.«

Étienne runzelte die Stirn. »Vielleicht hat er die Kombination in das kleine Notizbuch eingetragen, das sich in seiner Schreibtischschublade befindet. Ich müsste zusehen, dass ich einmal allein in seinem Büro sein kann.«

Marguerite griff nach seiner Hand. »Aber nur, wenn es ganz sicher ist. Ich möchte nicht, dass du dich in Gefahr begibst.«

»Ganz sicher wird es nie sein.«

Marguerite wurde mulmig zumute. Sie wünschte, er würde sagen, er habe ihr verziehen. Dass er verstand, warum sie ihm nichts von ihrer Ehe erzählt hatte, und dass er sie liebe.

Étienne stand auf. »Ich muss gehen.«

Marguerite griff nach seiner Hand, wollte ihn zurückhalten. Doch dann dachte sie, vielleicht war es besser, wenn sie nicht länger zusammensaßen, und sie ließ die Hand los. Die Vorstellung, Lance oder irgendjemand anderes könnte in der Nähe herumschleichen und sie entdecken, war zu beunruhigend.

»Sehen wir uns bald wieder?« Sie wollte ihn noch nicht gehen lassen. Nach dem, was mit Simone passiert war, fühlte Marguerite sich schutzlos und allein.

»Bitte lass das nicht das Ende sein. Du bedeutest mir so viel, Étienne. Liebe ist etwas Kostbares.«

Étienne zögerte, aber nur einen Moment. »Du mir auch. Aber es kann nicht weitergehen, Marguerite. Vergiss nicht, dass ich Priester bin.«

»Vielleicht vertraust du mir nicht mehr, aber bitte glaub mir, wenn ich dir sage, dass ich dich liebe.«

»Das tue ich, doch es ändert nichts an dem, was ich gelobt habe.«

»Du hast einmal gesagt, dass Gott sich auch in der Kunst ausdrückt, im Talent eines Menschen. Warum sollte er sich nicht auch in der Liebe ausdrücken? Warum sollte er dich dafür bestrafen, dass du liebst?«

»Ich weiß. Es zerreißt mich innerlich. Aber mein Leben bedeutet, nur Gott zu dienen. Und das kann ich nicht, wenn ich dich im Herzen habe.«

Marguerites Augen füllten sich mit Tränen. »Warum entscheidest du dich nicht für mich statt für ihn?«

»Weil ich meine Entscheidung bereits getroffen habe.«

Marguerite wollte es noch immer nicht glauben. Es konnte nicht das Ende sein. Sie stand auf. »Dann schenk uns noch eine Nacht, noch einen Morgen, an dem wir zusammen aufwachen.«

Einen Moment lang malte sie sich aus, dass nach dieser Nacht die nächste folgen würde, dann die übernächste und so immer weiter, doch sie wusste, dass es unmöglich war. Ihre Liebe war wie ein schöner Traum, der am Morgen verfliegt, sosehr man auch nach seinen Fetzen haschen mag.

»Bitte, Marguerite, du musst mich vergessen.«

Marguerite schüttelte den Kopf, und obwohl sie es besser wusste, sagte sie: »Vielleicht kommst du irgendwann zu mir zurück.«

»Das kann ich nicht.«

»Dann werde ich dich finden, irgendwann.«

Marguerite legte ihre Arme um Étiennes Hals und verabschiedete sich mit einem leidenschaftlichen Kuss. »Auf Wiedersehen«, sagte sie und schaffte es sogar, zu lächeln.

Sie hörte, wie er davonging, auf sein Fahrrad sprang, die Räder wieder über den Kiesweg knirschten.

Dann war wieder nur der Wind in den Zweigen zu hören. Die Grillen waren verstummt. Marguerite spürte die Leere, dort, wo Étienne gewesen war, dachte daran, wie sich seine Hand angefühlt hatte, dachte an ihren Kuss. Er war nun nicht mehr ihr Liebster, sondern nur noch der Priester, der ihr helfen würde, ihren Auftrag zu erfüllen. Und sie würde für ihn die Frau sein, die er nicht lieben durfte.

Sie hatte ihm ihr Herz schenken wollen, doch nun hatte sie ihn verloren, und der Schmerz war unerträglich.

Sie weinte nicht. Würde sie sich ihren Gefühlen überlassen, würde sie untergehen. Und sie musste stark bleiben, nicht nur um ihrer selbst willen, sondern auch für Simone, für Dorothy und um das zu tun, was Violet und Pascal ihr aufgetragen hatten.

Kapitel 41

In der Nacht lag Marguerite wach. Als der Tag anbrach, lauschte sie dem Zwitschern der Vögel, verfolgte, wie das Licht durch den dünnen Vorhang an ihrem Fenster drang, wie es heller wurde und die ersten Sonnenstrahlen in ihr Zimmer fielen. Doch in ihr selbst herrschten nur Schwere und Dunkelheit.

Als Marguerite einen Wagen über den Feldweg kommen hörte, begann ihr Herz zu galoppieren. Vielleicht war es Étienne. Oder Simone wurde zurückgebracht.

Marguerite stand auf, zog den Vorhang am Fenster auf und blickte hinaus. Es war ein militärischer Geländewagen, der am Haus hielt. Ihm entstieg ein junger Mann in Wehrmachtuniform.

Marguerites Beine wollten nachgeben. Sie tastete nach der Fensterbank und hielt sich daran fest. Armand!, fuhr es ihr durch den Kopf. Er hatte der Folter nicht standgehalten und geredet. Oder Simone hatte es getan, weil die Schmerzen, die man ihr zugefügt hatte, zu groß geworden waren.

Mit zittrigen Händen griff Marguerite nach ihrer Strickjacke und streifte sie über ihr Nachthemd. Wenn sie sich beeilte, konnte sie es noch in den Keller schaffen. Allerdings würde man dann die Bodenklappe sehen, es war ja niemand mehr da, der sie tarnen könnte.

Als sie unten an der Treppe war, wurde an die Tür gehämmert.

»Madame Segal«, rief eine Männerstimme. »Bitte machen Sie auf.«

Marguerite erstarrte. Dann bewegte sie sich langsam zur Tür und zog sie auf.

Vor ihr stand der Offizier namens Hans, der das Aquarell mit dem blauen Krug und den Mimosen erstanden hatte.

»Bitte kommen Sie mit nach draußen«, sagte er.

Marguerite blickte zu dem Geländewagen. Es wunderte sie, dass Hans allein erschienen war. Wenn die Deutschen jemanden abholten, waren sie immer mindestens zu zweit.

Hans sah sie unglücklich an. Er hatte eines ihrer Bilder erworben, vielleicht war es ihm unangenehm, sie zum Verhör abholen zu müssen.

»Ich muss mich beeilen«, sagte Hans. Er deutete zum Wagen und senkte den Kopf.

Marguerite wollte ihm erklären, dass sie sich noch ankleiden und er sich noch einen Moment gedulden müsse, dann fiel ihr Blick auf das, was neben dem Fahrzeug auf der Erde lag. Es war eine Plane – sie bedeckte einen Körper.

Marguerite schrie auf, stürzte dorthin und schlug die Plane zurück. Als ihr Simones starres Gesicht entgegenblickte, sank sie auf die Knie.

Sie flüsterte den Namen ihrer Freundin, küsste und streichelte ihr Gesicht.

»Bitte verzeihen Sie mir«, hörte sie Hans sagen. »Man hat mich gezwungen, Ihre Freundin zurückzubringen.«

Marguerite schüttelte den Kopf. Sie würde ihm nicht verzeihen, wie kam er überhaupt auf die Idee? Weder ihm noch seinen Hintermännern würde sie verzeihen. Sie wünschte, sie hätte ein Messer, um es ihm in die Brust zu rammen.

Wieder streichelte sie Simones Wange. Dann sah sie Hans an. »Sie gehen in die Kirche, dort habe ich Sie gesehen. Beten Sie, dass Ihr Gott Ihnen verzeiht, denn ich werde es nicht tun.«

»Es tut mir sehr leid«, sagte Hans leise.

Marguerite gab ihm keine Antwort. Kurz darauf hörte sie ihn davonfahren.

Marguerite nahm ihre Freundin in die Arme und drückte sie schluchzend an sich. Hin und wieder verfluchte sie die Deutschen laut, und es war ihr ganz gleich, ob jemand sie sah oder hörte. Sollten die Nazis sie doch holen kommen. Das Schlimmste, was ihr hätte widerfahren können, war bereits geschehen.

Irgendwann war Dorothy da. Sie musste den Vorfall vom Keller aus mitbekommen haben und half Marguerite, die Tote ins Haus zu tragen. Dort stellten sie fest, dass Simone mit einem einzigen Schuss ins Herz getötet und offenbar nicht gefoltert worden war. Oder zumindest wies ihr Körper davon keine Spuren auf.

Dorothy küsste Simone auf die Wange. »Sie haben sie kaltblütig ermordet«, sagte sie erschüttert und sah Marguerite mit schmerzerfüllter Miene an. »Ich möchte nicht, dass wir das einfach hinnehmen. Ich möchte, dass derjenige, der das getan hat, bestraft wird.«

»Es würde nichts mehr ändern«, sagte Marguerite. »Simone ist tot.«

*

Am Nachmittag fuhr Marguerite nach Nizza zu Monsieur Rayons Beerdigungsinstitut. Sie wünschte, Étienne könnte bei ihr sein und ihr Kraft geben, doch sie konnte nicht zu ihm fahren. Diese Möglichkeit gab es für sie nicht mehr.

Monsieur Rayon schenkte Marguerite ein kleines Glas Armagnac ein und hielt ihre Hand, während sie ihm weinend erzählte, was vorgefallen war.

»Was für eine Tragödie«, sagte er tiefbewegt. »Simone wurde von jedermann geliebt.«

Während Monsieur Rayon die ersten Formalitäten erledigte, saß Marguerite in einem Wartezimmer, dessen Wände mit Mahagoni getäfelt waren, und starrte auf den Staub, der sich in den Fransen des abgelaufenen Teppichs gefangen hatte. Ein grausamer Mord war geschehen, nun wurde er auf einen Verwaltungsvorgang reduziert, wurde zu wenigen Seiten, die Marguerite unterschreiben musste, bevor Simones Name in ein Register eingetragen wurde, in dem sich die Namen seit Kriegsbeginn häuften.

Zurück im Haus stieg Marguerite zu Dorothy in den Keller, verkroch sich bei ihr wie ein geprügelter Hund, der zu schwach war, um seine Wunden zu lecken. Ein ums andere Mal versuchte sie sich klarzumachen, dass die Freundin, die sie geliebt hatte, tot war, nie wiederkommen, nie mehr mit ihr reden, sie nie mehr anlächeln würde.

»Wenn ich doch einen Zauberstab hätte«, sagte Dorothy. »Dann würde ich alle, die uns lieb waren, wieder zum Leben erwecken. Und diejenigen, die ihre Tode verschuldet haben, würde ich verwünschen.«

Marguerite hörte ihr kaum zu.

Dorothy griff nach ihrer Hand. »Wir werden uns etwas

überlegen und die Schweine, die uns Biquet, Jeanne und Simone genommen haben, büßen lassen.«

Am Morgen schleppte Marguerite sich hinaus in den Garten. Dort, wo Salat, Kohlrüben und Kürbisse wuchsen, hatte sich Unkraut breitgemacht. Sie riss es aus und lockerte die Erde mit einer Harke. Nun war nur sie noch da, um Dorothy und sich zu versorgen, damit sie überlebten. Denn sie musste überleben, um Simones Tod zu rächen.

Später, in ihrem Atelier, begann sie mit dem nächsten abstrakten Gemälde, ließ ihr Leid in wilde, brutale Striche und Schwünge fließen. Simone hätte sie dafür gescholten und gesagt, sie solle aufhören, ihr Innerstes nach außen zu kehren, aber vielleicht hätte es sie auch gefreut, dass Marguerite endlich den Mut fand, in ihrer Malerei sich selbst auszudrücken.

Manchmal hielt Marguerite inne, weil vor dem Fenster ein Vogel vorbeigeflogen war, dem sie mit dem Blick folgte. Oder sie hatte ein Flugzeug gehört, das ihr Furcht einjagte.

Am schlimmsten war es jedoch, wenn sie vergessen hatte, dass Simone tot war und unwillkürlich darauf wartete, dass sie durch das Tor kam und dann zu ihr. Dann fiel ihr ein, dass dies nie mehr geschehen würde, und Tränen schossen in ihre Augen.

Sie malte bis zur Erschöpfung und fand in der Nacht doch kaum Schlaf. In der Einsamkeit ihres Zimmers glaubte sie mal, einen Wolf heulen zu hören, mal schien ein großer Vogel an ihrem Fenster vorbeizuflattern, dessen mächtiger Flügelschlag sie ängstigte.

Am Morgen saß sie übernächtigt am Küchentisch, trank eine Tasse Ersatzkaffee und wunderte sich, dass noch immer keine Gestapo erschienen war, um das Haus zu durchsuchen und sie und Dorothy abzuholen. Das konnte nur bedeuten, dass weder Armand noch Simone sie verraten hatte. Auch Marguerites wahren Namen hatte Simone offenbar für sich behalten. Nun kannten nur Monsieur Boucher, Lance und Étienne Marguerites Geheimnis.

Kapitel 42

Am dritten Tag hatten sie nichts mehr zu essen, und Marguerite blieb nichts anderes übrig, als in die Stadt zu fahren und ihr Glück erneut bei Madame Damas, der Bäckersfrau, zu versuchen.

Etliche der Menschen, denen sie auf dem Weg begegnete, schienen zu wissen, dass Simone ermordet worden war. Sie blickten zur Seite, als fürchteten sie, das Leid, mit dem Marguerites Gesicht gezeichnet war, könnte ansteckend sein.

Als Marguerite ihr Fahrrad auf der Place Masséna ankettete, sah sie ihre ehemalige Malschülerin Nancy am Brunnen stehen und mit zwei jungen Wehrmachtssoldaten schäkern. Es war bereits das zweite Mal, dass sie das Mädchen bei Deutschen sah, zuerst in jenem Hotel und nun hier.

Mit ihren sechzehn Jahren hielt Nancy sich womöglich schon für eine erwachsene Frau und nicht mehr für das Mädchen, das noch in ihr steckte. Doch dieses Mädchen war naiv und erkannte die Gefahr nicht, die die beiden Soldaten für sie darstellten. Hätte es sich bei ihnen um Franzosen gehandelt, hätte Marguerite vielleicht gelächelt und an einen unschuldigen Flirt gedacht, doch in diesem Fall entschied sie, einzuschreiten.

Sie schlenderte auf Nancy zu, tat überrascht, als sie vor ihr stand. Nancy errötete.

»Nancy!«, sagte Marguerite fröhlich. »Wie gut, dass ich dich treffe. Kannst du deiner Mutter etwas von mir ausrichten?«

Nancy warf den Soldaten einen entschuldigenden Blick zu. Dann zuckte sie mit den Schultern. »Was soll ich ihr sagen?«

»Geh ein paar Schritte mit mir, dann erkläre ich es dir.«

Nancy verzog das Gesicht, war aber zu gut erzogen, um einfach Nein zu sagen.

Sie umrundeten den Brunnen.

»Was soll ich ihr denn nun sagen?«, fragte Nancy ungeduldig.

»Nichts«, erwiderte Marguerite. »Ich wollte dich warnen. Du warst in einem Hotel, in dem die Deutschen logieren, und jetzt stehst du mit Wehrmachtssoldaten zusammen. Das ist nicht gut, Nancy, die Leute in der Stadt mögen keine Deutschenliebchen.«

Nancy drehte sich nach den beiden Wehrmachtssoldaten um, als wolle sie sichergehen, dass sie noch da waren. »Wie lustig, dass ausgerechnet Sie mich davor warnen.«

»Wer könnte es besser als ich? Schließlich weiß ich, was mit dir passieren würde.«

Nancy setzte eine mürrische Miene auf. »Ich bin erwachsen und kann machen, was ich will.«

»Wenn du erwachsen wärst, würdest du dich verantwortungsbewusst verhalten. Denk an deinen Vater. Was glaubst du, was es für ihn bedeutet, wenn es sich herumspricht, dass du dich mit Deutschen abgibst. Dein Vater braucht den Rückhalt in der Stadt, er braucht kein Gerede über seine älteste Tochter.«

Nancy zog die Brauen zusammen. »Und Sie wissen nicht, wovon Sie reden, Madame Segal. Hauen Sie ab und lassen Sie mich zufrieden.« Mit diesen Worten machte sie kehrt und lief zurück zu den Soldaten.

Marguerite sah ihr bekümmert nach. Dann machte sie sich auf den Weg zur Bäckerei.

Dieses Mal wurde sie von Madame Damas bedient. Vielleicht hatte es sich herumgesprochen, dass sie in einer Bar mit Pascal zusammen getrunken hatte. Eine große Auswahl an Brot gab es jedoch nicht mehr, dazu war es bereits zu spät, doch selbst ein harter Kanten Schwarzbrot war besser als nichts.

Auch auf dem Markt wurde Marguerite nicht mehr wie eine Aussätzige behandelt. Sie kaufte ein Tütchen Gerste und dann noch eines mit Maisgrieß, um Polenta zu machen.

Als sie den Markt verließ, trat eine junge Frau zu ihr, die Marguerite vom Sehen kannte. Marguerite schätzte sie auf fünfundzwanzig Jahre, aber vielleicht war sie auch jünger. Seitdem der Krieg so viele Menschen hatte altern lassen, ließ sich so etwas kaum noch schätzen. Die Frau trug eine leichte, cremefarbene Sommerjacke, die vor dem Krieg modern gewesen war, und dazu ein hellbraunes Halstuch mit weißem Blumenmuster. Offenbar bemühte sie sich auch in dieser schweren Zeit noch, einen gewissen Stil beizubehalten.

»Sie sind doch die Malerin, oder?«, sagte sie.

Marguerite nickte und wartete darauf, dass mehr kam. Sie spürte, wie die Hand der Frau an ihre Hand stieß und sich ein Stück Papier in ihre Hand schob. Im ersten Moment wollte Marguerite zurückzucken, doch ihre Finger umschlossen das Papier wie von allein.

»Auf Wiedersehen«, sagte die Frau. Wenig später war sie unter anderen Marktbesuchern verschwunden.

Marguerite wartete, bis sie zu Hause war. Dann las sie, was auf dem Papierbogen stand.

Sehr geehrte Madame Segal!

Ich würde mich freuen, wenn Sie morgen um die Mittagszeit zu mir kommen könnten. Ich möchte meinen geliebten Hund zeichnen lassen. Bitte bringen Sie einen Fotoapparat mit, um zuvor einige Aufnahmen von ihm zu machen.

Eine Freundin.

Die Adresse und die Nummer eines Apartments waren angegeben, der Name jedoch nicht.

Marguerite zeigte die Nachricht Dorothy und fragte, was sie davon halte.

»Irgendwie seltsam«, sagte Dorothy und zuckte mit den Schultern. »Aber wir leben ja auch in seltsamen Zeiten.«

»Würdest du an meiner Stelle hingehen?«

Dorothy blies die Backen auf und überlegte. Dann nickte sie.

Und Marguerite sagte sich, dass sie es riskieren müsse. Würde es sich tatsächlich um einen Auftrag handeln, würde sie ihn liebend gern annehmen. Sie brauchte das Geld.

Kapitel 43

Die Frau, die Marguerite zu sich eingeladen hatte, wohnte am Stadtrand. Die Straße war menschenleer, als Marguerite ihr Rad vor dem Mietshaus abstellte. Sie schaute zu den Fenstern hoch, um festzustellen, ob sie beobachtet wurde, doch es war niemand zu sehen.

Wie viel Misstrauen sich seit Kriegsbeginn verbreitet hatte. Selbst Freunde wussten nicht mehr, ob sie einander trauen konnte. Vielleicht würde einer, dem man von seinem Hass auf die Deutschen erzählte, anschließend zu ihnen laufen und für die Information dringend benötigtes Geld kassieren. Die Franzosen waren nicht nur besetzt, sie waren auch verängstigt, notleidend und korrumpiert worden.

Marguerite betrat das Haus. Sie musste nicht lange nach dem Apartment suchen. Im zweiten Stock öffnete sich eine Tür, und eine Frau winkte sie zu sich.

Als sie die Frau von Nahem sah, erschrak Marguerite. Trotz der Jahreszeit war sie leichenblass, und die Haut spannte auf den scharf gemeißelten Gesichtszügen. Zudem waren ihre Augen so verschattet, als hätte sie eine lange Krankheit hinter sich.

»Pater Étienne hat Sie empfohlen«, sagte die Frau, die offenbar nicht bereit war, ihren Namen zu nennen. Auch an der Wohnungstür hatte kein Name gestanden.

Sie betraten die Wohnung.

Marguerite sah sich um. »Wo ist Ihr Hund?«

»Es gibt keinen Hund.«

Das hätte sie eigentlich ahnen können, dachte Marguerite. Kaum jemand hatte noch genügend Geld, um Futter für einen Hund zu kaufen. Hätte die Frau sich nicht auf Étienne bezogen, hätte Marguerite nun die Flucht ergriffen.

»Jetzt fragen Sie sich wahrscheinlich, warum ich Sie hergebeten habe.«

Marguerite nickte.

Die Frau ließ sich auf dem Sofa nieder und bedeutete Marguerite, ihr gegenüber Platz zu nehmen.

»Ich war krank. In dieser Zeit hat Pater Étienne mir sehr geholfen.«

Das erklärte ihr Aussehen und die unsicheren Schritte, mit denen sie zum Sofa getappt war.

»Es war keine Krankheit im herkömmlichen Sinn, vielmehr handelte es sich um die Folgen eines Eingriffs.« Der Blick der Frau wurde herausfordernd. »In der Welt, in der wir leben, sollte man kein Kind gebären, oder?«

»Es würde mir schwerfallen«, sagte Marguerite.

»Seit Kriegsbeginn hat sich alles verändert«, fuhr die Frau fort. »Wir müssen unseren Besatzern gehorchen. Zuerst den Italienern, nun den Deutschen. Sie nehmen eine Stadt wie Nizza ein und glauben, alles gehöre ihnen. Einschließlich der Frauen. Wenn wir uns wehren, müssen wir feststellen, dass sie stärker sind.«

Sie hielt inne, als koste das Reden sie Kraft. Dann sprach sie weiter. »Es war keine einfache Entscheidung.« Sie blickte zur Seite. »Ich wollte dieses Kind nicht. Ich wollte es nicht mein Leben lang anschauen und das Gesicht meines Vergewaltigers vor mir sehen müssen.«

Auch die Gewalt, die Frauen angetan wurde, war eine Form des Kriegs, dachte Marguerite und sah die zarte, bleiche Frau an, die ihr von einem traumatischen Ereignis berichtete.

»Ich bin zu einer Engelmacherin gegangen. Es war riskant. Zum einen fürchtete ich um mein Leben, zum anderen gelten Abtreibungen als Kapitalverbrechen. Aber sie versicherte mir, dass sie bereits zahllosen Frauen geholfen habe. Ich war kein Einzelfall, nur eine von vielen Frauen, die in die Hände eines unserer Feinde gefallen war.«

Wieder machte sie eine Pause. Dann seufzte sie schwer und sagte: »Ich wusste, dass es nachher Blutungen geben würde, doch auf dem Nachhauseweg habe ich furchtbar stark geblutet und war kurz davor, ohnmächtig zu werden. Ich konnte nicht mehr weiter, lehnte mich gegen eine Mauer und wartete darauf, dass mein Schwächeanfall vorüberging. Pater Étienne sah mich. Er hat mich nach Hause gebracht – einen Teil des Wegs sogar getragen – und einen Arzt gerufen.«

Die Frau versuchte sich an einem Lächeln, was ihr jedoch nicht gelang. »Entschuldigen Sie, ich rede zu viel. Dabei habe ich Sie aus einem ganz anderen Grund hergebeten. Nur eines noch: Ich will, dass der Krieg bald beendet wird, und wir wieder in einer Welt leben können, in der wir uns sicher fühlen. In der wir Frauen entscheiden, wer der Vater unserer Kinder sein soll.« Sie warf einen Blick auf Marguerites Tasche, in der ihre Malutensilien steckten. »Haben Sie den Fotoapparat dabei?«

»Ja.« Marguerite fasste das Medaillon an ihrer Kette. Noch immer wusste sie nicht, weshalb diese Frau sie eingeladen hatte, und ob sie überhaupt etwas zeichnen oder malen sollte.

Die Frau zog eine Aktentasche unter dem Sofa hervor und holte einen Stapel Dokumente heraus. »Hier finden Sie das, was Sie gesucht haben. Pater Étienne hat es mir erklärt. Fotografieren Sie die Seiten, aber machen Sie schnell. Ich arbeite als Schreibkraft bei der Wehrmacht und muss gleich wieder zurück sein. Mit diesen Unterlagen. Wir beide haben uns nie gesehen, ist das klar?«

Marguerite nickte und sah die Frau dankbar an. Zu mehr war keine Zeit.

Die Frau stand auf und verschwand über den Flur.

Marguerite breitete die Dokumente auf dem Couchtisch aus und stellte fest, dass sich darunter militärische Landkarten befanden. Auf ihnen waren die Positionen der Minen an der Küste eingetragen. Sie begann zu fotografieren.

Marguerite arbeitete schnell und sorgfältig, nahm die Landkarten Stück für Stück auf. Insgeheim hoffte sie, dass sie unter den Seiten auch noch Zugang zu Schmidts Safe finden würde, aber sie wusste, das war zu viel verlangt. Die Zeit raste, und sobald sie fertig war, verstaute sie alles wieder ordentlich in der Aktentasche und verließ die Wohnung. Endlich! Endlich hatte sie etwas in der Hand, mit dem sie Jeannes Tod und den Mord an Biquet und Simone rächen konnte. Im Stillen dankte sie Étienne für seine Hilfe und betete, dass es ihm nun auch gelingen würde, ihr Zugang zu Schmidts Safe zu verschaffen.

Kapitel 44

Marguerite wartete, bis es dunkel war, bevor sie sich auf den Weg zu Pascal machte, um ihm den Film zu bringen. Inzwischen kannte sie abgelegene Wege und Pfade, auf denen sie sich auch während der Ausgangssperre relativ sicher fühlte. Darüber hinaus hatte sie dunkle Kleidung gewählt, war nur ein Schatten zwischen Bäumen. Höchstens das Knacken eines heruntergefallenen Zweigs verriet, dass jemand unterwegs war.

Pascal war nicht in seiner Hütte. Marguerite stellte ihr Fahrrad ab, rief leise nach ihm und blickte sich um, doch niemand rührte sich. Sie wartete eine Weile. Dann schlich sie den Hang hinunter und spähte angestrengt in die Dunkelheit, um sich zu vergewissern, dass sie allein war. Seit einiger Zeit hatte sie ständig das Gefühl, beobachtet zu werden.

Sie kehrte zur Hütte zurück, ließ sich nieder und stellte sich auf eine längere Wartezeit ein.

Plötzlich hörte Marguerite jemanden leise lachen. Sie sprang auf, sah sich panisch um.

Es war Lance, der aus der Dunkelheit hervortrat und sagte: »Ich muss wohl nicht fragen, was du hier tust, oder?« Er zog an seiner Zigarette, deren Spitze rot aufleuchtete.

Zornig deutete Marguerite auf die Zigarette. »Mach die sofort aus. Oder willst du, dass man dich sieht?«

Lance ließ die Zigarette fallen. Der Boden war trocken, trotzdem drückte er sie nicht aus.

Marguerite trat auf den glimmenden Stummel, bis er erloschen war. »Was willst du hier?« Lance musste ihr entweder gefolgt sein, oder auch er hatte Pascal treffen wollen.

»Ich soll das abholen, was du Pascal mitgebracht hast. Der Auftrag kommt direkt aus London. Dort ist man übrigens sehr zufrieden mit dir.« Lance lächelte spöttisch. »Bestimmt verleiht man dir nach dem Krieg einen Orden.«

Marguerite beäugte ihn misstrauisch. Woher wusste Lance, dass sie hier sein würde und etwas für Pascal hatte? Und warum hatte es ihr niemand mitgeteilt, falls auch er für London tätig war. »Wer hat dir gesagt, dass ich heute hier sein würde?«

»Ts-ts-ts«, machte Lance und sah sie kopfschüttelnd an. »Immer dieser Argwohn. Warum vertraust du mir nicht?«

Marguerite schnaubte. »Weil ich dich kenne.«

Lance zuckte mit den Schultern. »Wir sind in der letzten Phase des Kriegs, und viele von uns sind hier. Da kann man nicht über jedes Vorhaben, jede Aktivität im Bilde sein.«

In dem Punkt hatte er recht, so viel hatte auch Marguerite inzwischen verstanden. Man hatte immer nur einen Kontakt, kannte nur ein Glied der Kette. Nur so konnte verhindert werden, dass einer, der gefasst wurde, zu viel verraten konnte.

»Hast du mit den Bildern angefangen, um die ich dich gebeten habe?«, fragte Lance. »Ich würde bei mir gern einen van Gogh an die Wand hängen.«

»Ich fälsche keine Gemälde. Das habe ich damals nicht getan und tue es auch heute nicht.«

Lance sah sie missmutig an. »Darüber unterhalten wir uns später noch einmal.« Er streckte die Hand aus. »Gib mir das, was du für Pascal besorgt hast.«

Marguerite überlegte, ob er ihr den Film womöglich mit Gewalt abnehmen würde. Doch in diesem Moment hörte sie Schritte.

Lance machte eine ungeduldige Handbewegung. »Na los, ich kann hier nicht ewig stehen.«

Pascal trat hinter der Hütte hervor und hielt eine Waffe auf Lance gerichtet. »Tritt zurück, Marguerite, er lügt. Lance Holmes arbeitet nicht für London.« Langsam kam er näher.

Die Pistole schien Lance nicht zu tangieren. Er wandte sich Marguerite zu. »Du wirst doch einem Franzosen nicht mehr Glauben schenken als mir, oder?«

»Doch«, entgegnete Marguerite. »Pascal würde ich sogar mein Leben anvertrauen.«

Lance zog die Brauen hoch. »Und welches wäre das? Dein altes oder das neue?«

Marguerite betrachtete ihn zornig. »Wem hast du es zu verdanken, dass du hier so frei herumlaufen kannst? Wer besorgt dir Zigaretten und Benzin für dein Motorrad? Das sind Dinge, die es für die meisten von uns seit Langem nicht mehr gibt.«

Lance zuckte die Achseln. »Ich glaube, ich sagte schon, dass ich gute Beziehungen habe.«

»Du meinst, du arbeitest für die Deutschen.«

Sein Blick glitt zu Pascal. »Wenn der Revolverheld seine Waffe einsteckt, werde ich dir sogar erklären, wie man in der SOE ausgerechnet auf dich gekommen ist.«

Das hatte Marguerite sich seit dem Tag gefragt, an dem Violet sie angesprochen und ihr den Auftrag erteilt hatte. Aber woher wollte Lance das wissen? Dennoch bat sie Pascal, die Waffe sinken zu lassen.

»Also los, Lance, erzähl es mir. Und komm dabei nicht auf dumme Gedanken. Pascal braucht weniger als eine Sekunde, um die Pistole wieder auf deinen Kopf zu richten und abzudrücken.«

Lance lachte. Selbst jetzt schien er noch sicher, dass er sich herausreden konnte.

»Es war im Sommer 1939«, begann er. »In England und Frankreich gab man sich noch der schönen Hoffnung hin, der Krieg könne abgewendet werden. Wer es sich leisten konnte, machte Ferien. Die Hotels hier an der Küste waren ausgebucht, Cannes plante ein Filmfestival.«

Lances Blick wanderte in die Ferne. »Und dann war da Diana, vielleicht erinnerst du dich an sie. Gehörte zu unserer Clique. Hübsche Frau – steinreich. Ihr Onkel hatte für den Sommer eine Villa in Nizza gemietet, und Diana fungierte als Gastgeberin. Irgendwie komisch, aber so war's. Sie hat dich hier an einem Strand entdeckt.«

Diana? Marguerite konnte sich kaum noch an die damalige Clique erinnern, geschweige denn an eine Diana. »Und woher weißt du das?«

»Diana hat mich im Gefängnis besucht und es mir erzählt. Zuerst wollte ich ihr nicht glauben, von dir hatte ich ja seit dem Tag, an dem ich festgenommen wurde, nichts mehr gehört. Dann fiel mir ein, dass deine liebe Freundin Simone hier unten ein Bauernhaus geerbt hat, und ich sagte mir, dass es tatsächlich ein Versteck für dich sein könnte.

Dianas Vater hat irgendeinen gehobenen Regierungsposten – wahrscheinlich auch Kontakte in der SOE. Und die SOE sucht seit Jahren händeringend Agentinnen, die in Frankreich operieren können, ohne aufzufallen. Vielleicht hat Diana ihrem Vater deinen Namen genannt, und eines kam zum anderen.«

Lance lächelte. »Das hätten wir also geklärt.« Wieder streckte er die Hand aus. »Und nun gib mir das, was du bei dir hast. Ich kann es schneller nach England schaffen als dieser Franzose hier.«

Marguerite glaubte ihm kein Wort. Lance hatte früher schon gelogen, und das Gefängnis schien ihn noch skrupelloser gemacht zu haben. Mit einem Mal kam ihr ein schrecklicher Verdacht. Sie musste ihn aussprechen, auch wenn sie sich vor Lances Antwort fürchtete.

»Hattest du etwas mit Simones Verhaftung zu tun?«

Lances Miene wurde verdrießlich. »Sie hätte mich nicht aus deinem Atelier werfen dürfen. Du bist noch immer meine Frau.«

Für einen Moment verschlug seine Kaltschnäuzigkeit Marguerite den Atem. Dann sagte sie: »Simone war meine Freundin, und ich habe sie geliebt. Außer ihr habe ich niemanden. Nun ist sie tot. Und nur weil sie dir gesagt hat, dass du verschwinden sollst?«

Lance zuckte mit den Schultern. »Nicht nur. Sie war es, die mich damals an die Polizei verraten hat. Ich hatte ein schönes Leben, und dann saß ich zehn Jahre hinter Gittern. Habe mein Geld verloren. Dachtest du, das würde ich einfach hinnehmen?«

Er glaubte, Simone hätte ihn denunziert, und hatte

Gleiches mit Gleichem vergelten wollten. Nur dass Simone, im Gegensatz zu ihm, kein Verbrechen begangen hatte.

»Und was hast du behauptet, hat Simone getan?«

Wieder zuckte Lance die Achseln. »Ich hätte mitbekommen, wie sie auf dem Schwarzmarkt Fisch kaufen wollte. Leider hätte sie mich gesehen und den Fisch rasch zurückgegeben.«

»Was erklärte, dass du keinen Beweis hattest.«

Lance schwieg.

»Wegen eines Stücks Fisch vom Schwarzmarkt wäre Simone nicht erschossen worden«, sagte Marguerite. »Was hast du den Deutschen noch erzählt?«

Lance seufzte. »Könntest du bitte aufhören, mich mit Fragen zu löchern? Gib mir einfach das, worum ich dich gebeten habe. Danach bin ich weg.« Er versuchte, nach Marguerites Umhängetasche zu greifen.

Marguerite machte einen Satz zurück. Ihr schoss durch den Kopf, dass sie Lance schon vor vielen Jahren hätte zum Teufel jagen sollen, so wie Simone es ihr damals geraten hatte. Dann wäre ihre Freundin noch am Leben.

Sie sah, wie Pascal seine Pistole hob, doch bevor er abdrücken konnte, hatte Marguerite ihre Pistole aus der Tasche geholt und geschossen.

»*Ich* habe dich damals an die Polizei verraten, Lance, nicht Simone.«

Für einen Moment sah es aus, als begreife Lance nicht, dass ihn eine Kugel getroffen hatte. Er starrte Marguerite an. Doch langsam wich das Selbstgefällige aus seiner Miene und machte einem schockierten Ausdruck Platz. Er fasste sich an die Brust, blickte auf seine Hand, sah das Blut darauf. Er geriet ins Wanken, seine Knie gaben nach, dann ging er zu Boden.

Marguerite sah ihm zu, hörte ihn fluchen.

»Offenbar kann man dir nur so Einhalt gebieten«, sagte sie und schoss noch einmal. Diesmal traf die Kugel ihn in die Stirn. »Die war für Simone.«

Pascal steckte seine Pistole ein. »Warst du mit dem wirklich verheiratet?«

Marguerite betrachtete den Toten zu ihren Füßen und nickte.

Pascal schüttelte den Kopf. »Richtig schlechter Geschmack.«

Der rote Fleck auf Lances Hemd hatte sich ausgebreitet, auch unter seinen Schläfen sammelte sich Blut. Nun konnte er kein Unheil mehr anrichten, dachte Marguerite. Konnte sie nicht mehr erpressen, nicht mehr damit drohen, Dorothy zu verraten. Sie hatte gehofft, sich vor ihm verstecken zu können, das war ihr nicht gelungen. Nun hatte sie sich von ihm befreit.

Pascal verschwand in der Schäferhütte und kehrte mit zwei Spaten zurück. Einen reichte er Marguerite. »Wir müssen ihn begraben. Aber nicht hier.«

Sie trugen den Toten den Hang hinauf und tiefer in die Bäume hinein, bis zu einer Stelle, an der das Unterholz so dicht war, dass sich kaum jemand dorthin verirren würde. Pascal begann, ein Stück Erde freizulegen, tat es so zielstrebig und sicher, als wäre es nicht das erste Mal, dass er jemanden begrub.

Marguerite half ihm.

Nach dem ersten Spatenstich fragte Pascal: »Alles in Ordnung?«

Marguerite hob die Schultern. »Mir ist ein bisschen kalt.«

Pascal begann zu graben. »Liegt am Schock. Ich schätze, es war das erste Mal, dass du jemanden erschossen hast.«

Marguerite nickte.

»Fang an zu graben, dann wird dir warm.«

Sie hoben eine Grube aus, legten Lance hinein und schaufelten Erde über ihn. Langsam verschwand Lance, sein Gesicht zuletzt. Marguerite schauderte, doch sie bereute nichts.

Lance hatte sie nie geliebt. Seit ihrer Nacht mit Étienne wusste sie, wie sich die Liebe anfühlte. Sie war noch so jung gewesen, als sie Lance kennenlernte. Es hatte ihr geschmeichelt, dass ein renommierter Kunsthändler ihr seine Aufmerksamkeit schenkte, von seiner Liebe zu ihr sprach, sie heiraten wollte. Wahrscheinlich hatte nicht sie ihn interessiert, sondern nur die vielversprechende Malerin, mit der man Geld verdienen konnte.

Sie dachte an ihre ersten Ehemonate zurück. Bereits da hatte er sie gebeten, Gemälde für ihn zu fälschen. Als er ihr Entsetzen erkannte, behauptete er, es sei nur ein Scherz gewesen. Und ein Test, um zu sehen, ob sie integer sei. Und sie glaubte ihm. Misstrauisch wurde sie erst später. Das war, als ihr seine bemerkenswerte Fähigkeit auffiel, unbekannte Gemälde von Constable und Turner aufzuspüren, die er für exorbitante Summen verkaufte.

Dann kam der Tag, an dem ihr eine Rechnung für Malutensilien, die nicht für sie gewesen waren, in die Hände geriet. Auf der Rechnung stand die Adresse des Lieferanten. Marguerite fuhr dorthin und stieß auf das Atelier von Hector Travis, einem Kunstfälscher, den Scotland Yard seit Jahren verdächtigte, ohne ihm etwas nachweisen zu können. Marguerite sandte der zuständigen Polizeistelle für Kunstfälschungen einen anonymen Brief und legte die Rechnung mit der Adresse dazu.

Marguerite verließ England, als Lance und Travis verhaftet wurden. Sie fürchtete die Rache derer, die mit ihnen zusammengearbeitet hatten. Sie flüchtete sich zu Simone, änderte ihren Namen und betete, dass Lance sie nach seinem Gefängnisaufenthalt nicht finden würde. Sie wusste, dass er sie suchen würde.

Als das Grab zugeschaufelt war und Pascal darüber Unterholz verteilt hatte, um es zu tarnen, hatte Marguerite Blasen an den Händen und war so müde, dass sie außer ihrer Erschöpfung nichts mehr empfand. Irgendwann würde sie sich mit dem, was sie getan hatte, auseinandersetzen, an diesem Tag jedoch nicht mehr.

Pascal bot ihr Weinbrand aus seinem Flachmann an. Marguerite nahm einen großen Schluck. Er brannte in ihrem Rachen und trieb ihr Tränen in die Augen. Es waren die einzigen Tränen, die ihr in dieser Nacht kamen.

Sie und Pascal ließen sich auf einem umgestürzten Baumstamm nieder. Es war bereits Tag geworden, die ersten Sonnenstrahlen drangen durch das Laub der Bäume und tupften die Erde, und in den Zweigen über ihnen raschelte der Wind.

Marguerite fragte sich, ob sie sich merken solle, wo Lance begraben lag. Aber würde sie jemals den Drang verspüren, die Stelle aufzusuchen? Wahrscheinlich nicht. Einst war er ein anerkannter Kunsthändler gewesen, bis zu dem Tag, als er beschlossen hatte, mit Hector Travis' Hilfe an das ganz große Geld zu kommen. Er war im Gefängnis gelandet und nach seiner Entlassung nur noch ein ehemaliger Häftling gewesen, wieder auf der Suche nach dem Geld aus illegalen Geschäften.

Marguerite blickte zum Himmel, an dem die Sonne stärker wurde. Es würde ein schöner Sommertag werden, die Erde sich weiterdrehen und sie ihr Leben weiterführen – ein Leben, in dem die Verluste der Menschen, die ihr nahegestanden hatten, schwer wogen.

Im letzten Moment hatte Pascal die Packung amerikanischer Zigaretten aus Lances Hosentasche genommen. Nun zündete er sich eine an und schloss genussvoll die Augen.

»Dein Mann muss für die Deutschen gearbeitet haben«, sagte er. »Wie kommt ein Engländer dazu?«

»Lance hat nur für sich gearbeitet, alles andere hat ihn nicht interessiert.«

Pascal nahm einen tiefen Zug. »Falls er ein Agent der Deutschen war, wird ihnen sein Fehlen auffallen. Sie werden annehmen, dass er tot ist – wahrscheinlich umgebracht wurde. Dem werden sie nachgehen.« Er schnippte Asche auf die Erde und verrieb sie mit dem Fuß. »Wer weiß, dass du mit ihm verheiratet warst?«

»Nur noch Boucher, der Galerist. Und Pater Étienne.«

»Dann hoffe ich für dich, dass die beiden den Mund halten.«

Nach einem letzten langen Zug, drückte Pascal die Zigarette zwischen Daumen und Zeigefinger aus und steckte den Stummel in seine Jackentasche. »Besser, du kommst eine Zeit lang nicht mehr zu mir. Nur für den Fall, dass die Deutschen dich beobachten. Tu nichts, was ihr Misstrauen erregen könnte.«

Marguerite gab ihm den Film. Pascal hatte recht, doch nun fühlte sie sich noch einsamer als zuvor.

Kapitel 45

Erst als sie zu Hause war, stellte Marguerite fest, dass auf ihrem Kleid Blutflecke waren, und sie erschrak, als sie daran dachte, dass sie so durch ganz Nizza gefahren war.

Sie zog das Kleid aus und weichte es im Spülbecken der Küche in kaltem Wasser ein. Sie hatte noch einen kleinen Rest Schmierseife, mit der sie versuchte, die braunen Flecke zu entfernen, doch überall blieben leichte bräunliche Verfärbungen, die sie stets daran erinnern würden, was sie getan hatte.

Als sie Dorothy an die Bodenklappe klopfen hörte, rief Marguerite, sie möge sich noch einen Moment gedulden. Sie lief hinauf in ihr Zimmer und streifte ein anderes Kleid über, bevor sie sich in den Keller begab.

Dorothys Blick fiel sofort auf die Blasen an Marguerites Händen. »Du lieber Himmel«, sagte sie, »ich glaube, ich frage besser nicht, was du getan hast.«

Marguerite zuckte mit den Schultern. »Ich habe im Garten gegraben, um neues Gemüse anzupflanzen.«

»Klar doch, und so was macht man für gewöhnlich mitten in der Nacht.«

Marguerite ging darüber hinweg. Dorothy musste nicht wissen, dass Lance Simones Tod verschuldet und sie ihn erschossen hatte. Zuerst musste sie selbst damit fertig werden, und das würde dauern. Vorhin war sie nicht einmal in der Lage gewesen, in den Spiegel zu blicken, in das Gesicht einer Mörderin. Dennoch verspürte sie keine Reue. Sie hatte geschossen, um Simone zu rächen und sich und Dorothy vor Lances Erpressungsversuchen zu schützen. Und sollte er tatsächlich ein Agent der Deutschen gewesen sein, hatte er den Tod auch aus diesem Grund verdient.

*

Am nächsten Tag fand Marguerite erneut eine Nachricht, die unter der Haustür durchgeschoben worden war.

Bitte kommen Sie so schnell wie möglich in Pater Étiennes Pfarrhaus, lautete die Nachricht. *Es ist dringend.*

Die Handschrift sagte Marguerite nichts, und eine Unterschrift gab es nicht. Doch Étiennes Namen zu lesen, reichte aus, dass Marguerite sich auf ihr Rad schwang und im Eiltempo in die Stadt fuhr.

Als sie an der Tür des Pfarrhauses anklopfte, war sie außer Atem. Sie hörte, wie innen die Riegel zurückgeschoben wurden. Und dann stand Madame Mercier vor ihr, die Marguerite diesmal nicht auf der Schwelle abfertigte, sondern ins Haus bat.

»Sie sind da«, sagte Madame Mercier, »dem Himmel sei Dank.« Sie führte Marguerite in die Küche und bat sie, Platz zu nehmen. »Pater Étienne hat gesagt, falls ihm etwas zustößt, soll ich mich an Sie wenden. Ihnen könne ich vertrauen.«

Étienne war etwas zugestoßen? Marguerite war, als

bohrte sich eine Faust in ihren Magen. »Wo ist er und was ist passiert?«

Madame Mercier ließ sich Marguerite gegenüber nieder. »Er ist fort.«

Ich kann nicht mehr, dachte Marguerite. *Ich ertrage nichts mehr.* »Was ist passiert?«, wiederholte sie flüsternd.

Madame Merciers Augen bekamen einen feuchten Glanz. »Pater Étienne war im Büro dieses Wehrmachtoffiziers namens Schmidt. Als Schmidt das Büro verließ, hat Pater Étienne dessen Schreibtisch durchsucht. Schmidt hat ihn dabei erwischt. Pater Étienne hat ihm gesagt, er habe die Flasche Cognac herausnehmen und sich einen Schluck einschenken wollen, aber Schmidt hat ihm wohl nicht geglaubt.«

»Hat er den Pater festnehmen lassen?«

Madame Mercier schüttelte den Kopf. »Schmidt hat ihn laufen lassen, und Pater Étienne ist hierhergekommen. Wenig später stand die Gestapo vor der Tür. Doch vorher konnte Pater Étienne mir noch sagen, dass ich Sie verständigen und Ihnen mitteilen soll, dass er die Kombination hat. Danach ist er durch die Hintertür geflohen.«

Marguerite drückte eine Hand auf ihre Brust, um ihr schmerzendes Herz zu beruhigen. Étienne hatte getan, worum sie ihn gebeten hatte, und nun war sein Leben in Gefahr

»Hat er Ihnen die Kombination verraten?«

Madame Mercier seufzte schwer. »Dazu war keine Zeit mehr. Die Gestapo hat mit Fäusten an die Tür gehämmert. Pater Étienne ist um sein Leben gerannt.«

Sie würde Étienne suchen, beschloss Marguerite. Musste

sich vergewissern, dass er lebte. Und dann würde sie ihn nach der Kombination fragen. »Wissen Sie, wo Pater Étienne jetzt ist?«

Madame Mercier schüttelte den Kopf. »Er könnte überall sein. Ich weiß nur, dass die Gestapo ihn seit Langem verdächtigt hat, dem Widerstand anzugehören. Einmal haben sie ihn sogar vernommen, wollten wissen, warum er in der Villa und nicht im Pfarrhaus lebt. Dass er die Villa für einen Freund gehütet hat, haben sie ihm nicht geglaubt. Sie waren der Ansicht, dass er dort lebte, um Zugang zum Meer zu haben und Menschen zur Flucht zu verhelfen. Aber sie haben ihn wieder laufen lassen.« Madame Mercier schlug sich die Hände vors Gesicht. »Wie oft habe ich ihm gesagt, er soll keine Risiken eingehen. Er hat nicht auf mich gehört.« Sie ließ die Hände sinken und sah Marguerite mit tränennassen Augen an.

Marguerite dachte an das, was Étienne für sie getan hatte. Er hatte den Verteidigungsplan fotografiert, der in Schmidts Aktentasche gewesen war, hatte eine Schreibkraft der Wehrmacht gebeten, kriegswichtige Karten zu entwenden, war nun dabei ertappt worden, wie er sich an Schmidts Schreibtisch zu schaffen gemacht hatte. Bereits eine dieser Taten hätte ausgereicht, um erschossen oder gehängt zu werden.

»Und nun muss ich für Catherine einen Unterschlupf finden«, fuhr Madame Mercier fort. »Die Kirche wird ja einen Ersatz für Pater Étienne schicken, einen Pater, der hier wohnen wird. Das Mädchen darf nicht entdeckt werden. Nicht jeder Priester ist ein Antifaschist wie Pater Étienne.«

»Wo ist Catherine jetzt?«

»Sie versteckt sich hier im Haus«, entgegnete Madame Mercier. »Pater Étienne hat auch gesagt, im Ernstfall soll ich Sie bitten, Catherine einen Ausweis zu erstellen. Sie ist sechzehn, sie braucht eine Kennkarte und Lebensmittelkarten. Offiziell kann ich diese Dinge nicht beantragen, meine Angst, die Deutschen würden herausfinden, dass sie Jüdin ist, ist zu groß. Ich habe mich um Catherine gekümmert und ihr das Haar regelmäßig blond gefärbt, doch nun kann ich nichts mehr für sie tun.«

»Dann ist sie also nicht Pater Étiennes Tochter.«

»Natürlich nicht«, erwiderte Madame Mercier indigniert. »Ihre Eltern und Pater Étienne sind enge Freunde. Als die Deutschen in Paris einmarschiert sind und die Judenverfolgung begann, hat Pater Étienne dafür gesorgt, dass die Familie in Nizza Zuflucht fand. Unter den italienischen Besatzern war sie ja noch sicher. Doch dann sind die Deutschen auch hierhergekommen, und die Familie musste sich verbergen. Pater Étienne hat Catherine aufgenommen, das Mädchen hatte von jeher einen besonderen Platz in seinem Herzen.« Madame Mercier lächelte verlegen. »Ich hoffe, Sie können mir verzeihen, dass ich Sie so schroff abgewiesen habe, als Sie Catherine neulich das Haarband schenken wollten. Wir haben immer darauf geachtet, dass Catherine so wenigen Menschen wie möglich begegnet.«

Demnach war die Frau auf dem Foto, das Étienne in seinem Schlafzimmer verborgen hatte, eine enge Freundin, keine Geliebte. Und das Foto hatte er versteckt, weil die Familie jüdisch war.

»Ich nehme Catherine bei mir auf«, sagte Marguerite.

»Ich wohne abgelegen in einem Bauernhaus. Unter den gegebenen Umständen ist sie bei mir sicherer als sonst irgendwo in der Stadt.«

»Ich danke Ihnen«, sagte Madame Mercier. »Pater Étienne wollte Catherine längst nach Spanien verschifft haben, so wie er es für andere Kinder getan hat. Aber seit einer Weile kontrollieren die Deutschen sämtliche Häfen und Strände. Die Fluchtwege nach Spanien, für die er lange Zeit sorgen konnte, sind zu gefährlich geworden.«

»Mir war nicht bekannt, dass Pater Étienne Kinder gerettet hat«, sagte Marguerite. Wie wenig sie über den Mann gewusst hatte, den sie liebte.

»Es müssen an die hundert gewesen sein.«

Wahrscheinlich hatte er sich deshalb Schmidt genähert, in der Hoffnung, so jeden Verdacht von sich abzulenken. Und vielleicht hatte er auch deshalb gezögert, als sie ihn gebeten hatte, für die SOE zu spionieren. Er hatte sich um seine eigenen Hilfsaktionen gesorgt.

»Er hat die Kinder in der Villa Christelle verborgen, bevor er für sie eine Schiffspassage gefunden hat. Aber zuletzt ist auch die Villa nicht mehr sicher gewesen.«

»Und woher wusste Pater Étienne, dass ich Ausweise fälschen kann?«

Für einen Moment wirkte Madame Mercier belustigt. »In der Nacht, als er Sie im Park vor der deutschen Patrouille gerettet hat, war er der Kurier, der die gefälschten Ausweise entgegennehmen sollte. Ich war krank geworden, also ist er eingesprungen.«

Marguerite starrte sie an. »Was soll das bedeuten? Dass zuvor immer Sie meine Kontaktperson gewesen waren?«

Madame Mercier nickte. »Ich habe stets darauf geachtet, mein Gesicht zu verbergen. An dem Sonntag, als Sie in der Kirche waren, und dann später hier vor der Tür standen, hatte ich trotzdem Angst, Sie könnten mich wiedererkennen.«

Wie viel sie falsch verstanden hatte, dachte Marguerite. Sie hatte Étienne verdächtigt, ein Freund der Deutschen zu sein, und wäre nie im Leben darauf gekommen, dass seine Haushälterin, ebenso wie er, für den Widerstand tätig war.

»Und warum hat Pater Étienne mich in jener Nacht nicht um die Ausweise gebeten?«

Madame Mercier zuckte mit den Schultern. »Er glaubte, dass Sie ihn erkennen könnten, und wollte verhindern, dass Sie ihn bei einem Verhör bezichtigen würden, sollte man Sie fassen. Dass Sie die Ausweise selbst fälschen, hat er sich allerdings erst gedacht, als er auf Ihrer Vernissage war.«

Sie hatten also alle für dieselbe Seite gearbeitet. Wie viel Leid ihr erspart geblieben wäre, hätte sie das von Anfang an gewusst.

Marguerite stand auf. »Zuerst fertige ich für Catherine einen Ausweis an, danach komme ich und hole sie ab.«

»Noch etwas«, sagte Madame Mercier. Sie schob Marguerite ein Foto von Catherine und einen Zettel mit den Angaben zu, die im Ausweis enthalten sein mussten. »Catherines Eltern sind von der SS entdeckt worden. Sie wurden aus ihrer Wohnung geschleift und in ein Lager deportiert. Catherine hat das mitbekommen. Sie hatte sich in einem Schrank versteckt. Dort hat sie die Schreie ihrer Eltern und das Gebrüll der SS-Leute gehört. Pater Étienne hat erst drei Tage später davon erfahren, das Mädchen auch dann erst gefunden. Sie war noch immer im Schrank, ausgehungert, halb verdurstet und im Schock. Seitdem hat Catherine kein Wort gesprochen, hat sich ganz in sich verkrochen. Gehen Sie behutsam mit ihr um.«

Marguerite stellte sich die Szene vor und spürte, wie sich in ihrem Innern alles zusammenzog. Sie sah Madame Mercier an, deren Gesicht von Kummer und Sorge geprägt war, und versprach ihr, alles zu tun, um das Mädchen zu beschützen.

Kapitel 46

Marguerite brauchte den ganzen Nachmittag, um den Ausweis für Catherine anzufertigen. Sie wartete, bis die Tinte getrocknet war, steckte ihn in einen Umschlag und befestigte diesen mit Pflastern auf ihrem Rücken. Sollte sie auf dem Weg zum Pfarrhaus angehalten und durchsucht werden, war ihre Hoffnung, dass der Ausweis übersehen würde.

Doch sie wurde nicht angehalten, und als sie im Pfarrhaus ankam, saß Catherine bereits abholbereit in der Küche. Sie trug ein einfaches Kleid und eine dünne Sommerjacke. Einen Koffer werde sie nicht mitnehmen, erklärte Madame Mercier. Er könnte Aufsehen erregen.

Madame Mercier streichelte Catherines Wange. »Madame Segal wird sich um dich kümmern, bis wir wissen, dass uns keine Gefahr mehr droht.«

Marguerite betrachtete das Haar des Mädchens, das vom vielen Färben stumpf geworden war, sah den resignierten Blick, als hätte Catherine sich bereits mit jedwedem Schicksal abgefunden. Vorsichtig nahm Marguerite ihr die Fingerabdrücke ab und übertrug sie auf die gefälschte Kennkarte.

Auf dem Weg zum Bauernhaus – Catherine saß auf dem Gepäckträger des Fahrrads – hörten sie das Brummen alliierter Flugzeuge. Wahrscheinlich würden nun wieder Stellungen und Minenfelder der Deutschen bombardiert.

Fliegeralarm gab es nicht mehr. Die Deutschen hatten

offenbar beschlossen, die Einheimischen ihrem Schicksal zu überlassen.

Marguerite blickte zum Himmel, erkannte die Bomber der Royal Air Force, die im Tiefflug von Norden her kamen.

In den Straßen war niemand zu sehen. Als die Luft vom Lärm der Detonationen erfüllt wurde, radelte Marguerite schneller und spürte, wie Catherine sich schutzsuchend an sie klammerte.

Dann bogen sie in den Weg, der zu dem Bauernhaus führte. Wie so oft dachte Marguerite dort an Violet, von der sie nicht wusste, ob sie noch lebte oder ob sie die englische Agentin gewesen war, die die Gestapo gefasst hatte.

Das Knattern eines Motorrads riss Marguerite aus ihren Gedanken. Für einen Moment dachte sie, es könnte Lance sein, dann fiel ihr ein, dass das nicht mehr möglich war. Sie blickte sich um. Das Motorrad folgte ihr, und bei dem Fahrer handelte es sich um einen Mann in SS-Uniform. Er überholte Marguerite, kam vor ihr zum Halt und bedeutete ihr mit gebieterischen Gesten, vom Rad zu steigen.

Marguerite tat wie geheißen. »Bleib ganz ruhig«, murmelte sie Catherine zu.

Der SS-Mann war noch sehr jung, die Uniform zu groß, doch sein Blick war der eines Fanatikers. Jugend, Fanatismus, mangelnde Erfahrung, das war die schlimmste Kombination, die Marguerite an diesen Männern kennengelernt hatte. Sie machte sie tollkühn und grausam.

»Ausweis«, blaffte er auf Französisch, und sein Gesicht rötete sich.

Marguerite setzte eine ausdruckslose Miene auf, reichte ihm ihre Kennkarte und bat Catherine, es ihr nachzutun.

Zum Glück brach bereits die Abenddämmerung an, Hinweise auf die Fälschung würden kaum auszumachen sein.

Der SS-Mann starrte auf die Ausweise, womöglich in der Hoffnung, an irgendetwas Anstoß nehmen zu können.

Marguerite dachte an den Geruch der Tinte auf Catherines Kennkarte. Der war noch nicht verflogen, auch wenn die Tinte getrocknet war. Sollten die Fingerabdrücke verschmiert sein, würde sie behaupten, das habe der Beamte verursacht, der den Ausweis ausgestellt hatte.

Der SS-Mann schnupperte an der neuen Kennkarte und sah Catherine scharf an. »Wann wurde die Kennkarte ausgestellt?«

»Vor vier Wochen«, antwortete Marguerite. »An ihrem sechzehnten Geburtstag. So wie es dasteht.«

Es gab nichts zu beanstanden. Das Foto war neuen Datums, nichts war verschmiert, die Angaben zur Person stimmten mit Catherines Aussehen überein.

Der Mann reichte die Kennkarte mit unwirscher Miene zurück. »Was tun Sie hier um diese Uhrzeit?«, fragte er barsch und sah erneut Catherine an. Das Mädchen öffnete den Mund, doch es kam kein Laut hervor.

»Wir fahren nach Hause«, sagte Marguerite. »Und die Sperrstunde hat noch nicht begonnen.«

Der Blick des Manns wanderte über Catherines zarten Körper. »Haben Sie die Flugzeuge nicht gehört? Wissen Sie nicht, dass die Alliierten uns umbringen wollen?«

»Es gab keinen Fliegeralarm«, sagte Marguerite. »Und wir haben es nicht mehr weit.«

Der Mann deutete auf Catherine. »Warum sagt sie nichts? Ist sie stumm?«

Catherine sah Marguerite panisch an.

»Ja«, entgegnete Marguerite, »sie ist stumm.«

Mit angewidertem Gesichtsausdruck trat der Mann zurück. »Sie können weiterfahren.«

Das musste er Marguerite nicht zweimal sagen.

Sie hörte, wie das Motorrad hinter ihr gestartet wurde und sein Lärm immer leiser wurde, bis er vom Brummen des nächsten Flugzeugs verschluckt wurde.

Als Catherine die Arme um sie legte, betete Marguerite, dass das Mädchen nicht spürte, wie heftig ihr Herz schlug. Catherine musste glauben, dass Marguerite sie beschützen konnte, nicht, dass sie sich ebenso fürchtete wie sie.

Im Haus angekommen, verschloss Marguerite Vorder- und Hintertür und erklärte Catherine, dass sie sie vorerst im Keller unterbringen werde, dort sei sie vor den Bombenangriffen am sichersten.

Dorothy hatte sie den Besuch schon am Vormittag angekündigt.

Dorothy strahlte, als Marguerite mit Catherine in den Keller kam. »Hallo, meine Kleine«, sagte sie auf Französisch, »wie schön, dass ich hier unten nicht mehr allein sein muss. Weißt du, wie man Gin Rummy spielt?«

Dorothy schien es nicht im Geringsten zu stören, dass Catherine keine Reaktion zeigte.

»Macht nichts«, sagte Dorothy, »ich bringe es dir bei.«

Während Marguerite für Catherine ein Lager bereitete, erklärte Dorothy Catherine die Spielregeln.

»Wir werden uns großartig verstehen«, sagte Dorothy. »Ich rede gern, und du scheinst mir eine fabelhafte Zuhörerin zu sein.«

Wenig später nahmen sie das Abendbrot zu dritt im Keller ein. Sie hörten, dass weiterhin Luftangriffe geflogen wurden, und immer wieder das Donnern ferner Detonationen. Marguerite empfand es dennoch wie eine kleine Ruhepause, denn sobald sie den Keller verließe, würde es darum gehen, Étienne zu finden und die Kombination von Schmidts Safe zu erfahren. Sie dachte an Armand, der noch immer in Haft war. Er musste gewusst haben, dass Madame Mercier ihr Kurier gewesen war. Blieb die Frage, ob er auch über Étiennes Hilfsaktionen im Bild gewesen war. Hatte er Étienne verraten, und Schmidt hatte Étienne in seinem Büro eine Falle gestellt? Würde Armand sie und Dorothy verraten?

Jede Minute, die verging, schien die Gefahr, in der sie schwebten, zu erhöhen.

Kapitel 47

Die Invasion der Alliierten begann in einer schwülwarmen Nacht Mitte August. Zuerst kamen die Kampfflugzeuge. Wie Perlen an einem Rosenkranz fielen ihre Bomben, und Feuer erhellten die Nacht wie eine verfrühte Morgendämmerung. Alliierte Kriegsschiffe beschossen Geschützstellungen und Bunker. Überall sah man Flammen, Rauch und Staub.

Von ihrem Schlafzimmerfenster aus verfolgte Marguerite die Feuer auf den Hügeln. Olivenhaine, Weingärten, Kiefern, Pinien, Eukalyptusbäume, Lavendelfelder und das trockene Unterholz, alles schien zu brennen. Ein Paradies stand in Flammen.

Marguerite ging hinunter in die Küche, setzte sich an den Küchentisch und barg ihr Gesicht in den Händen. Als der Brandgeruch bis zu ihr drang, stand sie auf und schloss die Fenster im Haus.

Draußen wurde es still. Nichts rührte sich mehr. Es war, als fürchteten sich selbst die Blätter an den Bäumen und versuchten, keinerlei Aufmerksamkeit zu erregen. Als auf dem Kiesweg Schritte laut wurden und das Tor quietschend geöffnet wurde, erstarrte Marguerite.

Mit angehaltenem Atem blickte sie zur Tür und dachte, dass nur Menschen, die Macht über andere hatten, es wagen würden, zu dieser Uhrzeit unterwegs zu sein. Sie wünschte, sie hätte auch die Rollläden geschlossen. Vielleicht hätte das Haus dann einen verlassenen Eindruck gemacht.

Marguerite schob ihre Hand in die Tasche ihres Morgenmantels, ihre Finger schlossen sich um die Pistole. Sie lauschte den näher kommenden Schritten, bewegte sich nicht und versuchte den, der da kam, mit reiner Willenskraft zu verscheuchen.

Mit eingezogenem Kopf saß sie da, rechnete mit Faustschlägen gegen die Tür, mit Stiefeltritten. Jemand würde brüllen, sie solle sofort öffnen. Und dann würden Männer hereinstürmen. Sie würden wissen, dass sie Ausweise gefälscht, den Widerstand mit kriegswichtigen Informationen beliefert und Lance ermordet hatte. Man würde sie mitnehmen. Doch außer dem dumpfen Schlag ihres Herzens war nichts zu vernehmen.

Sie blickte auf, als jemand leise an das Küchenfenster klopfte und eine Stimme die Stille durchbrach. »Marguerite, bist du da? Ich bin's, Pascal.«

Eine Welle der Erleichterung durchflutete Marguerite. Sie öffnete die Hintertür und ließ Pascal ein.

Er nahm seinen Seesack ab und sank auf einen Küchenstuhl.

»Wie sieht's aus?«, fragte Marguerite und reichte ihm ein Glas Wasser. »Ziehen die Deutschen ab?«

Pascal schüttelte den Kopf. »Einige ihrer Truppen sind auf dem Weg nach Norden, andere haben sich hier in den Schützengräben verschanzt. Es wird ihnen nicht viel nützen. Die Alliierten sind gelandet.«

Pascal griff in den Seesack und holte Nahrungsmittel heraus, bei deren Anblick Marguerite die Augen aufriss. Ein Baguette, ein großes Stück Käse, eine Salami, vier Eier, eine Salatgurke, eine Flasche Wein und eine Tafel Schokolade.

Pascal grinste. »Wir haben ein Nahrungsmitteldepot der Deutschen geplündert.«

Marguerite nahm die Schokolade, atmete den süßen Geruch ein, legte sie wieder fort und griff nach dem Baguette. Sie brach ein Stückchen ab und schob es sich in den Mund.

»Was meinst du, wie lange die Kämpfe anhalten werden?«

»Kann ich dir nicht sagen.« Pascal zuckte die Achseln. »Die französischen Soldaten, die mit den Alliierten in Saint-Tropez gelandet sind, haben angefangen, die Hakenkreuzfahnen von den öffentlichen Gebäuden zu reißen und die Tricolore zu hissen. Die Strände sind in der Hand der Alliierten, und die Anzahl ihrer Kriegsschiffe auf dem Meer ist gestiegen. Überall laufen Amerikaner herum und tun, als wären sie die neuen Herren. Hier und da gibt es noch Straßenkämpfe. Nicht so sehr bei uns, aber in den Dörfern oben in den Hügeln. Um jeden Meter Land wird gerungen. Weiß der Kuckuck, wie lange das noch dauern wird.«

Die einen Besatzer verschwanden, andere rückten nach. Wahrscheinlich würden sie nun von den Amerikanern statt den Deutschen kontrolliert. Marguerites Gedanken wanderten zu Étienne, der vielleicht noch lebte. Wäre es für ihn besser, von den Deutschen gefangen genommen zu werden oder von Franzosen, die womöglich nicht wussten, dass er im Widerstand gewesen war, und ihn für einen Kollaborateur hielten? Zu viele hatten in ihm den Priester gesehen, der mit den Deutschen befreundet war.

»Haben die Alliierten die Leute aus den Gefängnissen befreit?«, fragte Marguerite und dachte an Armand.

»Es heißt, dass die Gestapo alle Gefangenen erschossen hat. In den Hotels, die sie verlassen haben, soll es Bomben gegeben haben, die mit Fernzündern in die Luft gejagt werden konnten.«

»Und?«, fragte Marguerite, »ist es dazu gekommen?«

Pascal schüttelte den Kopf. »Es war ein Faustpfand, dass die Deutschen in der Tasche hatten. Die Bomben sollten nicht gezündet werden, wenn man ihnen freien Abzug gewährt. Sie haben mit der Résistance verhandelt, die hat sich darauf eingelassen.«

Pascal brach sich ein großes Stück Baguette ab und schlang einen Bissen hinunter. »Wir haben den SS-Mann erwischt, der den Befehl gegeben hat, die zehn Jungen hinzurichten. Der ist nun auch tot.«

Das war die gerechte Strafe, sagte sich Marguerite, aber die zehn Jungen wurden dadurch nicht mehr lebendig.

»Armand hat die Invasion der Alliierten nichts mehr genützt. Er wurde gestern am frühen Morgen erschossen.«

Die Nachricht überraschte Marguerite kaum noch. Auch vermochte sie Armands Tod nicht richtig zu betrauern. Armand war ein rücksichtsloser Mensch gewesen, hatte auch Simone nie glücklich gemacht.

»Hat man ihm nachgewiesen, dass er damals derjenige gewesen war, der den Wehrmachtssoldaten erschossen hat?«

Pascal lachte. »Wann hat die Gestapo oder die SS sich jemals für Beweise interessiert?«

»Weißt du, wo sie Armand begraben haben?«

Pascal verschlang den nächsten Brocken Brot. »Er wird in irgendeiner Grube liegen.«

Demnach würde Armand ebenso wenig ein eigenes Grab haben wie Jeanne. Nur Simone und Biquet würde Marguerite künftig an ihren Gräbern einen Besuch abstatten können. Lances Grab hingegen würde sie meiden.

Pascal leerte sein Glas Wasser. Dann zog er seinen Flachmann hervor und schenkte sich einen großen Schluck ein. »Hol dir auch ein Glas«, sagte er.

Marguerite nahm ein kleines Glas aus dem Küchenschrank, das Pascal bis zum Rand füllte. Offenbar hatte er noch mehr schlechte Nachrichten und wollte, dass Marguerite sich stärkte.

»Yves Musel ist ebenfalls tot. Er wurde vor zwei Tagen in seinem Büro von Gestapobeamten erschossen.«

Im ersten Moment glaubte Marguerite nicht richtig gehört zu haben. »Warum?«, fragte sie. »Er hatte doch gute Beziehungen zu den Deutschen.«

»Du weißt wirklich gar nichts.« Pascal griff nach einer Tomate, aß sie mit zwei Bissen. »Musel hat für die Briten gearbeitet. Ebenso wie sein Vorgänger hat er unter anderem dafür gesorgt, dass niemand von deinem falschen Namen erfahren hat. Was denkst du denn, wie die SOE auf dich gekommen ist?«

Also hatte Lance auch in diesem Punkt gelogen. Sie war nicht von irgendeiner Diana entdeckt worden, die sie ihrem Vater empfohlen hatte. Wie hatte sie das nur eine Sekunde lang glauben können? Vielleicht hatte Musel sie damals nur zu sich gerufen, um sie zu testen. Um festzustellen, ob sie den Druck einer Befragung aushielt. Und dann hatte er ihr mehr, als üblich war, für Alyces Malstunden gezahlt. Er hatte ihr helfen wollen. Und sie hatte ihn verdächtigt, auf der Seite der Deutschen zu stehen.

»Die arme Familie«, sagte Marguerite. »Was wird jetzt aus Céleste und den Mädchen?«

»Übergangsweise wird die SOE sich um sie kümmern. Nancy will auch nach dem Krieg bei der Spionagearbeit bleiben.«

»Dann war auch sie …«

Pascal nickte. »Sie hat für ihren Vater Augen und Ohren offen gehalten. Niemand hat sie verdächtigt, alle dachten, sie sei eine dumme Gans, die sich in der Aufmerksamkeit der Deutschen sonnt und glücklich ist, wenn sie ihr eine Tafel Schokolade schenken.«

Marguerite erinnerte sich an das Gespräch, das sie mit Nancy auf der Place Masséna geführt hatte. Nun kam sie sich albern vor.

Pascal schenkte sich aus dem Flachmann nach. »Musel war ein mutiger Mann.«

»Weißt du, wer ihn verraten hat?«

»Keine Ahnung. Vielleicht hat er sich selbst durch irgendetwas verraten.«

»Hast du etwas über Pater Étiennes Verbleib erfahren?«

»Vergiss ihn«, sagte Pascal mit einer wegwerfenden Handbewegung. »Und verlass dieses Haus. Hier bist du nicht mehr sicher. Die Gestapobeamten sind nicht alle fort. Und die, die noch hier sind, rächen sich an denen, die gegen sie gearbeitet haben.«

»Ich bin der Gestapo bisher entkommen und werde es

auch weiterhin tun«, entgegnete Marguerite beherzter, als sie sich fühlte.

Pascal seufzte. »Es ist nicht nur die Gestapo, die hinter dir her sein könnte, sondern auch Einheimische. Unter ihnen sind noch immer viele, die glauben, dass du eine Deutschenfreundin warst.«

»Die Résistance weiß es besser, sie wird sich für mich einsetzen.«

»Träum weiter«, sagte Pascal.

Marguerite griff nach ihrem Glas und leerte es in einem Zug. »Ich kann nicht fort, zuerst muss ich Étienne finden. Er hat sein Leben riskiert, um an die Kombination von Schmidts Safe zu gelangen. Vielleicht sind die Unterlagen noch da, die die SOE wollte.«

Pascal schnaubte »Denk besser an dich selbst und bring dich irgendwo in Sicherheit.«

»Das kann ich nicht. Ich liebe Étienne.«

»Nur dass ein Priester für dich leider unerreichbar ist.« Mit einer flinken Bewegung, mit der Marguerite nicht gerechnet hatte, beugte Pascal sich vor und küsste sie auf den Mund. »Vielleicht nimmst du mich, wenn der Krieg vorbei ist.«

Das kam so unerwartet, dass Marguerite lachen musste.

Pascal runzelte die Stirn. »Was ist daran so komisch?«

»Nichts«, erwiderte Marguerite. »Eigentlich fühle ich mich sogar geschmeichelt, aber meine Mission ist klar.«

Pascal griff nach ihrer Hand. »Was ist, wenn dieser Pater tot ist. Es heißt, dass in der Nacht wieder ein Priester erschossen wurde, der mit den Deutschen auf Du und Du stand.«

Marguerites Herz sank. Doch das bedeutete nicht, dass es sich dabei um Étienne gehandelt haben musste, sagte sie sich. In Nizza und den umliegenden Dörfern gab es zahlreiche Priester. Und selbst wenn man auf ihn geschossen hatte, vielleicht konnte sie ihn retten. Sie wünschte nur, sie hätte einen Anhaltspunkt, wo sie mit ihrer Suche nach Étienne beginnen sollte.

Kapitel 48

Musels Tod hatte Marguerite schockiert. Auch dass sie ihn, ebenso wie seine Tochter, verkannt hatte, tat ihr nun leid. Es lag an der Zeit, in der sie lebte, die hatte dazu beigetragen – eine Zeit, die aus den einen Helden, aus den anderen Verräter machte und in der man nicht wusste, welchen von beiden man vor sich hatte.

Als der Morgen angebrochen war, nahm Marguerite die Nahrungsmittel, die Pascal ihr gebracht hatte, und trug sie in den Keller.

Dorothy setzte sich auf ihrem Lager auf und blickte Marguerite mit müden Augen an. Offenbar hatte auch sie in der Nacht nicht gut geschlafen. »Psst«, sagte sie und deutete auf Catherine, die zusammengerollt unter ihrer Decke lag und schlief.

»Die Invasion der Alliierten hat begonnen«, flüsterte Margerite und stellte die Nahrungsmittel ab. »Das Ende des Kriegs ist in Sicht. Du kannst in dein Haus zurückkehren, dich vielleicht mit Edith versöhnen.«

Dorothy schüttelte den Kopf. »Ich bleibe nicht in Frankreich. Wenn alles vorbei ist, kehre ich nach England zurück.«

Marguerite sah sie erstaunt an. »Willst du nicht einmal versuchen, wieder mit deiner Freundin zusammenzukommen?«

Dorothy seufzte. »Manche von uns sind dazu verdammt, den Verlust eines Liebsten ihr Leben lang mit sich zu tragen. Ich bin sicher, du weißt, wovon ich spreche, Marguerite. Auf unseren Herzen liegt ein Schatten, der nicht weichen wird und jede Freude trübt, egal wie viel Zeit vergeht.«

Marguerite nickte, sie wusste nur zu gut, was Dorothy meinte.

»Wäre Edith noch bei mir, wären wir heute seit fünfundzwanzig Jahren zusammen.« Dorothys Augen füllten sich mit Tränen. »Manchmal wünschte ich, ich könnte bei ihr sein.«

»Vielleicht gelingt es euch ja doch, wieder Freundinnen zu werden.«

Dorothy runzelte die Stirn. »Aber Edith ist nicht mehr da.«

»Und wo ist sie?«

»Habe ich dir das nicht gesagt? Edith ist im Sommer 1938 gestorben. Da hat ihr Herz den Kampf aufgegeben. Ich habe ihre Asche auf dem Hügel verstreut, auf dem unser Haus stand. Das war der Grund, weshalb ich nach dem Einmarsch der Deutschen in Frankreich geblieben bin. Ich wollte an dem Ort sein, an dem Edith und ich glücklich waren.«

Marguerite überlegte, ob Dorothy ihr früher schon von Ediths Tod erzählt hatte. Sie konnte sich nicht erinnern.

»Davon wusste ich gar nichts.«

»Natürlich nicht, meine Liebe. Du hast deinen eigenen Kummer zu tragen, da wollte ich dich nicht mit meinen traurigen Geschichten belasten. Doch inzwischen weiß ich, dass ich nicht allein bin. Dass Edith in meinem Herzen weiterlebt.« Dorothy lächelte. »Ich kann mit ihr reden. Manchmal lache ich sogar mit ihr.«

»Es war Edith, mit der ich dich manchmal sprechen gehört habe.«

»Du magst denken, dass ich verrückt bin, aber die Gespräche, unsere alten Scherze, das alles bringt mir Trost.«

»Ich halte dich keineswegs für verrückt«, sagte Marguerite. »Du bist die weiseste Frau, die ich kenne.«

Dorothy griff nach Marguerites Hand und drückte sie. »Mach dich auf die Suche nach Étienne. Und wenn du ihn findest, kämpfe um ihn. Vielleicht erkennt auch er, dass die Liebe etwas zu Seltenes ist, als dass man sie einfach aufgibt.«

Kapitel 49

Als Marguerite sich auf den Weg in die Stadt machte, kam ihr das, was sie sah, irreal vor. Noch immer zogen Rauchschleier durch die Luft, der Brandgeruch kratzte in ihrem Rachen, und am Stadtrand hatten Bombentrichter die Erde aufgewühlt.

In der Ferne entdeckte Marguerite Fallschirmspringer, die wie Steine vom Himmel fielen, bis sich die dunklen Fallschirme wie Pilze über ihnen öffneten und sie zu schweben begannen.

An anderen Stellen blitzten Silberfolien in den Sonnenstrahlen auf. Wer die Folien installiert hatte, wusste Marguerite nicht, sie hatte nur gehört, dass sie eine feindliche Radarortung erschwerten. Marguerite hatte jedoch den Eindruck, dass sich das größte Geschehen in Richtung der italienischen Grenze abspielte.

In der Stadt war es erstaunlich ruhig, Marguerite hatte mit Straßenkämpfen gerechnet. Doch überall roch es bloß nach Rauch und Kordit. Hin und wieder huschten Menschen durch die Gassen, als wüssten sie nicht, ob sie sich schon freuen oder noch ängstigen sollten.

Marguerite nahm alles in sich auf: Die riesigen Lücken, die in die Hafenmauer gesprengt worden waren, der von Panzern platt gewalzte Stacheldraht, der flach auf den Stränden lag und einer Invasion bösartiger Insekten ähnelte, die Palmen mit den von Schüssen zerfetzten Blättern und aufgerissenen Stämmen.

Die Hochbunker der Deutschen waren unter dem Bombenhagel eingebrochen, die Geschützstellungen zerstört, die Spanischen Reiter aus dem Weg geräumt.

Schwerer jedoch dürften die inneren Verwüstungen, die Demütigungen und die Not der Kriegsjahre in den Herzen der Menschen wiegen. Es waren Erinnerungen, die noch lange anhalten würden. Wie sollten sie all das, was sie ertragen oder auch getan hatten, jemals verwinden und wieder zu einer intakten Gemeinschaft werden?

Marguerite roch Methan, als wäre irgendwo die Kanalisation zerstört worden. Vielleicht hatten sich deshalb die Vögel verzogen, am Himmel war kaum einer zu sehen. Selbst das Meer schien den Atem anzuhalten, als warte es auf das, was als Nächstes geschehen würde.

Die Mauern von Bouchers Galerie und Simones Schule hatten Einschusslöcher, dort hatten also Straßenkämpfe stattgefunden. Die Luxushotels hatten ihre Mauern mit Sandsäcken verbarrikadiert. Ein warmer Wind trieb Ascheflocken durch die Luft. Hier und da fegten abgemagerte Frauen die heruntergefallene Asche von den Bürgersteigen.

Marguerite fuhr langsam, blickte nach allen Seiten, um festzustellen, ob sich etwas bewegte und ihr von irgendwoher Gefahr drohte. Sie wusste, dass sich überall Widerstandskämpfer verschanzt hatten, auch wenn man sie nicht sehen konnte. Wahrscheinlich lagen auf einigen Dächern sogar Scharfschützen, reglos wie Falken, die jeden Moment zustoßen konnten.

Vielleicht war auch Pascal hier irgendwo. Sie konnte nur hoffen, dass er diese letzten Kämpfe überlebte.

Manchmal war Marguerite, als sähe sie Étienne. Mal stand er am Wasser und blickte auf das Meer hinaus, mal bog er um eine Ecke. Doch jedes Mal war es ein anderer, älter oder jünger als Étienne, kleiner oder größer.

Dann wieder glaubte sie, der Wind habe seine Stimme zu ihr getragen, woraufhin sie verharrte und ihr Gehör anstrengte. Doch Étienne trat nicht in Erscheinung. Wahrscheinlich war es nur eine Welle gewesen, die über die Kieselsteine des Strands gestrichen war, oder das Rascheln von Palmzweigen.

Jedes Mal, wenn Marguerite begriff, dass sie sich getäuscht hatte, schmerzte ihr Herz. Wo war Étienne? Hatten die Deutschen ihn vor ihrem Abzug noch gefasst? Waren es Widerstandskämpfer gewesen? Oder war es ihm gelungen, sich in Sicherheit zu bringen? Die Ungewissheit war für Marguerite nur schwer zu ertragen.

Als sie das Hotel erreichte, in dem die Gestapo ihre Gefangenen verhört und gefoltert hatte, und Jeanne in den Tod gesprungen war, hatte sich der Himmel aufgeklart, und die Sonne brannte heißer.

Vielleicht wurde Étienne in diesem Hotel gefangen gehalten. Marguerite ließ ihren Blick an der Fassade hinaufwandern, bis zu dem obersten Stockwerk, wo Jeanne aus dem Fenster gesprungen war. Bei der Vorstellung jagte ihr ein Schauer über den Rücken.

Zu Marguerites Erstaunen stand vor dem Hotel noch ein Wehrmachtssoldat Wache. Sie hatte damit gerechnet, dass die Deutschen in der Nacht die Flucht ergriffen hatten, hatte befürchtet, dass die Möglichkeit, an Schmidts Listen zu gelangen, gar nicht mehr bestand.

Marguerite trat zu dem Wachmann und sagte: »Ich suche Pater Étienne. Wissen Sie, ob er sich in diesem Hotel befindet?«

Der Mann starrte sie an, vielleicht konnte er kein Französisch.

»Pater Étienne?«, sagte Marguerite und deutete auf das Gebäude.

Er hatte sie schon beim ersten Mal verstanden, denn er antwortete auf Französisch: »Verschwinden Sie, oder wissen Sie nicht, dass die Amerikaner im Anzug sind? Die werden Jagd auf Frauen machen.«

»Zuerst muss ich Pater Étienne finden«, entgegnete Marguerite. »Könnten Sie bitte feststellen, ob er hier gefangen gehalten wird?«

Der Mann musterte sie von oben bis unten.

»Was wollen Sie mit einem Priester? Wenn Sie Gesellschaft suchen, können wir uns gern in eines der Zimmer verziehen.«

Marguerite trat einen Schritt zurück. »Bitte«, sagte sie, »ich muss den Pater finden.«

Der Soldat grinste. »Warum beichten Sie Ihre Sünden nicht mir?«

Marguerites zwang sich zur Ruhe. »Vielleicht sagen Sie mir einfach, wie ich herausfinden kann, ob Pater Étienne gefangen genommen wurde.«

»Wie heißen Sie?«

»Ich bin Madame Segal«, antwortete Marguerite.

Der Mann zuckte mit den Schultern. »Ich bin nur ein

Soldat, der auf die Amerikaner wartet. Und wenn sie da sind, erschieße ich sie.«

O Gott, dachte Marguerite, der Mann musste unter Drogen stehen. Sie kannte das Gerücht, dass die Wehrmachtssoldaten, als sie in Frankreich einmarschierten, ein Aufputschmittel namens Pervitin genommen hatten. Vielleicht war auch das letzte Aufgebot im Besitz dieser Droge.

»Gibt es sonst jemanden, der mir helfen kann?«

Der Mann schüttelte den Kopf.

Hier kam sie nicht weiter. Schweren Herzens stieg Marguerite auf ihr Fahrrad. Als sie davonradelte, rief der Wehrmachtssoldat ihr nach: »Sind Sie heute Abend frei?«

Marguerite schüttelte den Kopf. Sie würde erst frei sein, wenn alle Deutschen Frankreich verlassen hatten.

Kapitel 50

Marguerite schlug den Weg zur Villa Christelle ein. Zwar glaubte sie nicht, Étienne dort zu finden, doch sie wollte auf Nummer sicher gehen.

Auf dem schmalen Pfad, vorbei an Myrten- und Ginstersträuchern, huschten Eidechsen über Marguerites Weg, andere lagen reglos auf Felsen und sonnten sich. Auch Vögel waren nun wieder zu hören.

Doch die Villa Christelle machte einen verlassenen Eindruck.

Marguerite stellte ihr Rad auf der Terrasse ab, blickte über das Meer und stellte sich vor, wie Étienne von hier aus Kinder auf Boote geschmuggelt hatte. Vielleicht hatte er sie nach Genua gebracht und dort auf ein Passagierschiff oder einen Frachter nach Spanien.

Sie blickte sich um und wusste, dass Étienne nicht da war. Er hatte die Villa und das Grundstück gepflegt, nun waren in dem Garten bereits erste Anzeichen der Vernachlässigung zu erkennen. Dennoch rief sie seinen Namen.

Außer dem leisen Rauschen der Wellen war nichts zu hören.

Marguerite erinnerte sich, dass sie bei ihren früheren Besuchen Schmetterlinge im Bauch gehabt hatte, nun war ihr Magen vor Sorge verkrampft. Sie hatte nur so wenig

Zeit mit Étienne verbracht, doch jedes Mal, wenn sie ihn gesehen hatte, war ihr Herz ihm entgegengestrebt.

Sie ging zur Eingangstür und wunderte sich über die Einschusslöcher im Mauerwerk. Die Tür ließ sich öffnen.

Marguerite betrat die große Diele, blickte über den Flur. Auch hier waren an den Wänden Einschusslöcher. Sie ging weiter. Im Salon waren auf dem weißen Ledersofa Abdrücke schmutziger Stiefel und Brandlöcher, als hätte jemand Zigaretten darauf ausgedrückt. Die Glasplatte des Tischs war zertrümmert, das Aquarell mit dem Lavendel und den Chrysanthemen von der Wand gerissen. Das waren niemals vorrückende Alliierte gewesen. Wahrscheinlich waren Deutsche hier gewesen, die das Haus durchsucht und ein Trümmerfeld hinterlassen hatten.

In Étiennes Schlafzimmer lagen Laken, Kissen und Bettdecke auf dem Boden und rochen nach Urin, die Vorhänge hingen in Fetzen von der Stange. Der Ort, an dem sie und Étienne sich geliebt hatten, war geschändet worden.

In der Küche standen leere Flaschen Wein und benutzte Gläser auf dem Tisch, andere lagen zerbrochen auf den Fliesen. Im Geist hörte Marguerite grölende Männerstimmen.

Sie tappte weiter zum Arbeitszimmer. Dort hatte Étienne ihr den Film mit den deutschen Plänen zur Küstenverteidigung gegeben. Sie öffnete die Tür und musste einen Schrei unterdrücken. Der schwarze Samtvorhang war heruntergerissen, das Gemälde von Josef Motz verschwunden. Der Ledersessel war mit einem Messer bearbeitet worden, die Bücher aus dem Regal lagen auf dem Fußboden, darunter der zerschmetterte Glaskasten, in dem der Oscar gestanden hatte.

Sie suchte die vergoldete Statue unter den Büchern hervor. Sie hatte den Überfall überstanden, war nur ein wenig zerkratzt.

Nichts wies auf Étienne hin, auch die Skizzen, die sie von ihm angefertigt hatte, waren nirgends zu sehen.

Es war, als wäre er nie hier gewesen, als hätte es ihre Liebe an diesem Ort nie gegeben.

Marguerite wandte sich ab. Sie gehörte nicht hierher, hatte es nie getan, war ebenso ein Eindringling wie diejenigen, die in diesem Haus gewütet hatten.

Sie kehrte auf die Terrasse zurück, blickte zum letzten Mal von dort aus auf das Meer hinaus. Dann wandte sie sich um und nahm Abschied von dem Haus, in dem sie und Étienne ihre Liebe nicht hatten verbergen müssen.

Immerhin, das wunderschöne Haus hatte überlebt. Vielleicht würde Mayhew zurückkommen und es wiederherrichten. Und vielleicht wäre sie irgendwann so weit, die Geschichte dieser einzigartigen Liebe, die sie hier erfahren hatte, zu erzählen. Doch zuerst musste sie herausfinden, wie diese Liebesgeschichte endete. Darum gab es jetzt nichts Wichtigeres, als Étienne zu finden.

Kapitel 51

Auf dem Weg zurück in die Stadt brannte die Sonne noch stärker, und nirgendwo gab es Schatten. Schweißperlen bildeten sich auf Marguerites Stirn, rannen über ihre Wangen. Dieses Mal nahm sie die Durchgangsstraße, wich Bombentrichtern und umgestürzten Bäumen aus. Büsche und Sträucher waren verkohlt. Die ganze Küste glich einer untergegangenen Welt. Womöglich würde es in dieser Nacht neue Angriffe, neue Brände geben. Aber wie viel musste noch zerstört werden, bis es zu Ende sein würde und Mensch und Natur anfangen konnten, sich von diesem Krieg zu erholen?

Marguerite bog in einen der großen Boulevards mit den mondänen Cafés und Grandhotels. Sie wunderte sich über die Stille. Dann krachte ein Schuss. Marguerite radelte schneller, hatte den Nachhall des Schusses noch im Ohr. Mit angehaltenem Atem lauschte sie in die Stille, die nun etwas Drohendes hatte. Nun begriff sie auch, warum auf dem Boulevard niemand zu sehen war.

Der nächste Schuss fiel, die Kugel zischte knapp an Marguerite vorbei.

Scharfschützen, fuhr es ihr durch den Kopf. Sie lenkte ihr Rad auf den Bürgersteig, fuhr noch schneller an verbarrikadierten Hotels, Cafés, Bürogebäuden vorbei. Ihr Körper verkrampfte sich vor Angst. Marguerite beugte sich tief über die Lenkstange, machte sich so klein wie möglich.

Noch nie war ihr der Boulevard so lang vorgekommen. Irgendwo fluchte jemand auf Deutsch, eine Handgranate flog über Marguerites Kopf hinweg.

Doch die Handgranate war nur der Auftakt. Sie explodierte auf einem Kanaldeckel, und der Sprengstoff, den die Deutschen in der Kanalisation angebracht hatten, ging hoch.

Beißender, schwarzer Rauch stieg auf, hüllte Marguerite ein, Trümmerteile flogen durch die Luft, dann tote Ratten. Schutt und Staub regneten herab, vermischt mit Blut und Fellfetzen. Andere Ratten strömten aus der Kanalisation auf die Straße, rannten panisch kreischend umher.

Marguerite hob sich der Magen. Sie musste fort, musste in eine Seitenstraße gelangen, irgendwohin, wo es weder Scharfschützen noch Granaten oder Ratten gab. Ihr war, als lauerten ringsum zahllose Männer mit angelegten Gewehren, und sie fuhr noch schneller, bis ihr Rad von irgendetwas gebremst wurde und sie zum Sturzflug ansetzte.

Starke Arme packten Marguerite, bevor sie auf dem Boden aufschlagen konnte, zerrten sie über die Straße. Marguerite schrie, trat um sich, jagte ihren Ellbogen in den mageren Körper eines Mannes. Es nützte nichts, er schleifte sie in ein Hotel und ließ sie in der Eingangshalle auf ein Sofa fallen. Marguerite wollte nach draußen stürzen, doch der Mann hielt sie fest.

»Weißt du nicht, was in der Stadt los ist?«, fuhr er sie an. »Bist du lebensmüde?«

Es war ein Franzose, ein Widerstandskämpfer in Tarnkleidung, mit verdrecktem Gesicht und einem Gewehr auf dem Rücken.

»Ich suche Pater Étienne«, sagte Marguerite erschöpft. »Ich wollte zu seiner Kirche. Ich dachte, dort könnte er sein.«

»Aber nicht jetzt. Wir müssen die Straßen für die anrückenden Alliierten freihalten.« Die Augen des Mannes glühten von einem inneren Feuer. Vor ihm lag der Tag, auf den er seit Jahren gewartet, auf den er sich vorbereitet hatte.

»Mein Fahrrad«, sagte Marguerite. »Ich muss mein Fahrrad von der Straße holen, bevor es gestohlen wird.«

Der Mann schüttelte den Kopf. »Du gehst nicht mehr raus. Die Deutschen würden dich erschießen. Ich habe mein Leben riskiert, um dich zu retten.«

Marguerite dachte an die Ratten, die durch die Straßen rannten. Sie waren an ihren Beinen hochgesprungen, unter die Räder ihres Fahrrads geraten. Ihr wurde übel. »Ich brauche das Fahrrad«, sagte sie matt.

Der Mann schüttelte den Kopf. »Du bleibst hier.«

»Ich arbeite für den britischen Geheimdienst«, sagte Marguerite. »Und ich muss die Kombination eines ganz bestimmten Safes erfahren. In dem Safe liegen Listen, die die Alliierten brauchen werden.«

»Kannst du das beweisen?«

Wie hätte sie das beweisen können? Für die Helfershelfer der SOE gab es keine Ausweise. Sie sah sich in der Eingangshalle um. Eine breite geschwungene Treppe führte nach oben, ein Flur nach hinten. Dort musste eine Hintertür sein.

Der Maquisard erriet ihre Gedanken. Er fasste ihren Arm und führte sie mit festem Griff in einen Salon. »Hier wartest du, bis die Luft rein ist. Wenn das ganze Spektakel vorbei ist, wirst du mir dankbar sein.«

Die mit Samt bezogenen Sitzmöbel, die Seidenvorhänge, der Aubusson-Teppich, die Tischchen mit den zierlich geschwungenen Beinen, all das sprach von einer Epoche, die vor Jahren ihr Ende gefunden hatte. Nun hatte sich auf den Tischchen, dem Stutzflügel in der Ecke und den Kristalllüstern an der Decke Staub gesammelt.

Der Mann verschwand.

Marguerite ließ sich auf einen Sessel sinken – und stellte fest, dass sie nicht allein war. Auf einem Ohrensessel ihr gegenüber thronte Madame Danielou, die frühere Inhaberin des Hotels, die Marguerite zusammen mit Étienne besucht hatte.

Madame Danielou lächelte Marguerite an. »Endlich bekomme ich Gesellschaft. Sie haben nicht zufällig etwas Obst dabei?«

»Leider habe ich kein Obst«, sagte Marguerite. »Ich bin auf der Suche nach Pater Étienne. Haben Sie ihn in den letzten Tagen gesehen?«

Madame Danielou lehnte sich zurück. Nun reichten ihre Beine nicht mehr bis zum Boden. Sie ließ sie baumeln. »Nein. Mein Hotel wurde von Bomben getroffen. Seitdem bin ich hier.«

»Das tut mir leid.«

»Das muss Ihnen nicht leidtun. Bei dem Angriff sind nur Deutsche umgekommen. Ich war in der Abendandacht. Zum ersten Mal seit Jahren. Der Herr hat mich gerettet.«

»Wer hat die Andacht gehalten?«, fragte Marguerite aufgeregt. »War es Pater Étienne?«

Madame Danielou schüttelte den Kopf. »In Pater Étiennes Kirche gehe ich nicht. Da sind mir zu viele Deutsche.«

»Wissen Sie noch, wann Sie Pater Étienne zum letzten Mal gesehen haben?«

Madame Danielou hörte ihr nicht mehr zu. Ihr Blick war zu einer Anrichte gewandert, auf der ein vertrockneter Kuchen stand, der nun nur noch als Erinnerung dienen konnte. »Wie schön es wäre, wenn es hier irgendwo Obst gäbe.«

Marguerites Ungeduld stieg. Sie konnte hier nicht länger sitzen und kostbare Zeit verschwenden. Sie lächelte Madame Danielou an und fragte: »Wissen Sie, wo der Hinterausgang ist?«

Die alte Frau runzelte die Stirn. »Sie dürfen nicht nach draußen gehen, dort sind Sie nicht sicher. Wir müssen warten, bis die Alliierten hier sind.«

»Das würde ich gern«, erwiderte Marguerite, »aber ich muss Pater Étienne suchen.«

»Hm.« Madame Danielou trommelte mit den Fingern auf den Armstützen ihres Sessels. »Dann müssen Sie durch die Küche unten gehen.« Mit dem Kopf deutete sie auf eine Seitentür des Salons. »Dadurch und dann die Treppe hinunter. Der Hintertür müssen Sie einen kräftigen Schubs geben, die klemmt.«

Marguerite betrachtete die Seitentür skeptisch. »Sind Sie sicher?«

»Natürlich bin ich sicher«, entgegnete Madame Danielou pikiert.

Marguerite bedankte sich und verschwand durch die Seitentür. Es war, wie Madame Danielou gesagt hatte, dahinter führte eine Treppe nach unten. In der Küche wurde sogar gearbeitet, doch weder der Koch noch die Küchenjungen sagten etwas, als Marguerite den Raum durchquerte und durch die Hintertür verschwand. Auch sie hatten wahrscheinlich gelernt, dass es besser war, nicht zu viele Fragen zu stellen.

Marguerite umrundete das Hotel zur Straße. Das Rudel Ratten hatte sich verzogen, doch einige waren zurückgeblieben und knabberten an ihren toten Artgenossen. Auf anderen Rattenkadavern hatten sich Fliegen niedergelassen. Um sie herum sprudelte das Abwasser aus der gesprengten Kanalisation. Es roch ebenso ekelhaft wie die ausströmenden Gase.

Aber Marguerites Fahrrad war noch da, lag umgekippt auf dem Bürgersteig.

Marguerite drückte sich an die Hotelmauer und betete, dass keiner der Widerstandskämpfer auf den umliegenden Dächern sie sah. Auf dem Boden entdeckte sie ein Stück Wellblech, das von irgendeinem Dach gefallen sein musste. Marguerite hielt es sich über den Kopf, in der Hoffnung, sich auf diese Weise zumindest ansatzweise vor Schüssen schützen zu können.

Noch immer rannten vereinzelt Ratten umher, doch schlimmer waren die Fliegenschwärme. Marguerite kniff die Lippen zusammen, um nicht versehentlich eine zu schlucken.

Dann war sie an ihrem Fahrrad, bückte sich danach und trat eine Ratte aus dem Weg. Sie warf das Wellblech fort und sprang auf den Sattel.

Dicht an den Häuserwänden entlang setzte sie ihren Weg fort. Sie wich Trümmerteilen aus, doch hin und wieder holperten ihre Räder über tote Ratten. Auch rechnete sie jeden Augenblick mit einem Schuss, entweder von einem deutschen oder einem französischen Scharfschützen.

Sie verließ die große Straße und folgte einer Gasse. Hier ließ der Gestank des Abwassers nach, ebenso die Fliegenschwärme. Auch der Brandgeruch hatte sich gelegt. Erleichtert atmete Marguerite tief ein und aus.

Sie kam an einem kleinen menschenleeren Park vorbei, der Spielplatz in der Mitte war verwaist. Hin und wieder bewegten sich in den Häusern Gardinen, und jemand spähte vorsichtig nach draußen. Wahrscheinlich hielt jeder die Luft an und fragte sich, ob die Deutschen noch das Sagen hatten, französische Widerstandskämpfer den Ton angaben oder die Alliierten Nizza schon erreicht hatten.

Doch für Marguerite war nur wichtig, dass sie Étienne fand, der sein Leben riskiert hatte, um ihr den Zugang zu Unterlagen zu ermöglichen, die Verbrechen gegen die Menschlichkeit belegten.

Kapitel 52

Als Marguerite am Pfarrhaus ankam, war es Nachmittag. Zittrig vor Hunger stieg sie von ihrem Rad und klopfte an die Eingangstür.

Es dauerte eine Zeit lang, bis von innen Schritte ertönten und die Riegel zurückgezogen wurden.

»Madame Mercier«, rief Marguerite, »ich bin's, Marguerite Segal.«

Die Tür wurde von einem Priester geöffnet, der fragte: »Kann ich Ihnen helfen?«

Er war jünger als Étienne, und seine freundliche Miene hatte etwas Bemühtes. Sein Blick zuckte über die Straße, als dächte er an die Gefahren, die dort lauerten.

»Ich suche Pater Étienne. Ist er da?«

Die Miene des Priesters wurde abweisend. »Hier wohnt kein Pater Étienne.«

»Wissen Sie, wo er ist? Ich habe überall nach ihm gesucht und finde ihn nirgends.« Im Geist sah Marguerite Otto Schmidt vor sich, der die Listen, die sie brauchte, vor seinem Rückzug vernichtete.

»Nein, das weiß ich nicht«, erwiderte Étiennes Nachfolger ungehalten. »Es interessiert mich auch nicht. Ihm verdanke ich, dass ich diese Gemeinde ganz neu aufbauen darf.«

»Ist Madame Mercier da?« Marguerite versuchte, an ihm vorbei in den Flur zu spähen.

»Sie ist zu ihrer Familie nach Lyon zurückgekehrt. Vor meiner Ankunft. Und um Ihrer nächsten Frage zuvorzukommen, nein, ihre Adresse habe ich nicht. Und nun auf Wiedersehen.«

Der Priester schloss die Tür. Marguerite hörte, wie er sich drinnen bei jemandem für die Störung entschuldigte. Dass sein Vorgänger verschwunden war, schien ihn nicht zu berühren.

Entmutigt wandte Marguerite sich ab. Sie wusste nicht, wo sie Étienne noch suchen konnte. Er war an keinem der Orte, an dem sie ihn erwartet hatte. Wollte er nicht, dass sie ihn fand? Oder lebte er tatsächlich nicht mehr?

Marguerite betrat die Kirche, wollte irgendwo sitzen, wo es kühl war und sie sich ausruhen konnte. Und wo die Mauern für sie noch eine Erinnerung an Étienne bewahrt hatten.

Sie ließ sich in einer der hinteren Kirchenbänke nieder, roch den Weihrauch und lauschte der Stille. Alles war noch wie an dem Tag, als sie zum ersten Mal in dieser Kirche gesessen hatte, nur die Stimme Étiennes, der die Messe las, fehlte.

Schließlich stand sie auf, ohne genaues Ziel. Doch dann erinnerte sie sich an die unterirdischen Fresken und spürte einen neuen Funken der Hoffnung. Vielleicht hatte Étienne sich dorthin zurückgezogen, an einen Ort, den nur wenige kannten. Es wäre ein ideales Versteck.

Leise durchquerte Marguerite das Kirchenschiff zu der ausgetretenen Steintreppe, die hinunter zur Krypta führte. Die Tür war unverschlossen. Mit heftig klopfendem Herzen betrat sie den Säulengang, in dem ein Lämpchen trübes Licht verbreitete. Ja, dachte sie aufgeregt, hierher könnte

Étienne geflohen sein, um sich in diesem unterirdischen Labyrinth zu verbergen.

Leise bewegte sie sich weiter vor, nahm die nächsten Stufen nach unten.

»Étienne«, rief sie leise und blieb stehen. »Ich bin's Marguerite.« Angestrengt lauschte sie in die Stille. Dann glaubte sie Schritte zu hören. »Étienne«, rief sie lauter. »Bist du da?«

Wieder ertönten Schritte, und dann konnte Marguerite am anderen Ende des Gangs eine dunkle Männergestalt ausmachen.

»Étienne«, sagte sie aufgeregt. »Bist du das?«

Der Mann kam näher, hob ein Gewehr. Es war nicht Étienne, sondern ein Wehrmachtssoldat, der sich hier unten verborgen hatte. Er richtete das Gewehr auf Marguerite.

Marguerite hob die Hände. »Nehmen Sie das Gewehr runter«, sagte sie. »Ich tue Ihnen nichts.«

Er schüttelte den Kopf, hielt sie weiter mit dem Gewehr in Schach und befahl ihr, sich auf den Boden zu setzen.

Marguerite ließ sich nieder und musterte den Soldaten. Er dürfte nicht älter als dreißig gewesen sein, war mager und bleich, die Uniform schmutzig. Vielleicht hielt er sich hier seit Tagen verborgen und hatte nichts oder nur wenig zu essen gehabt.

»Hast du was zu essen?« Seine Stimme war rau, doch wenigstens sprach er Französisch.

»Nein.« Marguerite schüttelte den Kopf. »Aber wenn Sie möchten, kann ich Ihnen etwas zu essen besorgen.«

Sie machte Anstalten aufzustehen.

»Sitzenbleiben!«, fuhr er sie an.

»Ich könnte zum Pfarrhaus gehen«, versuchte Marguerite es noch einmal. »Den Priester bitten, dass er mir etwas zu essen gibt.«

»Du bleibst hier.« Er riss Marguerite die Tasche von der Schulter, öffnete sie und tastete darin herum. Sein Blick weitete sich, er war auf die Pistole gestoßen. Er holte sie heraus und steckte sie ein. »Warum hast du eine Waffe?«

»Weil Krieg ist«, erwiderte Marguerite und verspürte eine tiefe Müdigkeit.

Der Deutsche ließ sich ihr gegenüber auf den Boden sinken, zog die Knie an und stützte seinen Kopf darauf. Sein Gewehr blieb weiterhin auf Marguerite gerichtet. Minuten verstrichen. »Wie heißt du?«, fragte er schließlich.

»Marguerite.«

»Was ist draußen los? Sind die Alliierten schon da?«

»Nein, aber sie sind auf dem Weg.«

»Sind noch Deutsche da?«

»Nicht mehr viele.« Marguerite wusste nicht, was sie sagen sollte, damit er sie laufen ließ. »Ich bin sicher, dass die Alliierten Sie anständig behandeln, wenn Sie sich ergeben.«

Der Mann lächelte verächtlich. »Wer sich ergibt, ist ein Feigling.«

»Und der Kluge weiß, wann er verloren hat.«

Er schlug ihr mit dem Schaft des Gewehrs ins Gesicht. Es ging so schnell, dass sie nicht ausweichen konnte. Blut lief aus ihrer Nase.

»Hat man Ihnen beigebracht, Frauen zu schlagen? Was

glauben Sie, würde Ihre Mutter dazu sagen?« Marguerite wischte Blut von ihrem Mund.

Er sah sie mürrisch an und zuckte die Achseln. »Meine Mutter würde sich für mich schämen.«

»Und wahrscheinlich würde sie von Ihnen auch verlangen, dass Sie mich gehen lassen.«

Der Mann schien sich in sich selbst verkriechen zu wollen und erinnerte Marguerite an einen getretenen Hund. Sie überlegte, ob sie einfach aufspringen und versuchen sollte zu fliehen, doch das Gewehr war noch immer auf sie gerichtet.

Eine Zeit lang saßen sie sich schweigend gegenüber.

»Warum sind Sie hierherunter gekommen?«, fragte er schließlich. »Was wollten Sie hier?«

»Ich suche Pater Étienne. Das hier ist seine Kirche. Ich suche ihn schon den ganzen Tag und dachte, vielleicht ist er in der Krypta.«

»Warum suchen Sie ihn?«

»Weil ich mir Sorgen um ihn mache. Und weil ich ihn liebe.«

»Einen Priester?« Der Wehrmachtssoldat starrte Marguerite an. Dann senkte er den Kopf. »Meine Frau und meine beiden Jungen sind in Hamburg bei einem Bombenangriff ums Leben gekommen.«

»Das tut mir leid«, sagte Marguerite. »Der Krieg ist nicht Ihre Schuld, und niemand hat es verdient, seine Liebsten zu verlieren.«

Ein Schluchzen entrang sich seiner Brust. Er war ebenso kriegsmüde wie Marguerite.

»Sie haben mir noch nicht gesagt, wie Sie heißen.«

»Ulrich.«

Marguerite berührte sein Bein, um ihr Mitgefühl auszudrücken.

Er schlug ihre Hand fort und sagte: »Halte jetzt den Mund. Oder ich erschieße dich.«

Er war hungrig und erschöpft und wusste nicht, was er mit ihr machen sollte, dachte Marguerite. Aber seine Stimmungsumschwünge waren gefährlich. Sie konnte nur dasitzen und darauf warten, dass er sie entweder gehen ließ oder sie es schaffte, über den Gang zurück in die Kirche zu fliehen.

Marguerite warf einen Blick auf ihre Armbanduhr. Es war bereits Abend.

Eine Minute nach der anderen verstrich. Kostbare Zeit, die sie auf ihrer Suche nach Étienne verlor. Sie beschloss, das Redeverbot des Deutschen zu ignorieren, und fragte: »Seit wann sind Sie schon hier unten?«

»Seit Tagen.«

»Ohne Essen und Trinken?«

Er zuckte die Achseln. »In Russland war es schlimmer. Da haben wir außerdem gefroren.«

»Wo sind die anderen Soldaten Ihrer Einheit?«

»Nach Norden abgezogen.«

»Warum folgen Sie ihnen nicht? Die Straßen sind menschenleer, niemand wird Sie sehen. Aber vorher sollte ich Ihnen etwas zu essen besorgen. Wenn Sie Ihre Kameraden einholen wollen, brauchen Sie Kraft.«

Sein Körper spannte sich an. Vielleicht machte er sich zum Aufbruch bereit.

Marguerite erhob sich langsam. »Ich brauche nicht lange, Ulrich, bin gleich wieder da.«

»Nenn mich nicht bei meinem Namen«, fuhr er sie an. »Und setz dich gefälligst wieder hin.«

Der Gedanke, dass ihr die Zeit davonlief, machte Marguerite fast wahnsinnig.

Wieder schaute sie auf ihre Uhr. »Sie können hierbleiben, wenn Sie wollen«, sagte sie schließlich, »aber ich muss gehen.«

»Du gehst nirgendwohin.«

»Ich habe Freunde, die Widerstandskämpfer sind. Sie werden nach mir suchen und mich finden. Sie werden Sie erschießen, weil Sie mich hier festgehalten haben.«

Ulrich lachte. »Du lügst doch.«

»Wollen Sie hier als Feigling sterben, der sich vor seinen Feinden versteckt?«

Ulrich richtete das Gewehr auf Marguerite. »Willst *du* sterben? Los, setz dich wieder.«

Marguerite ließ sich auf den Boden sinken. »Warum verlassen wir die Kirche nicht beide? Wenn Sie bei mir sind, erschießt man Sie nicht.«

»Jetzt nicht. Morgen vielleicht. Bei Tagesanbruch.«

Vor ihrem geistigen Auge sah Marguerite Schmidt, der dabei war, sämtliche Beweise deutscher Kriegsverbrechen zu vernichten. Falls er es nicht schon getan hatte. »Warum morgen bei Tagesanbruch und nicht jetzt?«

»Weil die Alliierten bei Tagesanbruch noch schlafen. In der Zeit kann ich ihnen entkommen.«

Marguerite dachte an die einzige Möglichkeit, die sie noch hatte. Es war eine entsetzliche Möglichkeit, doch es war etwas, was ihn verletzlich machen würde. Vielleicht würde sie das ausnutzen und ihn entwaffnen können. Während sich alles in ihr sträubte, fragte sie: »Willst du mich? Lässt du mich dann gehen?«

Ulrich musterte sie abfällig. »Wenn ich dich wollte, hätte ich dich schon genommen.«

Danach schwiegen sie wieder. Marguerite regte sich nicht und hoffte, er werde einschlafen. Doch der Hunger schien ihn wachzuhalten, denn er stand auf und begann, auf und ab zu laufen, jedoch ohne Marguerite aus den Augen zu lassen.

Vielleicht hatte die Niederlage, gepaart mit Hunger und Durst, seinen Verstand angegriffen, überlegte Marguerite. Sie wagte es nicht, sich zu rühren. Eine falsche Bewegung, und er würde sie ebenso kaltblütig erschießen, wie sie Lance erschossen hatte.

Sie warf einen Blick auf ihre Uhr. Neun Uhr abends.

»Warum schaust du ständig auf deine Uhr?«

»Ich will wissen, wie spät es ist.«

»Damit ist jetzt Schluss!« Ulrich riss Marguerite die Uhr vom Handgelenk, warf sie auf den Boden und trat mit dem Stiefelabsatz darauf. Anschließend lief er wieder auf und ab.

Marguerite betrachtete das zertrümmerte Gehäuse und hätte weinen können. Die Uhr hatte ihrer Mutter gehört, sie hatte sie ihr kurz vor ihrem Tod geschenkt.

Niedergeschlagen lehnte Marguerite sich gegen die Wand. Sie war schwach vor Hunger und spürte, wie ihr Mut sie verließ, alle Kraft und Hoffnung aus ihr herausgesogen wurden. »Wir brauchen frische Luft«, sagte sie.

»Nein.«

Hätte Ulrich ihr die Pistole nicht abgenommen, hätte Marguerite den richtigen Moment abgewartet und ihn erschossen. Überwältigen konnte sie ihn nicht. Selbst ausgehungert war er wahrscheinlich stärker als sie. Sie schloss die Augen, tat, als sei sie eingeschlafen, und fahndete nach einer Möglichkeit, Ulrich zu überrumpeln und davonzulaufen.

Seine Schritte verstummten. Marguerite spürte, dass er sich ihr näherte, und schlug die Augen auf. Er hockte vor ihr, so dicht, dass ihr sein Schweißgeruch in die Nase stieg. »Wir gehen«, sagte er.

Vielleicht hatte sie wirklich geschlafen, Marguerite hatte jedes Gefühl für die Zeit verloren.

Bevor sie aufstehen konnte, packte Ulrich sie und riss sie hoch. Mit vorgehaltenem Gewehr trieb er Marguerite durch den Gang, die Treppen hinauf und durch die Kirche. Als sie ins Freie traten, war es Morgen, und sie blinzelten im hellen Sonnenlicht.

An diesem Tag würden die Alliierten nach Nizza kommen. Und Schmidt oder andere Mitglieder der SS würden sämtliche Unterlagen in der Nacht vernichtet haben und geflohen sein.

Nur Ulrich war noch da und hatte Marguerite als Geisel genommen. Sie überquerten den Vorplatz der Kirche. Dort hatte Étienne der alten Frau geholfen, die von SS-Männern gequält worden war.

»Lassen Sie das Gewehr fallen, oder ich schieße!«, rief eine Männerstimme auf Englisch. »Und lassen Sie die Frau laufen!«

Es war ein Soldat der Alliierten, der am anderen Ende des Vorplatzes hinter den Sommerlinden stehen musste, von dort war die Stimme gekommen.

Marguerite wandte den Kopf halb um. »Tun Sie, was er sagt.«

Ulrichs Gesicht war schweißbedeckt. Er schüttelte den Kopf.

»Lassen Sie mich gehen, Ulrich.«

Er presste die Mündung des Gewehrs gegen Marguerites Hinterkopf.

»Gewehr runter, oder ich erschieße die Frau!«

Marguerite versuchte, ihre Panik zu bekämpfen. »Seien Sie nicht dumm, Ulrich. Wenn Sie mich erschießen, sind Sie tot, bevor ich auf dem Boden liege.«

Der Soldat trat hinter den Linden hervor. Er trug die Uniform der US-Armee. »Ich zähle bis drei.«

Ulrich rührte sich nicht.

»Eins.«

Marguerite wagte kaum noch zu atmen. »Bitte, Ulrich, lassen Sie mich gehen.«

Ulrich begann zu weinen.

»Zwei.«

Ein Schuss ertönte. Ulrichs Gewehr fiel klappernd zu Boden. Marguerite sprang zur Seite, sah wie Ulrich sich krümmte und fiel.

Der amerikanische Soldat blickte sich verdutzt nach dem Schützen um.

Es war Dorothy, die aus dem Schatten der Kirche heraustrat, in der Hand eine Pistole, die sie langsam sinken ließ. »Was sollte das Gefackel?«, fragte sie den näher kommenden Amerikaner. »Die Deutschen haben bei uns auch nicht gezögert.« Sie drehte sich zu Marguerite um. »Warum hast du ihn nicht erschossen?«

»Er hat mir die Pistole abgenommen.«

»Der Scheißkerl.« Dorothy blickte zu Ulrich hinab. Die feldgraue Uniformjacke war blutgetränkt.

Marguerite wandte sich ab, konnte den Anblick eines weiteren Toten nicht ertragen. Der amerikanische Soldat hatte sich wieder hinter die Linden zurückgezogen. Sie sah Dorothy an. »Woher wusstest du, dass ich hier bin?«

»Du suchst den Priester. Die Kirche war ein naheliegender Ort.« Dorothy griff in ihre Umhängetasche und holte einen zusammengefalteten Zettel heraus. »Den hat jemand bei uns durch die Tür geschoben. Ich schätze mal, die Nachricht ist für dich.«

Marguerite faltete den Zettel auf. *Komm in den Park!* stand darauf.

Die Handschrift kannte sie nicht, eine Unterschrift gab es nicht. Noch während sie überlegte, ob sie in den Park gehen sollte oder es sich um eine Falle handeln könnte, wusste sie, dass sie der Aufforderung folgen würde. Vielleicht würde Étienne im Park sein, er war der Einzige, der wusste, dass es ein Ort war, der für sie Bedeutung hatte.

Dorothy steckte ihre Pistole ein. »Ich muss zurück zu Catherine. Sie wird sich schon fragen, wo ich geblieben bin. Das Mädchen darf nicht zu lange allein im Haus sein, wer weiß, wer sich in der Gegend herumtreibt.«

Marguerite wollte Dorothy fragen, wie sie ohne Gefährt zurückkommen wolle, doch sie schluckte die Frage hinunter. Dorothy würde sich zu helfen wissen, sie war ja auch irgendwie in die Stadt gelangt. Und bevor sie sich bei ihr für ihr Rettung bedanken konnte, war die Engländerin auch schon verschwunden.

Marguerite schwang sich auf ihr Fahrrad, um zum Park zu fahren.

Es dauerte nicht lange, bis sie erneut von einem Maquisard angehalten wurde. Es war einer der Männer, der in der Bar am Chemin de la Cigale Karten gespielt hatte. Vielleicht erinnerte er sich an sie und wusste, dass sie mit Pascal zusammen getrunken hatte und in Ordnung war.

»Was hast du hier zu suchen?«, fragte er. »Weißt du nicht, was los ist?«

»Ich suche Pater Étienne, weißt du, wo er ist?« Marguerite musste schreien, um den Lärm eines Flugzeugs der Alliierten zu übertönen.

»Nein, leider nicht.« Der Maquisard spuckte aus. »Aber wenn wir ihn finden, ist er erledigt.«

»Pater Étienne war kein Freund der Nazis, wer das glaubt, der irrt sich.«

Der Mann zog die Brauen hoch. »Seine Kirche war voller Deutscher, er hat mit Otto Schmidt verkehrt. Falls du ihn findest, kannst du ihm bestellen, dass er ein toter Mann ist.« Er winkte Marguerite mit seinem Gewehr weiter. »Bring dich in Sicherheit, die Leute hier wissen, dass du den Deutschen Bilder verkauft hast, das werden sie nicht vergessen.«

Marguerite hörte ihm nur noch mit halbem Ohr zu. Sie musste weiter, musste in den Park und feststellen, ob derjenige, der ihr die Nachricht geschrieben hatte, dort noch auf sie wartete.

Kapitel 53

Die Panzer der Alliierten nahten. Das Rattern der schweren Kettenfahrzeuge war schon zu hören. Hier und da glaubte Marguerite auf einem Dach den Kopf eines Scharfschützen zu erkennen. Straßenkämpfe schien es weiterhin nicht zu geben, wahrscheinlich hatten sich mittlerweile alle Deutschen nach Norden verzogen.

Dann sah sie den ersten Panzer mit der aufgemalten amerikanischen Flagge. Um die Kanone hing ein zerrupfter Kranz aus Zistrosen und Lavendel, den mussten Französinnen der Besatzung geschenkt haben.

Marguerite erreichte den großen Boulevard. Die Anzahl der Kriegsschiffe auf dem Meer schien sich noch einmal erhöht zu haben. Wie grimmige Parodien früherer Luxusyachten ruhten sie auf dem Wasser, zogen sich bis zum Horizont. Auf dem Meeresufer lagen heruntergeschossene Sperrballons wie gestrandete Riesenfische.

Marguerite steuerte die Place Masséna an.

Bevor sie den Platz erreichte, hörte sie den Lärm zahlloser durcheinanderbrüllender Stimmen und Gejohle. Es hatte etwas so Unheimliches, dass es Marguerite kalt über den Rücken lief. Sie stieg von ihrem Rad und ging langsam auf den Platz zu.

In der Mitte des Platzes hatte sich eine Menge versammelt. Sie umringte eine Gruppe Frauen, die von höhnisch grinsenden Männern kahl geschoren wurden. Zuvor waren sie offenbar geschlagen worden, einige Frauen hatten Blutergüsse im Gesicht. Die Kleider hatte man ihnen bis zur Taille heruntergerissen und auf die bloßen Brüste schwarze Hakenkreuze geschmiert. Dann und wann trat aus der Menge jemand vor, der die Frauen bespuckte.

Die Frauen hatten sich mit Deutschen eingelassen, das war offenkundig, doch nun drängten sie sich wie verängstigte Kinder aneinander und versuchten, ihre Blöße mit den Händen zu bedecken.

Marguerite kannte einige von ihnen – die Ehefrau eines Arztes, eine Friseurin, die Inhaberin des Cafés, in dem Jeanne gearbeitet hatte – vielleicht war sie es gewesen, die Jeanne denunziert hatte.

Unter den Zuschauern befanden sich amerikanische Soldaten, die nicht zu begreifen schienen, was ablief, und unbehaglich wirkten. Auch die Männer der gedemütigten Frauen waren da, wahrscheinlich hatten Widerstandskämpfer sie gezwungen, bei der Erniedrigung ihrer Frauen zuzuschauen.

Dann entdeckte Marguerite Nancy. Zwei Männer zerrten sie auf den Platz, um sie kahl zu scheren, die Bluse hatten sie ihr bereits heruntergerissen.

»Nein!« Marguerite stürzte vor, fasste einen der Männer am Arm und rief: »Lassen Sie Nancy los, sie ist doch noch ein junges Mädchen.«

»Verschwinde, wenn du weißt, was gut für dich ist«, schrie jemand aus der Menge.

Marguerite ließ den Mann los und fuhr herum.

»Bedank dich bei Pascal«, schrie eine Frau. »Wenn er

nicht wäre, würden dir jetzt auch die Haare abrasiert. Oder glaubst du, wir wissen nicht, dass du die Hure eines deutschfreundlichen Priesters warst.«

Diese Frau kannte Marguerite. Sie war eine Schwarzmarkthändlerin, hatte zu horrenden Preisen Zigaretten verkauft. Dafür hatte sie den Deutschen Obst und Gemüse von den umliegenden Feldern angeboten. Doch wie es aussah, hatte sie ihre früheren Geschäftspartner bereits vergessen.

Nancy stand mit hocherhobenem Kopf da, als diese Frau sich zu ihr vorkämpfte und eine Schere verlangte.

Marguerite dachte an das, was Nancy und ihr Vater für den Widerstand geleistet hatten, und sie verstand nicht, dass sich keiner aus der Résistance für sie einsetzte.

Die Frau packte Nancys langen Nackenzopf, hielt ihn triumphierend hoch und setzte die Schere an.

»Nicht!«, rief Marguerite. »Nancy hat nichts getan!«

»Lassen Sie sie«, sagte Nancy. »Sonst wird es nur noch schlimmer.«

Marguerite trat zurück und erinnerte sich, dass man eine Belohnung erhielt, wenn man einen Kollaborateur erschossen hatte. Im Vergleich dazu war die öffentliche Demütigung die kleinere Strafe.

Einige der Umstehenden feixten, andere riefen: »Nazi-Hure!«

Wenn sie und Nancy hier wohnen blieben, dachte Marguerite, würde dieser Makel ihnen für alle Zeit anhaften. Selbst wenn bekannt würde, dass sie für die Briten gearbeitet hatten, bliebe etwas zurück. Dennoch entsetzte sie der Rachedurst der Menschen, der sich in der Schändung einer Gruppe Frauen entlud. Wahrscheinlich wollten die Leute gar nicht hören, dass sie im Fall von Nancy und Marguerite die Falschen beschuldigten. Sie wollten sich einfach abreagieren, wollten andere dafür bestrafen, dass sie sich jahrelang von den Deutschen hatten demütigen lassen.

Vielleicht würden einige der Frauen die Stadt verlassen, ging es Marguerite durch den Kopf. Womöglich würden sie sich irgendwo niederlassen, wo man sie nicht als »horizontale Kollaborateurin« oder »Matratze der Deutschen« bezeichnen würde.

Wer wusste schon, was die Frauen bewegt hatte, sich mit ihren Feinden einzulassen? Und Nancy hatte es nicht einmal getan, sie war eine Heldin gewesen, hatte gegen die Deutschen gekämpft, nicht anders als die Widerständler. Die Maquisards würde man ehren, wohingegen Nancy gebrandmarkt worden war.

Als Marguerite sich einen Weg durch die Menge bahnte, um wieder zu ihrem Fahrrad zu gelangen, zischte eine Stimme: »Du wirst die Nächste sein, Marguerite Segal. Wir wissen, was du getan hast, und Pascal wird dich nicht für immer beschützen können.«

Die Stimme gehörte Madame Damas, der Bäckersfrau, die Marguerite nicht hatte bedienen wollen, und deren Tochter Armand bei den Deutschen angeschwärzt hatte.

»Sie passen besser auf«, erwiderte Marguerite zornig. »Man könnte sich sonst an das erinnern, was Ihre Tochter getan hat.«

Madame Damas zuckte zurück, blickte nach allen Seiten und schwieg.

Marguerite drängte sich an ihr vorbei. Ihre einzige Sorge galt Étienne. Sollte auch er einer aufgebrachten Meute in die Hände geraten sein, würde er nicht mehr leben.

*

Auf dem Weg zum Park stellte Marguerite sich vor, Étienne bald gegenüberzustehen. Er musste einfach derjenige sein, der sie in den Park gebeten hatte. Wer sonst hätte es sein können?

Der Park machte einen verlassenen Eindruck. Marguerite hastete zu der Ecke, in der sie Étienne vor Monaten begegnet war.

Als dort niemand war, schob sie ihr Fahrrad durch den Park, blieb auf Wegen und Pfaden, damit der, der sie herbestellt hatte, sie sehen konnte.

Dann und wann erhaschte sie zwischen den Sträuchern einen Blick auf tiefer liegende Straßen und sah die ersten Jeeps der US-Armee.

Nach einer Stunde gab Marguerite sich geschlagen und bewegte sich zurück zum Ausgang. Aber auch draußen auf dem Bürgersteig blieb sie noch einen Moment stehen und blickte sich suchend um. Es war niemand zu sehen.

Ein Jeep mit amerikanischen Soldaten kam vorbei, die Soldaten johlten und grölten, als sie Marguerite erblickten.

Marguerite umklammerte die Lenkstange ihres Rads, das sie wie einen Schutzschild vor sich hielt. Sie sah dem Jeep nach und betete, dass die Befreier sich besser als die Besatzer aufführen würden.

Marguerite war schon im Begriff, auf ihr Rad zu steigen, als Madame Damas aus dem Park gerannt kam und ihr den Weg verstellte.

»Das ist sie!«, schrie sie und deutete auf Marguerite.

Plötzlich standen drei Maquisards vor Marguerite und richteten ihre Pistolen auf sie.

Was für eine Närrin sie gewesen war, ging es Marguerite durch den Kopf. Die Aufforderung, in den Park zu kommen, war eine Falle gewesen. Wie hatte sie glauben können, Étienne würde dort auf sie warten?

»Das ist die Nazi-Hure! Erschießt sie, erschießt sie auf der Stelle!«

Das feiste Gesicht von Madame Damas hatte sich gerötet, ihr Miene war wutverzerrt.

Marguerite zwang sich, ruhig zu bleiben. »Warum kehren Sie nicht vor Ihrer eigenen Tür?«, fragte sie.

»Hure«, zischte die Bäckersfrau.

Mit wildem Blick trat einer der Widerstandskämpfer vor und zielte auf Marguerite. Er dürfte kaum älter als fünfzehn gewesen sein, seine grüne Bandana war blutverschmiert und verdreckt.

Marguerite wappnete sich. Davonzulaufen hätte wenig Zweck, wahrscheinlich würde der Junge ihr in den Rücken schießen. Sie blickte ihm in die Augen.

Der Junge zögerte, und seine Hände begannen zu zittern. Madame Damas schlug ihn auf den Rücken. »Los, mach schon, erschieß die Hure!«

Der Junge stabilisierte seine Schusshand mit der anderen Hand und entsicherte seine Pistole.

»Steckt sofort die Waffen ein!«, ertönte eine Stimme in

Marguerites Rücken. »Benehmt euch wie Männer, nicht wie kleine Jungen!«

Marguerite atmete auf. Sie kannte die Stimme.

»Hört nicht auf ihn!«, schrie Madame Damas. »Los, erschießt sie endlich!«

»Wollt ihr euch von einer fetten, alten Frau befehlen lassen?«

Zuerst stieg Marguerite Pascals Schweißgeruch in die Nase, dann war er bei ihr und legte einen Arm um ihre Schultern.

»Ich habe gesagt, ihr sollt die Waffen einstecken. Oder wollt ihr mich auch erschießen?«

Die Jungen blickten einander an. Dann schob einer nach dem anderen seine Pistole in den Hosenbund.

»Und jetzt haut ab!«

Die Jungen warfen Pascal missmutige Blicke zu, doch sie verzogen sich.

»Das wird dir noch leidtun«, fuhr Madame Damas Pascal an. »Jedem in Nizza werde ich erzählen, dass du dich für eine Nazi-Hure eingesetzt hast. Und dann wirst du dafür bezahlen. Wenn nicht heute, dann morgen – oder nächstes Jahr.«

Pascal lachte. »Erinnern Sie sich lieber an die vielen deutschen Kunden, die Sie so gern bedient haben, wohingegen Madame Segal eine Agentin der Engländer gewesen ist.«

Madame Damas schnaubte verächtlich.

Mit einem Mal hatte Marguerite genug. Sie schlug der Bäckersfrau ins Gesicht.

»Verschwinden Sie, bevor Marguerite richtig wütend

wird«, sagte Pascal. »Sie neigt dazu, Menschen eiskalt zu erschießen.«

Madame Damas murmelte etwas in sich hinein, bedachte Pascal und Marguerite mit einem abfälligen Blick und folgte den jungen Maquisards.

»Was tust du hier?«, wandte Pascal sich an Marguerite.

Sie erzählte ihm von dem Zettel, den Dorothy ihr gegeben hatte.

»War dir nicht klar, dass das eine Falle ist?«, fragte Pascal.

Marguerite schüttelte den Kopf. »Ich dachte, vielleicht würde Étienne im Park auf mich warten.«

»Was aber ziemlich unwahrscheinlich war, oder?« Pascal griff nach Marguerites Fahrrad. »Komm mit.«

Sie kehrten in den Park zurück und ließen sich auf einer Bank nieder. Pascal bot Marguerite seinen Flachmann an.

Marguerite nahm einen großen Schluck. An das Brennen in ihrem Rachen hatte sie sich inzwischen gewöhnt. Sie seufzte, als sie merkte, wie sich ihr Körper entspannte. Am liebsten hätte sie Pascal umarmt und sich für ihre Rettung bedankt, aber vielleicht hätte er das falsch aufgefasst.

»Woher wusstest du, dass ich hier bin?«, fragte sie ihn.

»Madame Damas muss es überall herumposaunt haben, und jemand hat es mir weitererzählt. Nicht jeder in der Stadt ist gegen dich.«

»Sieht aber manchmal so aus.«

»Das wird schon wieder.« Pascal zuckte die Achseln. »Mein Bruder hat heute Morgen auf einem der Dächer rund um den Kirchplatz gelegen. Er hat gesehen, wie dieser Wehrmachtssoldat mit dir aus der Kirche kam. Er hätte ihn erschossen, doch die Frau, die es getan hat, ist ihm zuvorgekommen. Weißt du, ob sie ebenfalls eine Agentin der SOE ist?«

Der Gedanke war Marguerite bisher nie gekommen. Dann erinnerte sie sich an Dorothys Geschick im Messerwerfen. Dorothy hatte ihr gezeigt, wie man mit einer Pistole umging, wie man Schlösser mit einer Haarnadel knackte. Wann war sie bei ihnen erschienen? Das war, kurz nachdem Violet sie angeworben hatte.

»Das könnte sein«, entgegnete sie schließlich.

»Und du bist noch immer auf der Suche nach dem Priester?«

Marguerite nickte. »Weißt du, wo er ist?«

»Vor einigen Tagen sind Widerstandskämpfer auf eine Gruppe Wehrmachtssoldaten gestoßen, die sich oben in den Hügeln verschanzt hatten. Es gab ein Feuergefecht, doch die Deutschen konnten entkommen. Einem Gerücht zufolge kam es danach zu einem Schusswechsel zwischen ihnen und einem Priester. Ob es Valade war, kann ich dir nicht sagen. Es heißt, dass der Priester angeschossen wurde und sich in das Nonnenkloster in den Hügeln gerettet hat. Das ist alles, was ich erfahren habe.«

Marguerite sprang auf. Sie kannte dieses Kloster. »Was meinst du, wie ich am schnellsten dorthin komme?«

Pascal runzelte die Stirn. »Das kannst du nicht machen, keine der Straßen ist sicher.«

Marguerite war schon auf ihrem Fahrrad und überlegte, wie sie am schnellsten zu dem Kloster gelangen könnte.

»Vielleicht ist er es gar nicht«, rief Pascal ihr nach.

Marguerite hörte ihn kaum, spürte nur die Hoffnung, die sie erfüllte, gepaart mit der Sorge, dass Étienne angeschossen worden war.

Kapitel 54

Als die Hitze am größten war, war Marguerite dabei, ihr Rad einen steilen Hang hinaufzuschieben. Ihr war übel, außer dem Schluck aus Pascals Flachmann hatte sie nichts im Magen.

Anschließend ging es wieder hangabwärts, und Marguerite musste Schlaglöchern und Bombentrichtern ausweichen.

Sie wusste weder, ob es auf dem Weg verminte Abschnitte gab, noch, ob die Deutschen dieses Gebiet endgültig verlassen hatten.

Vielleicht verbargen sich irgendwo Deserteure, die vor Hunger und Durst halb wahnsinnig waren. Mit Sicherheit hielten sich noch schießfreudige Maquisards in den Hügeln auf, und über Marguerite brummten Flugzeuge der Alliierten.

Sie dachte an Étienne, hoffte, dass die Nonnen sich um ihn kümmerten und seine Schusswunde versorgt hatten.

Jeeps der US-Armee rasten an Marguerite vorbei und wirbelten Staub auf, der auf ihrem verschwitzten Gesicht haften blieb.

Nun ging es wieder hügelaufwärts. Marguerite stieg von ihrem Rad ab. Die Sonne brannte über ihr, hin und wieder wurde ihr schwindlig.

Ein amerikanischer Militärlastwagen bremste neben ihr.

Marguerite führte ihr Rad an den Straßenrand und blieb stehen, um ihn vorbeizulassen.

Der Fahrer steckte seinen Kopf aus dem Seitenfenster. »Ist mit Ihnen alles in Ordnung?«

Marguerite nickte. Das Gesicht des Fahrers war sonnenverbrannt, die Uniform staubbedeckt, das blonde Haar verschwitzt.

»Wohin wollen Sie?«, fragte er.

»Zu dem Kloster dort oben auf dem Hügel.«

»Steigen Sie ein, ich nehme Sie mit.« Er neigte sich zur Seite und öffnete die Beifahrertür.

Marguerite war unschlüssig. Der Mann war muskulös, im Ernstfall würde sie sich seiner nicht erwehren können. Zudem fand sie es seltsam, dass er mit dem Lastwagen allein unterwegs war. Selbst in den Jeeps, die sie bisher gesehen hatte, hatten die amerikanischen Soldaten mindestens zu zweit gesessen.

»Danke, nicht nötig«, sagte sie. »Ich fahre mit dem Rad weiter.«

»Bis zum Kloster sind es noch gut und gern zehn Kilometer, und es geht nur bergauf. Kommen Sie, ich tue Ihnen nichts.«

Marguerite blickte den Hang hinauf. Noch zehn Kilometer in dieser Hitze! »Also gut. Danke.« Sie umrundete den Laster.

Der Fahrer stieg aus und brachte ihr Rad auf der Ladefläche unter, wo irgendetwas mit einer großen Plane bedeckt war.

Marguerite fragte ihn, warum er allein unterwegs sei.

»Bin ich nicht«, erwiderte er. »Oder vielleicht doch, je

nachdem, wie man es nimmt.« Er schlug die Plane ein Stück zurück. Marguerite sah blutgetränkte Uniformhosen und staubbedeckte Armeestiefel. »Das sind drei meiner besten Kumpel. Wir dürfen sie in der Kapelle des Nonnenklosters aufbahren, bis die Gräber fertig sind.« Mit sanfter Hand deckte er die Toten wieder zu und wedelte Fliegen fort.

Marguerite wandte sich ab und dachte, wie furchtbar, dass diese Männer, wie so viele andere auch, weit von ihrer Heimat begraben würden.

Mit schwerem Herzen kletterte sie auf den Beifahrersitz.

Der Fahrer kehrte zurück, holte eine Flasche Wasser unter seinem Sitz hervor und reichte sie Marguerite.

Marguerite nahm einen großen Schluck. Als sie ihm die Flasche zurückgeben wollte, winkte er ab. Er sagte, dass er Frank heiße. Marguerite nannte ihm ihren Namen.

Sie waren noch nicht weit gefahren, da deutete Frank auf Männer, die an einem entfernten Hügel arbeiteten. »Das sind deutsche Kriegsgefangene. Sie heben die Gräber für unsere Jungs aus.«

»So unendlich viel Leid«, sagte Marguerite. »Ich wünschte, es hätte nie Krieg gegeben.«

Es wurde immer ruhiger, und die Luft wurde immer frischer, je weiter sie sich von der Küste entfernten.

Vielleicht um ihn abzulenken von seiner traurigen Aufgabe, begann Marguerite Frank vom Leben an der Côte d'Azur vor dem Krieg zu erzählen.

Sie erzählte ihm von den Künstlern, die dort gelebt hatten, von den Weinbauern, den Olivenwäldern, Blumenfeldern und Parfümerien.

Am Kloster angekommen, hob Frank Marguerites Rad von der Ladefläche, bedankte sich für die angenehme Begleitung und fuhr weiter zu der Klosterkapelle, die an der Seite des Klosters im Schatten von Mandelbäumen lag.

Marguerite hatte ihm nicht erzählt, was sie in dem Kloster wollte, und Frank hatte sie nicht danach gefragt. Warum hätte er es auch tun sollen? Er kannte den Krieg, wusste, wie groß das Seelenleid sein konnte. Das musste man einander nicht alles offenbaren.

Kapitel 55

Marguerite betrachtete das schöne, alte Klostergebäude. An einer Ecke bröckelte der honigfarbene Stein, die andere hatte der Winterwind geschliffen. Der Weg zum Eingang wurde von wild wuchernden Lavendelsträuchern gesäumt, deren süßer Duft die Luft erfüllte.

Marguerite zog an dem Glockenstrang am Eingang und hörte im Innern des Klosters ein Zusammenspiel hoher und tiefer Klänge.

Alles blieb still. Die Nonne, die Marguerite mit einem freundlichen Lächeln die Pforte öffnete, musste auf leisen Sohlen gekommen sein.

Marguerite nannte ihren Namen. »Ich suche nach Pater Étienne Valade. Ist er bei Ihnen?«

In das Lächeln der Nonne mischte sich etwas Schwermütiges. »Ich bin Schwester Clara«, sagte sie. »Wie schön, dass Sie uns gefunden haben. Pater Étienne hat auf Sie gewartet.« Sie winkte Marguerite herein.

Marguerite betrat einen kühlen, dämmrigen Flur. Sie sah den milden Gesichtsausdruck der Nonne, spürte die wohltuende Stille ringsum, und plötzlich entluden sich die Anspannung, die Angst und das Leid der vergangenen Tage bei ihr in den Tränen, die sie so lange zurückgehalten hatte. Sie hatte ihn gefunden, und er war am Leben.

»Pater Étienne murmelt Ihren Namen im Schlaf. Er

braucht Sie, und nun sind Sie da. So ist das mit der Liebe.«
Sie griff in die Falten ihres Habits, holte die zusammenge-
faltete Seite eines Schreibblocks heraus und reichte sie
Marguerite. »Das hier soll ich Ihnen geben. Er hat gesagt,
Sie wüssten, um was es sich handelt.«

Marguerite wischte über ihre Augen, faltete die Seite auf
und sah eine Zahlenreihe. Das konnte nur die Kombination
von Schmidts Safe sein. Er hatte sein Wort gehalten.

»Darf ich zu ihm?«

Der Blick der Nonne trübte sich. »Im Moment nicht.
Pater Étienne möchte, dass Sie zuerst das tun, was Sie sich
vorgenommen haben. Kommen Sie danach wieder. Er wird
auf Sie warten.«

Marguerite rührte sich nicht von der Stelle. Sie sehnte
sich danach, Étienne wiederzusehen, wollte wissen, wie es
ihm ging.

Schwester Clara schien zu erraten, was in ihr vorging. Sie
deutete ein Kopfschütteln an und zog die Pforte auf, die
hinter ihnen zugefallen war. »Auf Wiedersehen«, sagte sie.
»Bis ganz bald.«

Und dann stand Marguerite wieder vor dem Kloster,
fühlte sich benommen und schaute auf die dicken, alten
Mauern, hinter denen der Mann war, den sie liebte.

Sie hörte einen Wagenmotor, sah den Laster von der Kapelle her kommen. Frank blickte aus seinem Seitenfenster.
»Soll ich Sie mit in die Stadt nehmen?«

Marguerite versuchte sich an einem Lächeln. »Dafür
wäre ich Ihnen dankbar.«

Frank verließ die Fahrerkabine und lud ihr Rad auf die
nun leere Ladefläche.

In Nizza dirigierte Marguerite Frank zu dem Wohnblock am Rand der Stadt, in dem sich Schmidts Büro befand. Als sie vor dem nichtssagenden Gebäude aussteigen wollte, sagte er nichts, wirkte jedoch verwundert. Dass dort Büros der Wehrmacht gewesen waren, wusste er offenbar nicht.

Frank holte Marguerites Rad. Sie verabschiedeten sich voneinander und ahnten, dass sie sich wohl nie wiedersehen würden. Vielleicht würde Frank seinen Kameraden erzählen, dass er eine Französin mitgenommen hatte, die ihn auf der Fahrt mit Geschichten über den Süden Frankreichs unterhalten hatte.

Marguerite stellte ihr Rad ab und betrat das Gebäude.

Am Empfang saß niemand, die ganze Eingangshalle machte einen verlassenen Eindruck. Marguerite nahm den Aufzug hinauf zu Schmidts Büro.

Die Tür war nicht verschlossen. Vorsichtig betrat Marguerite das Büro und drückte die Tür leise hinter sich ins Schloss.

Schmidt war nicht da, nur der Geruch seiner Zigaretten und des Cognacs hing noch in der Luft und erinnerte Marguerite an den Tag, als sie mit Étienne hier gewesen war, um Schmidt um das Leben von Biquet und den anderen Jungen zu bitten.

Marguerite ließ ihren Blick schweifen. Die Sitzpolster der Ledersessel waren eingedrückt, als hätten dort vor Kurzem noch Besucher gesessen. Auf dem Couchtisch standen schmutzige Cognacschwenker, der Aschenbecher war voller Zigarettenstummel. Dann sah sie den aufgeklappten leeren Koffer auf einem Stuhl. Gehörte der Schmidt? War der Mann noch da?

Marguerite lauschte, ob auf dem Flur Schritte zu hören waren, doch alles war still. Mit ängstlich schlagendem Herzen trat sie an den Safe, holte den Zettel mit der Zahlenreihe aus ihrer Rocktasche und stellte die Kombination ein.

Nach der letzten Ziffer ertönte ein Klicken, das Schloss sprang auf. Marguerite zog die schwere Tür auf.

Der Safe war voller Aktenordner. Marguerite nahm einen heraus, blätterte durch die Seiten. Sie konnte kein Deutsch, was aber auch nicht nötig war, die seitenlangen Listen mit Personennamen, Daten und den Namen von Konzentrationslagern sprachen für sich.

Marguerite holte die nächste Akte heraus und schlug sie auf. Wieder Listen mit Namen, Daten und Zielorten. Hastig ging sie alle Akten durch, fand noch eine dritte. Alle anderen erhielten Informationen, die ihr nichts sagten.

Drei Akten voller Listen! Das war zu viel, um jede Seite zu fotografieren. Falls der Koffer Schmidt gehörte, konnte er jeden Augenblick zurückkehren. Sie musste die Akten mitnehmen.

Marguerite drückte die Akten an sich, wollte sich leise davonstehlen, doch in dem Moment öffnete sich die Tür, und Schmidt kam herein.

Schmidt blickte von den Akten in ihren Händen zu dem geöffneten Safe. Dunkle Zornesröte stieg in sein Gesicht. »Legen Sie alles sofort zurück!«, sagte er und griff nach den Akten.

Marguerite presste sie fester an sich und schüttelte den Kopf. »Lassen Sie mich gehen, für Sie ist doch ohnehin alles aus. Die ganze Stadt ist voller Alliierter.«

»Nichts ist aus, und die Alliierten interessieren mich nicht. Los, geben Sie mir die Akten.«

Marguerite trat einen Schritt zurück. »Nein.«

Schmidt schlug ihr so fest ins Gesicht, dass Marguerite rückwärts taumelte. Die Akten fielen ihr aus den Händen, sie bückte sich danach. Schmidt trat die Akten fort.

»Wo ist er?«, fragte er drohend.

Marguerite richtete sich auf. Für einen Moment fühlte sie sich benommen. »Wo ist wer?«

»Lance. Lance Holmes.«

Marguerite zuckte mit den Schultern. »Das müssten Sie doch wissen, nicht ich.«

Schmidt trat ihr in den Bauch. Marguerite ging zu Boden und rollte sich zusammen.

Schmidt packte ihr Kinn. »Holmes war unser Mann. Wir haben ihn seine dreckigen Geschäfte machen lassen, dafür hat er Étienne Valade im Auge behalten.« Er ließ Marguerite los. »Ich habe Valade nie getraut. Die ganze Familie stand auf der Seite des Widerstands.«

Marguerite raffte sich auf. »Étienne Valade ist Priester. Er hat auf der Seite der Schwachen gestanden.«

Schmidt stierte Marguerite an. »Seltsamer Priester. Holmes hat mir erzählt, wie oft Sie in Valades Villa waren. Auch über Nacht. Bei einem Mann, der sein Priesteramt benutzt hat, um sich vor dem Kriegsdienst zu drücken. Einem Mann ohne Ehre.«

Marguerite schmeckte Blut. Offenbar hatte sie sich auf die Lippe gebissen. »Er hat so viel Ehre, dass er niemals eine Frau schlagen würde.«

Schmidt lachte. »Lieber schläft er mit ihnen.«

»Sie sollten nicht alles glauben, was Lance Holmes Ihnen erzählt. Er ist der geborene Lügner.«

Drohend hob Schmidt die Faust. »Ich will wissen, wo er ist.«

»Das kann ich Ihnen nicht sagen. Ich habe mit dem Mann nichts zu tun.«

Plötzlich hatte Schmidt eine Pistole in der Hand und richtete sie auf Marguerite. »Ich hätte Sie zusammen mit Ihrer Freundin festnehmen und erschießen lassen sollen.«

Marguerite dachte an die vielen Toten, die dieser Mann zu verantworten hatte, und sah ihn hasserfüllt an. Diesmal schlug er ihr mit dem Pistolengriff ins Gesicht.

Marguerite wurde schwindlig, doch dann erinnerte sie sich an etwas, was Dorothy ihr gezeigt hatte. Sie holte mit dem Fuß aus und trat Schmidt zwischen die Beine.

Schmidt schrie auf und krümmte sich. Marguerite riss ihm die Pistole aus der Hand und richtete sie auf seinen Kopf.

»Das wagen Sie nicht«, sagte Schmidt keuchend.

»O doch«, erwiderte Marguerite, bewegte sich rückwärts zum Fenster und öffnete es. »Aber ich lasse Ihnen die Wahl. Entweder ich erschieße Sie, oder Sie springen aus dem Fenster. So wie meine Freundin Jeanne es getan hat.«

Schmidt starrte sie an. Unten donnerten schwere Fahrzeuge über die Straße, auch Möwenschreie waren zu hören.

Marguerite machte eine einladende Handbewegung. »Die Alliierten sind im Anmarsch, warum springen Sie nicht?«

Mit einem Satz war Schmidt bei Marguerite, packte sie und versuchte, sie aus dem Fenster zu stoßen.

Marguerite wehrte sich und schlug mit der Pistole nach Schmidt, doch er war stark und drückte Marguerite nach hinten über die Fensterbank. Marguerite spürte die Sonne auf ihrem Gesicht und klammerte sich an Schmidt. Er wollte sie abschütteln, sie hielt sich an ihm fest. Allerdings hatte er seine Lektion nicht gelernt, denn als er nach Marguerites Beinen greifen wollte, rammte sie ihm ihr Knie noch einmal in den Schritt. Er ließ sie los.

Marguerite richtete sich auf und schoss Schmidt zweimal ins Herz.

Schmidt schwankte, presste eine Hand auf die Schusswunde. Marguerite stieß ihn von sich. Schmidt ging zu Boden und sah sie ebenso ungläubig an, wie Lance es getan hatte.

Schweratmend blickte Marguerite auf die Blutlache, die sich unter Schmidt bildete und in den Teppich sickerte.

Einen Moment lang stand Marguerite noch da und betrachtete den Toten zu ihren Füßen. Sie versuchte ihre Gefühle zu ergründen und erkannte Reue. Nicht weil sie Schmidt erschossen hatte, sondern weil er nun nicht mehr vor ein Kriegstribunal gestellt werden konnte.

Sie lauschte, ob sich von draußen Schritte näherten. Doch im Haus herrschte Stille. Vielleicht hatte auch Schmidt vorgehabt zu fliehen, hatte nur noch seine Unterlagen vernichten wollen.

Marguerite steckte die Pistole ein, nahm die Akten und verließ das Büro.

Sie fuhr mit dem Aufzug nach unten, durchquerte die

verwaiste Eingangshalle, klemmte die Unterlagen auf ihrem Gepäckträger fest.

Dann stieß sie einen langen Atem aus und machte sich erneut auf den Weg zum Kloster.

Kapitel 56

Marguerite erreichte das Kloster, als die Sonne unterging. Keiner der Fahrer in den amerikanischen Armeefahrzeugen, die an ihr vorbeigebraust waren, hatte sie mitgenommen, und sie war erschöpft.

Hin und wieder hatte sie auf dem Weg anhalten und rasten wollen, doch der Gedanke, dass Étienne auf sie wartete, hatte sie weitergetrieben.

Wieder war es Schwester Clara, die Marguerite öffnete. Marguerite hatte die Akten vom Gepäckträger genommen und hielt sie fest an sich gedrückt.

Schwester Clara bot ihr ein Glas Wasser und etwas zu essen an. Marguerite lehnte dankend ab. Sie wollte zuerst zu Étienne.

»Wie geht es ihm?«, fragte sie. »Kann ich ihn sehen?«

Schwester Clara nickte. »Aber Sie dürfen nicht zu lange bei ihm bleiben. Der Blutverlust hat ihn sehr geschwächt.«

Marguerite folgte der Nonne über einen langen, kühlen Flur. »Was genau ist eigentlich passiert? Ich weiß nur, dass Pater Étienne in einen Schusswechsel verwickelt war.«

Schwester Clara blieb stehen. »Wer hat Ihnen das denn erzählt? Es gab keinen Schusswechsel. Pater Étienne wurde hier vor unserer Tür von einem Wehrmachtssoldaten angeschossen.«

»Das verstehe ich nicht«, sagte Marguerite. »Was wollte Pater Étienne denn bei Ihnen?«

»Wir haben dreißig Waisenkinder in unserer Obhut«, erwiderte Schwester Clara. »Pater Étienne hat sich mit uns um sie gekümmert.«

»Sind es jüdische Kinder?«, fragte Marguerite.

»Nicht nur.«

Wahrscheinlich waren es Kinder, bei denen es Étienne nicht mehr gelungen war, sie nach Spanien zu bringen.

»Pater Étienne war gekommen, um nach uns zu sehen«, sprach Schwester Clara weiter. »Nach uns und den Kindern. Er wollte sich vergewissern, dass die abziehende Wehrmacht uns zufriedenlässt. Und dann ist eine Gruppe Soldaten gekommen, die unser Kloster plündern wollte. Pater Étienne ist nach draußen gegangen, hat sie gebeten, diesen Rückzugsort für uns Nonnen zu respektieren. Natürlich dachte er dabei auch an die Kinder.

Pater Étienne hatte einen Korb mit Brot und Käse dabei. Den wollte er den Deutschen anbieten und sie bitten, weiterzuziehen. Sie waren nur zu sechst, junge Männer, voller Angst vor den Kämpfen, die ihnen auf dem Weg nach Norden bevorstanden. Als Pater Étienne mit dem Korb zu ihnen trat, verlor einer die Nerven und schoss auf den Pater. Vielleicht dachte er, er habe in dem Korb eine Waffe.«

Schwester Clara hielt inne und seufzte schwer.

»Und dann?«, fragte Marguerite.

»Pater Étienne ging zu Boden. Und die Deutschen rannten davon wie Kinder, die etwas verbrochen hatten.« Die Nonne hob die Schultern. »Sie waren ja auch fast noch Kinder.«

»Und Pater Étienne?«

»Wir haben ihn ins Haus getragen und versorgt.«

»Und jetzt? Ist er auf dem Weg der Besserung?«

Schwester Clara ging weiter. »Wir haben die Kugel entfernt und ihm einen Verband angelegt. Dennoch hat er sehr viel Blut verloren. Die Kugel hat sein Herz gestreift, und die Wunde ist tief.«

Sie waren an einer einfachen Holztür angekommen.

»Er wird sich freuen, Sie zu sehen«, sagte Schwester Clara und drückte die Tür leise auf.

Sie betraten einen kleinen, weiß gekalkten Raum, in dem ein schlichtes Eisenbett stand. Durch ein kleines Fenster fielen die letzten Sonnenstrahlen des Tages und malten bernsteinfarbene Streifen auf die dunklen Bodenfliesen.

Étienne lag auf dem Rücken. Er war blass und unter den geschlossenen Augen waren dunkle Ränder, doch seine Brust hob und senkte sich.

»Ich lasse Sie allein«, sagte Schwester Clara und verschwand.

Marguerite legte die Akten auf den Boden, trat zu Étienne und küsste ihn sanft auf den Mund.

Étiennes Augen öffneten sich und leuchteten auf. »Du hast mich gefunden.«

Marguerite ließ sich auf der Bettkante nieder, nahm seine Hand und erschrak, als sie spürte, wie kalt sie war. »Offenbar gehörst du zu den Männern, die man nicht so leicht findet.«

»Was ist mit Catherine?«

»Sie ist bei mir in Sicherheit.«

»Bist du an Schmidts Unterlagen gekommen?«

»Ja, und das verdanke ich dir. Schmidt ist tot und kann leider nicht mehr vor ein Kriegstribunal gestellt werden. Aber wir werden die Spuren all derer aufnehmen können, die in die Lager der Deutschen deportiert wurden.«

Marguerite strich Étienne eine Haarsträhne aus der Stirn. »Kann ich etwas für dich tun? Ist dir warm genug?«

Étienne lächelte matt. »Jetzt ist alles gut.«

Marguerite streifte ihre Schuhe ab, legte sich zu ihm und spürte, wie ihre Liebe sie durchströmte. Sie war bei Étienne, und das war das Einzige, was zählte.

»Erzähl mir, was passiert ist«, bat sie ihn. »Falls es dich nicht zu sehr anstrengt. Ich weiß nur, dass Schmidt dich verdächtigt hat, seinen Schreibtisch durchsucht zu haben.«

Étienne nickte. »Ich hatte die Kombination seines Safes gefunden. Aber das wusste er nicht, er hat mich laufen lassen. Ich bin ins Pfarrhaus zurückgekehrt, wollte dir eine Nachricht mit der Kombination zukommen lassen.«

Étienne hielt inne und rang nach Atem. Marguerite streichelte seine Wange.

»Das habe ich nicht mehr geschafft. Kaum war ich im Pfarrhaus, musste ich vor der Gestapo fliehen. Aber sie haben mich gefasst – und mich verhört. Sie wollten wissen, wo Lance Holmes steckt. Er ist ein Agent der Deutschen.«

»War ein Agent«, sagte Marguerite. »Lance ist tot.«

»Sie konnten mir nichts beweisen. Trotzdem wurde ich in eine Zelle gesperrt.«

Wieder machte Étienne eine Pause.

»Du musst nicht sprechen, wenn es dich zu viel Kraft kostet«, sagte Marguerite.

Doch Étienne sprach weiter. »Eine einsame Zelle kann

einen Priester nicht schrecken. Ich habe die Zeit genutzt und bin in mich gegangen. Unseretwegen habe ich ein Gelübde gebrochen, und doch hat unsere Liebe mich unendlich glücklich gemacht. Und mich gleichzeitig gequält. Ich habe gerungen, mit meinem Glauben, mit Gott, mit mir selbst.«

Wieder schloss er die Augen. Vorsichtig rückte Marguerite dichter an ihn heran.

»In der Nacht fielen Bomben«, fuhr Étienne schließlich fort. »Es war ein junger Deutscher, der die Zellen bewachte. Er geriet in Panik und wollte, dass ich mit ihm bete. Das habe ich getan – und er hat mich freigelassen.«

Étienne öffnete die Augen, nahm Marguerites Hand und küsste sie zärtlich. »Meine Liebe zu dir ist stärker als meine Liebe zu Gott. Ich wollte nichts, als zu dir zurückzukehren – wollte bei dir sein … doch zuerst bin ich hierhergefahren, um nach den Kindern zu sehen. Ich hatte Angst um sie – überall waren Wehrmachtssoldaten auf dem Weg nach Norden … aufgebrachte, rachsüchtige Männer.« Er streichelte Marguerites Hand. »Ich bin hiergeblieben, um die Kinder zu beschützen, und betete, dass du mich finden wirst.«

Marguerite strich über seine Wange. »Wenn du möchtest, können wir nun für immer zusammenbleiben.«

Étienne lächelte und blickte Marguerite voller Liebe an. Dann schlossen sich seine Augen wieder.

Marguerite blieb die ganze Nacht bei ihm, wollte jede Sekunde an seiner Seite auskosten, so wie sie es in jener Nacht in der Villa Christelle getan hatte. Doch im Morgengrauen ging er von ihr.

Marguerite hielt ihn lange Zeit umschlungen. Sie fühlte,

dass er noch immer bei ihr war. Er lebte weiter, tief in ihrem Herzen, und würde dort für alle Zeit bleiben.

Als Marguerite schließlich hinaus auf den Flur trat, saß Schwester Clara dort und schien Wache gehalten zu haben.

Marguerite schluckte ihre Tränen hinunter und lehnte sich gegen die Wand, um nicht auf den Boden zu sinken.

Schwester Clara erhob sich schwerfällig und seufzte. »Er wollte sich von Ihnen verabschieden. Erst dann konnte er loslassen.«

Nur noch eine Nacht hatte Marguerite sich von Étienne gewünscht, als er damals zu ihr gekommen war, um ihr seinen Entschluss mitzuteilen. Noch eine Nacht, die für ihr Leben ausreichen sollte. Étienne hatte gewartet, bis er ihr diese Nacht schenken konnte.

Marguerite verabschiedete sich von Schwester Clara, die Étienne auf dem Klosterfriedhof begraben würde.

Draußen empfing sie ein leuchtender Sonnentag, und eine leichte Brise trug süßen Lavendelduft zu ihr.

Mit schmerzendem Herzen blickte Marguerite zum Himmel, sah Vögel, aber keine Flugzeuge mehr. Sie atmete zittrig ein und aus, machte einen ersten Schritt, dann einen zweiten. Sie sah den Weg, der vor ihr lag, wusste nicht, ob sie die Kraft haben würde, ihn allein zu gehen. Doch dann war ihr mit einem Mal, als sei Étienne an ihrer Seite, der nach ihrer Hand griff und sie begleitete.

Nachwort der Autorin

Geschichten entstehen mit der Zeit und auf ganz unterschiedliche Weise. *Marguerites Geheimnis* wurde von meiner Liebe zur Malerei des frühen zwanzigsten Jahrhunderts und meinem Interesse an den Malern und Schriftstellern, die sich vor dem Zweiten Weltkrieg im Süden Frankreichs niederließen, inspiriert.

Wie so viele Reisende vor mir, wurde auch ich von der Landschaft und dem Wetter Südfrankreichs verführt – dem blauen Himmel und der wohltuenden Wärme, den berühmten Winden, die aus allen Himmelsrichtungen kommen, den verschneiten Bergen der Alpes-de-Haute-Provence. Immer ist das Wetter dort für eine Überraschung gut.

Je mehr ich die kleinen Küstenorte erkundete, desto mehr wollte ich über ihre Geschichte erfahren.

Wenn wir an Südfrankreich denken, fallen uns wahrscheinlich vorrangig Picasso, Matisse, Brigitte Bardot und das Filmfestival von Cannes ein. Aber es gibt so viel mehr. Unter anderem kommt mir dabei das eindrucksvolle »Monument aux Morts« in den Sinn, ein Denkmal für die Opfer des Ersten Weltkriegs, das in die Colline du Château gemeißelt wurde. Es erinnert an eine Epoche jenseits der glamourösen Zeiten.

Wenn ich früher an das besetzte Frankreich während des

Zweiten Weltkriegs dachte, hatte ich meist Paris vor Augen. Erst als ich mich mit der Geschichte Südfrankreichs zu beschäftigen begann, erfuhr ich, dass man auch dort unter den Besatzern gelitten hat.

Ich stellte mir die Menschen vor, die an Orten gelebt hatten, die für ihre natürliche Schönheit, ihre Kultur und das Luxusleben ihrer Besucher bekannt waren und die nun mit den Zerstörungen, den Grausamkeiten und den Entbehrungen des Kriegs konfrontiert wurden.

Es waren jedoch nicht die Reichen und Berühmten, die mich interessierten, sie hatten immerhin die Möglichkeit gehabt, Frankreich zu entfliehen. Vielmehr sah ich die Einheimischen vor mir, die keine andere Wahl hatten, als auszuharren und um ihr Überleben zu kämpfen.

Diese ganz normalen Menschen bildeten den Ausgangspunkt meines Romans. Aus ihnen kristallisierte sich Marguerite langsam heraus, eine unbekannte Malerin, die ihrer Vergangenheit entflohen ist, ein ruhiges Leben führt und sich im Krieg schlecht und recht über Wasser hält.

Ihr folgte Étienne, ein Priester, dessen Leben von seiner Pflicht Gott gegenüber geprägt ist. Ein Mann, der den Feinden den Besuch seines Gottesdiensts erlaubt, denn er glaubt, sie abzuweisen, stehe ihm nicht zu.

Ich stellte mir Geheimnisse im Leben meiner Protagonistin und meines Protagonisten vor und die Maßnahmen, die sie ergreifen mussten, um gegen die Besatzer vorzugehen und zu überleben.

Doch wem kann man trauen, wenn so viele nicht die sind, die sie zu sein scheinen? Und ist es möglich, inmitten großen Leids Glück zu finden? Was würden meine Protagonist:innen tun, um diejenigen, die sie liebten, zu schützen? Welche Risiken waren sie bereit auf sich zu nehmen? Und wie viel würden sie wagen, um gegen die Besatzungsmacht vorzugehen? Die Antworten auf diese Fragen und die Entscheidungen, die die Menschen damals treffen mussten, inspirierten mich, die Geschichte von Marguerite und Étienne zu schreiben.

Schlussendlich entrichte ich mit meinem Roman jedoch einen Tribut an alle Menschen, die sich im Zweiten Weltkrieg der Tyrannei entgegengestellt und dafür große Opfer gebracht haben. Ich bewundere ihren Mut und weiß, dass wir ihnen Jahre des Friedens und der Stabilität verdanken.

Vielleicht schreiben Sie eine Rezension, wenn Ihnen *Marguerites Geheimnis* gefallen hat und Sie den Roman anderen Leser:innen empfehlen möchten.

Falls Sie sich über meinen nächsten Roman informieren oder erfahren möchten, was ich lese, oder Fotos von Claude, dem unmöglichen Kater, betrachten möchten, finden Sie mich auf X @Howes_Theresa oder Sie besuchen mich auf Facebook unter Theresahowesauthor und sagen Hallo. Ich würde mich freuen.

Dank

Ich fühle mich geehrt, von Mushens Entertainment vertreten zu werden und mich zum Team Mushens zählen zu dürfen. Ich danke Liza DeBlock und Kiya Evans, Expertinnen für die Auslandsrechte, für ihre tollen Hinweise und ihre eindrucksvolle Effizienz.

Das größte Dankeschön geht an Juliet Mushens, Agentin, Mentorin und Leitstern. Deine großartigen Anmerkungen und Deine Unterstützung haben mir geholfen, die Autorin zu werden, von der ich immer geträumt habe.

Ich danke allen bei HQ Digital, die unermüdlich im Hintergrund gearbeitet haben, um *Marguerites Geheimnis* ins Leben zu rufen, insbesondere meiner Lektorin Abigail Fenton, deren sensible und kluge Gedanken mir geholfen haben, die Charaktere und die Handlung meines Romans zu verfeinern. Abi, du hast meine Vorstellung von diesem Roman von Anfang an geteilt und unsere gemeinsame Arbeit zu einem absoluten Vergnügen gemacht.

Ich danke Audrey Linton im Lektorat, den Freelancer:innen Dushi Horti und Michelle Bullock, Flo Shepherd in der Rechtsabteilung, Sarah Goodey und Tom Han im operativen Geschäft. Ich danke Anna Sikorska und Kate Oakley in der Grafik und Tom Keane, Halema Begum und Angie Dobbs in der Herstellung. Im Vertrieb bedanke ich mich bei Hannah Lismore, Fliss Porter, Georgina Green, Harriet

Williams, Angela Thomson, Sara Eusebi und Lauren Trabucchi und in der Buchhaltung Kelly Spells, Conor Anderson und Ashlee Cox.

Ich danke Alliya Bouyis, Lucy Richardson und Sophie Calder in der PR-Abteilung und Jo Kite im Marketing. Ohne euer Talent und eure Mühe wäre *Marguerites Geheimnis* nicht das, was es ist.

Dank gilt auch meiner Schreibgruppe: Julia Armfield, Lisa Berry, Kate Bulpitt, Sarah Drinkwater, Tim Glencross, Kate Hamer, James Hannah, Stephen Jones, Julie Nuernberg, Ivan Salcedo, Emily Simpson und Annabelle Thorpe. Es ist eine Freude, euch auf eurer Reise als Autor:innen zu begleiten. Eure Unterstützung und euer Lachen sind mir sehr viel wert.

Meinem Vater Brian Wood werde ich für seinen Glauben an mich ewig dankbar sein, ebenso meiner Mutter Janet, die mich als Kind an Bücher herangeführt hat, und meiner Großmutter Clara, deren Name ich mir für einen meiner Charaktere ausgeborgt habe. Ich bedauere, dass Du nicht mehr da bist, um hier Deinen Namen zu lesen, hoffe aber, dass mein Roman Dich stolz gemacht hätte.

Ich danke Claude, dem unmöglichen Kater, der für die Fotos posiert, die ich auf X poste. Von ihnen wird es noch mehr geben. Zu guter Letzt danke ich vor allem Bill, für Deine Liebe und weil Du immer für mich da bist. Ohne Dich hätte ich es nicht geschafft. X